夕阳摇摇欲坠，满天霞洒下，整片沙漠看起来似是由黄金堆砌出来的。
丁斑寻来的时候，就看到周秋背着光，站在高处，被切出一道婀娜多姿的剪影，沙漠上的风带起了她的衣摆，而她怔怔地站立不动。
他朝她走去，到了她身边才发现，她在看日落。

吸雨茶．

叹西茶 ——著

图书在版编目（CIP）数据

失路 / 叹西茶著 . — 武汉 ：长江出版社，2023.7
ISBN 978-7-5492-8845-8

Ⅰ．①失… Ⅱ．①叹… Ⅲ．①长篇小说－中国－当代
Ⅳ．① I247.5

中国国家版本馆 CIP 数据核字（2023）第 069064 号

失路 ／叹西茶 著

出　　版	长江出版社
	（武汉市解放大道 1863 号）
出版统筹	曾英姿
选题策划	白　鱼
市场发行	长江出版社发行部
网　　址	http://www.cjpress.com.cn
责任编辑	张艳艳
印　　刷	湖南天闻新华印务有限公司
版　　次	2023 年 7 月第 1 版
印　　次	2023 年 7 月第 1 次印刷
开　　本	880mm×1230mm　1/32
印　　张	11
字　　数	374 千字
书　　号	ISBN 978-7-5492-8845-8
定　　价	46.80 元

版权所有　盗版必究（举报电话：027-82926804）
（如发现印装质量问题，请寄本社调换，电话 027-82926804）

目录

第一章　　001
她被绑架了

第二章　　030
丁琎觉得网上对她的评价
十分中肯——难相处

第三章　　069
周轶……她出事了

第四章　　098
丁琎，我想让你帮我找个人

第五章　　129
我还挺喜欢你的，所以……
我来追求你怎么样

第六章　　165
我想当对你来说最特别的
那个

第七章　　189
我承认，我对你有感觉

第八章　211
真正的英雄不需要用伤疤
来证明

第九章　239
丁队长，你可做好准备，
我要缠着你不放了

第十章　263
事情很快就会结束了，我
保证

第十一章　281
保护国民是他的职责，保护
她是他作为男人的职责

第十二章　310
失路

番外　328
大舅子＆定情信物

全新番外　341
求婚

第一章
她被绑架了

周轶醒来时脑袋还有些晕,眼前一片漆黑。她转动脑袋,感觉到有粗糙质感的麻布蹭过脸颊。她想起身,动了下身体才发现无法动弹,脸上罩了布,嘴巴被人用胶带封上了,手脚也被绑得死死的。

她被绑架了。

周轶坐着,脑海里率先闪过这一念头。

她刚到 A 国没两天,谁会绑架她?得罪过的人?那范围可就大了。可她这次外出来 A 国,只有助理陆美美知道,其他人她从没提起过,还有谁会知道她的行程?

她挣扎了一番,椅子脚在地面上摩擦出声。

有脚步声从外面传来,紧接着周轶听到了开门声,一个粗犷的男声嘟囔了两句,不一会儿就有几个人回应她。

周轶侧耳仔细辨听他们的交谈内容,可他们说的不是汉语,也不是她这两天听到的 A 国语,一时间倒让她困惑了,困惑过后就是恐慌。

绑架她的人的身份,以及她此时身在何处,她都全然不知。还在古木里尔吗?她凝神感受了下,周遭热烘烘的,空气里仿佛一点水汽都没有,干热异常。

周轶不能判断自己现在身在何方,但用体感能够推断出现在还是白天,A 国昼夜温差大,到了夜里不会像现在这样燥热。

周轶的脖颈处滑落下了一滴汗,她察觉到有人靠近她,当那人的手隔着布罩摸上她下巴的一瞬间,她起了一身的鸡皮疙瘩。

周轶强迫自己冷静,扭开了脑袋发出一声闷哼,手脚也跟着挣了挣。

绑匪又呱啦了几句,接着一只大手按住了周轶的脑袋,用力撕下了她嘴上的胶带,痛得她低呼了一声。

他们没把她头上的布罩摘下,周轶仍看不到人。唇瓣传来阵阵刺痛,她抿了抿唇，尝到了血腥味。

"你们是谁？"周轶问了一句，没得到回答，她又用英语问了一句。

绑匪还是用不知名的语言说话，不知道是在回答她还是在和同伙攀谈。

"为什么绑架我？"周轶用沙哑的嗓子继续问，试图套出一点信息。

回应她的是对方粗鲁的动作，一个绑匪将布罩往上扯了扯，露出了她的嘴，而后固定住她的脑袋，另一个绑匪捏住她的双颊给她灌水。

周轶想反抗，生生挨了对方一巴掌。

一瓶水一半被她喝进了肚子，另一半淌下来弄湿了她的前襟。

周轶被呛住了，连咳了几声。

"救、救命，救命——"她撒开头放声呼救，太阳穴忽地被一个冰冷的东西抵住，周轶僵住，即使看不见，她也能猜出抵住自己的是什么。

绑匪似乎不耐烦地咒骂了几句，之后又拿胶带重新封住了她的嘴。

刚喝下的水瞬间变成了一身冷汗，周轶不知道自己到底招惹了谁，对方竟然有枪。

周轶这个人清高孤冷，脾气又坏，在艺术圈里是出了名的不好相处。她深知自己这些年里外外得罪了不少人，可谁有这么大的势力在他国境内非法持枪劫人？谁和她有这么大仇？

周轶逼自己冷静，可是想了一圈仍然毫无头绪，她常与人有龃龉，可那些矛盾都不至于到杀人灭口的地步。

如果不是冲着她来的，那是冲着谁？周振国？那他们真是绑错人了，周晞才是他的宝贝女儿。

她不断地在心里提出假设，又不断地将其推翻，电光石火间，周轶突然想起了那封邮件。

如果是因为那个人，一切就可以解释了。

……

烈日当空，骄阳格外偏爱漠邑这片土地，毫不吝啬地将光芒洒下，大地上的一切在暴晒下似乎都变了形。

"丁队长，过来喝茶，休息一下啊。"一个戴花帽、留着山羊胡的老爷爷朝葡萄架下的人招手吆喝道。他的汉语说得不太利索，有着浓重的A国口音。

丁珺固定好架子，拍了拍手应了声"好"。

老人倒了碗红茶递给他："哎哟，真是太感谢你了，不然这葡萄架还需要好几天才能搭好，辛苦了，辛苦了。"

丁琎仰头把一碗茶喝尽。

"急着回去吗？"

丁琎摇头："休假。"

老爷爷安托万抬头瞅着他笑得慈祥，浓黑的眉毛一动："那就在村里住一晚，老文森特今天刚宰了头羊，好久没喝羊奶酒了吧？"

丁琎一笑，算是默认。

亚西村在山峪沟和鲁尔沁镇中间，周边都是土黄色寸草不生的山头，再往南点就是那木塔格沙漠，自然环境算是荒凉恶劣，因此亚西村并不富裕。当地人只能种植葡萄，养上几只羊，靠着政府补贴聊以度日。

"猎豹"今年在附近的山里野训过一段时间，村民们只当他们是民间组织，并不知道他们是维和警察。

亚西村远离城市，村子不大，统共就十几户人家，住在这儿的老老少少都很热情淳朴，知道他们在这儿集训，还时常给他们送些羊肉、葡萄，一来二去算得上是熟人了。

安托万老头是亚西村的村长，野训结束那天，丁琎作为中队长，还领着队里人一起去他家喝了几碗羊奶酒。

丁琎这次休假，驾车去哈尔见了战友，回来的路上经过漠邑就想着绕道去趟亚西村看看村民，快到村里时远远看见他们在搭葡萄架，他就停了车过去帮忙。

晚上九点，亚西村的日头才开始西斜，稍稍敛了炙人的光芒，天色由一片浅蓝转为深蓝，山包包随之暗了一个色。

丁琎把车停在村口，跟着安托万老头进了村。路上遇到的村民都笑着和他打招呼，他也用Ａ语回应着。

亚西村面积不大，房子都是生土筑成的平房，围着神祠分布开来，安托万的家就在神祠的边上。

安托万把丁琎领到门口，拍拍他的肩："你等会儿，我去老文森特家切一只羊腿来。"

"丁队长来了呀。"安托万的妻子阿尼娜从院子里走出来，招呼丁琎进屋，"正好今天海诺回来，我做了拌饭。"

海诺是安托万和阿尼娜的儿子，平时在古木里尔做干果生意，丁琎和他打过几次照面。

"海诺回来了，他人呢？"

阿尼娜指指房顶上："晾葡萄呢。"

亚西村老房子顶上都有晾房，四面土墙、小十字镂空，专门用来晾葡萄干。

丁珏顺着楼梯上了房顶，站在晾房外往远处眺望。

亚西村的村民在政府的带动下引水种了几片绿植，多是胡杨，那一线绿是这块苍凉大地上的一点生机。

村子在道路的一边，前人挖竖井引了水，之后村民就世代在这儿居住了下来。道路的另一边是连绵不绝的荒山，裸露的岩石是橙红色的，一层深似一层，像是画布的底色，衬托着山脚下一个个错落的坟包。

丁珏正打算转身进晾房，目光却敏锐地捕捉到对面的小山包上趴着一个人，这姿势他太熟悉了，那人在侦查。

他不动声色地把头转开，大约过了几十秒再往山包上看时，人不在了。

丁珏眼神一沉。

"哦嘿，我说谁在外头呢。"海诺从晾房里走出来，一头卷毛，眼窝深邃、鼻梁立挺，是典型的Ａ国人长相，他手上拿着一串葡萄往丁珏面前送了送，"今天刚摘的，新鲜得很。"

丁珏摘了两颗葡萄扔进嘴里，甜意一下子就从舌尖化开。

"你们又来野训？"

"休假，正好过来看看。"丁珏挑眼示意海诺往对面看，"现在还有人看坟吗？"

海诺顺着他的目光看向那一个个小圆顶，说："没有，好几代都不干这个了，没人会去动它们的。"

"有人住对面吗？"

"没有。"海诺看向他，"白天还好，到了晚上还是有点吓人。"

丁珏点头，有所警觉地望着对面。

"哟嘿，海诺，快带丁队长下来吃饭，羊腿已经烤上了。"

底下安托万喊道，楼上海诺回应了声。

太阳落下，收起了它耀眼的羽衣，黄色的大地被罩上了一层阴影。

安托万一家很好客，烤了羊腿又做了拌饭，加上烤饼，就是地道的晚餐。一顿饭丁珏吃得很扎实，晚饭后他露出疲惫的神情，海诺就把弟弟的房间收拾了让他休息。

午夜十二点，天色完全黑了。

丁珏从炕上起身，轻手轻脚地从房间出来，此时安托万一家已经睡了。

门外四下悄无声息，村里毕竟不像城市，村民吃了饭到点就睡，天亮才起来劳作，生活是单调又辛勤，而当地恶劣的环境连昆虫都难以生存。

丁珹摸黑出了门，过了县道，小心谨慎地在坟包中躲闪着前进。他还不知道对方是什么来头、什么目的，有多少人，但不管是不是善类，打探下是必要的。

"猎豹"之前野训的驻地离这儿不远，他对这块的地形很熟悉。要说隐蔽的藏身处，他心里略微做个排除法，就筛选出了几个可疑地点。

绕过几个小山包，丁珹就发现了人的足迹。

他没想到那伙人胆子不小，竟然连藏都不愿意藏，直接就把以前看守人住的房子给占了。这块坟包地平时鲜少有人来，亚西村又是穷乡僻壤，他们大概没想到会碰上一个眼神极好的狙击手。

丁珹趴在一个小山包上，趁着夜色潜伏着，隐约看到几个人影，他们似乎也怕被人发现，夜里都没敢打灯。

屋外的几个人只是站着，丁珹一时半会儿也看不出他们的目的，直到屋里走出两个人，朝着外面的人说了一句话。

只此一句，就激起了他维和警察的本能。

是H国语。

H国就在A国边上，面积不大，破事挺多。这几年，H国国内不安定，一些组织屡屡在两国边境线上寻衅滋事，制造恐慌。

其中最棘手的组织就是VIRUS。

近两年H国内政混乱，VIRUS趁机扩大势力，日益猖獗，几次罔顾两国条约进犯A国边境。H国政府对这个组织头疼不已，可党派之争已让H国自顾不暇，所以它虽和A国政府成立了共同的战略联盟，但到底是心有余而力不足。

丁珹对这个组织极为熟悉，每次边境一有情况，率先受令进行抵御的就是"猎豹"，双方交手过多次，VIRUS每每败退却贼心不改。他们也算是老对手、死对头了，也因此他才会在听到这伙人说H国语时高度警惕起来。

丁珹悄无声息地绕过山包，潜到了房子的背后，就着半高的地势一跃，攀住了晾房的墙。这一带的老房子大多是一个构造，顶上建有晾房，从天台上可以直接下到屋内。

他沉着地攀着墙，辨听了下周遭的动静，确认没人发现他后才开始行动。

因着那几个H国男人防备地守在门外，丁珹的直觉告诉他，屋里有猫腻。

他躲在楼梯口往屋内观察了半响，确定没有H国人在屋内后，轻手轻脚地沿着楼梯下来。他一边谨防脚下发出声音，一边注意着外边的动静，那些人还在屋外，你一句我一句地窃语着，像是在商量着什么事。

屋子里没有光，丁珥掏出自己的手机，他没打开手电筒，仅仅是点亮了屏幕，然后借着那点微弱的光亮来勘探四周。借着薄光，他看到屋子中央有一个被蒙头绑在椅子上的女人，她被绑在椅子后的手还在挣扎着，嘴里不时发出两声闷哼。

非法入境还在 A 国境内劫持 A 国公民？刚才丁珥还不能断定这几个 H 国人到底是不是 VIRUS 成员，此刻面对一个活生生的人质，答案似乎昭然若揭。

丁珥神色一凛，附在窗边往外看了一眼，几个黑影还聚在一起说话。

他当机立断转身走到被劫持人跟前，掀开了她的头罩。

一时间，四目相对。

周轶瞳孔一缩，下一秒她就见那个男人用食指抵住他的唇做了个"嘘声"的手势。

经过了一天非人的人质生活，周轶的精神已经有些涣散，但她还有判断力。屋外隐隐传来她听了一天都没听懂的语言，而眼前的这个男人从外貌上就可判断出，他和他们明显不是一伙的。不管他是谁，又怎么会出现在这里，他都是她逃脱的唯一机会。

周轶轻轻点了点头，表示自己明白他的意思。

丁珥从腰上拔出一把格斗刀，雪亮的刀刃一转，三两下就给周轶解了绑。

周轶双手自由后做的第一件事就是撕下嘴上的胶带，一瞬间的疼痛让她身上一紧，她咬紧牙关，愣是没哼一声。

丁珥借着微光看清她的脸时怔了一下，她的长相明显既不是 A 国人，也不是 H 国人，倒像是他的同胞。

此地不宜久留，丁珥没多想，拉上周轶的手，示意她站起来跟他走。

被人用绳子绑在椅子上，保持着一个姿势动也不能动，一天下来周轶浑身肌肉僵硬，一动浑身的关节就痛。起身时她腿软跪跎了一下，幸亏丁珥反应快扶了一把。他拉着周轶，把她带到了楼梯口，示意她爬上去。

周轶毫不犹豫，手脚并用地爬上了天台，身后丁珥也跟了上来。

天色虽然黢黑，但肉眼还能看出周遭环境的大致轮廓。

周轶眯了眯眼，自己所在的这座房子被山包围绕着，倒是藏身的好去处。这房子的建造者选址时大概只是想着怎么能躲避风沙，没想到现在倒成了劫匪的窝点。

丁珥拉着周轶进了晾房，看守人的晾房不像亚西村村民那样摆着挂架，而是放了一张木板床，许是夜里纳凉睡觉用的。

"你是中国人？"

周轶听到熟悉的语言，表情怔忪，不由张了张口："你……"

"躲到床底下去。"丁琎只听她说了个字就确定了自己的猜测，时间紧急，没办法多说，他拉了把周轶，低声说。

周轶第一次听他开口说话，男人醇厚的嗓音里透着不容置疑的命令，在此刻却格外令人安心。

丁琎没办法多解释，压着嗓子迅速说："你躲在这儿别吱声，不管听到什么动静都别出来。等我把人都引走后，你往南跑，绕过五个山包，那里有一口被封了的竖井，你躲进去，天亮前我会去找你。"

他语气笃定，不留一点反驳的余地，周轶心里虽有疑惑，但这会儿不是询问的时候，况且此时除了信他，她别无选择。

"嗯。"她应声，跪地爬进了床底。

丁琎趁着几个H国人还未发现，起身就要走。

"喂。"周轶叫住他，"他们有枪。"

丁琎眉间一皱，但此刻已经没时间犹豫，因此只简短地道："躲好。"

丁琎出了晾房后就攀上墙，原路跃回到了房后的山包上。落地后他回头看了一眼，然后掏出手机打开手电筒往前跑。

周轶在床底下窝着一动也不敢动，她屏着呼吸，大气都不敢喘。

约莫两分钟过去，她听到楼下传来了不小的动静，接着就听到急促而沉重的脚步声越来越近，那几个劫匪发现她人不见后爬上了楼。

周轶觉得他们的脚步声就在床边，她咬住唇冒出了一身冷汗，就在她以为自己会暴露时，晾房外有个绑匪喊了一声，她听不懂他说的是什么，只清楚地听到几个绑匪带着怒气匆匆离去的脚步声。

他们离开后，周轶在床底下又待了会儿才轻手轻脚地爬出来。她小心翼翼地摸索着，生怕还有人。

房子空了，不知道那个男人用什么方法把他们都引走了。这是个逃离的好时机，她不敢耽搁，下了楼后就照着那个男人交代的，头也不回地往南跑。

她不知道他是谁、什么来头，甚至连他的脸都没看清，可在这人生地不熟的荒凉之地，他是她唯一的生机。

周轶摸黑竭力往前跑着，她的手机被绑匪缴了，身上没有能打光的东西，只能借着晦暗的天光和山包间深浅不一的阴影来辨别路径。

绕过第二个山包时，周轶脚踝一扭，瘫坐在了地上。她惊诧地回头看向那个房子的方向，不知道是不是她的错觉，她似乎听到了枪声。周轶咬唇，手一撑站起来，忍痛继续往前跑。

那个男人说得没错，五个山包过后，果然有一口竖井。周轶从边上搬了块石头往下扔，听到一声闷响后才安心地往下爬。

竖井宽不到一米，周轶抱膝坐在里面，狭窄的空间让她有了安全感。夜风瑟瑟，周轶抬眼望去，头顶是一小片靛蓝色的天空，接近黑又泛着幽蓝，这是唯有大自然才能调出的颜色，深邃得让人安静。

今天一天发生的事让周轶觉得匪夷所思，她怎么也没想到自己会无缘无故地卷入这样一场险事之中。

今天那些绑匪强迫她喝水吃饭，显然还不想要她的命，但绑架她对他们有什么用处？他们到底是什么人，为什么有枪？

周轶眉头微皱，她身边能和枪扯上关系的人只有一个。

以前他隔段时间就会去找她，也不管她想不想见他，现在想想，距离他们上次见面已经过去很久，快一年了。不过他们之间从来都是他主动找她的，她从未去询问过他的情况。

前几天，她突然收到了他发来的一封邮件，难道那伙人绑架她是因为这个？不过一幅地图又有什么稀奇的。

周轶脑袋里万千思绪杂乱无章，只是精神高度紧张了一天，此刻静下来，她开始感到疲惫了。可她不敢放松警惕，依然时刻注意着周遭的动静，提防着有人靠近。

那个男人说天亮前会来找她，可绑匪有五六个人，还带着冒火的家伙，他一个人能应付吗？

周轶想着，心里却奇怪地并不太担心。

能在大晚上出现在那儿，还有矫健的身手和熟练的手法，总归不会是个善茬。

天色由蓝到黑，又由黑转蓝。夏季昼长夜短，A国的太阳落得晚，起得倒挺早，完全是个劳模。

丁斑走到竖井旁，刚蹲下身往井里看，就对上了一双警惕的眼睛。夜里没看清，此时天色微亮，她仰头面朝天，一对眼珠子就和葡萄架上的黑珍珠一般。

他的目光移到她手上举着的石块上，单挑起一边眉，觉得这姑娘防备心还挺重。

丁琎朝她伸手："上来。"

他不再压着嗓子说话，声音比昨晚透亮了许多。

周轶把手里的石块丢了，起身握住他的手，就着他的手劲儿爬出了竖井。

"谢谢。"

她的声音干哑，唇瓣还有伤口，披散着的一头长卷发此时已经虬结，身上的衣服在逃跑的过程中沾满了尘土，脸上也是黑一块白一块的，看着他的眼神疏离又机警。

她在防着他，丁琎并不在意，这是人之常情。

丁琎观察周轶时，周轶也在打量他。昨天夜里她只看出了他的身形高大健硕，此刻她才看清了他的长相。

赴A国前，助理陆美美和她说，A国的哥儿又高又帅，颜值高身材棒声音还好听，个个都是纯爷们儿。

丁琎大概就是陆美美口中的纯爷们儿，只不过这个爷们儿是中国人。

周轶注意到他的黑色外套上暗了一块，像是被什么液体弄湿了，她隐隐嗅到了一股血腥之气。

"你……"周轶抬眼看他，"没事吧"三个字到了嘴边又难以启齿，她停顿了下，再开口时语气有些生硬，"那些人呢？"

丁琎从上衣兜里掏出一把手枪，熟练地卸了弹匣："受伤跑了。"

他一个人还能从对方手里抢来一把枪，看来吃亏的不是他。

周轶不经意地撩了下头发，带出一句低低的话来："谢谢。"

丁琎看她一眼，把枪揣回口袋里，正正经经地回了句："都是同胞，应该的。"

一阵风过，带起了一片沙尘。周轶茫然四顾，放眼望去，周围除了光秃秃的山包别无他物。

"这是哪儿？"

"漠邑。"

周轶皱紧眉头，那群人居然把她从古木里尔带到了漠邑。

丁琎其实有话要问她，可当下不是好时机，他扫了一眼她干裂的嘴唇，示意道："跟我走。"

周轶对他有戒心，只是她左右看了一眼，确定单凭自己是绝不可能走出去的，便只好跟了上去。

他们一前一后地走着，丁琎回头看时发现她走路一轻一重的，十分不协调。

"脚扭了？"

周轶不在意地摇头："没事。"

丁珬没再说什么，只是将步子放慢了些。

过了道，再往东边走了一段路，第一缕阳光落下时，周轶看到了村落，一瞬间她以为自己看到了海市蜃楼。

"那儿有人住？"她不确定地问道。

"嗯。"丁珬目光落到她斑驳的脸上，看到她的眼里有了喜色。

进村前，丁珬先带着周轶去附近的地上河洗了把脸，他们这副模样要是被村民看见了容易引起猜疑。

周轶掬了水洗脸，清水冰凉凉的，扑到脸上很舒爽。

丁珬也洗了把脸，相较于周轶的温和，他的动作猛烈多了，直接往脸上囫囵地泼了几捧水后随意地搓了搓脸，还顺带抹了把自己的寸头。

洗完脸他扭头，发现周轶正盯着他看。

她洗净了脸，丁珬看着她的眉眼，脑子里有一闪而过的熟悉感，可具体是什么他也说不上来。

周轶见他看过来也不转开目光，眼神坦坦荡荡。

昨晚丁珬就发现她不太简单，平常人被绑了早该惊慌失措六神无主了，可她和他配合得很好，尽管她害怕却也冷静，一点也没拖他的后腿。

他本以为那些H国人是随意劫持了一个人质，可现在仔细想想，那些人似乎对她很重视，以至于昨晚对他穷追不舍，在发现中了调虎离山之计后还第一时间就想掉头回去找她。

他们大费周章地潜进A国就为了这个女人？这不得不让丁珬对她有所猜忌。

在确定她的身份之前，把她带在身边最保险。

周轶收回目光，低头划拉着水洗手："没想到这里还有水流。"

"从雪山引的水。"丁珬随口应道。

"哦。"周轶听过引水工程，这是漠邑地区一个古老的大工程，利用地势坡度引雪山融水灌溉农田。

丁珬脱了外套搭在手上，露出里面穿着的一件黑T恤，两臂的肌肉随着他的动作微微隆起。

初阳已经露出了全貌，温度渐渐攀升。

丁珬站起身，道："走吧。"

进村前，周轶还担心万一语言不通没法交谈怎么办，直到看到村民们主动和身边的男人打招呼。

"他们认识你？"

丁琎点头。

周轶这才恍然，看向他："所以昨晚你才会故意把那些人往另一个方向引，怕他们进村找人？"

丁琎算是默认。

周轶不免再次在心里揣测起他的身份来。

丁琎领着周轶去了老安托万家。阿尼娜已经起来做早饭了，看见丁琎从外头进来，她有些惊讶："丁队长，你这么早就起来了，锻炼去了吗？"

他脱了外套，头发尚湿漉漉的，再加上他的身份，也难怪她会这么认为。

丁琎只是一笑。

周轶跟在丁琎身后走进了院子，看着女主人，她不知道该如何打招呼，只能转而看向丁琎。

阿尼娜见了生面孔，打量了周轶几眼，问道："这个丫头是……"

丁琎早想好了说辞："游客，迷路了，正好碰上。"

近几年有很多背包客来Ａ国游玩，亚西村因为是最古老的村落之一，有不少外地游客会来村里转转。

听丁琎这么说，阿尼娜也没怀疑，盯着周轶看了几秒，突然对周轶说了一句Ａ语。

"嗯？"周轶不解，下意识地去看丁琎。

丁琎解释："她问你是不是混血。"

周轶有些意外，冲着阿尼娜摆手："我不是。"

阿尼娜笑着指了指自己的眼睛和鼻子，用不太熟练的汉语说："你的……有点像。"

丁琎低头看周轶，她眼窝深、眼睛大、鼻子挺，是有些神似Ａ国人，他这么想着也就明白了自己为何对她有莫名的熟悉感。

阿尼娜对周轶这个突然冒出来的外来客也很热情，真以为她独自旅游迷了路，对她嘘寒问暖十分关切，见她风尘仆仆的，还主动拿了自己女儿的衣服给她换洗。正好周轶对自己那身满是尘土的衣服有些难以忍受，就没有推托，去阿尼娜家的洗澡间里简单地清洗了下，换上了阿尼娜给的那条裙子。

裙子的底色是艳丽的大红色，裙面上有各种花卉的图案，衣领和袖口处缀有花边，充满民族风情。周轶从没穿过这种风格的裙子，就连裙子的布料她都没见过。布料摸上手质地柔软，轻盈飘逸，不像是普通的丝绸。

"漂亮，真漂亮。"阿尼娜看着周轶，先是用A语称赞了一番，接着又贴心地用汉语说了一遍。

丁珽去车上换了身衣服再回来时，看见院子里的葡萄架下坐着一个穿着丝裙的女人，一瞬间他还以为是老安托万的女儿回来了，定睛一看才发现是周轶。

丝裙颜色艳丽，花纹繁复，款式很挑人，穿在她身上倒是毫不奇怪，可能是皮肤白压得住，丁珽想。

阿尼娜把做好的早餐摆到院子的桌子上，吆喝道："丁队长，丫头子，来吃早饭。"

她倒了两碗热奶茶，周轶问她："你不一起吃吗？"

阿尼娜笑着道："你们先吃，我去给海诺他们送吃的。"

周轶不知道海诺是谁，丁珽倒是开口了："他们这么早就去摘葡萄了？"

"可不是嘛，早上嘛，不热。"

他们说话的时候周轶喝了口奶茶，才抿了一口她就几不可察地蹙了下眉，然后不动声色地放下了碗。

她细微的反应只有丁珽看见了，他微微勾了下嘴角，眼里露出些微笑意来。

阿尼娜挽着个小篮子出了门，房子的主人都出去了，剩下两个外人在吃早餐，这情景着实是有点奇怪。

周轶是真的饿了，她也不扭捏，抓了个烤饼就开始啃。烤饼这种食物，她在初到A国的第一天就出于好奇去巴扎里买了一块，是卖给游客的那种带包装的，对她来说味道有点寡淡，并不如网传的那般香喷喷的抓人胃。

但阿尼娜家的烤饼是一早现烤出来的，带着热度，散发着奶香味，周轶觉得它和她第一次吃的完全不是同一种食物，此刻她才明白为什么这种面食会是A国人饮食中必不可少的灵魂般的存在。

烤饼吃多了噎得慌，周轶端起奶茶后又意识到了什么，轻轻地放下碗，艰难地把嘴里的食物咽了下去。

看见她的举动后，丁珽起身去了厨房，倒了一碗红茶端出来放在她面前。

"A国人喝的奶茶是咸的。"他解释了一句。

周轶扫了一眼那碗红茶，端起来喝了两口。

丁珽吃得快，前后不到几分钟他就消灭了五个烤饼。警队里都是男人，五大三粗的没那么多讲究，而且吃饭速度也是"猎豹"的训练项目之一，战场上敌人可不会给你时间细嚼慢咽。

他吃完后也没起身，仍是坐着，目光落在对面还在啃烤饼的女人身上。

她刚洗的头发在漠邑这干燥的环境里已经干了大半，蓬松柔顺地垂在脑后，一张脸洗去铅尘白白净净的，眼睛看人的时候带点攻击性，此刻垂眼盯着烤饼看倒显得有些温和乖巧。她和人说话时虽然语气冷淡，但口音是软糯的，显然是个南方人。

这样的一个女人，到底是为什么会被VIRUS盯上？

"我真的很像A国人吗？"周轶抬眼冷不丁地开口，"为什么这么看着我？"

人一旦吃饱了就有了脾气，她这句话带着攻击性。丁琎也不回避，正面应对。

"名字。"他问。

"周轶，渔海来的，旅游。"

她的坦诚倒是让丁琎意外。

"你呢，丁队长？"

丁琎挑眉。

周轶拨了下头发："你身手这么好，是地区自卫军？"

这是她花了点时间得出的合理的推测。

A国这两年不太平，各地区之间常有冲突，政府又无暇顾及，很多地方就形成了自卫军，周轶以前看国际新闻就看到有来自不同国家的人会自愿前往A国加入自卫军，维护地区稳定。

丁琎能和村民处得这么好，总归不是见不得人的坏人。再者能见义勇为去救她这个素不相识的人，还能和五六个绑匪缠斗而不落下风，加上"队长"这个头衔，自卫军是她能想出的最大可能。

丁琎不否认也不承认，反问道："绑架你的那伙人，你认识吗？"

周轶莫名其妙地看着他，觉得他这问题问得一点水准都没有："我应该认识？"

丁琎端详着她的表情，不放过她的任何反应。

"我才到A国没几天。"周轶想起昨天那一遭还觉得晦气，面对他的猜忌怀疑，她自然没好气，"不信你可以去查。"

丁琎沉吟着，似乎在判断她说的话的可信度。

正如她所言，一个中国人，他要是想查就能查到她的所有信息。

"轮到我问了吗？"周轶挺直腰板直视对方，想要拿回他们两人之间的主导权，"名字。"

"丁珏。"他没犹豫。

"是自卫军吗？"

沉默。

周轶懂了，身份保密。她也没打破砂锅问到底，换了个问题："绑架我的那伙人是A国哪个地区的人？"

丁珏皱眉，似乎对她的表达不太认同。

周轶补充："我没听过他们说的话，不像是官方语言。"

无论她是不是可疑人物，丁珏都不能告诉她他怀疑VIRUS有部分势力潜入了A国，这个消息一旦散布出去，必然会引起恐慌。

周轶半晌没听见他的回答，觉得无趣："这也不能说吗？"

丁珏想了片刻，回了句："你只要知道他们不是好人就行。"

"VIRUS？你说VIRUS潜入了A国？"

电话那头陈队的音量突然拔高，声音里满是肃然，丁珏还听到了椅子倒地的响动。即使看不见对方，他也知道他报告的消息确确实实把对方惊着了。

"怀疑。"丁珏望着对面的山头，"而且基本可以确定了。"

他把昨晚发生的事简明扼要地向队长报告了一遍，最后说："他们还有接应的人。"

丁珏的判断力陈队是毫不怀疑的，他有丰富的和VIRUS对抗的经验，他说基本可以确定那结果就八九不离十了。

"这件事我会立刻向上级报告。"陈队沉吟片刻，"那个人质，你觉得有问题吗？"

丁珏走到天台边上，低头往底下看。周轶正站在神祠前面，仰头打量着面前的圆顶建筑，她的脑袋一转，两人的目光就相接了。

"目前没发现。"他收回目光后答道。

陈队在那边叮嘱道："她的身份还是需要查查，你先跟着，等回到了市里我让人去接应你。"

"嗯。"

陈队知道丁珏有分寸，最后只是交代了两句就爽快地挂了电话。

丁珏看着对面的坟包，回想起昨晚和那些H国人交手的情形。

他们训练有素，显然是有备而来，要不是之前的野训让他对这片地形了如指掌，昨晚他一个人对付对方几个人根本占不到上风。他和他们进行着躲避战，把他们的体力耗尽了大半，最后凭着一把格斗刀抢了对方的一把手枪，还伤了两个人。

他本来的打算是至少虏获一个活人，可他没想到他们还有接应，随后加入的两个H国人并不打算和他纠缠，仅仅只是想要把受伤的同伙带走。

丁琎不是恋战的人，他知道局势对自己不利，也明白穷寇莫追的道理。如果周轶对那些人来说是特殊的，那他们绝不会就这样善罢甘休，一切还只是开始。

丁琎沉思时，忽然听到身后传来脚步声，回头就看到周轶提着裙摆缓缓地步上台阶，也来到了天台。

迎着丁琎的目光，周轶走到他身边，把手往他眼前一摊："我的手机被那伙人抢了，借你的用用。"

丁琎垂眼看她杵在眼前的手，没多犹豫就把自己的手机解锁递给了她。

周轶接过，又它了他一眼："我现在是嫌疑人吗？"

"是。"

周轶一噎，不悦地瞟他一眼，看在他救了自己的分上又不好发脾气。

她拿着手机背对着他走到了天台另一头，打开拨号界面，看到他手机里最近的一个通话记录没显示号码，神神秘秘的。

周轶拨了号码，没两秒电话就被接通了："喂？"

"是我。"周轶出声。

电话那头沉默了一秒，然后爆发出一声吼叫："我的姑奶奶，你怎么回事啊？从昨天到现在都联系不上，玩嗨了是不是？"

周轶把手机拿远，等她吼完了才回答："发生了点意外，手机丢了。"

"啊？什么意外？严不严重？"

被人绑架这件事何止是严重，可以说是恐怖了。

周轶并不打算实话实说，要是陆美美知道她昨天被人劫走了，惊吓之余一定会告诉周振国。她不想把事情搞大，本来她现在在周家人眼里就已经是个惹事精了。

"没什么，不小心丢了而已。"

陆美美听她淡定的语气似乎也没什么大事，遂松口气说："你也真是有够粗心的，差点吓死我，我还以为你人丢了呢。"

呵，还真被陆美美说中了。

"别废话了，给我订张回去的机票。"

"啊，你这才去几天就要回来？不是说要待十天半个月的吗？"

经此一遭，周轶哪还有什么心情旅游："累了，不想玩了。"

陆美美支吾着："这边的事还没处理完呢。"

周轶皱眉，语气冷淡："李斐然还不罢休？"

"嗯，她天天来画室，骂骂咧咧地说要见你。"陆美美语气愁怨，叹了口气，"现在外边的人被她煽动得，都说你是第三者、狐狸精。"

"呵。"周轶冷笑。

陆美美开玩笑道："要不我就说你其实是同性恋好了，反正之前网上也有传闻。"

周轶轻笑："也行。"

"算了吧，万一你哪天'直'回来了，还不得解释一番？"陆美美颇有兴致地八卦道，"A国的帅哥是不是很多啊，有没有碰上纯爷们儿，行走的荷尔蒙那种？"

听她提起这一茬，周轶下意识地往后看了一眼，这才发现丁珏不知道什么时候已经走了。

"别发情了，给我订票。"周轶冷漠地打断她的幻想。

"真要回来啊？不多玩一阵，好歹过段时间等风头过了啊。"

"不了。"

陆美美尊重她的决定："行，我给你订，这是你补的临时卡号吗？"

"不是，借的。"

陆美美利落地说道："你先去买个手机补张卡，到时候我把航班信息发给你。"

周轶经她提醒才忽地记起了一茬，随后抿平了嘴角。

"我的钱包也丢了。"她说。

"什么？"陆美美问她，"证件都在里面？"

周轶缄默。

陆美美有些抓狂："要我怎么说你才好，证件丢了你要怎么回来？"

周轶也有点烦躁，从她被掳走开始，破事就一桩接一桩的，她压根就不应该脑子一抽来这儿散心，简直是添堵。

"这样……"陆美美到底是得力助理，迅速想出了解决办法，"你先去当地使馆问问看，能不能开一张身份证明。"

"在A国没有身份证明比较麻烦。"陆美美怕周轶一人处理不好，思忖了片刻说,"要不我飞过去找你吧。"
　　周轶明白陆美美的心意,但渔海那边的事已经够让她费心的了,事已至此,周轶也不愿让她大老远辛苦飞过来一趟。
　　"不用了,我自己会看着办。"
　　"对了,钱包丢了你不是也没有钱?"
　　周轶闭了闭眼:"酒店行李里还有一张卡。"
　　"你确定不需要我过去?"陆美美不放心地追问了一句。
　　"嗯。"
　　身后有动静,周轶回头,看见了一张Ａ国男人的面孔,他对她笑着点了点头。
　　"不说了,到时候再联系。"
　　"等等。"陆美美急忙喊住她,"我怎么联系你啊,打这个号码?"
　　周轶揉了揉额角:"就打这个号码吧。"
　　挂了陆美美的电话,周轶犹豫了会儿,拨了另一个号码,屏幕显示去电号码所属地是卡穆尔地区。
　　果不其然,空号。
　　其实周轶半年前给他打过电话,那时候她被构陷画作抄袭,被各方声讨辱骂,孤立无助时她忍不住给他打了电话,结果和今天一样,空号。
　　每次在她最无力最需要安慰的时候他就消失,小时候如此,长大后亦如此。
　　他到底去哪儿了,一年了都没露过面。她被绑架到底和他有没有关系?他给她发的那张地图到底有什么用意?

　　周轶心里一堆问题,偏偏找不到人问,她按捺住反复涌动的烦躁情绪,低骂了几句。周轶转过身,刚才和她打招呼的Ａ国男人正在晾房里晾葡萄,她站在门口看了会儿,犹豫着怎么开口。
　　"你是海诺?"周轶试探地问。
　　海诺回头,笑着应道:"是我。你好啊。"他的汉语虽然有口音,但比阿尼娜说得要流畅准确。
　　海诺主动搭话:"听丁队长说你是游客,迷路了?"
　　周轶默认。
　　"你一个人来的?"
　　周轶点头。

"哦,那可危险了。"

周轶盯着他没说话。

海诺把一串葡萄挂在挂架上,回头友善地笑着说:"我们Ａ国可是有野狼的。"

周轶低下头,看到地上摆着一筐清洗过的葡萄:"要帮忙吗?"

海诺把一串葡萄递给她:"来,你来体验下。"

周轶学着样把那串葡萄挂到挂架上:"这样?"

"对。"

周轶蹲下身重新拿起一串葡萄,随口问:"就这样晾着多久才能风干?"

海诺指了指晾房外面:"像现在这样的天气嘛,十五天。"

周轶点点头。

底下有人冲楼上喊,海诺出门应了两句,然后回来说:"我下去搬葡萄。"

周轶看着还剩下的半筐葡萄,卷起袖子打算帮忙帮到底。

挂架很高,最高处几乎到了晾房的房顶。靠近地面的架子上已经挂满了葡萄,挂架前摆着一把长椅,椅子脚和她一样高。周轶拎起那半筐葡萄放到椅子上,然后踩着椅子的横栏爬了上去,小心翼翼地站稳,往地面瞄了一眼,在底下的时候不觉得,现在看看还挺高。

丁琎搬着两筐葡萄上来时就看到周轶站在椅子上晾葡萄,一步一步走得十分谨慎,椅子上的那一筐葡萄只剩下一些零碎掉下来的小葡萄了。

他把两筐葡萄放地上,直起腰时看到周轶正低头看他。

"下来吧,剩下的我来。"

周轶望了望地面:"哦。"

她缓缓蹲下身体,踌躇着该先迈哪一只脚,是正面下去还是反身下去。爬上来的时候简单,要下去了才发现不太容易,更何况她穿着裙子,不方便。

丁琎看出了她的迟疑,踩上横栏主动朝她伸手。

周轶看他一眼,搭上他的手,在丁琎的保护下从椅子上下来。

"谢谢。"周轶理了理自己的裙摆,然后指了指她刚才放在椅子上的手机,"还你。"

丁琎点点头,提了一筐葡萄放在椅子上,然后手脚敏捷地爬上去,熟练地挂起葡萄。

周轶在一旁无所事事,看着一串串黄绿色的葡萄随口问了一句:"这葡萄是什么品种的?"

"无核白。"

"哦。"周轶捡了筐里零散的两颗葡萄尝了尝。

"甜吗？"

周轶抬头，发现丁琎在看她。

"嗯。"漠邑的葡萄，能不甜吗。

周轶发现丁琎似乎笑了下，觉得稀奇："你来 A 国很久了？"

"嗯。"

一个字就把她打发了。

周轶几次问他问题都没有得到想要的答案——他大概是职业病，惯会绕弯子或者干脆不答，她已经放弃从他嘴里问出有价值的东西了。

正午时分，太阳高悬在头上，漠邑这块土地成了一个大烤盘，人在上面就像是被炙烤的肉丸，滋滋地冒油。

在天台上待了这么长时间，周轶的脸都热得发红了，但她并不出汗，漠邑的热不同于她老家的湿热，是干热。

丁琎从椅子上跳下来，提溜了一串葡萄给她："觉得热可以去院子里坐坐。"

周轶接过那串葡萄下了楼，丁琎看着她离开后才拿回放在椅子上的手机。他点开扫了一眼，通话记录上只有一个拨往渔海的号码。

阿尼娜家的院子里搭了葡萄架，葡萄叶一片叠一片的生趣盎然，藤上结了好几串葡萄，沉甸甸的，一颗颗葡萄圆滚滚的，看上去汁水饱满。葡萄架下摆着一张小木床，床上铺着一张红色的毯子，是供人纳凉用的。

周轶坐在床沿，脑子里一直在想接下来该何去何从。

首先，她要先回古木里尔，酒店还没退，她的行李都在那儿放着，她得取回来才行。昨天遭了一番罪，现在无论 A 国多么美她都无心游玩了，再待下去她不知道还会不会发生其他意外。

周轶对此十分头疼。

这时丁琎从楼上下来，周轶站起身喊他："喂。"丁琎拎着几个空筐子站住脚。

周轶说："我想和你谈谈。"

丁琎闻言并不回绝，放下手中的筐子，刚走到她面前站定，门外就进来了几个人，脚步声沉重有力。

"丁队长，好久不见啊。"

周轶歪了下身子往丁琎身后看，看见几个穿着黑色制服的年轻男人大步走进了院子,为首的那个直接走向了丁琲。她飞快地打量了他们一眼,目光落到他们腰上别着的手枪上。

"来了。"丁琲转过身看到来人笑了下,主动和带头的人击了下拳。

"你亲自打的电话我能不来吗?"那人目光一错就看见了丁琲身后站着的周轶,他上下打量她一眼,颇感疑惑,"这姑娘是……老安托万的闺女?"

丁琲摇头。

"我看着也不像,中国人?"

"嗯。"

"你带来的?"

丁琲没有否认。

那人冲着丁琲揶揄地挤挤眼睛,眼睛里带着坏笑,对着周轶招了招手主动打招呼:"你好啊,我是李晨辉,丁琲的'下属',多多指教。"

他朝周轶伸出一只手,周轶往丁琲那儿看了一眼,然后才伸出手虚虚地和他一握:"周轶。"

丁琲朝李晨辉抬了下下巴,往门外示意道:"边走边说。"

"成。"

丁琲低头看着周轶:"我出去一趟,有事等我回来再说。"

来了几个同伴,周轶大概能猜出他要去哪儿,事有轻重缓急,她打算和他商量的事也不急在这一时半刻。

"嗯。"

他们俩这对话在旁人眼里就是一个在解释交代,一个乖巧听话。李晨辉暧昧的眼神在两人间流转,似乎已经按捺不住自己汹涌的好奇心了。

他勾着丁琲的肩往外走时还悄声说道:"我说丁队,不是说要把余生用来维护世界和平吗,怎么一段时间不见,就找了个这么漂亮的姑娘,怎么勾搭上的?"

丁琲斜睨他:"不是那么一回事。"

"英雄救美?"

"……"

他们走后,院子里就剩周轶一个人,阿尼娜一家都摘葡萄去了,家里没人,她待着也无聊,所以就出了门,打算在村子里走一圈,找找创作灵感。

亚西村从建村到现在已经有很长的历史了,作为最古老的A国村落之一,在建筑上保留了浓厚的传统特色,每家每户的门都是彩色的,镂刻着独特的花纹和图腾,光从外表上看一点也没有被现代文明浸染的痕迹,古朴又深沉,承载着这个民族久远的记忆。

村子里家家户户的房门口都挂着帘子,窗户上也是,周轶以为那是谢绝见外人的信号,所以也不去打扰人家,就在村道上来回走着,观赏着极具特色的民族建筑。

村子不大,她不过走了半个小时就绕了一圈。太阳火辣辣的,周轶没流汗却觉得每个毛孔都在散发着热气,她四下看了一眼,找了块阴凉处避了避。

她知道一直有个人跟着她,从阿尼娜家到这里,十有八九是丁珬安排的,保护她还是监视她?应该两者都有。

周轶冷哼一声,权当没发现。

村子里很安静,偶尔有几个包着头巾的妇女在外面走动,大多时候一切都是静止的,只有热浪一层一层地翻滚着。

如果她不是现在急着想回国,这里的确是值得待上一段时间来放空自己的好去处。

周轶的脚昨晚扭伤了,其实并不太严重,可耐不住她这样四处逛。她一瘸一拐地回到阿尼娜家时,丁珬和李晨辉刚好从村外回来。他远远地看着她走过来,目光下移,看了一眼她的脚。

周轶没打算凑到他们两个男人中间,又因为脚踝实在痛得站不住,所以没打招呼直接进了院子休息。

李晨辉也看见了周轶,冲丁珬挑挑眉:"真没关系?"

"嗯。"

"你啊,还是不开窍,没关系可以制造关系啊,多漂亮一姑娘。趁着你最近休假,把人生大事搞定,以后也不用被陈队押着去和人相亲了。"

她身份未定,丁珬也没有这个心思:"不是一路人。"

"嘿。"

丁珬不和他瞎扯,正经叮嘱道:"这几天你派人驻扎在村子里,周围也多巡逻,有任何情况告诉我。"

李晨辉对丁珬敬了个礼:"收到!"

丁珬捶了下他的肩:"辛苦了。"

李晨辉咧开嘴笑:"分内事,这次我们协同合作,保证把那些……"

丁珬看他。

"保证把那些不法分子全给逮了。"李晨辉接着说。

丁珬并没有把怀疑VIRUS潜入A国境内的事和李晨辉明说,但李晨辉能猜出一两分。他和丁珏认识多年,他了解丁珏,知道鲜少有什么事能让丁珏这么上心,而一旦丁珏严肃对待了,那就说明事态并不简单。

李晨辉从兜里掏出一盒烟,抖出一支递到丁珏眼前。

丁珏刚想推开,李晨辉劝道:"抽一支放松放松,接下来可要打起精神来了。"

丁珏会抽烟,但不成瘾,他的职业特殊,对某样东西上瘾是会致命的,所以他很自律,恪守着队里的每一条准则,生活规律无不良嗜好,就连感情也很克制。他们这类人,能献出生命去守护别人的安危,却不愿意让最亲近的人置于险地之中,似乎孤独才是他们最终的宿命,而出生入死的兄弟是他们摆脱这个宿命的法门。

丁珏咬着烟,借李晨辉的打火机点燃,吐了口烟雾,把打火机丢还给他。

李晨辉也给自己点了一支烟,沉默了一会儿突然问:"陆谏……有消息了吗?"

丁珏夹着烟,眼神沉了下来。

他没应答,李晨辉就知道了答案:"半年了,他会不会已经——"

"不会。"丁珏斩钉截铁地道。

李晨辉顿了下,吐了口烟笑道:"也是,那小子命大,脑子又好用,'猎豹智多星'这个称号可不是浪得虚名的。"

话虽这么说,他们却都沉默了。或许有些事是可预见的,只是谁都不愿意承认。

丁珏从门外进来时,看到周轶坐在院子里的木床上,脱了鞋子盘着一条腿在揉脚,她抬头见到他,立刻放下腿,穿上了鞋子。

"现在有空吗?"周轶喊住他,为显友好,她还特意加上了称呼,"丁队长。"

丁珏点头。

周轶停了下才继续道:"昨天被绑架后,我身上的东西全都被他们收走了。"

丁珏没说话,周轶盯着他没有表情的脸看了三秒,最后索性直截了当地说:"我的手机、钱包都被拿走了。"

"嗯。"丁珏表示了解。

就这样?周轶不知他是故意的还是真没明白她的意思:"我的各种证件都在钱包里。"

丁珏紧盯着她的脸,没有证件,那就是不能证明她的身份。是托词?

没有必要,她的身份过不了多久就会被查出来。

至少这句话,丁珅相信她没说谎。

周轶等了会儿没见他有回应,她已经没有耐心再和他兜圈子了。

"我的行李都在古木里尔,你能送我过去吗?"

跟他走?正合他意。

丁珅这次回答得很爽快:"你准备下,下午出发。"

老安托万留丁珅他们吃午饭,饭后丁珅把下午打算带着周轶离开的事说了,他们一家还挽留了一番。

丁珅让周轶准备一下,可她一个被掳来的人,没有什么身外之物,除了她这个人也没什么需要准备的。

阿尼娜给他们打包了路上吃的东西,几个烤饼,还有各种干果,还让海诺提了筐葡萄,抱了个大西瓜送他们离村。

丁珅的车就停在村口附近,一辆黑色的吉普,停了一天一夜的时间,车身已经布上了一层尘土。

海诺把东西搁在后座上,拍拍手问丁珅:"直接去古木里尔,不在漠邑多待几天?"

"不了,有点事。"

海诺看向周轶:"你也是吗?"

周轶点头。

"哦,可惜了,再过几天就过节了。"

周轶不了解A国的节日,也不知道过几天要过什么节,不过她想她应该是待不到那时候的。

告别海诺后,丁珅他们就出发了。

周轶坐在副驾驶座上,看着倒车镜里不断远去的亚西村,觉得有些遗憾。

越野车驶上了县道,车内明明有两个人,却异常安静。周轶完全没有和丁珅交谈的欲望,她和他的几次对话都像猫捉老鼠一样。她想他应该也不想和她多说,毕竟他现在还在怀疑她的身份。

车内气氛尴尬,周轶把目光投向窗外。

日头很晒,天上没有浮云,天空没被切割,是完完整整的一块蓝白色,苍穹之下是一片连一片的葡萄架,葡萄叶苍翠的颜色和远处的裸山形成鲜明的对比。

车行驶一段距离就能在路边看到一个晾房,周轶百无聊赖,就数着晾房打发时间。

　　小道有些路段还没完全铺设好，都是碎石子路，车走在上面有点颠簸，晃晃悠悠的，久了就让人头晕犯困。

　　在周轶数到第二十个晾房时，她的脑袋一晃，差点磕到了窗玻璃上，她忙强打起精神坐正了，只是没过一会儿眼睛又眯了起来。

　　丁琒偏头看她："困了可以睡一会儿，我们晚上才能到古木里尔。"

　　周轶听他开口说话反而来了精神，像是故意要和他唱反调一样："哦，我不困。"

　　丁琒没再说话。

　　走了大概两个小时，上了大道后，窗外的景色从不绝的绿色葡萄架变成了连绵的烈焰山山脉。山脉远看着海拔不高，横向延伸着，沟壑纵横，一座连着一座像是没有尽头一样，此时在骄阳底下，山体的颜色就如同热烈燃烧的火焰，光是看着似乎就能感受到灼热。

　　经过一个休息站时，丁琒把车靠边停下，下车去便利店买东西，周轶也趁机下车活动了下筋骨。热浪一阵又一阵地扑到她的脸上，连呼吸的空气都是燥热的。她眯眼看着烈焰山，观察着它的形态、颜色，突然就有了作画的冲动。

　　丁琒从便利店里出来时就看到周轶站在车旁，举着两只手对着烈焰山做了个拍照的动作。

　　他走近，递了一瓶水给她。

　　周轶确实有些渴了，在漠邑待上一天，她的嘴唇都干燥得显出了唇纹，她接过水，拧开喝了。

　　两人再次上车，车内始终沉默。

　　车行驶了一段路程，周轶主动开口打破沉默："到了古木里尔，能带我去使馆开一张身份证明吗，我要回国。"

　　丁琒眉头蓦地一锁，沉下嗓音说了一句："你可能一时半会儿回不去。"

　　周轶闻言不悦，睨着他，语气里带着薄怒："我说了，我不认识那伙人，也不知道他们为什么要绑架我，我是个受害者。"

　　她气极冷哼："你该质问的是那些人，不是我。"

　　"不是我不让你走。"丁琒紧盯着后视镜，眉头未展、神色严肃，浑身突然散发出凌人的气势，就像他救她那晚一样。

　　周轶先是皱眉，随后听出了他话里的异样，她心头一颤，立刻回头看去。

　　一辆越野车追在他们身后，大有直接撞上来的架势。

"是那群绑匪？"

丁珈盯着离他们越来越近的越野车，挂了挡猛踩油门："坐稳了。"

他提了车速，窗外烈焰山在急速地后退。

周轶一直看着后面，心跳不由自主地加速："他们追上来了。"

那辆车从匝道上冲出来时丁珈就注意到了，一开始他还以为是私家车，可现在看来就是冲着他们来的。他把车速提到了最高却没能甩掉后面的车，它紧逼着和狗皮膏药似的，几次都差点直接撞上来。

"他们——"周轶一句话未说完整，突然就听到了"砰"的一声，随即吉普车就挨了一颗枪子。子弹直接打在了她这边的倒车镜上，镜子破碎的声音十分刺耳，她本能地缩了下身体，往丁珈那边靠去。

这一枪，是警告，也是威胁。

丁珈看到后视镜里一个蒙面人举着枪对准了前方，还挑衅地冲他晃了晃，他并没有减速，抿直了唇把油门踩到底。

在下一声枪响的同时，丁珈猛打方向盘，吉普车直接冲出了马路，往烈焰山的方向奔去。

从高处往下俯视，黄色大地上，两辆车一前一后地疾驰着，高速旋转的车轮带起阵阵尘土、黄沙漫漫。

丁珈从手套箱里拿出那把手枪，扭头看周轶："会开车吗？"

周轶的手心已经冒出了一层汗，她抿紧了唇点点头。

"坐过来。"丁珈沉声道，"踩住油门，别拐弯，直接往前开。"

眼看着身后那辆车就要追上来，这种情势下周轶根本没时间思考，只能听从他的话。

周轶爬到驾驶座上，用濡湿的手紧紧地握着方向盘，一只脚踩死油门，吉普车以最快的速度狂飙着。

丁珈装好弹匣，将手枪上膛，但他刚打开车门，后头车上的人就又朝他们放了一枪。

虽然这一枪没打在吉普车上，但是也实实在在地吓了周轶一跳，她的手一抖，车头摆动了一下。

"稳住。"丁珈看了她一眼。

周轶咬住唇，目光紧盯着前方，强迫自己冷静。

对方几次开枪都只是警告，不是打在车尾就是从车边擦过，这种情况要么是对方有十足的把握可以把他们逼入绝境，要么就是还不想让他们死，更准确地说是不想伤及周轶的性命。

丁珹此时此刻也分不出心去想为什么他们会这么重视周轶,当前最重要的就是摆脱追击,眼下对方有所顾忌,反倒能给他反击的机会。

他当机立断猛地推开车门,探出半个身体往后看去。

滚滚的尘土阻碍了他的视线却也给了他掩护,他的精神高度集中,视线被挡他就通过声音来判断对方的位置。即使在这种千钧一发的生死关头他也不乱阵脚,沉着地等待着最佳时机,然后在那一刻到来之时,毫不犹豫地扣动扳机。

这一枪稳准狠地直接打在了后头那辆车的前轮上,轮胎发出"砰"的一声,爆炸声十分响亮。越野车正在高速行驶当中,前轮一爆车头直接歪了,对方刹车不及,车身因惯性直接侧翻倒地。

周轶听到后头一阵响动,但不清楚发生了什么,她的视线不偏不倚地盯着前方,眼看着离烈焰山越来越近她也没松开油门。就在吉普车即将撞上烈焰山的那刻,丁珹坐回了车内,拨开周轶的手打了下方向盘,车猛地转弯沿着山脚冲了出去。

不一会儿后面响起了接连的枪声,但很快就被甩远了。

周轶坐回副驾驶位,手脚不由自主地发软,心脏还在快速地跳动着,像是被卸去了所有力气一样紧靠着椅子。她回头看了一眼,那辆越野车没再追上来。

丁珹扫了一眼仪表盘,油表的警告灯刚才就在闪烁了,最近的一个加油站离这儿还有三十公里,他在心里快速判断出目前的油量坚持不了多久。

周轶也注意到了油表,紧蹙着眉头问:"现在怎么办?"

丁珹沉思着。

那些人不会善罢甘休,且现在还不知道他们有没有同伙在前方伏击,鲁莽前行反倒会置身险境。

丁珹以最快的车速行驶了一段路程,确保暂时没人追上来后才踩了一脚刹车:"下车。"

"嗯?"周轶看他。

丁珹指着烈焰山:"爬进山里躲好。"

周轶看一眼窗外然后问:"你呢?"

"天黑前我会去找你。"

上一次他说天亮前会去找她,他做到了,所以这次周轶也不怀疑他的话。她开门下车,走进山谷前还回头看了一眼。

丁珹观察了下山谷形态,确保她已经进了山后才启动车子继续前行。

他沿着山脚往前飙车,直到剩余的油量耗尽。车熄火后,丁琎拿上手枪下车,选了一条山谷往上爬。

烈焰山上寸草不生,它的海拔不算高,地形却很复杂,千沟万壑有浅有深,像是造物主拿了一把梳子从山顶梳到了山脚,而且还不是一梳到底,山谷不是直溜的一条,中间偶有岔口通向另一条山谷。

周轶担心丁琎找不到她,所以也不敢乱拐。

山谷一开始的坡度还是缓的,越到高处坡度越陡,到了半山腰,她几乎是手脚并用地在爬。国内这个时间点太阳都西沉了,可A国的阳光还很灿烂。烈焰山表层的红土温度灼人,脚踩在上面都能透过鞋底感受到它的炙热。

周轶的两只手都被烫得发红,偏偏她的脚还扭了。可纵使行动艰难,她还是爬了近一个小时的时间,最后才在山谷的一个岔口停了下来。

两边的山脊很高,她不用担心山底下还会有人发现她。

一边的山脊投下了阴影,周轶背靠在山体上,微微地喘着气。她低头看了看自己,红色的裙摆上已沾满了尘土,狼狈至极,她的掌心微微刺痛,好像是被烫伤了,脚踝也肿了,又累又痛。

周轶低咒一句,她是来散心的,现在看来根本是在遭罪。

那些人到底是因为什么对她穷追不舍?真的是因为他吗?周轶闭上眼,再睁眼时眼神里有了股狠劲儿,她要找他问个清楚。

周轶眼看着阴阳切线从山谷底下渐渐往上移动,最后完全消失,天色随着时间的流逝暗了下来,只余下一点残霞像烈焰山燃烧剩下的灰烬,不明又不灭。

随着太阳西坠,没有植被覆盖的广袤大地很快就被带走了温度,夜里的气温和白日里相比简直是大跳水。白天,周轶觉得自己是置身于一个巨大的熔炉之中,身体里的血液在四十几度的高温下似乎随时都会到达沸点。可这会儿,她单薄的长裙根本抵不住寒意一点一点地渗透进来。

夜色愈加深沉,星辰乍现。

等待的时间是最难熬的,从白日到黑夜,周轶觉得自己在山谷里待了起码有半天。可事实上她知道,按照漠邑的日落时间,顶多过去了两个小时。

丁琎还没来找她。

周轶没怀疑过他会丢下自己,毕竟他昨晚冒死救了她,再怎么样也不至于丢下她不管。何况她现在对他来说还是个犯罪嫌疑人,在没查明她的身份之前,他是不会轻易让她走的。

难道是地形太复杂了,他找不到她的藏身之处?这个是最有可能的,毕竟烈焰山地势错综复杂,山谷交错纵横,就算让周轶现在照原路走下山去,她也不一定能做到。

丁珽只知道她是从哪个山口走进来的,可他不知道她会爬到哪个位置藏着。周轶思忖了片刻,觉得这样干等着不是办法,如果他一晚上不来,她难道在这儿等一晚上?如果那些绑匪先他一步找到她了呢?

她不能坐以待毙。

周轶扯了下自己的裙子,扶着山体摸索着往下走。

白天里烈焰山是灼人的,到了夜里却是冷冰冰的不近人情。

夜色沉郁,她看不清山谷的走向,只能倚靠着两边的山体摸索着前进的道路,还需要时不时地停下来判断方向,因而行进速度很慢。

走了近半个小时,周轶的脚踝已经不堪驱使,她不得不停下来稍作休息。

四下悄无声息,这样的静是周轶许多年来都不曾体会过的,处在这样的环境里,仿佛心跳的间隙都被拉长了,俗虑尘怀,爽然顿释。

年少时因一幅画作成名。一直以来,她的世界里充斥了太多声音,或褒或贬,或嘲或讽,那些评价她都不在乎,实在是太嘈杂了。她没想到几年来难得地感受到平静是在这两天,在一场可笑的莫名其妙的逃亡过程中。

就是在这样的静谧中,一些细微的动静才会被放大。烈焰山的地表因长年不降雨又日日经受烈日的暴晒早已干涸得起了一层壳,人踩在上面会发出轻微的咔咔声。

尽管对方很小心,但这样的声响还是被周轶注意到了,一瞬间,她如同毂觫的猫,步步后退着,十分警觉。当看到岔道上冒出一个人影时,周轶下意识地转身往后跑,但没跑几步就被人从身后拉住了。

周轶呼声未出就被捂住了嘴。

"是我。"

听到熟悉的声音,她提着的心才算落了地。

丁珽松开她,周轶吸了一口气:"你是怎么找到我的?"

"声音。"

下车前他忘了叮嘱她直直地往上爬,不过她也聪明,没往其他方向走,否则他要找到她还真得费一番功夫。

"走。"丁珽打头往下走。

周轶跟在丁珽身后,盯着他的背影看,觉得这个男人如果真是自卫军,那他可以说是能力出色了。

早前他让她先行下车进山躲着,她就大致猜到了他的打算,估计他是把车往前开到了随便一个地方停下,刻意制造出他们是因为油量耗尽不得已才弃车的假象,好迷惑那些绑匪让他们在其他的山谷里搜人,借此调离他们,争取时间。

他呢?一路在山谷中穿梭着回来找她的?光是这点,周轶就不得不佩服他,这个人无论是体力还是判断力都超乎常人。

丁琎的视力很好,方向感也强,周轶跟着他下山比自己一个人瞎摸索快多了。

临近山脚时,前方的丁琎突然停了下来,伸手拦住身后的周轶示意她别动。隔着几座山脊,有人在说话,手电筒的光在黑夜中划来划去,周轶的心一下子就提了起来。

丁琎仔细辨听了会儿,发现只有两个人的声音,他们应该是分头在找人。他已经把车开到了十公里外,显然他们上次上了当,这次多长了个心眼。

对方只有两人,尽管如此,他也没打算和他们硬碰硬,现在最要紧的是把周轶安全地带出去。

手电筒的光近了,丁琎拉了把周轶,让她背靠着山谷的凹处,自己则反身覆着她,两人的身体紧贴着,都不约而同地放轻了呼吸。

脚步声似乎就在头顶,有个人站在他们藏身处旁边的山脊上,拿着手电筒四下打探。

那道光就落在山谷的另一面,离照到他们不到一米远,只要他再往前走几步,他们就暴露了。周轶看着那道光,手脚冰凉,后背冒出了一阵冷汗。

丁琎绷紧浑身的肌肉,眼神敏锐又危险,蓄势待发。就在他想抢先下手解决对方时,那道光挪开了,那名H国人被他的同伴喊走了。

丁琎压着周轶一时半刻没动,直到再也听不到声音后才放开她。

"我们现在怎么办?"周轶压低声音问,"报警?"

丁琎极快地回答她:"这里没信号。"

今天一个接一个的惊吓让周轶疲惫至极,她揉了揉太阳穴,对他们目前所处的情况感到头疼:"现在走吗?"

"再等等。"

第二章
丁珹觉得网上对她的评价十分中肯——
难相处

烈焰山山脉狭长，山谷众多，一个地方搜过了那些人基本上不可能再费时搜一遍，所以他们现在待着的地方是相对安全的。

入夜气温骤降，山谷里时不时还会有风吹过，裹挟着寒气。

丁珹听到周轶吸鼻子的声音，往她站着的方向看了一眼，随后换了个位置站着，正好挡住了吹来的山风。

半个小时过后，丁珹到附近的山谷里查看了一番。周轶等了约莫十分钟才看到丁珹从另一个岔道上回来，问："那些人走远了？"

"嗯。"丁珹接着说，"走吧。"

他们所在的位置离山脚很近，拐过几个岔口就到了。

出山前，丁珹特地探查了下，山脚下没有人也没有车，那些人应该都去别的地方搜了。从烈焰山山脚到马路还有一大段距离，虽然浓黑的夜色给了他们掩护，但也难说不会被发现。

"还能走吗？"丁珹回头问。

"可以。"周轶答得毫不迟疑。

"你的脚……"虽然她一直忍着没吭声，但丁珹知道这么一天下来，她的脚伤肯定加重了。

"我没事。"周轶沉冷道，"现在走吗？"目前的情况不允许他们再多停留，等天亮了，他们暴露的可能性将会更大。

丁珹蹲下身体，偏头："上来。"

"不需要，我还能走。"

"能跑吗？"丁珹沉下声，语气强硬起来，"不想再被抓一次就听我的。"

周轶抿唇，垂在身侧的手握了握，最后妥协了。

周轶很轻，丁珹觉得背着她比平时的负重徒步训练轻松多了。

他们顺利地离开了烈焰山，到了道路上，丁珹并没有顺着省道往前走，

H国人没找到他们,也许会让人在路上等着。

丁琲背着周轶往对面的戈壁深处走。

"我们现在去哪儿?"周轶趴在丁琲背上,望着前方黑黢黢的一片,完全不能辨别方向。

"找地窝子。"

周轶听不明白:"什么?"

丁琲没多解释:"到了你就懂了。"

周轶瞟他一眼,只当他不想和她多说,也就识趣地没再追问。

丁琲的背很宽很厚实,周轶身形瘦削,人趴在他背上能完全被托住。今天一天他就没休息过,此时背着她,他的步伐仍沉稳有力毫不虚浮,甚至连粗气都不喘,这样超常的体力,没有经年累月的训练是不可能有的。

周轶被很多男人追求过,但从没被男人这样背着走过,连周振国也不曾,他是个严父,或者说只是对她苛刻,对他的其他孩子来说,或许他是个温柔可亲的慈父。

她突然想起来,其实有一个人曾经背过她,只不过那时候他还是个男孩,她也不过是个半大的孩子。

周轶尘封的回忆忽然被勾起了一角,露出了泛黄的底色。

戈壁滩上只有偶尔刮过的风声及丁琲的脚步声,然后就是他们的呼吸声。

周轶突然问:"我和其他女人比起来,重吗?"

丁琲过了一秒才说:"什么意思?"

周轶盯着他立挺的侧脸轮廓看:"背过女人吗?"

丁琲沉默。

没有还是不想回答?哪一个都无所谓,周轶只是突然想说话。

"丁琲。"她直呼他的姓名。

"嗯。"

"你认识维和警察吗?"

"……"

"你和他们打过交道吗?"

丁琲的第一反应就是她想套话,他微微偏头:"为什么突然问起这个?"

"好奇。"周轶这么说,语气里却不见得有多好奇,反倒试探成分居多,"听说A国有一支很神秘的维和部队,你知道吗?"

丁琲突然站定,把她放下,然后转过身低头看她,眼神晦暗不明。

"你想说什么?"

031

周轶扯了扯自己的裙子,抬起头看他,不紧不慢地说:"哦,只是觉得你身手这么好,怎么没去当兵,报效祖国。"

丁琎一双眼鹰似的攫住她,只不过夜色正浓,她的五官都模糊了,他看不出她的表情细节,只能听到她平静的陈述。

"普通人也能报效祖国。"

周轶不置可否。

"接下来往哪儿走?"她问。

"到了。"

周轶看着空荡荡的戈壁滩,皱眉:"到哪儿了?"

"地窝子。"

周轶是第一次见到"地窝子"这种住处。在她看来,这种地方就像是抗战电影里的地洞一样,从地表往下挖一个空间用以藏身。丁琎打开手机的手电筒,带着周轶从一个人工挖的极其简陋的阶梯下去,然后搬开了一块门板。

周轶跟着他走了进去,借着光四下看了看。

底下被挖出了一个四四方方的不到十平方米的空间,周围都是土墙,屋顶用树干做椽木,不知用什么树木的枝条做的檩条,又在上面铺了苇把。

周轶猜屋顶表面应该被糊上了一层厚草泥,否则怎么会一点光都不透。

屋内还有一个炕,也是用土堆的,上面铺了一层麦草。有一面墙上居然还费心地挖了一个"小窗口",上面放着一个热水壶,显然是前人落下的。

周轶有些诧异:"这种地方……有人住?"

"嗯。"丁琎简略地回答她,"以前A国的人在这里进行生产建设,戈壁上条件差,就住在这种地窝子里。"

"猎豹"经常外出野训,戈壁是他们每年必去的地方。在野外训练,尤其是在戈壁这种广袤无垠又毫无遮蔽的地方,临时搭的帐篷抵不住猛烈的大风且很容易暴露行踪,他们往往会选择挖地窝子来作为临时住处。

关于这一点,丁琎不打算和周轶详说。

丁琎拿着手机照着屋内,这个地窝子算是条件不错的了,看样子不像是外出野训的部队临时挖的,很大可能是以前有当地人住在这儿。

此时时间已近凌晨一点,丁琎拿光照着那张炕,然后看向还站在门口的周轶:"你休息下。"

一张炕,两个人,一男一女,气氛倒不暧昧,但有些微妙。

周轶瘸着脚一拐一拐地走到炕头上,伸手摸了摸铺在上面的麦草,指尖是干燥的。

丁班以为她在嫌弃，毕竟她一个女人不能和队里的糙老爷们相比。

"将就下。"他说。

周轶瞥他一眼，兀自坐上了炕，往里挪了挪，背靠着墙。

丁班把手电筒关了，地窝子里一下子涌进了黑暗。

周轶听到他往外走的脚步声："你去哪儿？"

丁班停下："去外面看看。"

"他们应该想不到我们会躲在这种地方吧？"

丁班未言。

周轶将脑袋挨着墙，闭上眼睛："你也休息吧，我没那么保守，你也不用刻意避讳。"等了半天没动静，她睁眼，"你不会真想对我做什么吧？"

丁班动了动，把地窝子的门关上，屋内没一会儿就暖和了。

周轶听到炕的那头窸窣一阵，紧接着就安静了。

丁班坐在了另一边，两人一头一尾，井水不犯河水。

夜凉如水，戈壁上的风就在头顶上呼呼地吹着，丁班坐在炕上，靠着墙睁着眼在想事。

那头周轶突然开口问："那些人一直追着我，你是不是怀疑我跟他们有关系？"她偏过头望着黑暗，"我知道你肯定有很多问题想问我，问吧。"

丁班屈起一只腿，手搭在膝盖上，沉默了半刻后问："你得罪过什么人？"

"很多。"

"……"

"那些人有枪……"周轶说，"我应该还没那么大能耐。"

丁班暗忖，她似乎没猜出那些绑匪的身份，也不知道她是装傻还是真不知道。如果她和VIRUS真的一点瓜葛都没有，那他们到底是为什么要对她紧追不舍？

"第一次来A国？"他又问道。

周轶"嗯"了一声："散心。"

"为什么选这里？"

周轶想到了那幅地图，她别过头，稀松平常地说："够远。"

丁班皱眉。

"不行吗？"

这种问题无从考证，在没查明她的身份前，她的每一句话都有待商榷。

丁班沉默了片刻后说："可以，欢迎你。"

"……"又和她打官腔。

周轶听得出来他压根不相信自己,她也懒得多解释,重新闭上了眼睛,声音里透着倦意:"我也想知道那些人为什么要绑架我,你查到了记得告诉我。"说完这话,她背靠土墙,迷迷糊糊有了睡意。

周轶虽然不是泡在爱里长大的人,但从小到大也没吃过物质上的苦。周家人虽然不待见她,但总没让她缺衣少食,也没像对待灰姑娘那样让她住在阁楼上,甚至可以说她从小到大吃的住的都是很好的。就连出差,陆美美也是给她订的高级酒店,这也是她备受外人指摘的一点——很多人说她爱炫富、肆意挥霍,完全没有艺术家的气质。

要是那些人知道周轶在地窝子这样的地方睡了一晚,估计会大跌眼镜,就连周轶自己也觉得有些不可思议。她常年失眠,再软的床她都很难熟睡,可她居然在一堆麦草上坐着睡着了,而且是深度睡眠,一个梦都没做,比吃了安眠药睡得还安稳。

周轶醒来后发现丁琗并不在地窝子里,她从炕上下来,转了转脖子,发出咯咯的响动。坐着睡了一晚,虽然精神养回来了,但是她浑身都是酸胀的。

她抻了抻睡皱了的裙子,理了下长发,从地窝子里出去。

天际刚刚泛白,太阳还没升起,戈壁上寒意未退。周轶环顾了一圈,没看到丁琗,她倒并不担心,他想丢下她也不至于等到今天。

丁琗回来时,远远地就看到了蹲在戈壁上,正低着头不知道在做什么的周轶,她一身红裙在苍茫的戈壁滩上很显眼。走近了,他才看清她在玩石头。

周轶用石头摆了一个房子,她把最后一块石头摆好后才拍拍手站起来:"你去哪儿了?"

丁琗把手上的一串葡萄递给她。

"偷葡萄去了?"

丁琗示意她接着:"村民给的,先垫垫肚子。"

周轶接过那串葡萄,诧异道:"附近有村子?"

"嗯。"

丁琗一早出门探看,发现五公里外有葡萄架,以他的经验来看,附近一定有人家,他顺着往下走了一段,果不其然看到了一个小村落。

"走吧。"周轶爽快地说。

丁琗拦下她:"你要去哪儿?"

"村子啊。"周轶说得理所当然,"找人帮忙,不然我们怎么走?"

她想到的丁琗早就想到了:"等着,会有人过来。"

丁珊早上去村里询问了一番，打听到有村民上午要去漠邑市里做生意，他就让那个村民顺道把他们带进城里。村民很热情善良，欣然答应了。

丁珊怕周轶醒来看不到他人会乱走，所以先一步回来了。至于地窝子的位置，那个村民说他知道，那是以前村里人住的地方。

太阳初升后不久，周轶就看到了前来接他们的村民，一个当地大叔，大老远就挥着手和他们打招呼。

周轶看着他的代步工具稍稍愣了下，然后回头看丁珊："马车？"

"嗯。"丁珊解释，"当地特色。"

那个大叔从马车上下来后就和丁珊说话，周轶则在一旁打量着那匹马。

深棕的毛色，鬃毛毛茸茸的，两颗眼珠子黑溜溜的，前蹄时不时踏两步，偶尔打个响鼻。它身后拖着的马车十分简单，就是一辆四轮板车，四角撑着木条，木条上绑了一块布做盖。

周轶还真没见过这样的交通工具，更别提坐了。

丁珊和那个大叔说了几句话，中途两人还往周轶那儿看去，似乎是丁珊在介绍她的身份。

大叔先行坐上马车，让马掉了个头。

丁珊侧坐在马车上，向周轶伸手："上来。"

马车的高度到她腰上，周轶一只脚扭了不好发力，只好拉上他的手，借着他的力气爬了上去。

马跑起来时蹄子发出"嗒嗒"的声音，在周轶的想象里，马车应该是颠簸的，可她坐在后面完全没觉得不舒服，反而平稳得很。

晨风带着朝阳的暖意迎面拂来，白天里看戈壁似乎并没有那么荒凉，还是有绿色的植物在野蛮生长，于风中抖动着。道上两旁隔一段路就有一排杨树，叶子在阳光下泛着银光。

赶马的大叔唱着不知名的歌，歌调婉转。

这样的一个早晨，竟然让周轶觉得有些惬意。

相比她的放松，丁珊则时刻警惕着。

"丁队长，我们到了漠邑会停留吗？"周轶问。

这会儿又叫上队长了，丁珊反问她："你不是想早点到古木里尔？"

周轶把长发撩到一边，露出颀长的颈子，不紧不慢地说："在那之前，我想洗个澡。"

那些绑匪一路都没有出现，他们顺利地到了漠邑市区。丁珊和那个村民道别后，带着周轶先去了个小宾馆，用他的证件开了一间房。

丁珃倒不是为了满足她洗澡的愿望特地开的房间，而是他们需要一个临时落脚的地方，他还有一些后续的事情需要尽快处理。

趁着周轶去浴室洗澡，丁珃走到阳台拨了个电话。

陈队很快就接通了电话，开口第一句就问："昨晚你失联，是不是VIRUS又搞什么动作了？"

"嗯。"

丁珃极快地把昨天发生的事说了一遍，然后往浴室方向看了一眼："人质的身份查到了吗？"

"查到了。"陈队说道，"周轶，一个画家，还挺出名的，常年居住在渔海，五天前来的A国。以前没有犯罪记录，身份也没有什么异常的地方。"

看来她并没有说谎，那VIRUS为什么会盯上她？

陈队也有同样的困惑："这样一个女人，怎么会和VIRUS扯上关系？"

丁珃的手指无意识地敲着栏杆，这就是问题的关键所在。

"目前来看她是受害者，是保护对象，你先跟着，我再查查她的人际关系，看看她身边有没有人和VIRUS有关。"陈队沉凝道，"烈焰山那边我会让人去搜查，四马和热黑今天上午就能到漠邑，你自己多小心。"

"嗯。"

挂了电话，丁珃把自己的地址发给陈队，然后拿手机搜了下周轶。

他搜索的关键字是"画家周轶"，搜索词条的第一条就是"知名画家周轶被指插足好友感情，昔日姐妹为男人终反目成仇，点击揭露艺术圈乱象"。

丁珃："……"

她要是个普通人，那查起来还费事些，可她是个年少成名的画家，要想了解她，只要随手一搜，网上就有各种帖子把她扒得干干净净的。

她的私生活他毫不关心，他在意的是她和VIRUS之间到底有什么瓜葛。

难道VIRUS抓错了人，他们另有目标？

丁珃思索的这会儿，浴室传来了动静，他低头退出浏览界面，把手机揣回口袋，转身走进屋里时微微愣了下。

周轶穿着宾馆的浴袍正拿着干毛巾在擦头发，察觉到他投来的视线，她解释道："衣服脏了，我没换洗的衣服。"

周轶大大咧咧地坐在床沿，浴袍下的腿伸得笔直，她仰头："我把衣服洗了，漠邑这天气，半天能干吧？"

丁珃别开视线，干咳一声："嗯。"

周轶拨了拨头发:"那我们休息半天再走?"

昨天刚经历了生死危机,今天她还有洗澡的闲情逸致,不得不说她的心理素质真过硬。要不是丁琲现在已经知道了她的身份,必定要怀疑她是VIRUS的眼线了。

小宾馆里没有空调,只有一台立地风扇。

周轶怕热,就把风扇挪到床前,把风速调到了最大。

丁琲开房时没想那么多,随手就要了大床房。昨晚他们共处一室是条件有限无可奈何,现在看着她迎风飘散的长发,他觉得自己待在这儿不太合适。

丁琲去浴室里洗脸,刚进去就看到了她挂在窗口边上的长裙及内衣内裤。

他迅速洗了把脸,出来后对周轶说:"我出去办点事儿,你待在宾馆里别往外跑。"

"担心我逃走?"周轶指指自己,"我现在这样,裸奔不成?"

丁琲抿紧唇,突然就想到刚才新闻里有人这样评价她——难相处。

"你有事就去办吧,我不会跑的。"

她就算是想跑也有心无力,现在她身无分文,连证件都没有,就指望他带她去古木里尔拿行李了。

丁琲走后,周轶把浴室里的衣物拿出来,挂在电风扇跟前吹着。

她打开电视随便按着,目光却始终停留在电视旁边的电话上。

周轶犹豫片刻,拿起电话拨了那个号码,结果仍是空号。她拿着话筒想了半天,完全想不到除了他本人,她还可以通过谁联系到他。

她以前连他本人都不待见,更别说去认识他的朋友了。

周轶泄气地挂了电话,躺在床上回想起邮箱里的那张地图,就只是A国的旅游地图。难道他给她发这封邮件的意思不是让她来找他吗?底下那一行乱码符号,是他无心之失还是别有他意?

周轶想得头痛,心里又恼又怨,隐隐还有些担心。

她突然改了心意,有了非见他不可的心。

丁琲一个小时后回来,打开宾馆的门看到床上睡着了的周轶愣了愣,他关门想走,后退了一步又重新进了屋里。他把打包的食物放在床头,低头扫过她的脸时,那种似曾相识的感觉又来了。

风扇起她的贴身衣物打断了丁琲企图深入思索的想法,他悄悄地又走了出去,顺手带上了门。

周轶是被热醒的,她摸着额头上的汗有些嫌弃地起身去了浴室,用冷水洗了脸后才觉得清爽了些。宾馆床头摆着一个闹钟,周轶去看时间时才发现那份食物，她打开看了一眼，是一份拌饭。

这饭只能是丁琎送来的，周轶想，他还挺绅士的。

周轶吃了半份饭，见自己挂着的长裙的裙摆在风中飘动着，她起身摸了摸，干了。前后也不过两个小时，漠邑真是太干燥了。

周轶把衣服换上，才从浴室出来就听到了敲门声，她理所当然地以为外面的人是丁琎，他大概是想试探下自己醒没醒才敲的门。

她把门一开："我已经——"

门外站着两个陌生男人，周轶迅速把门甩上，脸色顿时有些不好了。

门外，那两个男人也是面面相觑。

"我们敲错门了？"

另一个掏出手机："不应该啊，陈队发的信息就是这间房。"

"那刚开门的怎么是个女的？"

"里（你）问我，我问谁？"

周轶趴在门板上听着外边的动静，忽地门又被敲响了，接着有人试探地问："请问，丁队长在吗？"

丁队长？丁琎？

周轶皱眉："你们是什么人？"

"我们……呃……我们……"门外的人支支吾吾的说不出个所以然，周轶疑心他们身份有异，立刻把门反锁了。

外面两人推推搡搡，个高的推了把边上的人："你倒是说呀！"

个矮的推了回去，瞪着眼睛低声说："里（你）个傻子，我们的身份能随便说吗？"

"也是。"个高的挠挠头，"那现在咋办？"

"咋办，给丁队打电话呗，这还不简单。"

丁琎估摸着时间回到宾馆，刚上楼就看到房门口站着两个人，他们嘀嘀咕咕地说着话没注意到他，他不由得出声叫他们："热黑，四马。"

那两人听到声音齐齐看过去，见到人立刻脚跟一并，行了个礼："队长！"

丁琎走近："什么时候到的？"

"刚到。"热黑回答，又反问道，"队长，你不住这间房吗？"

丁琎刚想掏出房卡开门，又想到周轶如果还睡着那就不太方便，他先敲了敲门："周轶？"

周轶一直守在门后，听到他的声音，不确定地开口："丁琎？"

"是我。"丁琎说，"你换好衣服再开门。"

038

他身后,热黑和四马意味深长地对视了一眼。

昨天陈队让他们到古木里尔接应丁队,但是并没有详说发生了什么事,只说到时候丁队会解释,今早又急忙让他们赶到漠邑和丁队会和,所以从头到尾他们都还不知道周轶的事,此时自然往别的方向去猜测了。

一男一女同住一间房,再加上丁琏刚才那句引人遐想的话,两人是什么关系自然是不言而喻了。

热黑和四马眼中都闪现出兴奋的八卦光芒。丁琏在队中威望很高,队员们都知道他一直没找对象,陈队常常催他,队员们也爱拿这个开他玩笑,说他长得再帅都没用,这辈子注定要献身祖国,和枪过了。谁承想他金屋藏娇,还正好被他俩碰个正着,这下回去和队员们一说,肯定惊倒一片。

周轶听丁琏这么说,犹豫着开了门。

她首先看到的是丁琏,之后才看见跟在他身后的两人。

看样子是认识的了。

周轶退进屋内,丁琏进了房间先往床头扫了一眼,看到那份外卖被打开后就转开了眼。

热黑和四马刚踏进房间就发挥了优秀的侦查能力,那凌乱的床铺简直就是铁证,丁队有对象了。

他们对视一眼,随后一起朝周轶诚恳地鞠了个躬:"嫂子好!"

周轶:"……"

丁琏:"……"

四马咧开嘴,露出一口白牙,笑得一脸灿烂:"嫂子,我叫马骉,'君子一言,驷马蓝(难)追'就是我本人,里(你)可以和丁队一样叫我四马。"

个高的那个紧接着开口:"嫂子,我叫热黑·巴布尔,别克族人,你也可以和丁队一样叫我热黑。"

个高皮肤黝黑的叫热黑,个矮"N""L"不分的是四马,两人看起来都是二十出头,叫她姐她还能理解,可是嫂子?

周轶看向丁琏。

丁琏有些头痛:"陈队没和你们说?"

"说啥子?"热黑问,"他就让我们跟你会和,说有任务。"

"原来陈队是想让我们和嫂子打个招呼啊。"四马附和,笑嘻嘻地说,"丁队里(你)放心,等回去后我会如实上报的,嫂子漂酿(亮)得很。"

丁琏沉下声:"立正!"

热黑和四马条件反射地并脚站得板直。

"跟我出来。"

热黑和四马相觑一眼，服从命令。

周轶忍不住低笑，觉得有点意思。

等他们仨从外面再进来，热黑和四马的表情明显都有点尴尬，看她的眼神除了窘意之外还带着点审视。

得，又多了两个人怀疑她。

周轶靠在电视柜上，似笑非笑地看着他们："现在要把我'押送'回古木里尔吗？"

漠邑市里估计会有 VIRUS 的眼线，周轶在这儿留得越久就越不安全。从目前掌握的情况来看，她很有可能是被牵连进来的无辜人员，他也没理由一直押着她不放，让她早日离开对她才是最好的。

丁珏正要回答，兜里的手机突然响了，是陈队的来电。

他给两个队员递了个眼神后就出了门，到了走廊尽头才接通。

"我刚接到情报，文交部几天前接待了一个 H 国外交部到访 A 国进行学习交流的使团，人还挺多，走的是正规程序，上头批的文件。"

丁珏眉头一皱："现在这个交流团在哪儿？"

陈队语气肃穆："漠邑。"

丁珏眼神突变，如刀锋出鞘，闪过寒光剑影。

是巧合？

VIRUS 这几年发展得很快，除去 H 国政府内政混乱，对它的打击力度不够，丁珏一直怀疑它背后有人唯恐天下不乱，对它的各种活动进行了支持。

但这仅仅是个猜测，他一直没能揪出它背后的势力，可如果 H 国政府也牵涉其中，那事态就复杂严重多了，事情的性质也会变得完全不同。

A 国和 H 国一直都是睦邻友好的关系，两国也常常进行经济文化上的交流，按理说，H 国派使团到 A 国学习是很正常的事，偏偏是这个当口，这么凑巧。

这两年，H 国政权反复更迭，党派之争激烈，也难保有一些野心勃勃的激进分子借此机会偿其大欲，丁珏觉得有必要前去探一探虚实。

打定主意，他收起手机往回走。

丁珏出去接电话后，周轶瞅着站在门口跟门神一样的两人："你们都是丁珏的部下？"

四马答道："他是我们队长。"

"你们是自卫军？"周轶随口一问。

"哦——"四马立刻拔高音调,给热黑送了个眼神。

热黑瞬间明白了,憨憨地说:"对对对,姐你猜对了。"

这话前言不搭后语,说得不明不白,周轶狐疑地来回看他们。

四马机灵,见形势不对立刻转开话题:"辣(那)个……刚才对不住啊,误会了,没把里(你)吓着吧?"

周轶挑眉:"你们队长还没结婚?"

热黑摇头,如实地说:"对象都没一个,我们大队长都替他着急,还带他去相亲。"

相亲?周轶有些好笑,他那副刚正板直的样子一看就不会来事。

四马摇头晃脑地叹了口气,故作一副老态的语气:"我们丁队多带劲啊,唉,可惜……"

丁琏刚到门口就听到这么一句:"可惜什么?"

热黑和四马被吓一跳,随即让开道站得笔直,脸上的表情似乎有股悲壮的意味。

丁琏扫了他们俩一眼,再看向周轶时,发现她看他的眼里像是藏了笑,带些揶揄,也不知道这俩小子和她说了什么。

"今天去不了古木里尔了。"

"哦,我不急。"她看他,"早晚会到的。"

周轶的反应很冷淡,也没有动怒,这倒让丁琏有些意外,心里又对她产生了猜疑。昨天她还想尽快离开,今天怎么又突然改主意了?

"听说漠邑博物馆里有干尸?"周轶话锋一转问道。

"有的有的。"回答她的是四马,他的语气还有些兴奋,"在二楼,有好多具,男的吕(女)的还有小孩,都保存得好好的,里(你)——"他的话头被掐灭在丁琏的一个眼神里。

周轶来了兴趣,双手环胸,抬头看向丁琏:"难得来一次,我想去看看。"

她是个艺术家,这个理由很正当,也很好地解释了她为什么想留在漠邑。

"你现在最好别出门。"

周轶冷声问:"我现在连人身自由都没有了?"

丁琏沉声道:"这是为了你的安全着想。"

"我可以乔装出行。"周轶往他身后看过去,"你也可以让他们跟着我。"

热黑和四马在一旁一声都不敢吭,除了陈队,他们这还是第一次看到有人敢不服从丁队的安排,而且还是个女人。

丁琏看着她,周轶的眼神也毫不退让,不同于敌人的阴鸷和狠绝,她看着他的眼神是孤傲的、叛逆的,有她独有的任意妄为和骄纵。他面对再凶狠残暴的敌人都从未服输退让过,可周轶破天荒地让他感到棘手。

"天黑之前必须回来。"他最后道。

漠邑博物馆在老城区,东路那一块。

A国干尸又以漠邑出土的最出名,因其分布广、数量多、时代跨度大。漠邑因为天气干燥,降水少蒸发量大,所以墓葬的尸体很少腐烂,百年之后,仍然保存得十分完整。

在博物馆里流连了近三个小时,周轶才满意地离开。

热黑开车,四马坐在副驾驶位上,周轶一人坐在后座。

"姐,我们回去?"热黑问。

天色未暗,她还不想回宾馆:"带我兜兜风吧。"

周轶靠窗看着外面的街道上行人来来往往,随口道:"漠邑的建筑都不怎么高。"

热黑很快应道:"漠邑周边有很多沙漠,地基承受力有限,太高了怕塌陷。"

"哦。"阳光透过窗户照进车内,周轶嫌晒,往中间挪了挪,她看着前面两人,"你们都跟着我,不用去帮你们队长?"

四马摆手:"嘿,我们丁队厉害得很,有什么事他一个人就棱(能)搞定,用不着别人帮忙。"

周轶抱胸:"那你们来,就是特地来监视我的?"

"呃……"四马颇有些尴尬,不过他脑子快嘴巴甜,很快就笑嘻嘻地说,"姐,话不是这么说的,咋会是监视呢,是保护才对,里(你)就当我们是导游。"

周轶心思流转,脸上的表情仍是淡淡的。

四马见她兴致不高,建议道:"姐,不如我们带里(你)去郊河看日落吧?美得很!"

从郊河回来,天际还余有残霞,但阳光已不再洒下,天色暗了。

周轶坐在后座上,看着那点残霞,它们仿佛在和黑暗做最后的抗争,带点悲壮又决绝地奋力燃烧着最后的生命,直至化为灰烬。

"姐,里(你)饿了吧?"四马回头问。

今天一天她就吃了丁琎带给她的半份拌饭,现在时间临近晚上十点,她的胃确实有点空了。

热黑开着车,道:"漠邑夜市里有好多好吃的,一会儿我们给你打包,让你尝尝地道的A国美食。"

"漠邑有几个夜市?"

"那可多了。"

"都逛逛吧。"

"这个……"热黑和四马都有点为难。

周轶双手环胸:"怎么,刚才不还说要当我的导游吗?"

四马表情讪讪然:"丁队有吩咐,我们不敢不听他的。"

"你给他打电话,我来和他说。"

四马犹豫了下,最后还是照办了。

电话打出去没多久,丁珏接通,直接问:"她又怎么了?"

这句话就很耐人寻味了,周轶冷笑,回道:"她想再逛逛。"

"周轶!"

"你要不放心就来找我。"周轶说完就示意四马挂电话,随后说,"走吧。"

热黑和四马还是第一回看到有人敢这么忤逆丁珏,不由得对视一眼,一时感叹。

周轶在A国莫名其妙地被绑架、追杀,心里烦躁不安,就想着再兜兜风。她让热黑和四马开车带着她在城里几大夜市转了转,他们也很尽职尽责,每到一个夜市就去打包些当地特色美食回车上,让她每样都尝尝。

丁珏和热黑他们在西市碰头,他上车时,车上只有四马和周轶,热黑去夜市里买吃的去了。

丁珏上车后看着周轶没说话,他没开口,但周轶从他的眼神中就知道自己肯定是惹他不快了。她像是没感觉到他的不悦,又像是故意要惹他动怒一样,歪着头看他,语气还略轻快:"来得挺快。"

丁珏张了张嘴,下意识就想训她,可对上她明媚的眼眸,他要说的话又消弭于无形之中。

她不是他的队员,他没办法像对待热黑和四马一样,在她犯错的时候狠狠地教训她一顿。更让丁珏觉得气闷的是,他隐隐地意识到,就算他疾言厉色地训她,她也不会放在心上,反而可能会反咬一口。

从坟包地里救她出来时,他们彼此猜忌,那时她还算客气,起码听话,今天她算是完全展露出她的脾气秉性了。

丁珏觉得网上的评价十分中肯——难相处。

"你不能在外面逗留太久。"

周轶看他一眼,转头看向马路边上的民族风情店,说:"我想去这家店看看。"

丁珧额角一跳,周轶压根就没把他的话听进去。

"进去看看我就跟你回去。"

丁珧不想节外生枝,但又知道如果不满足周轶的要求,她接下来一定不会配合他。

周轶见他没拒绝,笑了下,推门下车。丁珧紧随其后。

那家民俗店很大,周轶进去后才发现店里商品繁多、琳琅满目,除了卖丝绸,还卖各种精致的银饰和很具当地特色的手工艺品。

周轶刚进店,店主就迎了上来,见她是外国人,十分热情地用不纯熟的英语和她打招呼。丁珧在她身后不远处站着,中途陈队给他打了个电话,他看了一眼还在认真地听店家介绍的周轶,掏出手机出门接通了。

周轶回头看了下。

"你们是外地来旅游的吗?"店家问周轶,显然是把她和丁珧看作是一起的了。

她也没费时间解释,点了点头。

店家又笑眯眯地说:"欢迎你啊。"

周轶回之一笑。

"什么时候到的漠邑?"

周轶想了想,道:"今天刚到市里。"

一般游客要么是直接到漠邑市里,要么是从古木里尔过来的,因此店家也从没想过周轶是先去的乡下才到的市里。

"去了漠邑哪儿玩吗?葡萄渠去过了吗?"

周轶摇头。

"哦,那可巧了嘛。今天是葡萄节,葡萄渠里有活动,你们可以去看看呀,可热闹了。"店家热情地介绍着,像个导游一样,对她这个外地游客非常真诚。

"葡萄节?"

"这个季节嘛,葡萄都熟了,大家庆祝一下。"

周轶听着,想起了昨天海诺说的话,难怪他说马上就过节了,原来指的是这个节日。要是在平时,这种当地特色节日周轶一定二话不说就去了,毕竟机会难得,可是现在她并不是自由身,真要去的话还有点麻烦。

周轶并不觉得丁珧会带她过去。

"我儿子现在也在那儿。"店家突然来了这么一句。

"嗯？"

店家有些骄傲："他是军人，今天过节嘛，葡萄渠里人肯定很多，警察不够用，就借了一些人过去。"

周轶闻言心头一动，垂下眼睑若有所思。

陈队给丁班打了个电话询问了一些情况，还问了四马和热黑，他们交换了些信息，还是没能查出VIRUS绑架周轶的原因。

丁班挂了电话回到店里时，周轶正弯腰看着柜子上摆放的手工艺品。听到他走近的脚步声，她直起腰，拿起一个小玩意儿问："这是什么？"

她手上拿着一个似印章一样的木制品，它的形状像个小宝塔，木头上还画着彩色的图纹，底端却又布满了密密麻麻的铁针，仔细一看，那些铁针的排布又是有规则的，罗列着形成了一朵玫瑰花。

"饼戳子。"丁班说，"打饼用的。"

周轶一点就通，立刻就明白了烤饼上的花纹就是用它扎出来的。

她掂了掂那个饼戳子，看向丁班："丁队长，介意送我一个纪念品吗？"

丁班现在算是明白了，只要她一喊他队长，那就是有事要他帮忙。

周轶被绑过来，手机和钱包都被搜走了，这事儿丁班知道。他不是吝啬的人，一个戳子她既然想要，他也不会拒绝。

结账时，店家还送了一个手工小布袋给周轶。她把饼戳子装在里边，把布袋斜背在身上。布袋是用卜布尔丝绸缝制的，倒是和她的裙子很相配。

"小伙子，今天葡萄渠有葡萄节的活动，你可以带你女朋友去玩玩。"

丁班和周轶一同进店，俊男靓女，此时丁班又帮着周轶付钱，店家自然以为他们是一对。丁班倒不在意被误会，只不过在看到周轶眼里的勃勃兴致时，他微微感到头疼。

丁班本以为到这会儿周轶也该消停了，可周轶似乎并不想就此结束她的漠邑之旅，老实地跟他回去待着。此刻丁班甚至有些后悔让周轶留在漠邑，早知道她这么能折腾，他下午就该让四马和热黑先把她带到古木里尔。

她简直是身在险境而不自知。

开往葡萄渠的汽车里，气氛异常沉默，坐在后座上的丁班和周轶完全不交谈，坐在前面的热黑和四马也不敢吱声。他们不知道为什么出去走了一圈，丁队突然说要去一趟葡萄渠。虽然不清楚原因，但看他表情，似乎并不是自愿去的，想到这儿，他们不得不再一次佩服起周轶来。

大概半个小时的时间，车就开到了葡萄渠。进了沟里，热黑直接驱车到了接待站，葡萄节的活动就在那儿举办。

接待站依山傍水，有数十条的葡萄长廊纵向延伸。

他们到时，廊外已经停满了车，热黑一时找不到车位，就让周轶和丁珬先行下了车，他和四马两人去找停车位。

每条葡萄廊都有不同的活动，同样都是人头攒动，十分喧嚣。

周轶随便挑了一条葡萄廊进去，看到入口处站着的警察时，她还有意地多看了两眼。

长廊顶上盘绕着葡萄藤，葡萄叶大而绿，叶底下垂着一串串饱满的葡萄，廊里摆着很多长桌，桌上放着各种新鲜的葡萄和大小不一的葡萄干供人品尝。

周轶来漠邑后只吃过无核白，还没尝过其他品种的葡萄，所以当工作人员邀请她进行品尝时，她没有拒绝，摘了几颗颜色不同的葡萄尝了尝。

每一种都很甜，但又甜得各有千秋。

丁珬一直跟在周轶后面，尽管他对她这个点还要求来葡萄渠玩有微词，但他并没有因此而懈怠，反而尽职尽责做好一个保护者的角色，甚至在其他游客挤过来品尝葡萄时还会伸手挡上一挡，不让那些人撞到她。

周轶余光看到他偶尔伸出来的手臂，嘴角微扬，从盘里摘了一颗浅紫色的椭圆形的葡萄，转身举到了丁珬嘴边："这个，尝尝。"

她突如其来的示好让丁珬有些没想到，加上这个动作暧昧，他不由得端视着她，想看穿她此举的目的。

周轶又把手举高了些，就差直接送进丁珬嘴里了。

边上有人看他们，那个工作人员也笑着注视着他，眼神带着笑意和期待。

丁珬不好在人前驳了她的意，扫一眼她指间的马奶子，他后退一步，从她手里拿过那颗葡萄丢进了嘴里。

周轶搓搓指尖："甜吗？"

"嗯。"

"这种最甜。"

尝过了葡萄和葡萄干，周轶又去了另一条酒香四溢的长廊里品了当地特酿的葡萄酒。她品酒时表情享受，喝到好喝的葡萄酒时，眼睛还会自然地眯起，随后流露出赞许之意。

现在的她似乎是丁珬这几天见过的最放松的状态。

"你既然要保护我的人身安全，那就顺便再保护下我的精神安全，你不能让我以后想起A国，脑袋里只有被绑架的糟糕回忆吧"，这句话是不久前在民俗店门口她对他说的,蛮横自我又让人无处反驳。

前方有人往后挤了挤,周轶一个不注意被前面的人撞了下,她没站稳,往后退了一步直接靠在了丁珃的怀里。

丁珃下意识揽着她的腰扶了她一把,很快就松手,往后退了一步。

周轶站稳,勾了下自己的鬓发,偏过头道:"谢谢。"

丁珃"嗯"了一声:"还要看吗?"

周轶回过身,不紧不慢地应道:"去别的地方看看吧。"

她其实很清楚在查明绑匪的身份之前自己现在这样抛头露面很危险,她也知道丁珃想尽早带她回去,可她来这儿另有目的,不能白来一趟。

周轶往外走着,脑子里一直想着该怎么样才能暂时摆脱丁珃去办自己的事,他是个聪明人,蹩脚的借口根本骗不过他。

还未待她想出一个合理的借口,一场意外就打断了她的思路。

廊外"砰"的一声巨响如平地惊雷,响彻渠内。长廊里的所有人都被吓住了,空气里静了片刻后马上喧闹嘈杂了起来。

"汽车爆炸了。"廊外有人扯着嗓子喊,"汽车爆炸了。"

这一嗓子引起了人群的恐慌,他们同时还看到长廊外面冒起了一阵黑烟。

今天是葡萄节,很多当地人和外地游客都驱车到了葡萄渠里。此刻长廊外一辆挨着一辆地停满了车,现在一辆汽车发生了爆炸,那么其余的汽车就是一个巨大的隐患,如果不及时处理,最坏的情况就是如同多米诺骨牌一般,一辆接着一辆地烧下去。

离第一声巨响过去不到五分钟,又有两声爆炸声破空而来。人群里爆发出阵阵尖叫声和呼喊声,受到惊吓的人们开始慌不择路地想要逃离此地,你推我我搡你,所有长廊顿时乱成一锅粥。

"有没有人过来帮忙?这边有人受伤了。"外边有人焦急地呼喊。

丁珃身上肩负的使命让他本能地趋害避利,他刚想往外走,忽地停下脚步回头看。

周轶似乎明白他在顾忌什么,还未等他开口,她就先行说道:"你去帮忙吧,我就在这儿等你。"

丁珃思忖了片刻,现在外面什么情形他还不清楚,葡萄渠里人员众多,此刻这种情况他不能放任不管。

"别乱跑。"丁珃说完就转身疾步走出了长廊,毫不犹豫地往冒着火光的方向赶去。

长廊里摆放着的葡萄酒洒了一地,空气里弥漫着浓郁的酒香,周围一阵混乱。

丁珥走后,周轶转身快速地挤进人流中,往长廊的另一头走去。长廊的另一端连接着接待楼,此刻楼前的空地上聚集了许多游客,有警卫在维持秩序,安抚群众。

周轶穿梭在人群中,目光一直在不断地四下搜寻着。就在她即将冲出人群时,有两个男人一左一右地走到了她身边,一个人紧紧地搂住了她的肩,另一个死死地捂住了她的嘴,让她挣脱不能,呼救不能。

他们低着头,架着周轶往反方向走,惊慌失措的人群中,没有谁发现他们的异常之处。周轶发不出声音,一路上无论她怎么挣扎,始终受制于人,她几乎是被半拖着往前走。

他们把周轶带离了接待楼,半拖半拽着进了路边的土道上,这种小道纵横在葡萄园间,是当地农民为了采摘葡萄特地挖出来的。这个点不会有人来葡萄地里,躲在这样的地方,只要不出声就不会被人发现。

周轶被他们架着不知到了葡萄园的哪个角落里,接着搂着她的劫匪松开了她。周轶的身体获得了自由,可还未待她开始挣扎,另一个劫匪就迅速用手臂勒住了她的脖子,让她靠在自己身上。

周轶觉得喘不上气,本能地用手去掰他的胳膊,可她的力气敌不过对方,她的反抗显得有些徒劳无功。

两个劫匪低声交谈了几句话,说的仍是她听不懂的语言。松开她的那个绑匪似乎在交代着什么,说完后他就闪身钻进了葡萄林,很快周轶就听不到他的脚步声了。

她垂下手不再企图去掰开身后那个劫匪的手臂,劫匪似乎以为她放弃了抵抗,得意地哼哼两声,稍微松了松手,给了她喘气的空隙。

就在这时,周轶猛地抬起手,拿着饼戳子用尽全力往后一扎。

她对他的身高判断准确,这一下直接把饼戳子扎进了他的眼睛。

劫匪怪叫一声,立刻松开了周轶。

周轶拔出饼戳子迅速往前冲了几步,然后转身,双手握紧饼戳子,像是持着一把匕首一样对着那个劫匪。

夜色浓稠,周轶看不清对方的长相,但大致能辨别出他的姿势。她这一下没有留情,下了狠手,此时那个劫匪正痛得弯腰捂住自己的眼睛哀号,没能顾得上反扑。

周轶浑身冰冷,握着饼戳子的两只手一直在颤抖。虽然她看不清,但她能感受到溅到手上的液体,是他的血。空气中的血腥味让她隐隐作呕,她的太阳穴在猛烈地抽动着,背后沁出了一层冷汗。

周轶强迫自己冷静下来,离开的那个劫匪很有可能是去知会其他同伙来接应他们的,她现在不能在这儿待着。

打定主意,周轶绕开那个劫匪往回跑,跑到一半她突然停了下来。

那些人见她伤了人跑了,十有八九会认为她会原路回去求救,当然如果能做到这是最好的办法,可此时夜色深沉,在夜里她行动不快且她的脚伤还没好利索,她并不能保证她能在他们追上她之前到达接待楼。

思及此,周轶当机立断,随意地择了一条小道就跑。

葡萄园的土地高高低低并不平坦,周轶摸黑走着,还时不时会被葡萄藤绊住,夜里她辨不清方向,只是凭着直觉走,因而速度并不快。大概这么走了十几分钟,周轶听到了身后不知哪个方向有人声传来,她心头一紧,没想到对方这么快就追了上来。

葡萄园里有数不清的壕沟和小道,他们并不能立刻就找到她,但到底比在烈焰山找人容易得多。周轶咬咬牙,弯腰躲进葡萄架下,半弓着腰小心翼翼地继续前进,不敢弄出任何声响。

人声向她逼近了,周轶回头看一眼,几道手电筒的光线若隐若现,他们似乎在一一排查就近的葡萄架。

再这样下去,她迟早会暴露。

周轶捏着手紧咬着下唇,心脏快速跳动着,手心里濡湿一片。

千钧一发之际,葡萄园的另一侧突然"轰"的一阵响动,似乎有葡萄架倒了。

那伙劫匪闻声而动,迅速往声源地奔去。周轶趁着这个千载难逢的机会提起裙子,快速地钻出葡萄架,跑上了一条水泥小路,奋力地往尽头奔去。

小路的尽头是一片房子,房屋外表看上去和她在亚西村看到的一样。有个带院子的房子大门敞开,隐隐有歌舞声从那儿传出来。

周轶回头看向黑黢黢的小路,喘着气一步步走过去。到了近处,她却停下了脚步,借着院子里漏出来的微弱灯光,她看到了自己手上的血。就这么突兀地闯进去,肯定会把正在载歌载舞的人吓到,今天是当地隆重的节日,她并不想引起不必要的恐慌。那些劫匪摆明是冲着她来的,越少人牵连其中越好。

周轶有自己的考量,她在房子附近看了看,并没有看到警察。

"你好,有什么——"有人轻轻地拍了下周轶的肩膀,用英语问。

049

她一惊,立刻如鳌觫的猫般转过身,警觉地把手中的饼戳子对准对方,目露凶光。

对方是个年轻男人,看长相是个亚洲人,他被周轶过激的反应吓了一跳,在看到她手中带血的"凶器"时更是诧异。

他缓缓地把双手举到脑袋两边,干笑着说:"误会、误会,我不是坏人。"

"你是中国人?"男人用汉语问了句。

周轶上下打量着他,并没有放松警惕。

男人从周轶的表情推断出她听懂了他说的话,立刻道:"我也是中国人,你是不是遇到什么麻烦了?需不需要我帮忙?"

周轶抿嘴不言,目光却错开他看向他的身后,原本黑漆漆的小路上多了两道光。

那男人察觉到她的表情变了,小心翼翼地侧头往后瞄了一眼:"有人在追你吗?"

周轶没回答,垂下手后退几步打算离开。

"哎哎,你等等。"

周轶皱眉,盯着眼前的人。

"我可以帮你。"他指了指自己,"你跟我来。"

他看上去和那群劫匪不像是一伙的,但周轶仍对他的话存疑。

那男人走了几步发现周轶没跟上,朝她招招手:"快点。"

周轶回头,那两道光更近了,她捏了捏手指,下定决心跟上他。

男人带她绕了两个弯,最后停在了一栋房子前。周轶看到灯光底下的招牌时觉得意外,她没想到葡萄渠里还有旅舍。

他输了密码打开了大门,回头示意周轶跟上。

大门进去就是一个露天的大院子,这个点院子里还很热闹,一些住客在凉床上喝酒打牌撸串,有一些坐在院子里看电影,还有几个姑娘在葡萄架下荡着秋千闲聊。

"哟,陈老板回来了啊,还带回了一个……妹子?"院子里有人喊,"带过来看看呀。"

周轶把手背在身后,前头那男人转过身给了她一张房卡:"103,你先进去待着。"

她现在这模样的确不适合见人,他倒是心细。

"小姐姐,你别被他的花言巧语骗了,他就是个奸商!"秋千那儿有个姑娘冲周轶喊道。

"兰兮芝,你有完没完啊?"那男人吼了回去。

"又吵上了。"院子里的人一阵哄笑,似乎对这种事已经见惯不怪了。

看来他在这儿住了有段时间,周轶稍稍放心了些,接过他手上的房卡,转身就走。这家旅舍只有一层楼,周轶很容易就找到了103,她刷卡开门,打开房间的灯四下扫了一眼。

屋子比今早丁珙开的那间还小还简陋,一张床和一个床头柜几乎就要占满整个空间,浴室倒是独立的,就在床尾边上,小小的一间。

周轶拧开水龙头冲手,干涸的血渍在水的冲刷下汇成血水流下。

这还是她第一次动手伤人,她现在还能清晰地回想起血液溅到手上时那种温热的感觉,触到皮肤上像是浓硫酸一样让她整块肌肤都在发烫。

也不知道是托谁的福,让她有了这么一次刻骨铭心的经历,如果让她知道,她一定好好"感谢"他。

周轶抬头,镜子里她神情冷淡,眼神却很凌厉。

房门被敲响,刚才那个男人的声音传来:"是我。"

周轶搓了搓手,关上水去开门。

她侧身,那个男人却没进来,他站在门口,问:"你带证件了吗?"

周轶眯了下眼,缓缓摇头。

"哦,那没事,我用我的证件再开一间房。"他说,"老板和我熟。"

周轶审视着他:"你认识我?"

他抚着下巴看着周轶做思考状,几秒过后眉头一挑:"我是看你很眼熟,估计以前见过,不如趁着这个机会交个朋友?"

不认识她还这样帮她,图什么?

"你不问问我发生了什么事?为什么会被人追,又为什么……"周轶转了转手。

那人低头看了一眼周轶已经洗干净了的双手,试探地问了一句:"你杀人了?"

周轶摇头。

"没弄出人命就行,人在江湖上走,哪能没点儿恩怨情仇呢。"他朝周轶伸出一只手,又露出了笑嘻嘻的表情来,"难得在国外碰上同胞,我叫陈淮景。"

周轶低头,片刻后轻轻握上:"周轶。"

丁珙赶往事发地点,还未靠近就看到几辆车燃烧了起来。警察们正忙着把周边的汽车和燃烧的车辆隔离开来，没过一会儿消防车和救护车就开到了现场进行紧急的灭火和救援。

"丁队。"

丁珽正帮着转移被爆炸气浪伤到的人，听到喊声他回头，看到热黑和四马朝他跑过来。他们脸上均是大汗淋漓，想来事故一发生，他们就加入了救援。

"东面和西面都有车辆发生爆燃。"热黑报告道。

四马接道："初步判断，是汽车油箱泄漏引发的。"

汽车油箱破裂、汽油泄漏也需要接触高温物体才会发生爆燃，如果现在是白天，汽车长时间在漠邑的高温下，油箱泄漏倒是很有可能会引起爆燃，可现在是晚上，气温已经下降了很多，汽车自燃的可能性很小，除非是有人用明火引燃的。

丁珽皱眉思考，东西两边的车在差不多的时间里均发生了爆燃，是不是太巧了？如果这不是巧合，那就是有人在故意制造混乱局面。

周轶。

丁珽沉下眼："你们两个留在这儿，联合当地警察搜寻周围有没有可疑人员，排查所有车辆，确保不会再发生汽车爆燃，尽快疏散人员。"

热黑和四马对视一眼，脚跟一并，敬了个礼："明白！"

丁珽下完指令后就折返回了长廊，却没看到周轶。

长廊里的人已经被疏散得差不多了，丁珽往长廊另一头跑去。到了接待楼前，人群乌泱泱的，他没办法立刻找到周轶。

"周轶。"

丁珽拍了一个身着红色长裙、披着长发的姑娘的肩，待她回过头一脸莫名地看着他时，他才知道认错了。

"抱歉。"

丁珽继续往前寻找着，恐慌的人群叽叽喳喳地讨论个不停，很多人还围着警察询问他们什么时候才能离开，人潮似水流般涌来涌去。

这样找下去不是办法。

丁珽站定，环顾着四周，如果周轶在这群人中，那么她反而是相对安全的，他也不必急着找她，最坏的情况是她被人带走了。

在葡萄渠里要带走一个人又不被发现，最好的藏身地在哪儿？

丁珽跫转，挤开人群往葡萄园去。

今晚月色暂晦，明星也无，入夜后的葡萄园黑成一片。丁珽挑了条小道迅速前进，同时耳目时刻注意着周遭的动静。约莫走了一公里，他目光敏锐地捕捉到了几道忽闪的光，侧耳一听还有人声，说的是 H 国语。

他闪身躲到葡萄桩子后面观察着，那些光柱摇摆不定，看样子像在找什么，正在逐一排查着葡萄架。

周轶没被他们抓住？想到这个可能性，丁琎在这当口不知怎的竟微微扬起了嘴角，露出了笑意。

VIRUS 不会毫无目的地瞎找，既然他们在这儿，那就说明周轶应该就在附近躲着，她要是被他们先找着了，那就麻烦了。

丁琎拍了拍葡萄桩子，后退一步，猛地踹了一脚，葡萄桩子吱呀一声，缓缓倒地，随后一半的葡萄架塌了下来，发出了不小的动静。

他拉了一条老葡萄藤滑向一旁的壕沟，半伏在地上伺机而动。

夜色中，他辨出了有几个黑影向他这儿奔来，丁琎数了数，三个，他摸了摸兜里的手枪，一颗子弹，够了。

那三个人持着手电筒在塌下的葡萄架附近逡巡，丁琎沉住气，在一道光扫过他时，还未待对方作出反应，他一跃而起，利落地用老葡萄藤缠住了他的脖子，用力一扯。

另外两个人见状齐齐掏出手枪对准丁琎，他一个飞踢稳准狠地踢掉了一个人的手枪，然后转身一拉葡萄藤，把那个人往前一推，直接撞在了另一个人的枪口上。

"砰"的一声，一个 H 国人应声倒地。

丁琎毫不费力地就利用对方的手解决了一个他们自己的人，这一下把另外两个 H 国人惹怒了，他们骂骂咧咧地再次发难。

被丁琎踢掉手枪的那个 H 国人直接挥拳向他扑来，丁琎一闪，一记闷拳打在那人的肚子上，而后用脚一绊把他放倒在地。他的余光看到持枪的那个 H 国人正在边上，迅速矮身一躲，避开了子弹。

持枪者见一枪未中，立刻调转枪口。丁琎捡起地上的手电筒照向对方的眼睛，趁着对方晃眼的一瞬间，两步上前捏住他的手腕用力一掰折，手枪一转落入了他的手上。

两个 H 国人还要进攻，丁琎一个转身从兜里掏出手枪，一左一右地指着两个人："别动。"丢在地上的手电筒光柱笔直地射向远处，丁琎站在中间像个审判者。

左边地上的那个 H 国人欲要起身，丁琎毫不犹豫地对着他的膝盖开了一枪。

"VIRUS？"丁珺刚说出组织名，地上的那个H国人突然向前一扑，死死地抱住了丁珺的脚让他无法移动。丁珺踢了踢没能把他踢开，立刻用右手手枪将其击毙。

明明他左手就有手枪，却要用右手的这把……另外一个H国人发现丁珺有一把手枪似乎已经没子弹了，趁着丁珺收回右手的这一刹那，猛地把丁珺扑倒在地，然后死死地压住丁珺的右手手臂，在他的胳膊上狠狠地捶了一拳。

丁珺手一麻，松开了枪。

H国人刚摸上手枪，丁珺突然抬起另一只手，用枪托用力地在他太阳穴上砸了两下，直接把人砸得倒向一旁，挣开了桎梏。

丁珺握住枪迅速起身，H国人捂着脑袋摇摇晃晃地想要站起来，却因为始终掌握不了平衡而倒下。

丁珺没给敌人再次反扑的机会，直接把人打晕了。

三个人，至少有个活的。

丁珺正想打个电话让热黑和四马带人过来，摸了下口袋没摸到手机，大概是刚才打斗的时候掉了，他捡起手电筒打算找一找。就在这时，不远处的车道上有车喇叭响起，两长一短，紧接着，有人低喊着H国语逼近，听声音来的人不少，像是VIRUS的接应。

丁珺眉头一紧，把手电筒关了，随后扫了一眼地上横着的人，悄无声息地撤离。他没跑远，就伏在百米开外的壕沟里观察着。

几个黑影找到了他们的同伴，大概是意识到他们已经暴露并且对手不弱，因而他们并没有撒开去找他，背上三个同伙就迅速离开了。

两分钟后，警笛声响起，爆闪灯在夜里闪烁着。

"丁队！"热黑和四马带着一群人往葡萄园里来了。

丁珺从壕沟里出来，拍了拍身上的尘土，回道："在这儿。"

热黑和四马奔过来，热黑问："丁队，你没事儿吧？"

"我刚才好像听到了枪声。"四马说。

丁珺简要地把刚才的事说了一遍，又道："你们带人在附近搜一搜，他们估计跑不了多远。"

"收到！"

"丁队，我刚听说……"热黑压低声音附在丁珺耳边说了句话，丁珺闻言脸色沉了沉。

"这个情况等下向陈队报告一下。"

"明白！"

四马看了下周围:"周轶姐呢?"

丁珺拿上两个手电筒,拍了拍他俩的肩:"我去找她,剩下的辛苦你们了。"

这片葡萄林外就是一条小路,丁珺打着光沿着小路找过去:"周轶?"

找到小路尽头,丁珺也没有见着她。最后到了葡萄渠里本地人居住的地方,他看到院子里有居民在聚会,上前询问了一番也是无果。

他在村子里转了转,路过一家旅舍时还想进去看看,随后又想到她没有证件,旅舍主人不会让她入住。再往上走就是晾房区,丁珺不放心仍是走上去找了一圈,却一无所获。

虽然VIRUS没劫走她,但没见着她丁珺还是不放心,大晚上的她一个女人独自在外面到底还是有些危险。

葡萄渠这么大,她会躲在哪儿?跑回接待楼了?

周轶向陈淮景借了手机,她突然消失,丁珺他们估计正在到处找她,她想和他说一声自己没事,可当她拿到手机要拨电话时才突然想起,她没记住他的手机号。

周轶没犹豫,拿着手机拨了另一个号码。电话刚通,她就直接开口说道:"是我。"

那头陆美美愣了下才问道:"你办的新号码?怎么是大都的?"

"不是我的。"周轶长话短说,直奔主题,"把先前我给你打电话的那个号码告诉我。"

"前面那个号码?"

"嗯。"

陆美美被她绕糊涂了:"怎么回事啊,周轶,你是不是出什么事了?"

"回去再和你说,现在先把号码发给我。"周轶干脆地道。

"好,发给现在这个号?"

"嗯。"

陆美美那边静默了几秒后:"好了。"

下一秒,周轶手上拿着的手机进了条短信,她道:"收到了,挂了。"

"唉,等等。"陆美美喊住她,"那我之后要找你应该打哪个号码啊?"

周轶没有犹豫:"之前那个。"

挂了电话,周轶立刻给丁珺去了个电话,电话铃响了几声后才被接通。

"喂,里(你)好?"

周轶愣了下："四马？"

"周轶姐？"

"是我。"

四马显得很激动："周轶姐，里（你）现在在喇（哪）儿呢？有事没啊？"

"我没事。"周轶反问，"丁珧呢，怎么是你接的电话？"

"丁队的手机丢了被我捡到了，他现在正找里（你）呢。"四马又问了一遍，"姐，里（你）现在在喇（哪）呢？"

周轶把旅舍名说了。

四马想了下，道："丁队走的就是里（你）辣（那）个方向。"

周轶没和丁珧说上话，就交代四马要是他回去了就告诉他一声，她没事。

挂了电话，周轶从房间里出去，想把手机还给陈淮景。但她在门外没见着他人，最后是在院子里找到他的。他正在和一姑娘说话，说的汉语，嗓门有点大，语气无奈又有些焦躁。

"我说你至于吗，为了一破玉镯子从大都追我追到A国来？"

兰兮芝气急："什么破玉镯子，那是我外婆留给我的！"

陈淮景掏掏耳朵："小点声儿，不就是一翡翠镯子嘛，回去我赔你一个更好的。"

"我就要我自己的那个，你还我。"

"不是告诉你被店里的伙计不小心摔碎了吗？"陈淮景无奈地叹了一口气。

兰兮芝不依不饶："那你把碎的还给我！"

"……"

和陈淮景吵架的姑娘留着一头及肩短发，发尾内扣，显得她的脸很小，颊上还有婴儿肥，两只眼睛瞪得圆圆的。

周轶走近时，听他们这一阵吵才知道他们以前就认识。

陈淮景看见周轶，立刻换上了灿烂的笑："和家里人打完电话了？"

"嗯。"周轶把手机还给他，转头发现那姑娘正盯着自己的脸看，神色莫名。

她别开头看向大门，想起四马说丁珧正往她这个方向找她，她犹豫着要不要出去也找一找他，兴许能碰上，随后又想，万一先碰上的不是他而是那些劫匪，那可就是自投罗网了。

凉床上那些玩牌的住客喊陈淮景过去，他应了声"好"后又笑眯眯地看向周轶："一起过去玩玩？"

周轶往凉床那儿看了一眼，摇了摇头。

陈淮景没再劝，而是道："时间不早了，你很累了吧，是该早点休息。"

兰兮芝见他对着人家美女一脸殷勤的狗腿模样，鄙视地白了他一眼。见周轶往旅舍大堂走，她二话不说就跟了上去。

周轶听到身后的脚步声回过头，兰兮芝咳了一声，指了指走廊尽头："我房间在隔壁。"

周轶没说什么，拿出房卡准备开门。

"你是周轶吧？"

周轶手一顿，立刻扭头看向她，眼神犀利。

兰兮芝被她的气场震住，片刻后才解释："我以前也学过画画，你的作品我看过，画得很好……没想到会在国外碰到你，你本人也比照片上的好看。"

周轶眼神放柔："谢谢。"

"你怎么会和陈淮景走到一起呢？他可不是什么好人。"

从头到尾周轶也没把他当作好人，一般好人见到她今晚那个样子早该报警，而不是帮着给她找藏身之地。

"周轶姐……我可以这样叫你吧？"兰兮芝问。

"嗯。"

兰兮芝愤愤地说："你可得小心他，他肯定觊觎你的美色，大色狼！"

周轶听到她孩子气的话微勾嘴角笑了下，低头继续刷卡开门："我会小心的，谢谢你的忠告，晚安。"

这一晚上，周轶并没有休息好，一是心里想着事，二则是失眠症作祟。她这毛病也是奇怪，白天偶尔打个盹倒是能睡着，到了晚上真要正儿八经休息时，反而怎么也睡不熟。

尤其是今晚，她总是不由自主地去想不久前发生的事，真是见鬼了。

漠邑是不能再待了，明天见了丁琏，她要让他早点带她去古木里尔，尽快送她回渔海。至于那个人的事，等她回到了渔海再托人找吧，她没办法再在这儿长待了。

周轶就这样半梦半醒地躺了一夜，第二天起来人还是疲惫的。说起来，她来A国的这段时间，反而是和丁琏在一起的时候睡得最安稳。

昨晚她把洗了的长裙晾在浴室里，今早起来它已经干了。周轶重新套上裙子，扯了扯裙摆，觉得这裙子可以说是她的战袍了，跟着她出生入死的。

从院子里抬头看，天空还是灰色的，只微微泛着白，天还未大亮，院子里不复昨夜的热闹，此时静悄悄的，凉床上一片狼藉。

陈淮景起来看到周轶一人站在院子中央,他悄无声息地潜到她的身后,抬起一只手正打算搭上她的肩吓她一跳。但还没等他碰到周轶,不知从哪儿横空冒出一个人,捏住他的手腕往后一折。

"啊——痛痛痛。"陈淮景痛呼。

周轶一惊,转过身,看到突然出现的人惊讶地道:"丁珹,你怎么在这儿?"

陈淮景表情狰狞,周轶指了下他:"松开他吧,是他带我进来的。"

丁珹面无表情地看了一眼这个男人,手劲一松。

陈淮景皱着一张脸甩了甩手,满脸怨气地瞅着丁珹:"你谁啊?怎么一上来就这么不友好啊?"

丁珹没回答他,只是打量着周轶,最后目光在她留有瘀青的脖颈上停了几秒后才看向她的脸。

"你什么时候来的?"周轶问。

"一个小时前。"

一早就出发来找她了,他还算尽职尽责。

"昨晚……"

丁珹看向还站在一旁的陈淮景,陈淮景一个哆嗦,还算识趣地讪讪然走开了。

周轶走到葡萄架下的秋千上坐下,仰头看着丁珹:"昨晚那些绑匪又出现了。"

"我知道。"

周轶荡了下秋千:"你怎么不问问我,那些人为什么没把我劫走?"

"你跑了。"丁珹说,"我看到他们在葡萄园里找你。"

周轶聪明,脑筋一转就把前后事情接上了:"葡萄架是你弄倒的?"

丁珹点头。

原以为是巧合,没想到还是他帮了自己一把。

"你是不是想问我是怎么从他们手里逃出来的?"

丁珹观察着她的表情。她说:"那个饼戳子,扎人还挺称手的。"

周轶站起来,他们之间的距离一下就拉近了,她看着他的眼睛低声说:"我把一个劫匪的眼睛扎瞎了,这算防卫过当吗?"

丁珹眼里难得地闪过讶然的情绪,旋之又变得有些复杂,他诧异的是她的胆量和本事,之前也是,在危急关头她也不失冷静。

"我是没办法才——"

"不算。"丁珬打断她。

如果那个劫匪遇上的是他,那代价可不只是一只眼睛。

丁珬接着说:"这次是我失职。"

周轶挑挑眉,要说这也怪不了他,坚持来葡萄渠的人是她自己。

丁珬走到一旁给热黑打了个电话,让他和四马尽快过来。挂电话前,他往周轶那儿看了一眼,看到她重新坐在秋千上慢慢地荡了起来,裙摆在风中款款而动。

他转过身背着她往前走了一段才吩咐了一句:"来的路上去药店看看有没有治跌打损伤和活血化瘀的药。"

挂了电话,丁珬走回周轶面前:"走吧。"

"去哪儿?"

"带你去吃饭。"

旅舍在半坡上,坡底下就有几家小饭馆。

丁珬带着周轶去了一家早餐店,此时才八点钟,天色刚亮不久,店里还没有很多人。

周轶拣了张空桌坐下,丁珬坐她对面,直接点了一份汤和几个烤饼,然后把菜单递给她。

周轶扫了一眼菜单,她和丁珬的口味完全不同,大早上的吃不来腻味的。菜单上很多菜品是本地食物,她光看名字完全猜不出是什么,因此一时不知道该点什么。

丁珬见她犯难,问她一句:"牛奶喝吗?"

"咸的?"

丁珬眼底闪过一丝笑意:"可以加糖。"

周轶点点头:"还有推荐吗?清淡点的。"

"可以尝尝油塔子。"

油塔子?光听名字可不清淡,不过周轶没有拒绝他的建议,他总比她这个第一次来的外国人懂些。

老板很快就把他们点的早餐送上来了,给周轶端牛奶时还特地说了一句:"这是刚挤出来的牛奶,现煮的,新鲜得很。"

"谢谢。"周轶拿勺子搅了搅,又往那一盘"油塔子"看去。

从外表上看,这个名为"油塔子"的食物和包子形状相似,色白油亮。

周轶上了手后才觉出它的不同,它没有馅儿,也不像窝窝头是实打实的,撕开后是一层一层的,也不黏手,吃到嘴里香而软,一点也不腻味。

周轶就着热牛奶吃了一个，觉得这种味道她以前从未尝过，就指着问丁琏："上面抹的什么？"

"羊油。"

周轶有点意外："没有膻味。"

丁琏一笑："这里的羊不膻。"

丁琏和周轶吃完饭回到旅舍不久，热黑和四马就到了。

四马一见着周轶，立刻上前围着她转了圈："姐，里（你）没事吧？"

"嗯。"周轶看向丁琏，"现在出发？"

"还不行。"

"还没查出那些人的身份吗？"周轶一只手摸了摸自己的脖子，早上洗漱时她就看到了那几抹瘀青，除了脖子上，两只胳膊上也有。

她这话听着像是在拐着弯儿地说他们效率不高的意思，热黑下意识想要反驳，嘴巴刚张开，就被丁琏的一个眼神制止了。

这时候四马开口了，他笑嘻嘻地把手上提着的小袋子献殷勤似的递给周轶："姐，给里（你）带的药膏，里（你）赶紧用上。"

周轶没想到他看着大大咧咧的，还挺懂得怜香惜玉。

袋子里有两盒药，一盒是治跌打损伤的云南白药喷雾，另一盒是化瘀的膏药。周轶抬眼往丁琏那儿看，而他在她看向他的那一秒就别开了头，把热黑和四马喊到一边说话去了。

昨天相处了小半天，热黑和四马都知道她崴了脚，但他们并不知道她身上有瘀青。周轶拿出那盒化瘀的膏药在手上掂了掂，哼笑了声，觉得丁琏这人真有够闷骚的，这是做好事不留名呢。

丁琏和热黑、四马出了门，在旅舍门口的一个小角落里站着。

"核实了吗？"丁琏沉声问。

热黑点头："昨晚和当地文交部联系了，H国使团昨晚确实是住在葡萄山庄里，是他们的大使临时起意提的，说是正好碰上葡萄节，机会难得，想感受一下节日的气氛。"

昨天丁琏亲自去跟踪调查了下这个H国的使团，发现他们全程都由文交部的人员陪同着，去的地方也是漠邑的著名景点，他跟了半天并没有发现什么异常之处。从外办工作人员口中得知他们今晚就会离开漠邑时，他曾打消了自己的怀疑，认为VIRUS和使团并没有关系，他们一起出现在漠邑不过是巧合。

可现在……不过H国使团既然是来A国进行文化交流的，提出这个要求也是合情合理的，不能单凭这个就判定使团和VIRUS有瓜葛。

"丁队，辣（那）些人的长相，里（你）有看清吗？"四马问了个关键问题。

丁珏抿着嘴，表情略微沉重地摇头。

第一次在坟包地交手是在深夜，后来在烈焰山他们又都蒙着面，昨晚他倒是看清了那三个人的长相，只不过两个死了，还有一个……

丁珏沉下嗓："现在使团的人都在哪儿？"

热黑回道："应该还在葡萄山庄里。"

"我出去一趟。"

丁珏才说完，热黑就主动把车钥匙递给了他。

"看好周轶。"丁珏转身正要走，正巧这会儿陈淮景和兰兮芝两人从坡底下回来，他下巴一抬示意道，"盯着那个男人，看看他想干什么。"

四马探头："辣（那）个小白碾（脸）？他有啥问题？"

"昨晚是他把周轶领进旅舍的。"丁珏说。

四马怒目一瞪："那小兔崽子是不是占周轶姐便宜了？"

"……"

周轶不是那种会被人占便宜的女人，丁珏之所以怀疑陈淮景，只是因为周轶告诉他，那个男人在明知有人追她的情况下还主动帮她。正常人碰到这种事早就心生疑窦甚至报警了，怎么会好心地给周轶开一间房。

在丁珏眼里，他目的不明意图不纯，值得怀疑。

旅舍院子里陆陆续续地多了很多住客，随着初阳的攀升，渐渐开始变得热闹了。

陈淮景坐在凉床上，屈起一条腿懒散地斜靠着床栏，手里拿着一瓣西瓜吃得悠闲惬意，那姿态看着的确是来度假的，不过他的好心情在打完一通电话后就消失了。

他之前举报了一个跨国走私文物的团伙，为了把这个团伙一锅端了，这才远赴A国找证据，不料对方盯上了他，现在麻烦大了。

陈淮景揉揉太阳穴，正愁着该怎么应付，转眼就看见了坐在院子里的周轶。

周轶坐在秋千上，旁边热黑跟个门神一样杵着，不苟言笑一脸严肃地提防着院子里的每一个人，身后四马缓缓地帮她推着秋千，这场景怎么看都有些滑稽。

陈淮景瞅着早上那个看着就不太好惹的男人不在,周轶身边又多了两个陌生男人像护法一样左右跟着,想起昨晚遇见她时的场景。

她的身份并不简单。

陈淮景理了理头发,整整衣服向葡萄架那儿踱步过去,只不过还未靠近就被热黑挡下了。

热黑用警告的眼神盯着他,显然因为丁琏的话把他当成了可疑分子。

陈淮景看了看对方的体格,干咳了一声,隔着热黑和周轶打招呼:"我那儿刚开了一个西瓜,非常甜,尝尝?"

"好啊。"周轶从秋千上下来。

她往外走了几步,后面四马喊她:"姐。"

周轶回头,看着热黑和四马道:"就在院子里,丢不了。"

陈淮景领着周轶去凉床那儿坐,热黑和四马不远不近地站着,执勤似的。

"那两个……是你雇的保镖?"陈淮景给周轶切了块西瓜,似是无心地随口问了一句。

周轶没否认。

丁琏他们的身份到底敏感,当然越少人知道越好,而且被别人知道她被两个自卫军盯着,那是给她自己找麻烦。

陈淮景看她没回答就当她默认了:"早上那个也是?难怪力气那么大。"他甩了甩腕子。

周轶问他:"不问问我为什么需要保镖?"

"有人追杀你嘛。"陈淮景说得从容,似乎被追杀在他看来不是什么大事,他左右看了看,神秘兮兮地压低声音说,"不瞒你说,我也正在被人追杀。"

周轶眼波微动,盯着他嬉笑的脸倒分不出他说的是真话还是假话。她有点看不破他,像昨晚那样,她也不知道他为什么无缘无故要出手帮她。

"为什么?"周轶不管真伪,顺着往下问。

陈淮景没有正面回答,反问周轶:"你呢,杀人放火了?"

周轶摇头。

"是吧?你看,有时候好人也会被追杀的。"

周轶掀眼看他,四两拨千斤,话术高明,他表面上看着嬉皮笑脸的,其实脑子转得很快。

周轶垂眼:"你对'好人'的定义太宽泛了。"

"是吗?"陈淮景无所谓地耸耸肩,过了会儿他又问,"你第一次来A国吧?"

"嗯。"

"接下来要去哪儿？"

打探她的行程？

陈淮景似乎看出了她在想什么，示好地和她说明自己的意图，甚至自报家门："我呢，是做古玩生意的，在大都有家小店，为了淘玉石没少来A国，这个国家被赤道切成两半，这里的人管北边叫北域，南边叫南域，南域北域我都跑过。你要是想玩，我可以当你的导游，免费的。"

明明昨晚之前他们都还不认识，现在也说不上熟，他倒是古道热肠。

虽然他帮过她，但周轶对他还是抱有警戒心。

她笑笑，对他的建议不怎么上心："你不怕被我连累？"

陈淮景也笑："让你的保镖们顺便保护保护我？"

周轶看向热黑和四马，这几个"保镖"身份特殊，只怕他蹭不了。

"你刚才说你对A国很熟悉？"周轶突然问。

陈淮景下巴一抬："半个A国人吧，就差娶个姑娘入籍了。"

"你能听得懂A国所有地区的语言吗？"

"这算是导游入职考核？标准还挺高。"陈淮景说，"不说全都能听懂吧，但也八九不离十吧。"

周轶眸光一动，低声说了很短的一句话："这是什么民族的语言？"

陈淮景的神情一时变得有些怪异，他端视着周轶，连眼神都变得些微古怪。

"不知道？"周轶追问。

片刻后，陈淮景才回答她，语气是难得的正经："你说的可不是A国的语言。"

"是H国语。"他说，"'杀了他'。"

丁琎是一个小时后回来的。他刚停稳车，热黑就迎了上去："怎么样？"

丁琎摇头，他到葡萄山庄的时候，交流团已经离开了，无从查证。

事情越来越麻烦了，热黑问："接下来怎么办？"

丁琎沉着以对："先送周轶去古木里尔，她人呢？"

热黑侧着身体往院子里示意："在那儿。"

丁琎看过去，周轶正和陈淮景在聊天，有说有笑的，似乎相谈甚欢。

"丁队。"四马喊了句，喊完后眼神还往周轶那儿瞟，似乎是故意喊给她听的。

周轶闻言，果然往大门外看去。

陈淮景也看过去，然后手腕又开始隐隐作痛了。

丁珏走进院子，直接往周轶这个方向来，他刚靠近凉床，最先和他打招呼的不是周轶，而是陈淮景。

"保镖大哥回来啦，辛苦了，辛苦了，太阳出来了，外边很热吧。"陈淮景笑得十分谄媚，巴结讨好人这套他拿手。

保镖？丁珏看向周轶，她眼神坦荡，甚至含着揶揄。

她可真行，先是自卫军，现在是保镖，他的身份被她安排得明明白白的。

"走吧。"丁珏没多说。

周轶下意识地问："去哪儿？"

丁珏低头，直视着她的眼睛："你不是想去古木里尔吗，周小姐？"

真是开不起玩笑，周轶站起身扯扯裙摆。

"古木里尔？"陈淮景也腾地站起身，双眼放光一脸兴奋地搓着手说，"太巧了，我正好也要去，相逢即是缘，不如我们拼个车，一起？"

丁珏毫不考虑："不顺路。"

"啊？都是去古木里尔怎么不顺路，一起去好歹还能做个伴——"

陈淮景也不知道自己是怎么回事，一对上丁珏凌厉的目光就蔫了。好歹他在大都也是混过圈打过架的，可眼前这个男人的气场和那些世家子弟完全不一样，他们玩的是权术，而这个男人玩的是命。

他不是养尊处优的猫，是会露出獠牙的老虎。

陈淮景的眼睛不仅能辨真伪，还能识人。

周轶见陈淮景这么怕丁珏觉得有些好笑，临走前和他客套了一句："以后去大都，有机会就去你店里看看。"

"一定一定。"陈淮景瞅了一眼丁珏，接着对周轶说，"指不定明儿我们在古木里尔还能碰到呢。"

丁珏不管他们约定了什么，等他们说完话就带着周轶往门外走。

留陈淮景一个人站在原地嘟囔："现在的保镖都这么横吗？"

兰兮芝见周轶要走，和她说了两句话告别，转眼看到陈淮景出神地盯着大门看，也不知道又在琢磨什么坏主意。

她撇撇嘴走过去："喂，在看周轶姐？"

陈淮景正在筹划着接下来该怎么走，思路突然被打断，他"啧"了一声，抬头看到又是那个黏人精，立刻不满地道："我看她碍着你什么事了？周轶姐周轶姐，你知道她是谁吗就喊姐，人家还不乐意呢。"

他们俩像是天生不对盘，只要一开口讲话不是拌嘴就是吵架。

兰兮芝不甘示弱地呛回去："我怎么不认识她，她那么出名！"

"出名？"陈淮景站起来，"你说她是谁？明星？"知名的女明星他都认识啊。

"哼，周轶姐是个画家，人家是靠实力红的。"兰兮芝嘲讽他，"也是，你这个俗人哪懂什么绘画啊。"

"画家？"陈淮景有些意外。

"是啊，所以你看清现实吧，周轶姐不会看上你的，你别癞蛤蟆——"

"唉唉，我说你有完没完啊，说上瘾了是吧？"陈淮景在她眉心上点了点，"小爷我是癞蛤蟆，那你跟了我一路，又是什么？"

兰兮芝摸摸额头，鼓嘴瞪他："你把镯子还我，不然我还跟着。"

又来了，简直胡搅蛮缠。

之前她跟着他，他也就睁只眼闭只眼权当旅途乐趣了，可现在他行踪暴露，接下来是旅行还是逃亡可真就没个准了，这傻姑娘要还跟着他，累赘不说，还容易出事。

陈淮景当下决定和她掰扯清楚："翠翠啊——"

兰兮芝怒目瞪他。

"喀喀，兰姑娘，那镯子我补好了会还给你的——"

"之前在大都你也这么说，结果拖了又拖！"

陈淮景继续劝说："之前出了点意外，这次我保证，等我回大都，第一时间就送还给你。"

"我不相信你！"

"我的古玩店在大都那么出名，我不会骗你的。"

"你店大欺客！"

"……"

兰兮芝质问他："你老实说，是不是把我的镯子弄丢了或者送哪个女明星了？"

陈淮景太阳穴一抽，果断转身走人。

没得聊了。

"被我猜中了是不是，是不是——"

"老板，退房。"陈淮景不理会她，"有没有租车电话？给我一个。"

兰兮芝追在他身后："租车？你要走了？去哪儿？离开漠邑？"

陈淮景一个转身，兰兮芝直接撞进了他的怀里。

他提溜着她的后领把她拉开:"我最后警告你一次,别再跟着我了,出了什么事我可不负责。"

陈淮景上下扫她一眼,见兰兮芝抱胸一脸防备,他不屑地"喊"了一声松开她。

丁班和周轶从亚西村出发的时候本来是直奔古木里尔的,谁承想他们会在漠邑滞留了两天,现在才正经上路。

吉普车驶出漠邑市区后,窗外的风景就从楼房商铺换为了戈壁荒山。

太阳热辣辣地直照下来,戈壁上的绿植像是褪了色,或者是蒙了一层灰,颜色是浅淡的,天际飘着几朵白云,天气很好。

仍然是热黑开车,四马坐副驾驶位,周轶和丁班坐在后座,座位也没人刻意安排,总之就是自然而然地这样坐着了。

走了一段路周轶回头看,发现有一辆车一直跟在他们后面。

丁班看见她的动作,知道她在想什么,道:"不是他们。"

"哦。"周轶坐正。

"昨晚你被带走的时候,看清他们的长相了吗?"

"没有。"

从接待楼被带走时,两个绑匪一个箍住她的肩一个捂住她的嘴,她根本抬不起头去看人,后来到了葡萄园,光线昏暗,她也没能看清人。

"他们的身份这么难查吗,还是查到了不能告诉我?"

周轶是看着窗外说的,像是无心又似有意,丁班怀疑她知道了什么。

车内一时沉默,每当这个时候,四马就会主动出来活跃气氛。

"什么告诉不告诉的,姐,里(你)别太担心了,等到了古木里尔好好休息休息。"四马问,"里(你)急着离开 A 国吗?要是不着急——"

"急。"周轶脑袋挨着窗户看着四马,"你们让我走吗?"她话是对着四马说的,问的人却不是他。

气氛又冷了。

四马瞟了一眼丁班,强行挽尊:"呵呵,到古木里尔还要段时间,要不听首歌?"

他挠挠头去把音乐打开,还特地调大了音量。

周轶没再开口说话,把窗户降下一半,眯着眼吹风,让歌声从窗口飘了出去。她只吹了会儿风就把窗户升上了,靠在椅子上整理着被吹乱的头发。

不知从哪段路开始,戈壁滩上出现了一架架擎天而立的白色风车,风叶不停地旋转着,也不知道是风吹动了它们,还是它们带来了风。

"这些风车……"

"发电站建的。"丁琏难得地回答了她。

科普知识,热黑从来都是不遑多让的。他极为积极地给周轶详细解说:"A国因为地形和气候,风能资源很丰富。离这儿不远就是达旦城,它可是有亚洲最大的风力发电站呀……"

"啧啧,里(你)个嘴笨的,介绍个地方都棱(能)说得这么没劲儿,给姐说这个是想让她投资吗?"四马埋汰了热黑一句,接过向导的工作,"姐,里(你)听过达旦城这个地方吗?"

周轶摇摇头,她来A国是临时起意,并没有做过攻略。

"辣(那)我给里(你)介绍介绍。"四马关了音乐,回头清清嗓子说,"达旦城有三样东西最出名,里(你)猜猜是什么?"

四马在队里就是话痨子,和周轶介绍达旦城还不忘和她互动。

反正在车上也没事干,周轶乐于配合他,想了想道:"风?"

"答对一个。"四马往外指了个方向,"这边的风还不算大,里(你)要到了达旦城才知道什么叫'妖风'。我不夸张的,姐,像里(你)这样瘦的,到了辣(那)是会被刮跑的。"

周轶挑眉。

为了增加可信度,热黑附了一句:"想当初我们去那儿训练,那可真的是'顶风作业'呀。"

"哦?"周轶说,"你们平时还要这样训练啊?"

车内静了一瞬。

丁琏盯着周轶的侧脸,她的表情并没有波动。但他总觉得她今天有点异样,说话总是云里雾里的,像是猜到了什么,却又藏着掖着地试探。

四马简直想对着热黑的脑壳敲几下,也不知道他这样的憨头是怎么被选进队,随后一想也就理解了,反正整天对着炸弹的人不需要情商这种东西。

"偶尔偶尔,毕竟是要保护人民嘛,没点本事是不行的。"四马脑筋一转,岔开话题,"姐,里(你)还没说完呢。"

周轶摇了下头:"其他两样我猜不出来。"

"嘿嘿,我来告诉里(你),是豆子和姑凉(娘)。"

豆子和姑娘?这两样东西可八竿子都打不着。

"达旦城的豆子可是出了名的好吃,可惜今天时间紧,没办法带里(你)过去尝一尝。"

周轶笑："姑娘呢，什么说法？"

"这个嘛……"四马话头一转，看向丁珧，"丁队比较有发言权。"

他这话一出，热黑突然就扑哧笑出声了。在后视镜里对上了丁珧的死亡注视后，他立刻把笑憋了回去，腮帮子都被憋红了。

四马犹在负重转山的边缘疯狂试探："我们大队长之前给丁队介绍了个卫生队的姑娘，就是达旦城的，人长得漂亮，也很喜欢我们丁队。"

周轶斜瞟了一眼丁珧，嘴角上扬："成了吗？"

四马摇头，略有些可惜，好像他才是当事人："丁队从不主动找她，倒是人姑凉（娘）找过他几回。"

"姐，里（你）知道吗？辣（那）姑凉（娘）来队里见丁队，和他说，要是受伤了可以找她帮忙，里（你）猜丁队说了什么？"

"嗯？"周轶表示很感兴趣。

"'我不会受伤。'"四马模仿着丁珧硬邦邦不近人情的口气，一拍大腿，"里（你）说这像话吗？"

"五十，明白？"丁珧轻飘飘地说。

四马条件反射地点头应道："明白！"随后他后背一凉，突然回过神来，知道是刚才他说得太兴奋了，以至于都忘了当事人就在车上。

五十公斤负重跑，四马心头拔凉拔凉的。

边上有阵阵的低笑声，盈盈悦耳，丁珧转头，发现周轶看着他在笑。

这还是她和他相识以来，她对他露出的最愉悦的表情，连眼神都有了温度，分外明亮，像阳光照在库木格里雪峰上，皑皑的白雪折射出的耀眼的光。

丁珧并不觉得窘迫、不自在，对她的笑是听之任之的态度。

"呵呵，听音乐听音乐。"四马哭丧着脸，重新播放起音乐。

第三章
周轶……她出事了

十二点左右,他们到了古木里尔。

丁琎给热黑和四马下了任务,让他们去核实H国使团的行程,他则驾车送周轶去了她之前入住的酒店。

周轶在古木里尔入住的酒店自动为她续了三天房,她的房卡放在钱包里一起被搜走了,所幸她办理入住的时候拍过人像,和前台解释了下房卡意外丢失后,前台工作人员核实了她的身份就给了她另外一张房卡。

她拿着房卡抬头凝睇着丁琎:"跟我一起上去吗?"

她现在是他的保护对象,他自然是不能让她落单。丁琎跟着周轶走,眼神还不住地观察着酒店的布局和往来的人员,一刻也没放松戒备。

走到了房门口,周轶刷卡开了门,打开灯看到自己摊开放在地上的行李箱时,她恍然有种错觉,好像她不过是早上出门在古木里尔逛了一圈,漠邑的亡命之行并不存在。

可身边站着的男人提醒她,她现在就是个被劫匪盯上的倒霉鬼。

"进来吧。"

周轶走进酒店,从桌上拿了自己之前随手丢的发圈把长发随意地扎上,之后又把房内的空调开了。

古木里尔虽不比漠邑热,但在户外待一阵子也是热得够呛。

做完这些后,周轶开始翻她的行李箱。

丁琎扫了一眼,箱子里都是她的私人衣物,他不好盯着看,于是就走到窗边,看着对面的街道。周轶住的这家酒店离A国大巴扎不远,从他站的这个位置就可以看到巴扎的标志性建筑——文化塔。

周轶翻开叠好的衣服,在行李箱的夹层里找到了她想要的东西——驾照。从漠邑回来的路上,周轶就在想万一丁琎还怀疑她不给她办身份证明,她自己要怎么回国,然后她就想到了驾照。

有了驾照，就能证明自己的身份了，这可算是柳暗花明、拨云见日了。

丁珃察觉到身后有人靠近，一转身就看到周轶把一个本子递到了他眼前。

"我的驾照，这个可以证明我没有捏造身份了吧？"

丁珃接过她的驾照，却没急着翻开："我知道你是周轶。"

"哦？"

"网上查得到你的信息。"

他没说是什么信息，但周轶心里清楚，最近把她顶上风口浪尖的新闻是关于什么的，无非是她和李斐然之间的龃龉。他现在倒是不怀疑她的身份了，周轶估摸着他心里对她又有了新的误解，大概觉得她是个品行不端的女人。

周轶对那些媒体尚且不屑于解释，何况对丁珃，一个才认识不久的男人。

丁珃翻看了下就把驾照递还给她，周轶拿回来，突然没缘由地问了他一个问题："从A国可以直接入境H国吗？"

她问得随意，丁珃却听得敏感。

他盯着周轶的眼睛："你问这个做什么？"

周轶耸肩："随便问问，H国不是就在A国旁边吗？听说那儿的博物馆里有很多珍藏，如果有机会，我还挺想去看看的。"

和A国接壤的国家不止一个，她偏偏只问H国。

丁珃沉声问："以前没去过？"

周轶摇头。

"离开A国后打算去？"

她还是摇头："新闻上不是说那边现在不太安定吗，我不想到那儿被绑了还得麻烦祖国来救我。"

周轶突然露出了笑靥，只是笑意不达眼底："毕竟现在还有丁队长你保护我，你说对吧？"

丁珃听她这话里话外好像若有所指，似乎在打机锋，但他又抓不出错，他也很难看出她到底是知道了些什么，还是只是信口说了几句玩笑话。

周轶把驾照扔到床上，从行李箱里拿了套衣服。

"我洗个澡。"

浴室是用磨砂玻璃挡着的，灯一开就能模糊地看到里面的情形。

丁珃往房门走："我在门外等你。"

门"咔嗒"一声关上，周轶打开淋浴任由水流浇下，然后从浴室里走出来。

她快步走到床头，拿起酒店的座机稍加犹豫后就按了个号码拨了出去，电话"嘟嘟"响了约有十秒才被接通。

"你好。"

低沉成熟的男声透过话筒传来，周轶心头一颤，即使不是面对面，她也还是本能地抗拒和他进行对话。

"爸。"她喊了一声。

周振国那边静了一秒："你现在在哪儿？"

"A国。"周轶如实回答。

"让周家丢了这么大的脸，自己跑出去避风头，你小时候我就是这样教你的？"

自己犯的错自己承担，这是周振国从小就告诉她的。

"周轶，你还知不知道礼义廉耻？"周振国不像别人，其他人生气会大吼大叫，但他不会也不需要，他是统治者，横眉冷对就能不怒自威。

周轶拿着听筒的指尖泛白，被他这么一说她反而什么都不在乎了："我打给您，不是为了挨骂的。"

"哦？"周振国冷声说，"自己惹的事还想让家里给你摆平？"

周轶冷下脸，不想再和他在无法达成一致意见的话题上多做无意义的交谈。

"陆谦和您联系过吗？"她直接问。

周振国缄默了片刻，仍是冷淡地说："提他干什么？"

周轶觉得齿冷，突然自嘲地笑了："也是，他和您已经没有瓜葛了。"

周振国难得地没有因为周轶的以下犯上而动怒。

"他已经一年没联系我了，我也联系不上他，我觉得他可能出事了。"

周轶点到为止，也没提那封邮件的事。周振国是聪明人，不需要解释他就能明白她的请求是什么。

周振国继续沉默着，周轶绞着手有些难熬。

"早点回来收拾你的烂摊子。"周振国最后只撂下了这一句话。

周轶听着话筒里传来的忙音，到底还是松了口气。

陆谦从军校毕业后曾告诉过她，他被分配到漠邑了。

因此在漠邑时，周轶本想问问当地的特警，或许有人会知道怎么能联系到他，可她在那两天里都没能见到一个特警，这个计划也就不了了之。

周轶原想回到渔海后再托人找他，可陆谦身份特殊，以她的人际关系想找到他怕是没那么容易，但是周振国不一样，有他出面，至少联系到他的概率会增加很多。

周轶放下座机,重新回到了浴室。

她脱下身上的长裙,赤裸裸地走到淋浴头底下,闭着眼任由水流兜头淋下。周轶想起刚才周振国骂她的那句话——不知礼义廉耻,她蓦地笑了,笑容十分讽刺。

明明她是被他从小养大的,他对自己的家庭教育竟是这么没有信心吗?宁愿相信外界的谣言也不相信她?可他明明会毫无理由地相信周晞。

周轶把身上的泡沫冲洗干净,再睁眼时她的眼神又恢复了一贯的冷漠,甚至比往常更加不可亲近。

她早已过了为这种事情难过的时期了。

换上一套干净的衣服,周轶又把头发吹了个半干,还花了点时间抹药,等捯饬完去开门已经是半个小时后的事情了。

丁琎靠着墙等在外面,想着自己的事情,听到开门声才转过头。

"久等了。"周轶说,"女人比较麻烦。"

相较于队里三分钟的战斗澡,她花的三十分钟时间的确说得上是麻烦。

周轶换了件淡蓝色露肩短袖又配了条阔腿裤,仍然把那个小丝袋背在身上,还把自己的护照、银行卡和房卡都放在了里头。

"走吧。"周轶撩了下头发,"麻烦你陪我出去逛个街。"

说是逛街,其实周轶也就是让他带她去了最近的银行取现金,又去手机店里买了个手机。她证件丢了办不了手机卡,不过现在几乎每个地方都有无线网,倒是还算方便。

中途,热黑给丁琎打了个电话,那时周轶正在店里挑手机。

周轶从店里出来时,正是日头最晒的时刻。

"买好了?"丁琎问。

周轶举了下手上的手机。

"走吧。"丁琎转身。

周轶跟上:"去哪儿?"

"吃饭。"

这对话真是熟悉。

在漠邑的这几天,丁琎已经管了她好几顿饭了,现在到了古木里尔,他似乎还打算再管几顿。

"你们还管嫌疑人的饭,不憋屈吗?"周轶问他。

丁琎让她快走一步,他从后面绕到靠近马路的一边走着:"你不是。"

"哦？"周轶眼尾一挑，"那我现在是自由身？"

她又拿之前他不让她出门的事情刺他。

丁琎低头看她："在你离开A国前，我都有义务保证你的安全。"言下之意就是她还是不能乱跑。

周轶笑了一声："和嫌疑人的待遇差不多。"

丁琎没接茬，反问她："想吃什么？"

巴扎附近有很多餐厅，周轶看了一圈，指着离得近的一家店，说："A国的炒面是不是挺有名的？"

"就吃这个吧。"她自行下了决定。

丁琎还没来得及开口说话，周轶就奔着那家店去了，他无奈，唯有追上去。

进了店里，空调一吹，周轶顿时就舒爽了。

他们挑了靠窗的位置坐下，店员走过来问："两份炒面？"

丁琎应声，看向周轶："牛肉的？"

周轶点头。

"微辣、中辣、爆辣，哪一种？"店员又问。

丁琎这回没问周轶，直接说："给她一份微辣，少放辣子。"

"微辣"两个字刺激到了周轶，自从她和周振国通了电话后就心气不顺，此刻逆反心理上来了。

她睨了丁琎一眼，悠悠地开口："我要爆辣。"

"……你吃不了。"丁琎直截了当地说。

他这一说，周轶更不乐意了："都还没开始吃，你怎么知道我不行？"

丁琎觉得脑门又开始发紧了。

客人既然这么点了，店家哪有不接单的道理，没到十分钟，店员就端上了一份红彤彤的炒面，底下的辣油看着就能让人冒汗，不用靠近就能闻到一股呛鼻的辣味儿。

周轶盯着碗看了几秒，拿起筷子准备开始吃。

"周轶。"丁琎再次阻止她。

周轶置若罔闻，把上面的芹菜和胡萝卜拨开后，夹了一筷子面放进嘴里。刺激性的辣味一下子就在味蕾上炸开了，周轶勉强嚼了几下便把面咽了下去，根本没尝出牛肉或面的味道，满嘴只剩毁天灭地的辣味。

才一口，她的脸颊就肉眼可见地红了，可她并没有停下筷子，反而一口接一口地往嘴里塞着，不知是还想尝尝抑或是自尊心作祟，或者只是单纯地想自虐。

丁珏看见她两只眼睛被辣得通红，鼻子一翕一合的，额头在空调房内也沁了一层细汗，显然吃得很难受。

他刚要劝她别勉强，转念一想，这样反而会触到她的反骨，索性站起身直接把她的那份爆辣炒面挪到了一旁，让她夹也夹不到。

"丁珏，你……喀喀。"周轶被辣得嗓子都哑了，脑子里一阵缺氧，此刻她才知道"头晕眼花"这个词是个什么样的感受。

丁珏从冰柜里给她拿了两瓶胡萝卜汁，拧开盖子后递给她。

周轶接过后仰头就往嘴里灌，一瓶胡萝卜汁下去，她嘴里的辣味一点没减少，反而还有股后劲像巨浪一样层层地往头上涌。

丁珏又递了一瓶胡萝卜汁过去。

周轶就这样连着喝了五瓶胡萝卜汁才稍稍地缓过劲来，可脑袋还是晕的，她还是第一次知道原来吃辣也会上头，和喝醉一样。

丁珏看着她发红的眼角："好点了？"

周轶点了点头，抽了两张纸巾擦了擦嘴，她的唇瓣已经麻得没有知觉了。

"爆辣的炒面很少有人吃得了。"他说。

周轶知道不自量力，也自食恶果了，红着眼看他："你能吃吗？"

"可以。"丁珏回答得毫不犹豫。

他刚到A国时，还不太能吃这么辣的食物，到现在已经全无压力了。

周轶把碗往他面前一推："那你吃完，别浪费了。"

"……"

周轶又开了一瓶胡萝卜汁抿了几口润嗓，虽然喉头还是滚烫的，但她心里憋着的那股气已经发泄出去了，一时感觉十分爽快，这碗炒面比她以前在健身房里跑上一个小时还管用。

热黑和四马就在这时进了店里。

"丁队。"热黑喊了一声。

周轶抬头。

四马一对上周轶的眼睛就愣了下，随即不可思议地问："丁队，里（你）欺负周轶姐了？"

"原来是吃了爆辣的炒面啊。"四马了解了来龙去脉后恍然大悟，拍拍胸口呼出一口气，"我还以为丁队把里（你）惹哭了。"

也不怪四马会这样想，毕竟丁珏在全队人心里的形象就是不会怜香惜玉的铁面直男。

周轶清清嗓子:"要真是他欺负我了,你怎么办?"

"我……"四马低头小心翼翼地瞄着丁琎,丁琎一个抬眼就把他吓得哆嗦一下,他丧着脸看向周轶,"姐,我对不起里(你)。"

周轶被他滑稽的表情逗笑了。

热黑和四马还没吃饭,他们坐下,也点了炒面。丁琎重新给周轶点了份其他的餐食,她刚吃的那份炒面他也没动,倒不是嫌弃周轶,只是男女有别。

周轶看热黑和四马哼哧哼哧地吃得不亦乐乎,一点也没露出难受的神情,反而一脸满足享受,好似她刚吃的不是一种食物。

"不辣吗?"周轶忍不住问了一句。

热黑吃了一口面:"辣,越辣越爽。"

四马吃得很爽快,还给自己倒了一杯红茶,仰头饮尽,而后痛快地舒了口气:"姐,我们吃惯了,不吃反而浑身蓝(难)受。"

一方水土养一方人,饮食习惯这种东西一时半会儿还真是很难改变。

周轶盯着店员刚给她端上的一碗面看了会儿,她咳了咳,觉得喉头仍是火辣辣的,举着的筷子停在碗口上方一厘米处,愣是没落筷。

丁琎看出了她的心思,她这后怕的表现让他脸上有了笑意,他适时开口:"不辣。"

"哦。"周轶一点也没被人看穿的窘迫,将筷子插进面里。

丁琎看见周轶把面上的菜码拨到一旁,四马也注意到了,立刻问:"姐,里(你)不吃洋葱啊?"

周轶把菜码里的洋葱都挑到了一边,听了四马的话她回了一句:"吃不来。"

热黑惋惜地摇头:"唉,可惜啊,没了洋葱可就不够味了。"

"啧,有什么好可惜的,吕(女)孩子嘛,挑食才正常,又不是丁队,土——"四马转眼看见丁琎,脖子一缩,最后两个字几乎落地无声,"都吃。"

周轶掀起眼睑看丁琎,发现他没什么愠怒的表情,四马和热黑时不时地开他玩笑他也是一只耳朵进一只耳朵出,并不放在心上。

她早觉出来了,热黑和四马虽然明面上都表现得很忌惮丁琎似的,但其实他们之间的相处就和兄弟一般,并不是自上而下的。热黑和四马敬畏丁琎,不是因为他是队长而怕他,而是一种由衷的佩服和认可,所以他们对他的命令坚决服从。

周轶尝了口面,面条很有劲道,蘸着酱汁,酸甜中还带着些微的辣,口感奇特。

"你们还有什么需要我配合的吗？"周轶问。

这话听着就像是辞职前交接工作一样，热黑立刻问："姐，你打算离开 A 国了吗？"

"嗯。"她回古木里尔就是打算拿上行李走人的，她看着丁琀，问，"我能走吗？"

她现在已经没有嫌疑了，丁琀自然不能一直拘着她，留下或离开是她的人身自由。VIRUS 那伙人现在还没落网，也不知道逃窜到了哪儿，在他们再次有动作前，尽早离开对她来说无疑是上乘的选择。

"可以。"丁琀应她。

四马问："姐，里（你）打算什么时候走啊？"

周轶问丁琀："补办证件快吗？"

"你的情况特殊，可以让使馆给你加急办一张旅行证。"

周轶点头，"那下午就去办吧。"

"嗯。"

"这么着急走啊。"四马语气可惜，"A 国还有好多地方里（你）没去过呢。"

热黑说："姐，你下次再来玩儿，记得来找我们呀。"

周轶放下筷子，拎起桌上的茶壶倒了一杯红茶，抛出一句问话："我去哪儿找你们？"

桌上诡异地静了静，周轶放下茶壶抬起头，眼睛直勾勾地看着丁琀，等着他的回答。

又开始了，若有若无地打探敲击，藏头藏尾的捉摸不透，丁琀和她对视着，他能望进她的眼底，却不能洞悉她的心理。

这种场面，自然是四马最擅长应付了，他一拍大腿笑了："哦嘿，姐，里（你）想找我们还不容易嘛，给丁队打个电话就成。"

他主动道："丁队的号码里（你）有吧，没有我给里（你），私人的，没几个人知道。"

"哦？"周轶挑眉一笑，拿出刚买的新手机，指尖一转递给了他。

丁琀面无表情地瞥了四马一眼。

四马头皮发麻，强笑着接过周轶的手机，颤抖着手指把丁琀的备用号码存了进去。

"好了。"

周轶拿回手机扫了一眼，然后看向四马，四马冲她眨眨眼。

新存入的号码备注名是"铁面骑士",周轶锁了屏,偏过头嘴角忍不住上扬。

恰好这时窗外有一辆车停下,两个身着军装的男人下了车,齐步走向了路边的便利店。

周轶的视线一直随着他们而移动。

丁珏扭头往窗外看,他注意到了,她似乎对部队的人有着某种兴趣,在戈壁滩那晚她也提到了维和部队。

单纯的好奇?他觉得不是。

"姐,里(你)是不是对军人很感兴趣啊?"四马也注意到了周轶的视线所向,遂开口问道。

周轶收回目光,施施然道:"我对维和警察感兴趣……我觉得能当上维和警察的男人很帅,当男朋友很有安全感。"

"……"丁珏觉得离谱。

"很奇怪吗?"周轶淡定地反问。

四马挠着脑袋,嘿嘿地笑着:"不奇怪,不奇怪,很多姑凉(娘)都会这么想。"说完,他的眼神不住地往丁珏那儿瞟,然后示意周轶,"姐,里(你)不觉得我们丁队不比外面的人差吗,要不里(你)把他收了?"

丁珏这下看他的眼神里就含着警告的意味了。

四马干咽一下,他这次回去都不知道要负重跑多少公里了,虱子多了不痒,他索性豁出去了。

周轶半托着腮肆无忌惮地端详着丁珏,像在商场里物色商品一样。片刻后,她略微颔首反馈意见:"是挺不错的。"而后她又摇摇头,"可惜我只想找个维和警察。"

热黑急忙开口:"我们丁队就是——"

"吃完了吗?吃完了去结账。"丁珏的声音沉下来。

热黑心里一跳,暗骂自己差点交了底。

"明白!"热黑应道,因为差点犯了大错,所以他的态度愈加恭敬。

四马心虚,也跟着热黑去结账。

桌上只剩下丁珏和周轶,她像是没察觉到刚才的微妙气氛,抽了张纸擦了擦嘴角。

面对她,丁珏还真是破天荒地有种拿不定的感觉,他屈指敲敲桌面:"别逗他们。"

周轶抬眼,神色中莫名带着戏谑:"我逗的可不是他们。"

丁珬眼色一沉，喉头发紧。

几人从店里出来，艳阳高照。

周轶才死里逃生，可她居然觉得这样的午后有些闲适，周遭的人声和洒下的阳光及巴扎里传出来的歌声都让她觉得放松。

她看到前面路口围了一群人，一片欢声笑语，还在载歌载舞。

热黑说："前面有人办婚礼。"

周轶来了兴致："我能去看看吗？"

热黑和四马做不了主，周轶抬头看向丁珬。

"走吧。"

丁珬没驳回她的意愿，周轶还有些意外，毕竟人多的地方她不好露面，他大概是看在她即将离开的分上想让她尽尽兴。

周轶从小袋里拿出墨镜戴上，这样一来她的眼睛被遮住，也不容易让人认出来。

丁珬到哪儿都不忘观察周遭的环境，时刻保持警惕。热黑和四马则帮着周轶挤开了一条道，让她顺利地从人群的外围进入了人群前沿。

他们碰上的是当地人的婚礼，新娘还在婚车里，伴郎们在给在场的小孩子发喜糖。孩子们高兴地大叫，而后有人打起了手鼓，弹起了乐器，气氛一下就被带动起来了。

周轶被这种欢乐的气氛带动着，自然而然地露出了笑容。

等新娘下了车，新郎把她迎进酒店，这场"舞会"才算告一段落。

在日头底下站了一会儿，周轶就被晒红了脸。

四马极贴心地问："姐，里（你）渴吗？我去买水。"

周轶不和他客气，点了下脑袋。

"别喝水，喝石榴汁，巴扎里有。"热黑说道。

四马一拍手："对，石牛（榴）汁，这里的石牛（榴）可甜了。"

周轶又看向丁珬，一杯石榴汁他总会不让她喝。

"走吧。"

周轶来A国的头两天就去过大巴扎，但只是走了一圈，没有细逛，此时跟着热黑他们走着，才发现她遗漏掉的地方还挺多。

大巴扎是古木里尔著名的市场，A国知名的特产在这儿几乎都能买到，因而这里总是游人如织，人来人往，十分热闹。

他们从步行街街口进入，穿过饰品区、干果区、织品毛毯区到了一家水果摊子前，热黑和老板说了两句话后，老板就拿了新鲜的石榴开始榨汁。

等待期间，丁珅习惯性地环顾四周，虽然只是极为迅速的一瞥，但他还是敏锐地捕捉到了那个一闪而过的身影。

他的脸丁珅记得很清楚，那晚他还特地用手电筒照了照。

是那个被他打晕的H国人。

丁珅浑身迸出一股迫人的气势，眼神霎时如虎似鹰，凌厉非常。

"带她离开。"下了命令后，丁珅立刻往那个H国人消失的方向奔去。

热黑和四马也察觉到了危险在逼近，迅速进入了作战状态，高度警觉。

"姐，我们走。"他们一左一右护着周轶逆着人流往外撤离。

就在此刻，外面的广场上忽地传来一声枪声，就像是往油锅里滴进了一滴水，场面蓦地就混乱了。恐慌的情绪像是病毒，很快就从广场外蔓延到了巴扎内的各个角落。一时间，尖叫声、哭声和踩踏声混在一起，整个巴扎顿时从一个热闹的集市变成了一个事故现场。

人群开始无序地涌动，几乎所有人都失去了冷静，盲目地左冲右突，急于想逃离此地。枪声再次响起，这次不是在广场，而是在步行街内，就在周轶身后不远处。

"杀、杀人了——"人声更加喧嚣，声声尖叫像是覆顶的巨浪层层压来，几乎要把人震翻在地。

四马和热黑齐齐回头，神色冷峻。

巴扎里的人太多了，如果不尽快把那些人制服，后果将不堪设想。

热黑摸了摸自己兜里的枪："你带姐走。"

长年并肩作战的默契让他们无须过多言语就知道该如何打好配合，热黑转身拨开人群往后走，四马则拉上周轶往人少的地方走。

有两个H国人一直紧追着周轶不放，四马一改平日里嬉笑打闹的形象，冷静地判断形势。他带着周轶从步行街拐进了楼里，因为暴乱，大部分人往外溃逃，但也有小部分人躲在里面。

"姐，里（你）找个地方躲着别出来。"四马迅速说。

光逃是没用的，周轶也想得明白，那些人的目标是她，不抓到她他们是不会善罢甘休的，与其如猫和老鼠般追逐躲闪，把更多无辜的人牵连进来，倒不如主动迎击，将伤害降到最低。

"你自己小心。"周轶不想拖他后腿，叮嘱了一句后就只身往巴扎内部跑。

周轶躲在一个干果摊子底下，缩着身体，试图平复自己的呼吸，心脏却不受控制地快速而猛烈地在胸腔内跳动着。她想到了葡萄渠的那场混乱，难道那次不是意外而是人为，是那些劫匪为了抓到她而刻意制造的事故？

周轶攥紧手指，意识到了事态的严重性，这件事已经超出了她的认知范围。

楼里还躲着很多人，周轶突然听到了女人惊恐的尖叫声，接着就听到有人在讲H国语，语气不太友好，甚至是带着胁迫性的。

周轶小心翼翼地往外探头看了一眼。

有个劫匪走进了楼里，抓起躲在角落里的一个女人，看清她的脸后说了一句话，而后就把她狠狠地掼到了一边。

他在找她。

周轶身上出了一层冷汗，在看到劫匪举起枪对着地上那个无辜的女人时，她脑中紧绷的弦"啪"的一声断了，耳中轰然一响。

"Stop！"

那劫匪回头，看到周轶撑着身体爬出来。她扫了一眼那个吓得缩成一团正在低泣的女人，攥紧双手，缓缓说："I'm here。"

劫匪吹了声口哨，似乎对她主动现身的行为很满意。

周轶这才看清他的长相，毛发卷曲、浓眉大眼、皮肤黝黑，看她的眼神阴狠又恶毒。

他慢慢地向周轶走近，周轶不敢轻举妄动，直到余光看到地上的女人已经趁机逃离后，她才敢蹭着脚尖往后退。

劫匪往前猛跨一步，周轶反应迅速，矮身躲开他欲要抓她的手，一把抓起摊子上的葡萄干往他脸上一扬，趁他眨眼时转身就跑。

可没跑两步，她就被追上了。

那个劫匪攫住周轶的肩，危急之下她不管不顾地拿起旁边店里的一件银器，用尽全力往他脑袋上砸去。劫匪吃了她这一记，表情狰狞，显然吃痛，却没松开她，而是把她反身一拧，夺过了她手中的银器往地上一丢。

周轶挣脱不能，一颗心往深渊底下沉。

就在这时，劫匪突然闷叫一声，周轶察觉到按住自己的手松开了，立刻往前跑了两步，回头看到来人很是意外。

陈淮景用一条长纱巾死死地勒住那个劫匪的脖子，脚一绊把劫匪放倒在地，他用膝盖压着劫匪，猛地把纱巾往上一扯。

那个劫匪扑腾了几下就没动静了。

陈淮景一屁股坐在地上，抬脚踹了踹那个劫匪，确定劫匪没有行动力了才松口气,他抹了抹额上的虚汗,气喘吁吁地道:"累死小爷我了。"

"你……"周轶还没能回过神。

陈淮景冲她摆摆手,他撑起身,在那劫匪身上搜出一把枪揣上:"一会儿再说,逃命要紧。"

周轶缄默,此时的确不是叙谈的时候。

"翠翠,走了。"陈淮景喊了一声。

周轶莫名其妙,回头才看到不知从哪儿冒出来的兰兮芝。她趔趔趄趄地跑过来,两只眼睛红红的,脸色苍白,显然被吓得不轻。

"周轶姐,你没事吧?"

周轶没想到她自己怕得要死还不忘关心自己的安危,心头一暖,摇了摇头:"我没事。"

陈淮景从旁边店里扯了一条新的纱巾递给周轶:"遮着点脸。"

兰兮芝吸了吸鼻子,可怜巴巴地瞅着他:"我呢?"

陈淮景盯着她的脸看了两秒:"你安全得很。"

兰兮芝只撇了下嘴,难得没呛回去,估计也是被吓得没精神了。

出事后没过多久,十几辆警车就停在了大巴扎外,穿着防弹衣的特警很快就把整个巴扎包围了。

丁琲把已经被他制服的几个人交给了前来支援的特警部队,折返回了步行街。刚才这边也有枪响,他始终放心不下。

"丁队。"

热黑正和几个特警说着话,见到丁琲喊了一声。

丁琲走过去:"没事吧?"

"没事,缴了两把枪,抓了两个人,让他们押回去了。"

丁琲左右看了一眼:"周轶呢?"

"四马跟着,往文化塔那个方向走了。"热黑应道,"已经叫人过去了。"

"你在这边看着,我过去看看。"

在特警部队的安抚和疏散下,人群的情绪已经稍稍稳定,巴扎内不再是混乱的场景。

丁琲从步行街走出去,一路上也没碰到四马,他正想拐个弯去楼里看看,余光便捕捉到了一个身影。

她的上半身用纱巾围着,脸颊半遮,但他仍能立刻认出她来,至于她身边跟着的人……

丁琎凝眸，走进一条街巷，然后在出口处候着，等人一来，他迅速闪身至其身后，反手一压调转了个方向，把他的脑袋按在墙上。

"哎哟哎哟……"陈淮景怪叫着，他的脸被压得变形，眼珠子一直往后瞟，"唉唉，保镖大哥，误会误会，我是好人。"

周轶也看他："丁琎。"

丁琎这才认出他是漠邑旅舍里的那个可疑的男人，但丁琎没松手，反而迫近他："为什么跟着我们？"

"我没有、没有，我之前不是说了吗？我也是要来古木里尔的。"

"为什么会在这儿？"

"来、来淘点货。"

丁琎再问："之前认识周轶？"

"不、不认识。"

"为什么要帮她？"

"路见不平，拔刀相助。"

丁琎一使劲，几乎要把他压进墙里。

陈淮景觉得自己的胳膊都要被他卸下了，痛得龇牙咧嘴："漂亮、她长得多好看啊……你不觉得吗？"

丁琎沉声："老实点。"

"真的真的，就是看她好看才帮了一把。"

这轻浮的理由结合他这个人倒让丁琎有些相信他的确是为色所迷。他转头看周轶，她没什么特别的反应，扯下纱巾对他说："放了他吧，他和那群人不是一伙的。"

丁琎松开他。

陈淮景甩着手嗷嗷地叫唤着，又问兰兮芝："我的脸没被压坏吧？"

"呸！大色狼，下流坏子！"兰兮芝啐他。

陈淮景心虚地瞄了眼周轶，咳了两声："你懂什么，我这叫怜香惜玉。"

"丁队。"四马从另一头奔过来。

"怎么样？"丁琎问。

"辣（那）边也搞定了。"

那头热黑带着几个特警过来，丁琎让四马跟着周轶，自己迎了上去。

"丁队长。"带头的一个较为年长的特警主动伸出手。

丁琎伸手和他握住："阿玛斯。"

"辛苦了。"阿玛斯是古木里尔市特警总队的大队长，以前陈队带丁班和他见过面。

丁班询问："伤亡情况怎么样？"

"正在统计。"阿玛斯的表情不太明朗，"这次事发突然，多亏了你们几个在场。"

"那几个可疑分子……"

"你放心，已经抓捕归案了。"阿玛斯说，"我已经派人在巴扎内进行排查了。"

丁班点头，敛眸沉思。

关于VIRUS的事他不便多说，还是得让陈队出面。

"队长。"有个小特警跑过来，神色焦急地道，"一小组在文化塔内发现了定时炸弹，距离爆炸时间只剩不到三十分钟。"

"什么？"阿玛斯大惊，随后立刻下达命令，"迅速疏散群众，赶紧联系几个拆弹专家过来。"

气氛一时变得凝重。

巴扎内现在人员众多，且这是古木里尔的地标建筑，如果发生爆炸，不仅会在A国，在全世界都会引起恐慌。

"让热黑去吧。"

阿玛斯看向丁班。

丁班神色沉着，丝毫不乱阵脚："他是'猎豹'的排爆手。"

"姐，我们先撤。"四马接了个电话后，脸色都有些变了。

周轶本以为现在已经脱离危险了，此刻见他这样不免又把心提了上来："发生什么事了？"

"文化塔里发现了炸弹，现在很危险，我们必须尽快远离这里。"

"什么？"陈淮景被这个消息惊得张开了嘴，"炸弹？"

兰兮芝捂嘴："天哪！"

周轶手心出了一层细汗，手指几不可察地颤动着。事态的发展越来越严峻了，那些劫匪做到这个程度已经不仅仅是想抓到她那么简单了。

"丁班呢？"她问。

"丁队和热黑要牛（留）下来拆弹。"四马急切地道，"姐，里（你）先跟着我。"

陈淮景立刻上前一步："带上我，一起一起。"

周轶往文化塔那儿看了看，拉上兰兮芝，毫不犹豫地回身："走。"

周轶带着陈淮景和兰兮芝回了酒店暂避,四马站在阳台上一直盯着文化塔看。

"他们……不会有事吧?"周轶走到窗边,也随着他的目光看过去。

"不会的。"四马坚信道,"这场面我们见得多了。"

周轶缄默。

昨天在旅舍,陈淮景说那些劫匪说的是H国语时她就有些恍然了,像是迷雾渐散,她隐约看见了一点真相,但只是冰山一角。

她猜到了他们的身份,但没打算戳破,她也不怪他们隐瞒,毕竟职责所在。难怪丁琎反复和她确认到底知不知道那些劫匪是什么人,几个H国人单单追着她不放,任谁都会觉得她和他们有瓜葛。

她最近碰到的事完全超出了她以前的圈子,不是尔虞我诈、攻心算计,而是真枪实战、生死攸关。

周轶闭上眼,脑子里千头万绪,纷繁错乱。

四马时不时看一眼时间,半个小时的时间马上就要过去了。

"还剩多久?"周轶问。

"五分钟。"四马难得严肃。

周轶抿着嘴看着塔尖。

她这么一个平头百姓也能知道大巴扎发生爆炸的后果,而且人是她引来的,要是炸弹爆炸,又因此造成了人员伤亡,就算她也是受害者,难免会心头难安。

天上浮云淡了,时间逐渐走过。

"还有一分钟。"四马说。

周轶不自觉地握紧手。

无独有偶,巴扎风情街的一家店内也发现了炸弹。

临时调派拆弹专家已经来不及了,丁琎决定亲自上阵,他和热黑一人一处,拆除炸弹。

从发现炸弹的那一刻开始,特警就用最快的速度疏散人群,设立警戒区。

丁琎穿着防爆服站在文化塔外,明明即将身赴险境,他却神色如常。这些年在部队,他遇到过各种各样的危险,虽然不是主排爆手,但他曾参加过国内西南边境的扫雷行动,拆除过大大小小无数个炸弹,拆弹经验并不少。

"丁队。"热黑穿着厚重的防爆服走过来,他的表情也不见慌乱。

临危不惧是作为一名边防特警必备的素质，而排爆手更是要有强大的心理才能在关键时刻顶住压力。

阿玛斯就在一旁，看着丁珊和热黑还有些放心不下，虽然"猎豹"名声在外，但也难保万无一失。

"丁队，行吗？"

"您放心吧，炸弹，我最熟悉了。"热黑又看向丁珊，"我们丁队就更不用担心了，陈队和您提过吧，全能。"

阿玛斯见他们俩此刻还很沉着，也不得不在心里喟叹一句：不愧是"猎豹"的成员。

丁珊和热黑一起执行过很多任务了，此时此刻分秒必争，他作为队长也不多说，只是拍拍他的肩："安全回来。"

"肯定的。"热黑被罩在防爆服里的脸还露着笑，"丁队，等出来后一起喝两杯，上次喝酒输给你我不服气。"

丁珊哼笑："好。"随后他又肃然下令，"开始行动！"

热黑敬了个礼，语气笃定："保证完成任务！"

丁珊负责拆除文化塔的炸弹，热黑则去了风情街。

炸弹被固定在文化塔顶楼的展馆内部，在人迹罕至的角落里，正好是灯光死角。塔内的人已经被清空了，丁珊到时，炸弹上的时间正从十五分钟开始倒计时。

他没多耽搁，趴下身体开始查看炸弹的装置构造。炸弹线路复杂，外观看上去却很简陋。丁珊一看就知是自制的定时炸弹，他的神色并没有因此而放松，反而更加凝重。他反复观察着炸弹的线路，最后心里才有了个定论——这是一颗"诡弹"，如果不慎剪断了触发电线，那么这颗炸弹将会即时爆炸。

丁珊趴在地上，拿出检测仪凝神开始进行拆除作业。

厚重的防爆服把他整个人全都包裹住，没过多久就有汗珠从他的脸颊上滑落，汗水流进他的眼睛里产生了阵阵刺痛，他全然不理，眼睛一眨不眨全神贯注地盯着那颗炸弹，手上拿着钳子严谨又果断地剪断一条又一条电线。

炸弹上布着的电线不像是影视剧中那样有红有蓝颜色不一，而是清一色的白，这说明制弹人对自己的技术很自信，不需要靠颜色来记忆线路的连接。

时间一分一秒地流逝，到了后面，丁珊剪线的速度明显慢了，线路越

085

少他越要慎重。

待最后只剩两根电线时,时间还剩五分钟。

丁琎盯着那两根白线,脑子里开始想一般电影里的主角到了这个关头都会怎么做。回忆过去、感慨人生、痛陈遗憾、发表感言……那都是倒数十秒才干的事,现在时间还早着,而且他并不纠结。

丁琎握紧钳子,干净利落地剪断其中一根白线。

倒计时停止。

大巴扎内没有发生爆炸,几个制造混乱的人也被如数逮捕了。因为丁琎等人的及时行动,这场袭击刚有了苗头就被掐灭了,并没有造成严重的后果,善后工作正在有序地进行着。

但事情还没结束。

晚上周轶用微信给陆美美打了个电话,甫一接通,陆美美劈头盖脸就问:"周轶,你没事吧,我看新闻说古木里尔今天发生暴乱了?"

周轶看着窗外,今晚大巴扎的灯都熄了一半。

"没事。"

"没事就好,没事就好,我联系不上你人,担心死了。"陆美美松口气,又问,"手机终于买了?"

"嗯。"

"那你什么时候能回来?"

周轶沉默了须臾,道:"我爸那儿有什么消息吗?"

周振国一般不会主动联系她,有事基本上是通过陆美美转达给她。

陆美美忽地记起:"哦,你不问我差点忘了,他的助理给我发了条消息。"

周轶急问:"说什么?"

"'绝密。'"陆美美声音困惑,"周总这是什么意思?"

周轶心里一空,失望地闭上了眼,那种茫然的感觉又笼上了心头。

陆美美还想再关心几句,但周轶实在没精力和她解释这几天发生的事,就推说以后回渔海后再详说,并没有和她多谈。

挂了电话,周轶登录自己的邮箱。她的工作邮箱一直是陆美美在打理,而这个私人邮箱鲜有人知。

陆谏曾经和她要过私人邮箱地址,可那时她和他关系不好,不太待见他,所以没给。没想到最后他亲自破译了出来,简直是黑客流氓。

周轶点进收件箱去查看最新收到的那封邮件,发件人头像是黑的,陌生的地址，要不是他对她的称呼，她不会猜到是谁发来的。

"一一"，陆谏一直是这么喊她的。她刚上学那会儿，因为上课不听话被老师罚抄名字，那时候她就不满地和他抱怨父母为什么要给她取"周轶"这个名字，要是叫"周一"就好了，那样罚抄起来就会轻松很多。他被她逗笑，此后就总是喊她"一一"，这个昵称别人都不知道，只有他会这么叫她。

所以当周轶在邮件正文里看到这个称呼时，就确定了发件人是他。

周轶重新看了一遍邮件内容，除了一张Ａ国地图和一堆乱码外什么也没有。莫名其妙地消失又突然地出现，他还真是一如既往地惯会自作主张。

周轶打开房门，四马就守在门外。

"丁班什么时候回来？"

四马转个身面向她："估计没辣（那）么快，丁队这会儿应该还在忙。"

现在已经是晚上十点了，周轶略一思索："他回来了告诉我一声。"

"好的，姐。"

周轶要关门，手一顿又重新看向他："你要一直守在这儿？"

四马点了两下头。

丁班走之前让他跟好她，周轶知道四马不会违抗他的命令。

"进来坐着吧。"

"不用了，姐里（你）不用管我，我以前经常站岗的，一站就是一天一夜，小事。"四马想也不想就拒绝了，他咧开嘴露出一口大白牙，"里（你）快休息吧，有事喊我就行，丁队来了我再告诉里（你）。"

"嗯。"周轶也不强求。

天边的一点灰白渐渐暗了，天一旦转黑，夜就沉了。

周轶左等右等，在沙发上等到睡着了都没等到人。

睡梦中，她突然一个激灵睁开了眼，没有刚睡醒的眯瞪，脑子是很清醒的。她拿起手机看了一眼时间，凌晨五点。周轶从沙发上起来，理了理头发往门口走，开了门，四马还和门神一样杵着。

"姐，里（你）没睡呢？"

走廊上静悄悄的，她问他："丁班呢？"

"还没回来。"

周轶皱眉，她不能再等他了。

"给他打个电话。"周轶说，"我有事要和他说。"

四马见周轶像是有急事，就走到一边拨了个电话。

"没接。"一分钟后，四马说。

看来是见不到最后一面了。

周轶回房收拾了东西，其实也很简单，只要把行李箱一合就能直接走人。

四马见她拖着一个行李箱出来，直接傻眼："姐，里（你）这就打算走了？"

"嗯。"周轶站定，"去大使馆。"

"不用这么急吧，要不再等等丁队？起码要道个别吧。"

"没必要，回去后我会再联系他。"

"可是……"

周轶打断他："我只要还在A国一天，像昨天那样的事就有可能会再次发生，你明白吗？"

这个道理四马明白，周轶现在在A国的确危险，敌暗我明，最有效的解决方法就是她尽快离开此地。

可他仍是拿不定主意。

周轶离开的决心已定，再待下去不仅她本人，就连在她身边的人都会遭殃。她从没觉得自己是个扫把星，先是葡萄渠，现在又是大巴扎，下一次又会在哪儿？现在她对这个国家的人来说就是一场瘟疫，她到哪儿，哪儿就倒霉。

她松开行李箱走到隔壁的房间门口，抬手敲了敲门。

几秒后门开了，陈淮景揉着惺忪睡眼，打了个哈欠："现在走？"

"嗯。"

"给我两分钟，我洗个脸。"

"好。"

四马走过来，指指陈淮景的房间又看着周轶："姐，里（你）……他……"

周轶直接说："我让他送我过去。"这是她昨晚和陈淮景约好的，她做好了两手打算，总之今天是一定要走的。

"好了。"陈淮景的上衣领口挂着一副墨镜，一只手抓着自己的头发在整发型，一只手甩着车钥匙，"走吧。"

四马瞪着他，瞧他那风骚的模样就不是很靠谱。

"姐，我再给丁队打个电话，里（你）等等。"

四马走到一旁，掏出手机又拨了丁琏的号码，半晌无人接听，他又给热黑打了个电话。

周轶看着他越皱越紧的眉头就知道没联系上人。

她拖上行李箱，不再犹豫："走吧。"

"等等。"陈淮景从兜里掏出一张字条，走到对门儿那儿蹲下，低着头把字条塞进门缝里。

周轶记得昨晚兰兮芝住的房间就在他对面。

"好了。"陈淮景拍拍手站起来，见周轶盯着他，他解释了一句，"和翠翠说一声，她要是起来了没见着我人，指不定怎么骂我。"

周轶轻笑，觉得他这人也怪有意思的。兰兮芝一个不谙世事的小姑娘，他要是真想甩掉她根本不是难事，可他从来只是劝她别跟着自己，从来没有直接丢下她，要说没点不忍心她是不信的。

"怎么都不接电话？"四马低低地说了一句，眼见周轶要走了，他忙追上去，"姐、姐。"

周轶回头。

虽然只相处了几天，但周轶的脾气四马还是摸清了几分的，她想做的事就连丁队都阻止不了，何况是他。

四马牙一咬："我送里（你）去大使馆。"

陈淮景把自己的墨镜戴上，耍帅地吹了声口哨："回来有伴儿了。"

他们三人一起下了楼，办了退房手续。出了酒店，天像化不开的墨一样，大马路上空空如也，只有路灯寂寞地伫立着。

陈淮景刚走出酒店就两眼一黑，四马斜乜着埋汰他："我说里（你）看得见路吗？"

陈淮景把墨镜拉低，四下逡巡一番才摘下，他呵笑一声，脸上不见尴尬神态："天亮得还挺晚。"

他把车从车库开出来，四马帮周轶把行李放进后备厢里。

周轶坐进后座，四马绕到驾驶座这边，不客气地敲敲窗，看着车窗降下，他直接说："我来开。"四马对陈淮景这个嘴上没毛的家伙很不放心，以防万一，还是自己掌握主动权比较好。

陈淮景倒也爽快，利索地从驾驶座上下来，笑嘻嘻地把位置让给了四马："您随意。"他拉开后座的门坐进去，还庆幸地笑，"昨晚没睡好，疲劳驾驶要不得，正好四马哥代劳了，我可以偷个懒眯一会儿。"

四马启动车子，听见他的称呼立刻满嘴拒绝："唉，谁是里（你）哥啊，别瞎叫。"

"哟，瞧我。"陈淮景懊恼，扒着椅背凑到前面对着四马说，"四马弟弟，别生哥的气啊。"

饶是平时巧舌如簧的四马碰上陈淮景这样厚脸皮的无赖也被堵得无话可说,他斜视他一眼,油门一踩,直接把他甩到后座上去了。

六点钟的光景,马路上车少人更少,四马开着车可以说是一路畅通无阻。

眼看着就要上高架,陈淮景忽然盯着倒车镜一脸紧张:"后面是不是……"他干咽了下,"有辆车一直跟着我们啊?"

周轶原本闭着眼在休息,闻言倏地睁眼往后看,后头的确有辆车一直尾随着他们。

四马绷着脸,从后视镜中可以看到那辆车一直在跟着,车牌号是K开头的。漠邑的车?也是去大使馆的?四马猛踩油门提速,分神又看了看后视镜。

"加速了……他们也加速了。"陈淮景喊。

这种情况上高架反而无路可退,四马猛打方向盘变换车道,往相反的方向疾速驶去。

那辆车紧跟其后,隐隐有反超之势,两辆车在空旷的大马路上一前一后地高速行驶着,你追我赶,引擎发出的轰鸣声在寂静的清晨里十分清晰。

周轶和陈淮景一直往后盯着那辆车,车内无人说话,空气丝线一样紧绷着,欲要把人切碎。

四马连着拐了几个弯都没能把那辆车甩掉,显然对方开车的人的车技也不差。这样胶着下去也不是个办法,陈淮景回过身看看前方,快速地说道:"四马弟,你走小道,找个地儿把我和周轶放下,我带她躲起来。"

四马一点就通,陈淮景的意思就是兵分两路,四马负责开车引开后面那辆车,陈淮景则带着周轶离开。

目前来看这是最好的办法,可四马心中尚有犹疑。

陈淮景此人他还没摸清底细,以四马的直觉来看,他并没有表面上看起来的那么简单,在没搞清他是敌是友、是正是邪之前,四马不敢贸然相信他。

后面那辆车咬得很紧,再这样下去天就要亮了,到时候路上的车一多更麻烦。周轶思忖了片刻,心下有了计较:"四马,按他说的办。"

四马在后视镜中和周轶对上眼:"姐……"

"找地方停一下。"周轶说得果断。

四马看了一眼后面紧追不放的车,咬牙把方向盘一打拐进了居民区。

这片老城区还未翻新,曲曲绕绕的巷道很多,四马开着车在区内七拐八绕,后面那辆车的司机应付这种道路显然没有四马来得有经验,在一个狭窄的弯道拐口明显地被卡住了。

四马抓住机会拐进了另一条巷子里,在半道上刹住了车。

陈淮景迅速推开车门,毫不犹豫地下了车:"走!"

周轶紧随其后。

"姐,里(你)小心。"四马飞快地说道。

"好。"

四马不敢再停,踩了油门把车开走。

陈淮景带着周轶躲进了两栋楼的楼道里,没过多久,后面那辆车果然追着四马的车走了。

待引擎声远了,陈淮景才松了口气,只是他这口气还没吐到底又重新提了起来,他垂眼瞅着抵在脖子上的饼戳子,喉头滚了滚:"周轶,你这是……"

周轶冷眼看他,语气极冷:"你到底是什么人?"

"商人……我就是一个卖古玩的平头老百姓,承蒙同行看得起我,叫我一声'陈老板'。"

"老百姓?"周轶冷哼,用饼戳子抵着他的动脉,逼他直视自己,"刚才那些人为什么追你?"

陈淮景面露讶色,旋即眼神晦暗复杂。

周轶早觉出了一些端倪,他从酒店出来时戴着一副墨镜,探头探脑又左顾右盼的,显然是怕被谁认出。后边那辆车最先是他发现的,一开始她也以为那辆车是冲着她来的,可隐隐又觉得有些奇怪。

她仔细一想,很快就找到了让她觉得不对劲的地方,后边那辆车有漠邑车牌,而之前在烈焰山,那些H国人开的车根本就没挂车牌,是明明白白的黑车。

周轶立刻就怀疑上了陈淮景,她很清楚,他是从漠邑过来的,而那辆车上的人很有可能是先去了漠邑找人,没承想扑了个空,这才会从那儿追过来。他之前和她说过,他也正被人追杀,看样子不是玩笑话。

他根本就是早知道有人在追他,周轶的声调直降八度:"你利用我?"

陈淮景被吓得一个哆嗦,他也没想到周轶这么聪明,这么一会儿就看穿了他的伎俩。

"呵呵……"陈淮景干笑,眼神飘忽,一副做贼心虚的模样,"人在江湖上走,哪能没点儿恩怨情仇呢,我也不是一个没有故事的男同学。"

周轶不理会他的插科打诨,逼近他:"你到底是谁?"

饼戳子冰冷的钉子已经触碰到他的皮肤了,虽然这东西扎下去不大可能会致命,但痛啊。

陈淮景欲哭无泪,后背贴着墙,讨饶道:"我发誓,我没想害你。你忘记啦,在葡萄渠……昨天在大巴扎,都是我帮的你。"

周轶自然记得,她就是顾着这个才给他解释的机会,没立刻动手。

陈淮景干咽了一下,很想把饼戳子拨到一边又不敢轻举妄动,只能小心翼翼地向她解释:"我是惹了点麻烦,所以想借你的光躲躲。'大树底下好乘凉',跟着你的那几个哥哥,我看厉害得很。"

周轶看着他的眼一沉,内有情绪在翻涌。

陈淮景聪明得很。丁琈的身手一看就不是寻常人,再加上他昨天听到的只言片语及追着周轶的那些人,这些信息就足够让他猜到丁琈的身份了。

因为时而做些玉石买卖,陈淮景经常出入A国,他对这儿的了解可比周轶这个白丁多多了。中介市场耳目众多,那些小道消息和不为人知的秘密他常有耳闻,丁琈的身份他甚至猜得比周轶还准确。

陈淮景见周轶还不打算放过他,再出一招:"我们再不走,你就赶不上头一波办证了。"他虽不是什么善类,但没想对她使坏。

周轶把饼戳子收回去,睇眤着他,冷冷地开口:"你让四马帮你把人引开了,现在打算怎么办?"

陈淮景摸摸脖子,心有余悸地拍拍胸口。

"从这个巷子出去,走上一段路就能到巴士站。"陈淮景又恢复了没脸没皮的模样,说:"搭巴士到终点站,再走个十分钟就能到大使馆。"

"我的行李呢?"

"……我帮你寄回国。"

周轶冷哼,不打算再和他计较了。他救她两次,被他算计一次就当是还了人情了。

陈淮没骗她,附近的确有一个巴士站。

二十分钟一班的车,他们等了五分钟不到就等着了。上了车后,周轶就往最后一排坐,陈淮景也跟过去,落座前还通过车玻璃往后观察了下。

去个使馆都不顺遂,周轶靠着窗,脑袋发蒙,无比烦躁。

陈淮景觑着她,试探地开口:"翠翠说……你是个画家?"

周轶懒懒地回答:"嗯。"

"画家好啊,正好我对画也有点研究。黄公望的《富春山居图》真是大作啊,那技法、那意境真可谓是出神入化。"陈淮景献媚道,"我店里有顾恺之的真画，私人收藏的，怎么样，有兴趣吗？"

周轶面无表情地睇他："我画的是油画。"

陈淮景虚虚一笑，心里没底，面上有些挂不住，干咳两声："我们现在算同是天涯沦落人了，不过……"他看她，"你的麻烦好像比我的大点。"

周轶不置可否，她没有交谈的欲望，也不好奇陈淮景到底惹了什么麻烦犯了什么事。同样，陈淮景也不过问她的事，两人默契地沉默了下来。

陈淮景睇了瞄周轶，看到她望着窗外，侧颜惊艳。

他在心里惋惜地叹了口气，她长这么好看，本来以为能来场艳遇为旅途增色的，没承想遇到了个狠角色，反被压了一头。

不到半个小时，大巴到站了。天色微明，时间尚早，街道上的人却不少。

周轶发现街道上的特警比她刚到A国时还多，她一想就猜到是昨天那事的影响。

陈淮景指着旁边的一家麦当劳，颇为体贴地说："我给你买个早餐。"

周轶没能喊住他，她警惕地往周围看了看，没看到什么可疑人员，稍松一口气，看了一眼时间，也走进了店里，去了洗手间。

在洗手台洗手时，周轶感到有人走到了她后边，明明边上还有洗手台，怎么这人偏偏等着她这个？她立刻警觉，抬眼不动声色地往镜子里看，正和身后的女人对上眼。

周轶果断把水一关，刚往边上跨了一步，身后那人就堵了上来。来人压低声音，用十分不纯熟的汉语对她说："周小姐，麻烦……你跟我走一趟。"

周轶还想走，来人直接动了手，一把攥住了她的胳膊，那手劲不是普通女性所能拥有的。

"这附近有很多我们的人，你也不想再发生什么事吧？"

周轶想到了昨天大巴扎里的定时炸弹，眼中霎时愁云凝结，晦暗不明。

一拨人追着她不放，还分出一拨人在大使馆周边守株待兔，她没想过自己有一天会成为这样一个香饽饽。

陈淮景提着一个小纸袋等在外面，在看到一个陌生的女人挽着周轶的胳膊从洗手间里走出来时，他就预感大事不妙。

他往前走几步正要拦，却接收到了周轶投来的目光，她隐晦地冲他轻轻摇了下头。

这意思是让他别轻举妄动。

陈淮景后退几步，警惕地左右转动眼珠子。

那个女人挽着周轶的手走出了店，陈淮景疾步从另一个门出去，眼看着周轶被带上了一辆车。他追了几步,看着那辆车启动离开,有些懊恼地在原地转了一圈。

"陈淮景。"

陈淮景回头,看到兰兮芝正从一辆的士上下来,他迅速跑过去,重新把她塞进的士里,然后自己也挤上了车。

"师傅,去大巴扎,快点。"陈淮景急切地说。

兰兮芝一脸费解,不知道他到底在搞什么:"不是你给我留字条让我一小时后到大使馆找你的吗?为什么又要回去?"

昨天在大巴扎,丁琊连同当地特警一起把那几个暴徒制服逮捕后,"猎豹"大队长陈峻峰就立即赶到了古木里尔开展审讯工作。丁琊作为中队长,也是这次任务的主要负责人,自然是要留下陪同的。

那几个暴徒态度猖狂,尽管被捕,却仍是一副无所畏惧的模样,对着丁琊他们也是出言不逊,甚至几次想要暴力反抗。VIRUS的成员都是一些不畏生死的狂徒,想要从他们嘴里撬出点信息,不耗费点时间、用点手段几乎是不可能的。

早上丁琊从审讯室里走出来时,表情沉郁不展。

陈峻峰就在外面,问:"怎么样?"

丁琊摇头。

这个结果在陈峻峰的意料之中,以前他们也曾俘获过VIRUS的人,那些人无一例外都口风严实,对组织的头目极度信仰,对组织下达的命令更是奉若神旨,以死践行。这些极端分子还经受过训练,意志力和耐性比常人要好,审问难度可想而知。

"还好昨天你们去了大巴扎,否则事儿就大了。"陈峻峰说。

大巴扎里的炸弹显然是事先设下的,VIRUS的人本来就想在那儿制造一场袭击,只是碰巧丁琊他们也去了那儿。那些人发现了周轶,一路尾随下不小心露了马脚,被丁琊逮个正着,这才落了网。

只不过他们有没有全部落网,现在还不清楚。

"那姑娘……有没有什么异常的地方?"陈峻峰问。

丁琊想到周轶,她和大多女人比起来是有些不太寻常,但也说不上异常。

"没有。"他回答。

陈峻峰不解地晃了晃脑袋,语气里掺着困惑:"真是想不通,VIRUS的人到底为什么会盯上她,她身上有什么东西值得他们这样紧追不放的?"

这个疑点，丁珏也一直没查出来。

想到一件事，丁珏转头问："那个交流团现在在哪儿？"

"哦，我昨天查了，他们从漠邑离开后就去了塞江，没在古木里尔停留。"陈峻峰吐出一口气，语气庆幸，"还好我们的怀疑是错的，真要是那样，事情可就大了。"

热黑从外头走进来，见到陈峻峰道了声"陈队好"，然后对丁珏说："四马给我打了两个电话，我没接着，刚打过去他又不接了，不知道是不是出什么事了。"

因为要进审讯室，丁珏特意把手机静音了，此刻他拢眉，从兜里掏出手机来，屏幕上显示有几个未接来电，皆是四马打来的，清晨六点前后的时间，看样子是有什么急事。

丁珏眉头未展，有种不好的预感，他直觉周轶出事了。

陈峻峰看着丁珏："又有情况？"

"嗯。"丁珏收起手机，"我去看看。"

陈峻峰点头，让热黑跟着去帮忙。

热黑开车，从警局一路往周轶住的酒店疾驰。在路上时，丁珏给四马打了几个电话，都是无人接听的状态，他心头凝重，直觉不妙。

到了酒店，丁珏直奔周轶的房间，碰上保洁员正在更换床单。

热黑去前台一问才知道，早上六点不到，他们就退房了。

不在酒店，电话又联系不上，现在两人相当于是失联状态。丁珏的脸沉得不能再沉，正要打电话给陈队让他多调派点人过来时，四马意外地回了电话过来。

"丁队。"

丁珏立刻问："怎么回事？周轶呢？"

四马把早上发生的事从头到尾快速地说了一遍，末了说："我现在已经把辣（那）酿（辆）车甩开了。"

丁珏从他的叙述中抓住了重点："漠邑的车牌？"

"对。"

丁珏眼神一沉："你现在倒回去找找周轶。"

四马毫不犹豫地应道："好。"

丁珏挂了电话，几乎是在同一时刻，酒店门口停下了一辆的士。

陈淮景一路催着的士师傅赶回了酒店，他刚从车上下来，一个转身差点撞到了人，他抬头看到突然出现在眼前的人，欣喜的表情还未完全绽开就凝滞住了，最后成了一个要笑不笑的尴尬神情。

肚子上抵着一个圆管状的东西，陈淮景不用看都能猜出那是什么，他觉得自己这次是名副其实地撞枪口上了。

"保镖大哥……别、别冲动，有话好说，呵呵。"陈淮景语气讨好，一张脸丧成了苦瓜，就差双手抱头跪地求饶了。

一大早的，他先是差点被戳破动脉管子，现在又被人拿枪指着肚子，真是一个比一个狠。

陈淮景心里有苦说不出，原想着"大树底下好乘凉"，可他忘了大树底下也容易遭雷劈。

"周轶呢？"丁珒语气沉冷，目光中带着一股凛冽的寒气。

陈淮景觉得丁珒跟个黑脸阎罗王一样，那把枪也不是吓唬他用的，他相信丁珒真会扣动扳机，给他一梭子送他上路。

他干笑："我就是想回来告诉你，周轶……她出事了。"

丁珒把枪往前一按，吓得陈淮景僵直了身体，动也不敢动。

"她怎么了？"

"被、被人劫走了。"

"不是我干的……"对上丁珒犀利的眼神，陈淮景额上冒了层冷汗，磕磕巴巴的不敢打马虎眼，接着说，"可能……也有点我的原因，呵呵。"

陈淮景不等丁珒主动开口问，就老老实实地把事情的始末交代了。

丁珒越听眼神越黯。

"……那个人是挽着周轶的手走的，我猜周轶应该是被挟持了，她冲我摇头，我也不敢轻举妄动，怕激怒对方，对周轶不利，所以——"陈淮景的喉头滚了滚，脚跟蹭着悄悄地往后退。

丁珒持枪的手一动，陈淮景定住，吓得口音都变了："我这不……一刻也没敢耽搁，快马加鞭地赶回来找你来了。"

他低头指着那把枪，卑微地问："我、我能走了吧？"

"热黑。"丁珒喊了一声。

热黑走过来。丁珒收了枪，指了指陈淮景，示意道："把他带回局里，让阿玛斯好好查查。"

陈淮景傻眼："不是……查我干什么？我可是个遵纪守法的好公民。"

丁珒不为所动。

早上追着四马的那辆车压根不是冲着周轶去的，无论这个男人与这次 VIRUS 的事件有没有关系，反正好公民他是评不上的。

回到警局,丁琎把周轶被劫的事情上报给了陈峻峰。陈队一听到这个消息,脸色顿时就黑了。这下也不需要再去审问昨天抓捕的那些人在 A 国还有没有其他同伙了,目前看来,VIRUS 在 A 国不但还有拥趸,而且胆子不小,手段也很高明,光天化日之下都敢从一群特警眼下把人带走。

事情越来越棘手了。

即使昨天的事没能成功,组织成员被虏,VIRUS 也毫无忌惮,一点也没有就此收手的打算,反而和蝗虫一样,灭了一拨又来一拨,简直是不把 A 国看在眼里。

"丁队。"热黑手上拿着一沓文件走过来,"H 国交流团的成员名单发来了。"

丁琎接过后立刻翻看。

陈队站在他身边,也和他一起浏览着:"你还怀疑交流团和 VIRUS 有关系?"

"以防万一。"

丁琎快速地扫了一遍,这个交流团人数不少,三十个人的团队,信息详细,身份都很正当,至少表面上看是这样。

这些人里并没有昨天那些被捕人员,丁琎问:"所有人员的信息都在这儿?"

热黑点头:"外办那边说第一批名单都在这儿。"

丁琎从文件里抽出几页纸,问道:"陈淮景呢?"

陈淮景正和一个小警察话家常。他在其他人面前都能侃,唯独对丁琎怵得慌。丁琎为人过于刚硬严肃,跟块油盐不进的铁板一样,和他的性格完全是南辕北辙。

丁琎把手头的几张信息表摊放在桌面上,也不拐弯抹角,直接问:"这几个人里有带走周轶的人吗?"

陈淮景瞅他一眼,老实地低头看资料。

几张纸上显示的都是 H 国女人的信息,陈淮景的目光在她们的证件照上流连。他身手不好但眼神是一等一的,过目不忘可是他的看家本领。

尽管带走周轶的那个女人戴着墨镜,但陈淮景仍是凭借着她嘴角上的一颗痣认出了她。前后不过几秒,他眼神一亮,指着其中一张对丁琎说:"就是她。"

第四章
丁琳，我想让你帮我找个人

周轶看着窗外的风景从钢筋水泥筑成的大厦换成了绿意盎然的雪杉松林，脑子里浮现的念头就是——她已经不在古木里尔了。从外面的植被特征和地貌来看，车是往北走的，这伙人打算把她带到北域去。上一次她是被绑去了漠邑，这一次又会是哪儿？

周轶自嘲地想，她到Ａ国攻略都没做过，目的地全由这些绑匪决定，还省了一大笔车费、住宿费和伙食费，乐观地想，她算是赚了？

她再一次打量车上的人，驾驶座和副驾驶座上坐着两个魁梧的男人，她的身边一左一右坐着两个女人。

周轶摸不清他们和之前绑架她又屡屡制造混乱的那群劫匪是不是一伙人，要说是同伙，他们的行事风格又有所偏差。从机场上车后，他们只是绑住了她的双手让她无法做出大动作，一路上倒也没多为难她，甚至她觉得他们的态度并不恶劣，反而有些客气。若不是同伙，那他们又是谁，为什么要带走她？

"那份名单在你身上？"离开机场不久，挟持她出机场的那个女人就急切地问了她，还鲁莽地搜了她的身，缴了她的小布袋。看她失望的表情，似乎并没能在周轶身上找到她想要的东西。

车上的两个女人会讲一些粗浅易懂的汉语，她们来回问了周轶几次，态度并非强迫，甚至不无诚恳地央着周轶把东西交出来，可周轶并不能给出满意的答复。

不是周轶故意不说，而是她根本没明白她们想从她身上得到的东西是什么。她反问了一句，可她们似乎对此讳莫如深，不愿多解释，一直拿猜忌狐疑的眼神看着她，好像在检视她是在装傻还是真的毫不知情。

周轶眉头紧锁一头雾水，思来想去也没能琢磨出她身上到底有什么"名单"能令他们这么着急，不惜冒着危险也要千方百计地把她绑走。

车外下起了小雨，车窗起雾，外面只剩朦胧的绿色，看不真切。

周轶心里也雾蒙蒙的，她问："你们要把我带去哪儿？"

意料之中，没人回答，绑匪怎么会告诉人质目的地。她还应该感谢他们，至少没像漠邑那回一样粗鲁蛮横，对她还算得上是"礼遇"。

周轶低叹一口气，觉得无比懊恼，她差点儿就能到大使馆办证回国，告别这趟糟心的A国之旅了，真是万事不遂人愿。

她觉得自己就像是前往西天取经的唐僧，周围各种妖精时刻觊觎着想把她掳走，而她的三个"徒儿"此时大概又在想方设法地找她，周轶都能想到四马和丁珊说"周轶姐又丢了"的画面了。

丁珊听到她失踪的消息一定会黑脸，指不定还会在心里骂她不听指挥任意妄为，无组织无纪律。

可周轶不想当唐僧，她的行事风格也从不是坐以待毙。

车在迂回的山间公路行驶了大概有两个小时的时间，山上的雨稀稀拉拉地下着，薄雾漫漫，待日光透过云层，窗外逐渐明朗时，他们已经下了山。

公路两边风景迥异，一边是杳无人烟的荒山戈壁，另一边是绵延着长河、生机盎然的绿洲。

周轶抿着嘴望着窗外宽广的长河，此时无风，河面很平静，在日光的照耀下绿得像一块纯天然未经切割的翡翠。河岸边树木浓密茂盛，枝叶招展，河中还有三两小汀洲，恍惚间让她误以为自己身在热带地区。

有河的地方就有生机。

周轶微微动了动身体，边上两个女人立刻机警地看向她。

"我想上厕所。"

两个女人对视了下，看表情她们并不太愿意让她下车。

周轶语气不悦："就一会儿，花不了多少时间。"

其中一个女人和前方两个男人说话，用的是H国语，周轶听不懂，但能猜出应该是在征询他们的意见。

周轶听他们来回对话了几句，然后车缓缓地停靠在了路边。

一个女人先下了车，周轶弯腰从车上下来后，后头那个女人也下车了。

公路一边是戈壁，没什么遮挡物，自然是没办法方便的。两个女人一左一右地带着周轶往河的方向走，刚走没一段路，其中一个就指着一丛小灌木说："就在这儿。"

周轶不动声色地往长河那儿扫了一眼，冷着脸说："离公路太近了。"

她欲要往前再走，两个女人就按住了她的肩，神色已经有些不耐烦了。

"再往前一点。"周轶柔和了语气，又做出为难羞涩的表情，"万一有车过来……"她是故意这样说的，为了让她们意识到一旦有车辆路过，她将有机会求救。

这句话显然有效，她们松开她，又跟着她往河边走了一段路。

"好了。"一个女人拦下周轶。

周轶回头，此时她们的位置已经离公路够远了，于是她不再往前走，伸出被捆住的双手，示意她们帮她解开。

两个女人犹豫了下，最后还是给她把绳子松了。

周轶转了转手腕，正要去解裤头，突然转身问道："你们要站在这儿？"

"快点。"一个女人催道。

看来她们是不会让她离开她们的监管视线了，周轶沉住气，往灌木那儿走了两步，突然侧过身体往公路延伸的方向挥了挥手。

两个女人被她吓一跳，下意识地往公路看去，却没有看到任何人和车。

周轶趁她们回头的瞬间拔腿就往前跑，身后愤怒的喊声和急促的脚步声夹杂着传来，她咬紧牙关不敢回头，一心往前冲。等她快到河岸边时，身后一人抓住了她的衣服。周轶今天披了一件马甲，被扯住外套的一刹那，她毫不犹豫地双手往后，顺势脱下了马甲，果断地跃进了河水。

随着"哗啦"一声，岸上的两人止步，随后焦急失措地冲着公路上的男同伴大喊。

周轶潜进水里，闭气往前游着。中途，她在水中往后看了一眼，尚无人追来。H国是内陆国，以沙漠气候和大陆性气候为主，所以周轶赌了一把，赌这几个人不擅泅水。

她赌赢了。

周轶吐了个泡泡，双脚用力一蹬往前划了一段。

游泳算是她为数不多的运动爱好，她的肺活量不错，之前在泰国学过潜水，所以在水中闭气游一段对她来说还不算是件难事。

所幸这条河水流清澈，周轶并不会迷眼，在水中还能大致分辨出方向。她并不是笔直地往对岸游，而是顺流而下，这样不仅省力，还能让她更快地逃离那些人的搜查范围。

中途，周轶浮出水面，踩着水呼吸着，回过头往上游看，隐约还能透过草丛的罅隙看到岸上的人。她猛吸一口气，重新潜入水里，奋力地游着。

靠岸时，周轶已经有些脱力了。她以前游泳都是为了放松，今天却是为了逃命。

从河里出来，她身上还淌着水，一头长发湿淋淋地黏在脖颈上，脸上手上还挂着晶莹透亮的水珠。她喘着粗气，躺在草地上歇了好一会儿才缓过劲来。

周轶也不知道自己到底游了多久，总之是不留余力的。她坐起身来环顾了一圈，周遭的环境很陌生，此刻她所在的位置应该离入水处有些远了，但在岸上总比在水中移动得快，周轶担心那些人很快就会分头搜过来，所以不敢在河边久待，缓了口气后就迅速起身往绿洲深处走。

因河水的灌溉，岸边的树木都生得十分葱郁，树荫洒下一大片的阴凉，偶有风过，树叶褰然，沙沙作响。周轶在树林里找了个隐蔽的位置，靠在一棵大树上歇了歇脚，刚在水里泡了那么久，她已经是精疲力竭了。

阳光穿过叶子，筛下一些细碎的光斑，她仰头望着，微眯着眼，那些光在她的眼睑上跳动。夏天的衣服轻薄，周轶湿透的热裤和短袖很快就干了，她拿手腕上的皮筋把蓬松的长发挽起来，恢复了力气后继续往里走。

等她穿过丛林，眼前豁然开朗。

周轶没想到密林之后会是这样一片广袤的草原，漫无涯涘的翠绿萦绕在眼前，像是有人把一整盘的绿色颜料倾洒在这片土地上，她走在其中不由得惊叹。

草原上草色嫩绿，不知名的小花簇团团绽放，随风摆动，低头仔细一看，草丛里还有牛羊的排泄物。

有牲畜的地方一定有人，周轶按捺住喜悦，抹了抹额头上的汗，继续前进。终于在翻过一座又一座的小山坡后，她看到了成群的正在低头吃草的羊，以及离羊群不远的地方错落排布着的白色毛毡房。

有救了。

周轶禁不住扬起了嘴角，双眼映着草绿发亮。

走近了看，毡房有大有小，每个毡房之间离得不远，周轶大致数了下，这一块有七八个毡房。

周轶不敢擅闯，担心她这个不请自来的外来客会唐突了居民。

有个大毡房的门帘是撩上去的，门口还停放着一辆摩托车。

周轶扯下皮筋，扒拉了下自己的长发，又整了整身上的衣服，确保自己的仪表不算太狼狈后，才走近那个大毡房。她在门外探着脑袋，试探地往里看了一眼，客气地打着招呼："请问……有人吗？"

周轶是被H国交流团的人带走的，这个信息无疑是爆炸性的，这说明不仅 VIRUS，就连 H 国政府也和这次的事件有关，甚至 H 国政府可能与 VIRUS 有着不为人知的勾结。他们之间的利益关系一旦被证实，不仅对两国的外交关系有影响，甚至会在整个国际上掀起轩然大波。

陈峻峰在得知了这个消息后，就立刻向上级反映了情况，请求指示。

陈队给的确切消息是 H 国交流团现在正在霍布沙尔口岸，霍布沙尔口岸在塞江州，就在国界边上，万一让他们带着周轶离开了 A 国国境，那就麻烦了。丁琏得知这一消息后，立即让热黑联系了海关人员，让他们务必想方设法把人拦下，他则以最快的速度动身前往塞江。周轶在他们手上多一分多一秒都有危险，他希望能尽快把她解救出来。

陈峻峰还需要留在古木里尔办理那些被俘人员的转移手续，他仍让热黑和四马协助丁琏。出发前，他又特地叮嘱丁琏"只救人"。

丁琏明白他的意思，在没获得确凿证据之前不可擅自行动，毕竟这是牵动两国关系的大事，理当沉稳，疏忽不得。

从古木里尔前往塞江的路不止一条，丁琏综合考虑了下，决定往北去塞江，北边天气稳定，地形平缓，有利于他们赶路。

从周轶被带离古木里尔到丁琏他们出发，中间有近三个小时的时间。周轶在对方手上，安全无法保证，热黑和四马也是救人心切。他们一路疾行，急于想把中间因查明劫匪身份所耗费的时间追上。

丁琏猜测着对方的意图，筹谋着该怎么救出周轶，可他没想到会在半路接到周轶打来的电话。

热黑开车，听到丁琏惊讶地喊了声"周轶"，立刻一脚刹住了车，和四马两人不约而同地回头看。

丁琏想过那些人会往南绕道去塞江，三个小时的时间差足够他们走上很长的一段距离，且他尚不知道他们驾驶的是何种车型，要想追上他们并从半道上截和难度很大，所以他才会想着往北走直接到目的地，而后再展开搭救行动。

这是最高效、成功率最高的计划，他把天气、地形、路况都考虑了进去，唯独漏了一个变量，那就是周轶。

在电话里听到她说自己已经成功逃出来后，即使是泰山崩于前而面不改色的丁琏也不免感到讶然。

她的能动性比他预想的还要大，他到底是低估了她的能力。

既然周轶已经逃出来了，那丁琏自然是要先去找她的。口岸那边仍然要有人过去打探，于是他们仨就兵分两路，热黑和四马去了巡逻站，亮明身份后借了一辆车继续前进,而他则往南去往周轶所在地。

草原的落日来得迟,近晚上十点钟的光景才能看到金乌西坠的景象,草色渐沉,西方天空五色轮转。

日之夕矣,牛羊下括。

周轶坐在坡顶吹着风欣赏着落日,这时候的太阳是最温柔的,它收起锋芒只散发着柔光,予大地以最后的温暖。

坡底下牧羊犬一阵吠叫,打西边来的一人一马闯进了草原。那人骑着马从地平线上一跃而出,余晖为他描了层金边,使他看上去恍若从夕阳中走出来的神祇。

待那人走近,周轶才看清来人是谁,她起身,低头拍了拍身上沾着的草屑,缓步下坡。

丁班在坡下利索地翻身下马,抬头打量着向他靠近的周轶。

她穿着一件白色连衣裙,袖口宽松,下裙是荷叶边的裙摆,上身穿了件红色的坎肩,不仔细看真会以为她是个乌恰克族姑娘。

之前她穿丝裙不见别扭,现在穿着乌恰克族女性常穿的连衣裙也不会让人觉得奇怪,无论怎么打扮,好像总是适合她的。

周轶走近,见丁班看着自己的裙子,不由得抬手转了一圈,问:"还行吗?"

丁班的目光落到她的脸颊上,他极轻地应了一声:"嗯。"

周轶解颐,扯了扯袖子解释道:"草原晚上还挺冷,这边的牧民担心我着凉,所以给了我一套衣服。"

这时丁班身后的那匹马打了一个响鼻,周轶错开他看过去,只见眼前这匹马通体黑色,毛色油亮,比之前在漠邑见到的那匹拉马车的马还高还壮硕,野性十足。

"哪儿偷的马?"

丁班回身摸了摸马头,那匹马很乖巧地眨了眨眼睛,他回道:"巡逻队的马。"

周轶挑挑眉:"哦。"

丁班低头看着她正想问话,忽听阵阵马蹄声愈近,他转过头一看,一个乌恰克族小伙正骑着马朝他们这儿来。

"嘿,漂亮的姑娘。"这喊的自然是周轶。

那个小伙在临近处"吁"一声勒马,看到丁班牵着的那匹黑马时他惊

103

叹一声，赞道："好马！"他看向丁琏，用英语直接问，"你养的吗？"

丁琏摇头，平静地答道："朋友的。"

那小伙坐在马上，居高临下地看向周轶："你对象呀？"

丁琏眉间一紧，回头。周轶在他的注视下面不改色，淡定自然地点了点头，甚至破天荒地露出了温柔可亲的笑来："对，他来接我了。"

丁琏立刻就知道周轶给他打电话时是怎么和牧民介绍他的了，先是警察、保镖，现在又是对象，她给他安排的角色越来越有难度了。

那小伙毫不怀疑周轶的话，从马背上弯腰，主动朝丁琏伸出手，大方地自我介绍道："我叫赛尔江，欢迎你。"

丁琏和他握了手，说了自己的名字后还用乌语向他问好。

赛尔江愣了下，随即竖起大拇指，用乌语夸了他一句。

周轶也有点惊讶，她没想到丁琏还会讲乌语。

"太阳落山了，宴会马上就要开始了。"

今天不是什么乌恰克节日，丁琏不明白他说的宴会是庆祝什么的。周轶解释道："赛尔江的小侄子今天满月。"

丁琏顿时就理解了，草原上每逢新生命降生，有条件的牧民总是要烹羊宰牛聚在一起庆祝一番的。

"你们中国有句话叫'赶早不如赶巧'，今天你们是尊贵的客人，我代表我的家族邀请你们一起共进晚餐。"赛尔江真诚地邀请道。

今天天色已晚，草原不适合走夜路，他们只能在这儿留上一晚。

丁琏用乌语对赛尔江说了句"谢谢"。

赛尔江调转马头，又回头问丁琏："你会骑马带人吗？"

那匹黑马甩了下脑袋，看着边上的那匹马走动着似乎按捺不住也想走一走。丁琏摸了摸它的颈侧安抚它，然后回头看向周轶，意思很明了了。

"过来。"他说。

周轶走近，看着比她个儿还高的骏马，心底难免有些没底："要我爬上去？"

"嗯。"丁琏察觉出她的忐忑，安慰道，"我在底下。"

周轶看他一眼，他牵着缰绳让她安心不少。

"左脚踩着脚镫……"

周轶按照丁琏说的去做，将脚纳入马镫内，一只手抓着马鞍前侧，手脚同时使劲跨坐了上去。周轶还未坐稳，马儿踏了两步，吓得她不由得低呼了一声，双手紧紧地扒住马鞍。

丁珏踩住脚镫，迅速翻身上马。马儿往前走了几步，周轶晃了下身子，他搂住她的腰把她扶正。

周轶下意识地往后靠着他，他胸膛宽广，手臂有劲，倒给了她安全感。

她坐稳后，丁珏松手："以前没骑过马？"

周轶屏气往底下看了一眼，有点头晕："没有。"

丁珏双手扯住缰绳，从背后看像是他环住了周轶一样，他拉了下缰绳，马儿很顺从地掉了头。

赛尔江说："你这匹马肯定跑得很快，要不我们比比？"

黑马打了个响鼻，像是听懂了赛尔江的话被激起了斗志一样，跃跃欲试地想要一扬马蹄和同类一较高下。

赛马是草原民族的一项传统运动，也是增进情谊的娱乐活动，放在平常，丁珏就当是锻炼筋骨了，但是现在……他低头对上周轶的眼睛，她侧仰着头看他，眼神里含着警告的意味。

丁珏拉了拉缰绳，婉拒道："明天吧，小黑今天累了。"

原来它的名字叫小黑啊，周轶低头摸了摸它的鬃毛，它的前蹄踏了踏，似乎不满丁珏的说辞。

"说好了呀。"赛尔江爽朗地笑了，"我先回毡房，你们慢慢来，别迷路啦。"

赛尔江骑马绝尘而去，他走后不久，丁珏一夹马肚，拉着缰绳让小黑慢跑着。

周轶这是第一次骑马，觉得有点颠，好在马儿没有快跑，倒还能忍受。

夜风习习，天凉如水，不远处毡房前生起的篝火是草原上最亮的光。

"我以为你要更晚才能到。"周轶看着前方，篝火在她眼里闪着，"看来是赶路了。"

"嗯。"丁珏不扭捏，这也没什么不好承认的。

周轶笑："你还挺尽责，职责所在？"

"嗯。"丁珏低头，刚才见面他就想问她，"你是怎么逃出来的？"

马鞍上位置有限，他们身体贴着，周轶下巴一扬，脑袋就搁在了他的胸口上："那些人不会游泳，不敢下水追我。"她的语气还有些扬扬得意。

附近的那条河，丁珏来时路过了，河面不仅宽，河水也深，虽然今天风平浪静，水流平缓，但往里跳也需要很大的勇气。

置之死地而后生，丁珏不得不承认，周轶不仅胆大，脑子也好使，关键时刻足够冷静果断。

105

身后半晌没声音,周轶眼珠子往后瞟,主动开口:"抱歉啊,丁队长,又给你添麻烦了。"

毡房的火光近了,丁珽拉了一下缰绳让小黑跑快了些。

丁珽坐着比周轶高一个头,他的嗓音震得她头皮发麻:"以后听我的话,别乱跑。"

这一片草原上住着赛尔江一大家子,他的父母叔婶、兄弟姊妹及下一代的孩子们,家族人口有二十多个。他们家几代人都以放牧为生,逐水草而居,是流着游牧民族血液的乌恰克族人,粗犷豪放又热情好客。

周轶解释说自己是外地人,在附近游玩时迷了路,不慎和男友走丢了,见这边有毡房,就想过来找人帮个忙。

赛尔江一家面对她这个贸贸然的外来客并不见怪,反而很欢迎。他们体谅她一个女孩子落了单,对她嘘寒问暖,又招呼她吃东西,还热情地邀请她参加晚上的宴会。

赛尔江有两个哥哥两个妹妹,他的大哥几天前喜得一子,这是草原上的一大乐事,按照草原上的习俗,是要载歌载舞庆祝一番的。宴会上不仅有赛尔江一家,还有其他牧民,人们来来往往,十分热闹。

毡房前生起了一堆篝火,上头架着一头烤全羊,油滴落下吱吱作响。空地上围着篝火摆了长长的矮桌,桌面上大盘小盘摆着各式的美食,有硬菜,有点心,当然也少不了瓜果。

佳肴美馔琳琅满目,旨酒甘肴盈衍其中,履舄交错其乐融融。

丁珽在近处勒了马,先行从马背上下来,又扶着周轶小心翼翼地落地。

"来了呀。"赛尔江先引了丁珽去拴了马,之后给家里人介绍他。周轶白天和他们说过,她的男朋友会来接她,所以他们见到突然出现的丁珽并不意外。

赛尔江的父亲名叫吐尔逊,母亲叫阿依努尔,他们很热情地招呼着丁珽和周轶。一家子特地把他们的位置安排在了长桌的中间,分烤全羊时还把整个羊头和最有油水、肉质最好的羊臀肉分给了他们。

周轶盯着那个被烤得焦黄的羊头看了好几秒,她并不是矫情地觉得这只羊很可怜,只是单纯地第一次吃羊头肉,有点无从下手。丁珽拿"皮恰克"把羊肉片成易入口的小块,然后把盘子推到了周轶面前。

周轶低头扫了一眼盘中餐,眸光掀起微澜,他不解风情倒是另说,绅士风度还是有的。

她慢慢地嚼着一小块羊肉，细细回味。

"吃得惯？"丁琎问了一句。

"嗯。"

牧民处理羊肉的手法很简单，仅仅只是撒了盐，并不添加其余的佐料，很好地保留了食材本身的风味。羊肉烤得恰到好处，外皮焦酥、内里多汁，肉质鲜美、肥而不腻，也没有她不喜欢的膻味。

周轶指了下那个羊头，转头看丁琎："这个……有什么讲究吗？"

丁琎手上的动作未有停顿，见她好奇就给她解释了："乌恰克族人会把整只羊分为几个部位，羊头一般是献给长辈或者尊贵的客人的。"

赛尔江一家给了他们最高的礼遇。

这时，赛尔江端着两个大碗走过来，问："羊肉好吃吗？"

周轶对他点点头。

"那就好，我还怕你吃不惯呢。"赛尔江把手上的碗放下，示意，"酸奶，自己做的，尝尝。"

周轶拿起勺子舀了一小口放进嘴里，没忍住蹙了下眉。

赛尔江一点都不见怪，像是早就料到她会有此反应，大笑着问："太酸了吗？"

"有点。"周轶觉得自己的舌尖都有些涩。

"迪娜尔。"赛尔江起身喊他的妹妹，对她说了句乌语，没多久，迪娜尔就捧着一个小罐子走过来。

赛尔江把罐子递给周轶："加点蜂蜜会好点。"

蜂蜜罐子一掀开，周轶就闻到了一股沁人的花香。

丁琎一闻就闻出了蜂蜜的出处："薰衣草蜜。"

赛尔江冲他竖起大拇指："蜂蜜是从霍城带回来的，那儿的蜜蜂采的都是薰衣草的花蜜。"

周轶舀了两勺蜂蜜拌进酸奶里，再尝时，酸奶的口感温和，酸甜适中，她喝了半碗，胃口大开。

阿依努尔和迪娜尔端上了两道菜，赛尔江一一接过，又顺道介绍了。

"手抓羊肉，还有熏马肠，这是我们乌族的特色菜，外面可很难吃到正宗的。"

手抓羊肉底下铺着一层面皮，面上撒了一层羊肉，还放了洋葱和胡萝卜。马肠比平时常见的香肠粗上几倍，主人还特地把它切成了片状。

周轶是第一次吃马肉，和以往吃过的所有肉类不同，马肉自有它独特的口感和味道,她形容不出来,只是觉得新奇。

这场宴会除了丁珏和周轶,余下牧民都相互认识,大概是怕他们觉得尴尬不自在,席间频频有人主动和丁珏、周轶攀谈,一点也没冷落了他们。有些年长的牧民不会说英语,丁珏也能用乌语和他们聊,周轶听不懂,他就在一旁当着翻译。刚开始她还有些拘谨,可草原民族生性热情好客、不拘小节,一来二去地聊了几句,她也就放得开了。

一场热闹的宴会自然是少不了酒的,席间喝的酒是赛尔江自家酿的马奶子,用小木盆装着,自舀自饮。

丁珏和周轶是外客,和人交谈的时候免不了要喝酒,牧民们喝酒都是一碗一碗地畅饮,他们也不能一口一口地啜饮。

周轶起初还不大习惯马奶子的味道,不知第几碗后,她的味蕾开始捕捉到了它的醇香浓厚,竟然有些食髓知味了。

赛尔江的大哥携着妻子过来敬酒,说过祝词后就一饮而尽。

周轶捧着碗站着,对着他们示意了下后就仰头把碗中酒灌进了肚子。

丁珏喝得更快,放下碗时,他看到周轶的眼神已经有些迷离了。马奶子虽是奶酒,但后劲很强,何况这样豪放的"海饮"她不一定适应得来。

"不能喝就别喝了。"丁珏对她说。

周轶坐下,一只手托着腮看他:"你别小看我的酒量。"

丁珏知道她的脾性,越劝越来劲,索性不再和她多费唇舌,只不过每次在舀马奶子时都给她少舀了一些。

草原上的宴会自然不只是吃吃喝喝,酒酣耳热之际,一些小伙子就提出要来一场摔跤比赛助助兴,作为主人及一家之长的吐尔逊也拿出了彩头——一把新打造的"皮恰克",刀锋锋利,刀鞘精美。

草原上的男子都会在腰间别一把"皮恰克",既是装饰也是工具,有了这个彩头,男人们更是被激起了热血。

比赛没有什么严格的赛制,主要遵循的是自愿的原则,两两比赛,赢的人相当于是擂主,等着下一个挑战者上来,赢了一场不算赢,能站到最后的人才是真正的胜者。

摔跤比赛就在长桌前的空地上,男人们较劲得激烈,底下的欢呼声此起彼伏。乌族的汉子都不怯场,几轮过后,还留在场上的人是赛尔江。他人高马大,光着膀子更显身形壮硕。

"还有人吗?"赛尔江环场走了一圈,身上的汗水在火光的照耀下闪动着,他似乎还没尽兴,在等着下一个挑战者。

赛尔江经过周轶面前时，她突然开口喊道："丁队长。"

丁珹一听她这个称呼就觉得不妙，果然，下一刻他就听见她说："你上去试试？"

周轶歪着头看他，火光似乎把她眼中的寒冰融化了。

丁珹本以为她是看热闹不嫌事大，却听她接着说："你送我的饼戳子丢了，介意再送我一件纪念品吗？"

丁珹一下就听明白了她的言外之意："想要那把刀？"

周轶坦诚地点头。

"皮恰克"是短刀，便于携带，也的确适合防身。

丁珹也只是思忖了片刻，很快就站起身。他脱下自己的外套丢在位置上，上场前和周轶说了句："等着。"

丁珹会上前挑战显然让其余人都吃了一惊，很快底下的人就爆发出了阵阵的掌声和欢呼声，他们赞赏有勇气的人。

赛尔江见丁珹上前挑战也有些意外："会摔跤？"

"会一点。"

摔跤是草原上有着悠久历史的传统娱乐活动，草原上的男人从还是个小萝卜头开始就在草甸上摔跤打滚。除了草原民族和专业摔跤选手，鲜少有人会特地去学习这项技能，所以当丁珹说他只会一点儿时，赛尔江信以为真了。

赛尔江第一次被摔在地上时还觉得是丁珹运气好，第二次躺在地上时他开始认识到自己轻敌了，他不服气，第三次交手时使出了浑身解数。

赛尔江再次扑向丁珹，两只手抓住丁珹的臂膀，咬牙使尽全力想要把丁珹掼倒在地，可丁珹下盘稳固，在强攻下几乎纹丝不动。

丁珹和他僵持了会儿，最后直接抓住了赛尔江的裤腰带。他的双臂肌肉偾张似有千钧之力，在众人还没反应过来之际就把赛尔江掀翻在地。

赛尔江仰躺在地上气喘吁吁，喘匀了一口气后他突然大笑，反复用乌语说着"厉害"。丁珹朝他伸手，赛尔江拉住他的手从地上起来。

赛尔江虽然输了，但神情并不落寞，反而更加兴奋，对丁珹他是心服口服。

底下有人不相信丁珹居然能赢过赛尔江，一时间，刚刚落败于赛尔江的小伙子纷纷上前欲要亲自试试丁珹的实力。丁珹来者不拒，和他们较量了几回，最后那些人无不对他心悦诚服。

丁珹成了最后的赢家，吐尔逊亲自奉上了那把"皮恰克"。

109

周轶一直在场边观战，对于这个结果她并不意外。

丁珺活动了筋骨，稍稍出了点汗，回到位置时他并不急着把外套穿上，而是先把刀递给了周轶。

刀鞘是牛皮缝制的，很有民族特色，周轶拔出刀端详着，刀锋还很新，一点划痕都没有。

席上有人注意到了他们这边的小动作，笑着说："在我们草原上有个说法，一个小伙子要是看上了哪家的姑娘就会把自己的'皮恰克'当作信物送给她，姑娘要是接受了就表示她也喜欢那个小伙子，以后这小伙子是可以凭借这个信物去娶她的。"

"小伙子，你以后可不能辜负了人家姑娘。"这话是吐尔逊大叔说的。

宴会进行到后面越来越热闹，有人弹起了冬不拉，很多牧民扯开嗓子唱起了歌。篝火还在熊熊燃烧着，歌声随着草原上的风飘向远方。

赛尔江把这场宴会的主角——他的小侄子抱了出来，一众人围上去看娃娃。小娃娃刚睡醒，眨巴着眼睛好奇地打量着他们，煞是可爱。

赛尔江抱着孩子来到了丁珺和周轶身边，周轶朝他伸出一根手指，小家伙一下子就抓住了，紧紧地捏着她的手。

周轶的眼神不由得就柔和了，她笑着晃了下手逗着孩子。

"给你抱抱，小火炉一样。"赛尔江把孩子往周轶怀里送。

周轶愣了下才回过神抱过孩子，她的姿势很生疏，两只手护着孩子僵着身体一动也不敢动。刚出生的娃娃很脆弱，她既不敢用力，也不敢撒手。

她抬头看向丁珺："你抱抱？"

丁珺一个大老爷们哪有什么抱孩子的经验，他盯着孩子看了几秒，感觉周轶抱着孩子实在是局促不安，这才伸手把孩子抱了过来。

"小心点。"周轶叮嘱，生怕他手上没个轻重把孩子弄疼了。

"嗯。"

丁珺肩宽，臂膀又结实，娃娃在他怀里显得更小了。

小家伙看着丁珺目不转睛，丁珺也低头盯着他看，一大一小面面相觑，这场景不知怎的就让周轶笑了出来。

她凑过去看孩子："你吓到他了。"

"他没哭。"丁珺稍微调整了下姿势，小家伙动了动手。

周轶逗着孩子，小家伙被她吸引去了目光。

丁珺也看向她。

他鲜少看到她这么柔软的模样，习惯了她的冷漠锐利和咄咄逼人，他没想到她也有这样的一面，像是冰峰初化，原本的锋刃都变得温润。

赛尔江的嫂子过来抱孩子时，看着他们俩凑一块儿逗着孩子，不由得说了一句话。

她说的是乌语，周轶没听懂，自然地看向丁琎等着他翻译。

丁琎的表情有些古怪。

周轶不解："她说什么了？"

丁琎没回答，倒是边上的赛尔江替他说了："我嫂子让你们也早点生一个娃娃。"

周轶没预料到，不由得一愣，想到丁琎刚才那副欲言又止的表情又觉得好笑。丁琎捕捉到她眼中一闪而过的狡黠，脑中弦一紧，下一秒就听到她笑盈盈地对着赛尔江的嫂子说："接好孕。"

"哦……"赛尔江揶揄地拍了拍丁琎的肩。

丁琎："……"

周轶醉了。

这一事实不仅表现在她开始胡言乱语，也表现在她的行为上。

宴会的最后，空地上很多人借着酒兴跳起了舞。有人邀周轶，她也就提着裙摆上去了，还有样学样地模仿着舞姿，和那些乌族牧民欢快地跳在了一起。

丁琎在底下坐着，见她裙摆翻飞、笑容绚烂，和平时冷冰冰的模样判若两人，这反差倒让他有些糊涂了，不知道哪一副面孔才是真实的她。

歌席歇，酒筵散，等这场宴会尽兴结束已是银河垂练，夜已三更。

赛尔江一家特地给丁琎和周轶腾出了一个小毡房，阿依努尔领着他们去休息，离开前还告诉丁琎，有什么需要可以找他们。

毡房很小，基本上一个炕就占去了大半，丁琎猜测这个毡房平时是给小孩子睡的。

阿依努尔走后，毡房里就只剩丁琎和周轶。周轶告诉其他人他们是一对儿，他们可不就把他俩安排在了一个毡房里。丁琎并不怪周轶捏造事实，对外称他们是情侣是最省事的。

游牧民族时常搬家，他们会携带一小块太阳能板，把太阳能转化为电能来满足基本的用电需求，但电量有限，所以毡房内的灯泡瓦数很低。

狭小的空间里，昏黄的灯光懒散地照着一对年轻男女，房内呈现出诡异的安静。

111

周轶环顾一圈,评价道:"比'地窝子'好多了。"

丁珬想起在戈壁那晚,他们也是共处一室。

情势所迫,也没什么好别扭矫情的,反正也不是第一次了。

周轶想得很坦然,拨开自己的头发,脱下坎肩丢在炕的一头,然后手往后解开了连衣裙的系带,腰上一松她就要把连衣裙脱下。

丁珬眸色一黯,沉声喊住她:"周轶。"

"嗯。"周轶停下动作看向他。

"你在做什么?"

"脱裙子。"周轶摆出一个"这都看不出来"的表情,接着说,"有点热。"

其实草原的深夜是凉的,和南方的初冬无异,但她今晚喝了不少的马奶酒,现在酒劲上来了,身体由内而外地散发着热气,烘得她通体发烫。

"你喝醉了。"丁珬盯着她的脸陈述道。

周轶低头继续脱着自己的连衣裙,道:"我知道……你放心,我不会对你做什么的。"说话间,她把长裙一扯,露出了穿在里面的短袖短裤。

不管是清醒时还是醉酒后,她都一样不好对付。

丁珬很是头疼,又拿她没招:"半夜会很冷。"

周轶把裙子扔到炕上:"不是有被子吗?"

阿依努尔特地给他们铺了新的褥子,换上了新的被子,问题是……被子只有一床。

周轶抖开被子,回头看向丁珬,她的眼神已经有些失焦,瞳孔在酒精的作用下涣散着,像猫的眼睛。

"丁队长。"她指指那床被子,"一起睡吗?"也不知道是在挑衅还是在诱惑。

丁珬舌根发麻,他知道不能和喝醉的人一般见识,只道:"你盖吧。"

"哦。"周轶爬上炕,掀开被子盖着自己,一点也没多废话,"我睡了,你自便。"说完,她就真的直接躺下了。

丁珬看了她片刻,而后关了灯。

他坐在炕上,背靠着毡房休息,没过一会儿就听到了周轶均匀的呼吸声。黑暗中,他望着周轶所在的方向,她不是个没有防备心的人,却对他毫不设防,也不知道该说他作为一个维和警察太成功,还是作为一个男人太失败。

在这么短的时间内入睡对周轶来说也实属难得,今天一天下来她的确是累极了,晚上喝了酒后精神懈怠,倦意自然就涌上来了。

丁珬收回目光,从兜里掏出手机点开看了一眼,没有信号。草原上信号不稳定,也不知道她今天是站在哪个山头上给他打的电话。

手机光一暗,毡房里重新陷入了黑暗,丁琎睁着眼睛想事情。

热黑和四马应该已经到口岸了,现在周轶顺利地逃了出来,他们就更难拿得出证据说 H 国使团和 VIRUS 有勾结了。

H 国现在政治不清明,党同伐异,混乱之中难免有些怀着狼子野心的人会利欲熏心,想要借助 VIRUS 的力量,尽管这股力量是邪恶的。

无论哪个政党和 VIRUS 有勾结,问题是——为什么是周轶?她身上到底有什么东西让他们如此执着?

草原上风声飒飒,夜里突然出现一阵犬吠。周轶被惊醒,下意识地伸手去摸床头灯却什么也没摸到。

丁琎闭目养神,听到窸窣声立刻睁眼:"周轶?"

"嗯?"周轶自己都还迷糊着,听到男声怔了片刻才清醒过来,"丁琎?"

"嗯。"

周轶撑起身体拥着被子坐起来。

丁琎下炕把灯打开,回头看过去,就见周轶捂着脑袋,一副不太好受的模样。

"怎么了?"

周轶清了清嗓子,开口时,声音仍是干哑的:"渴。"

炕边上有张桌子,桌上放着一个水壶,丁琎拔开塞子用手在壶口试了试,水还冒着热气,他倒了杯温水给周轶送过去。

周轶先是小抿了一口试了试温度,发觉水不烫嘴后就仰头把一杯水喝光了。

丁琎拿回空杯:"好点儿了?"

"嗯。"喝了水,周轶有了点精神,因为刚睡了一觉,酒劲也缓过来了。

外面的牧羊犬又在吠叫,周轶想起自己这是在草原上,她紧了紧眉头,问:"狗为什么一直在叫,有狼吗?"

丁琎去放杯子,听她这么问才明白她是被吓醒的。他背着她几不可察地轻笑了一声,再回头又是一脸稳重。

"不是。"他说,"风太大了。"

"哦。"周轶低下头,好似有些不自在。

晚上温度大跳水,她露在外面的双臂被冻出了一层鸡皮疙瘩。

丁琎回身:"天还没亮,再睡会儿。"

关了灯,毡房内静了下来,外面的风声像是千军万马呼啸而过。

113

丁琏仍是坐在炕尾，背靠着墙。

没一会儿，周轶的声音响起："你不冷吗？"

她这问题问得突兀，丁琏隔了一秒才应道："还好。"

周轶没再开口，丁琏耳朵听得一阵窸窣声，以为她在拉扯被子准备睡觉，忽地身上一暖，厚重的被子盖在了他的腿上。

丁琏身体一动，有些疑惑："周轶？"

"在这儿。"她的声音离他很近。

周轶从炕头睡到了炕尾，就在丁琏身边躺着。

丁琏心情微妙："我不冷。"

"我知道。"周轶转个身背对着他，语气不咸不淡的，好像怕他多想，"我觉得冷，你阳气重，靠近点暖和。"

"……"

天蒙蒙亮的时候，草原上肆虐了一夜的风总算是消停了下来。

周轶醒来时，毡房里只剩她一个人，她用手往边上的被窝摸了摸，还有余温。毡房里没有钟，房内还是昏暗的，周轶判断不出大概的时间，但她能听到外面"咩咩"的羊叫声。

羊都起了，天应该亮了。

周轶拿手揉了揉额角，微微晃了下脑袋，她没想到马奶酒喝起来不烈，后劲还挺大。不过也因为喝了酒，她昨晚才睡了个好觉。她掀开被子，裸露的皮肤刚接触到空气就起了一层鸡皮疙瘩，此时气温还未回升。

周轶把长裙穿上，系带子的时候怎么也想不起来昨晚她到底是为什么要把裙子脱了，总归不会是丁琏给她脱的，他这个人直谅不阿，刚正过了头，根本不会做出格的事。

也不知道是职业使然，还是他天生就是这么死板。

柳下惠转世，周轶想着想着突然笑了。

穿好衣服从毡房里出来，周轶抬头一看才发现天色尚早，四下还是昏暗的。

"早。"阿依努尔从另一个毡房里出来。

周轶也向她问了个好，她左右环顾不见丁琏，正疑心他去了哪里，阿依努尔就开口了："赛尔江约他赛马去了。"

这么一大早就出门运动，想来赛尔江实在是看上了丁琏的小黑，迫不及待地想要和他一较高下。

阿依努尔给周轶送来了温水,她简单地洗漱了一番,顺手把睡乱的长发盘起来,露出一张干净的脸。

几个孩子在毡房外陪着几只小羊羔在玩耍,那小羊耷拉着耳朵,通体毛发洁白,看着十分乖巧。周轶觉得有趣,也凑过去看。

她闲着无事,就和孩子们一起给小羊喂草,听到"嗒嗒"的马蹄声时,她起身往声源处走去。两匹马一前一后地冲过来,临近毡房时,打头的一匹马前蹄一扬嘶鸣一声停了下来,过了会儿,后面那匹马才追上来。

丁珊翻身下马。

赛尔江也从马背上下来,看着小黑赞道:"哦嘿,果然厉害,这速度快得很,你朋友平时是怎么训练的呀?"

丁珊笑而不语,鼓励性地摸了摸小黑的颈侧。

阿依努尔听到声音从毡房里探出头来,冲着赛尔江说了句乌语,赛尔江爽快地应声后就往毡房里走。他的那匹马也不乱跑,就自己在周围走着。

天光开始亮了,阳坡上草色渐绿。

周轶往东边望去,自言自语地说了一句:"太阳要出来了。"

"想看吗?"

"什么?"

丁珊说:"日出。"

周轶原先没这个心思,听他一说她有点心痒痒,来到这儿是意外也是缘分,能看场草原日出也算是不虚此行。

丁珊看到了她眼底的向往,拍了拍马鞍示意她:"上马。"

比起昨天,周轶今天算是有了点经验,坐上马后也不再那么无措。

丁珊上马后,一转马头,双腿一夹,催着小黑往远处的草坡上跑。

"丁珊。"

"嗯。"

周轶偏过头,视线却只能看到他的下颌:"我昨晚没对你做什么吧?"

丁珊觉得周轶的确是逻辑清奇,她一个姑娘家不担心有心人趁她之危,倒怕自己冒犯了别人。

"没有。"

"哦。"

也不怪周轶会这么问。陆美美以前警告过她,让她别在外面多饮,她酒后"德行"不好,容易让人看笑话,有损她艺术家的形象。

天尽头已泛有霞光,丁珊扯紧缰绳让小黑加速往坡上跑,到了顶上它像是通人性一样自发地停了蹄。

丁珏和周轶下了马,他把缰绳一松,让小黑自行去吃草。

周轶在坡上找了个位置,面向东边坐下,鬓角的碎发随着晨风拂动着。

丁珏站在她身边,和她一同望着天边。

霞光从熹微到绚烂,一轮红日破云而出,在很短的时间内就跃出了草原地平线,这时的太阳还很友好,暂且能够令世人直视它的光芒。

天然的滤镜一加,天地间万事万物都焕然一新般,草愈青花愈娇,就连羊群都愈加可爱。初阳并没有什么温度,但它一出来,好似滞留了一夜的寒气须臾间就溃逃而去,了无踪影。

周轶舒适地眯了眯眼,此时此景让她有股想要作画的冲动,可惜手边没有工具。她从渔海带来的画具都在行李箱里,现在也不知流落何方了。

周轶仰头,看见丁队的五官被朝阳削得更加立体,她问:"热黑和四马呢?"

丁珏低头:"在霍布沙尔口岸。"

周轶没问他们去口岸做什么,总归这不是她该知道的事。

"接下来你打算拿我怎么办?"她又问。

丁珏觉得她这话问得很有歧义,好像她是他绑来的一样。

"送你回古木里尔,尽快安排你离开。"

周轶点头。

本来昨天她就该办证回国了,没承想出了点意外又耽搁了点时间,现在是时候让一切都回到正轨了。他们之间没有不舍,也不需要说什么冠冕堂皇的离别寄语,一时都沉默下来。

周轶转回头继续盯着那一轮圆日,它的光晕越来越强烈,肉眼看它已经开始有些刺眼了。

她站起身抖了抖裙摆,白色的长裙被染成了橘色。

"丁珏,我有话跟你说。"周轶语气平静。

丁珏望着她。

周轶吸了口清晨带雾气的空气:"我想让你帮我找个人。"

丁珏略感意外:"谁?"

周轶扭头看他,过了会儿才下定决心般启唇:"他的名字叫陆谏。"

一瞬间,丁珏耳中"嗡"的一响,像是雷鸣之声响在耳侧,让他暂时失聪了。

他的脑海里飞快地闪过一些零碎的片段,他看着周轶白皙干净的脸庞,猛然间找到了他会觉得她眼熟的原因，原来，在很久以前，他就见过她。

那还是在校的时候，丁珏和陆谏刚认识那会儿其实很不对盘，不是因为他们之间有什么龃龉或是性格不合，相反是因为他们太像了，两人都是十八九岁的热血少年，都怀着满腔斗志，都争强好胜不肯退让。

都说一山不容二虎，丁珏和陆谏就是如此，射击、格斗、战术、耐力……方方面面他们都不愿向对方认输，每次训练都发狠较量着，大有一种"你死我活"的决绝。

他们的关系出现转圜之机是因为一次意外。

军校平常管理异常严格，校园完全是个露天的大铁笼，外面的人进不来，里面的人出不去，一个月偶尔有半天的时间允许他们出去放放风。

那次因为赢了一场全国性的战略演练大赛，教官大悦，破天荒地带他们出去吃了一顿大餐。其实也就是去夜市里吃了一顿烧烤，不过可把他们一群人高兴坏了。烤串倒不是什么稀罕物，主要是那夜市在美院边上，往来美女众多，秀色可餐。

事情的起因是边上的一群学生突然十分惊恐地说美院门口有人持刀砍了数个学生，又劫了一辆车跑了。

听到这个消息，丁珏和陆谏几乎是同时站起来的。

丁珏当机立断地"借"了边上一辆摩的师傅的摩托车，刚启动引擎，身后就坐上了一人。他知道除了陆谏也没别人了，时间紧急，在这一刻他们的目标是一致的。

丁珏很快就抄小道追上了行凶人驾驶的那辆车，巧借车技把那辆车逼停在了路旁。那人拿着一把砍刀，下了车后来势汹汹地扑向丁珏和陆谏，过了几招之后，他们发现那人还有着非同一般的身手。

那时他们才进校不到半年，即使是校内同期生里的佼佼者，赤手空拳地对付一个持刀又有点本事的凶犯对他们来说到底还是有些凶险。

面对凶犯的砍刀，一开始他们俩只有躲的分儿，后来渐渐地有了默契，他们一左一右地夹击着，凶犯没能兼顾，防了右边失了左边，躲过了左边的攻击，右边就露出了破绽。

这时的凶犯在丁珏和陆谏的眼里是漏洞百出的，很快他们就联手将他制服了。

丁珏和陆谏从没一起出过任务，平时训练又是针锋相对、水火不容，他们都没想到自己和对方的第一次并肩作战居然能配合得这么默契，简直就像是榫卯，合拍得天衣无缝。

他们把彼此看作对手，时刻关注着对方，因而他们很了解彼此的优缺点，即使他们自己并不乐意承认。

警察到场后对他们见义勇为的行为进行了表扬，那时他们才得知凶犯是附近一个武道馆的教练，因为失恋被甩所以产生了报复心理，他砍杀的几个人都是美院的女学生。

听到警察这话，陆谦的脸色霎时就变了。

丁珏重新骑上了摩托车，本打算回夜市。陆谦往后一坐，开口却是语气肃然，他说要先去一趟美院。

丁珏见他表情不大对，以为他是想要去现场勘察下情况。

两人到了美院，看到几辆警车停在那儿，校门口被圈了起来，一地鲜血、一片混乱。伤亡人员的身份尚未确定下来。丁珏在警戒区外看了一圈，回过头才发现陆谦抱着一个女生。

相比起他的热情，那个女生显得很冷淡。

丁珏无意窥探别人的私事，很快就转过身去询问警察现场情况了。

那晚丁珏和陆谦回去后被教官狠狠地训了一顿，斥责他们没请示就擅自行动，一点组织纪律性都没有。

见义勇为的奖励是没有的，教官大手一挥就让他们负重跑了二十公里。

平时体能训练丁珏和陆谦都会争个你死我活，因为那晚的默契配合，他们坚冰初融，跑步时难得地和平相处，反常地心平气和地聊着天。

他们聊彼此的薄弱点，有时候对手更能一针见血地指出自己的不足，他们聊了一路，越聊越来劲，越说越投机，颇有种"相见恨晚"的感觉。

二十公里下来，两人冰释前嫌。

当他们筋疲力尽地躺在草坪上时，甚至开起了彼此的玩笑。

陆谦说："听说有好几个技术女兵给你写情书来着，行情不错啊，兄弟。"

丁珏瞟他："比不上你，'名草有主'。"

"嗯？"

"那个美院的。"

陆谦反应过来："哦，你说——啊。"丁珏想，这大概是那个女生的昵称。

陆谦也没否认，还笑嘻嘻地问："漂亮吗？"

丁珏老实说："没看清。"

"啧。"陆谦立刻从兜里掏出皮夹，抽出一张照片递过去，"来，看仔细了。"

陆谦递过来的是一张证件照，照片上的女孩束着马尾，整张脸不过巴掌大，望着镜头双眼清冷，即使没有露出一丝的笑意，却也足够动人。

"好看吧？"

丁珺坦诚道："嗯。"

"我们——是世界上最好看的姑娘。"陆谏拿着照片放在自己眼前，他语气骄傲又含着柔情，"她是我最爱的姑娘。"

丁珺打量着周轶的眉、她的眼、她的鼻梁、她的唇，觉得不可思议："你以前在××美院读过书？"

周轶眉心微拢，不明白他怎么莫名其妙地问起这个。她十六岁时被美院破格录取，在那儿上了一年的学后就出国了，不过——

"你怎么知道？"这就是变相地承认了。

丁珺看着周轶的眼神又沉又深，好像不认识她这个人一样，陌生中又夹带着一点追忆，他端详着她的容貌，极力回想着从前的她又是什么样儿的。

那时距现在也有十年了，她比之当年可不只是长开了。

丁珺和周轶以前其实没正式见过面，但陆谏常提起她，每次说起她时总是满眼笑意，一脸宠溺。进入"猎豹"后，每次任务结束，陆谏都会第一时间和她联系，得了空就会回去。就在去年，陆谏出任务前，还特地休了假去见她。

也就是在陆谏身上，丁珺看出了什么是"铁汉柔情"，什么叫"百炼钢化为绕指柔"，他也算是他们这段爱情长跑的见证者了。

而现在，陆谏心心念念的"——"就站在丁珺面前，丁珺仍觉得没有真实感，怎么也不能把眼前的周轶和陆谏的恋人看成是同一个人，总觉得有点微妙的不适应。

丁珺到底沉稳，此时即使再震惊，情绪上也是不显山不露水的。

"我和陆谏……认识很多年了。"

"什么？"这回轮到周轶吃惊了，她看着丁珺一时失语，片刻后才找回自己的声音，"你是说……你也是……"

她不敢相信天底下会有这么巧的事。

丁珺和周轶刚遇上那会儿，彼此没向对方交底，此时隔在中间的一堵墙被打破，他们隔空对视了一阵，心底情绪皆是百转千回。

前后一联系，丁珺总算知道周轶为什么三番五次地刺探关于维和警察的消息了，原来真的是在找男朋友。

周轶很快就接受了丁珺和陆谏是队友的事实，她能感觉出来他们是同一类人,她也早就猜出丁珅不是一般人。

"你知道他现在在哪儿吗?"她问。

丁珅缄默片刻,摇了下头。

周轶心想,他真的失踪了。

风吹草动,草原上朵朵浮云蹁跹,坡下羊群在吃草。

话都说到这分儿上了,他们之间不需要再藏着掖着,大可开门见山好好地聊一聊。丁珅上前一步,直接问最关键的问题:"你和陆谦最近一次见面是什么时候?"

"一年前。"周轶说,"大概就是这个时间点前后,他说有事要离开一段时间,但具体什么事他没告诉我。"

陆谦常常会失联一段时间,等过后他会主动找她。最后一次见面时,周轶虽察觉到他心里有事,但她没过问,她清楚问了他也不会说。她以为他仍会和以前的很多次一样,消失又出现,只不过她没想到这一次,他一失联就是一年,比此前的任何一次都要久。

丁珅听了她的回答后沉思着,这个时间点就是在陆谦执行绝密任务之前。这事丁珅知道,那之后陆谦也的确没办法去见她。

丁珅还存有一丝希望,问:"这半年……他和你联系过吗?"

周轶正想和他说这件事:"上次见面后他就没有消息了,近一年的时间他也没联系过我,我尝试过给他打电话,是空号。"

半年前,陆谦突然中断了和队里的联系,陈队多方尝试都未能与他再次搭上线。他们怀疑陆谦是暴露了身份从而陷入了险境,甚至他们不得不往最坏的方向去猜测——他已经遇难了。

三个月前,VIRUS 在 H 国首都多处引爆了炸弹,造成了严重的人员伤亡。同一时间,有线报称在这场袭击中有人看到了陆谦,他还活着。

这一消息的可靠性还有待考证,尽管如此,队里所有人仍是大喜过望,丁珅更是为此感到振奋,这半年来,他一直在打探陆谦的消息,可是一无所获。

听到周轶的回答后,丁珅一颗心不由得往下一沉,就在他以为这难得的线索到此为止时,她的一个"但是"又让他重新把心提了上去。

"大概十天之前,他给我发了一封邮件。"

丁珅心一跳,又谨慎地确认道:"确定是他发的?"

周轶点头。

丁珅追问:"邮件内容是什么?"

即使是在被追杀的途中，周轶也没见丁琎露出过这种急切的神色，她道："一张地图，A国地图。"

她说："我就是因为这张地图才来A国的。"

"A国地图？"丁琎眉间隆起几座小山川，"写了什么吗？"

"我不知道。"

"你不知道？"

周轶说的是实话："一堆乱码，我不知道是什么意思。"

"邮件呢？让我看看。"

周轶盯着他，身形一动不动。

丁琎这才后知后觉，她被绑走后，身上的东西一定都被搜走了。他拿出自己的手机，点开看了一眼，信号栏还是一个×。

周轶还是第一次见他这么不淡定。

丁琎沉了沉气，现在不管怎么样，只要确认陆谏还活着就好。

周轶叹道："早知道你们是队友，我就不用大费周章了。"

陆谏身份特殊，她没办法随便告诉别人，丁琎又一路隐瞒身份，他们误了点时机，但也不能说不走运，所幸她碰上的是他。

旭日东升，那一轮金球的颜色已由橙红转为亮橘。

丁琎此时哪还有什么观赏日出的心情，他转身吹了声口哨，不知跑去哪儿撒野的小黑迅速跑至他身边。

"走。"

走之前，他们自然是要和赛尔江一家道个别的。丁琎策马带着周轶回到毡房，赛尔江知道他们要走时挽留了一阵，草原上难得有外客来，他想让人多留几天，一起玩玩，不过在得知他们有要紧事后他就不再强留人了，只是邀请他们一起吃顿早餐后再上路。

盛情难却，且路上也要消耗体力，丁琎就没再推拒。

早餐也是乌族特色，周轶小口小口地抿着奶茶，奶茶是咸的，她喝不惯，面上却没露出什么不适。

丁琎用乌语问了阿依努尔一句话，她点了点头，起身去端了一碗温牛奶过来。

那碗牛奶被放在了周轶面前，她抬头说了声"谢谢"。

吐尔逊大叔这时开口了，手指着的是丁琎，话却是对着周轶说的："这个小伙子嘛，会疼人。"

121

周轶露出无论在什么场合都适用的微笑,而丁琑对这样的夸赞倒有点不知该做何反应。

今天之前,对于他人对他和周轶关系的误会他都没放在心上,也不怎么介怀,毕竟他们都清楚这不过是借口,为了方便行事而已。

可现在,他心里有些不自在。

吃了饭,丁琑给小黑喂了草,再次和赛尔江一家道了别。

上马后,吐尔逊向丁琑敬了一碗马奶酒,用乌语说:"一路顺风。"

丁琑爽快地一饮而尽。

太阳出来后,气温很快就回升了,但因身处湿地草原,倒还不觉燥热。草原起起伏伏,连绵不尽,过眼处尽是草色青青,无愧"空中草原"的美称,偶有清风徐来,令人心旷神怡。

天高地迥,偌大的草原上只有两人一马,倒颇有点明日天涯的潇洒肆意。

小黑扬蹄跑了一段,周轶突然低低地笑了声:"你这算不算是'酒驾'?"

"马镫酒。"丁琑又给她解释,"乌族人的习俗,给上马远行的客人敬上一碗酒,祝他腿上有劲,一路顺风。"

周轶听了这讲究,觉得有趣:"你懂得还挺多,在A国待了很多年?"

"嗯。"

他不欲多说,周轶却难得地有兴致聊天。

"陆谏以前也喜欢讲这里的事。"她忽地记起很多细节。

陆谏刚被分到A国那会儿,每次见面都会和她讲些这里的见闻,他说得兴致勃勃她却听得不大用心。很小的时候就是这样,他总是他们中积极的那一个。

从前她不在意的,现在倒浮现在了眼前。

周轶又问:"你和陆谏在大学的时候就认识?"

丁琑又"嗯"了一声。

周轶心算了下,从他们毕业起,那是有挺多个年头了。

"是挺久了。"周轶回答自己的第一个问题。

丁琑垂眼看她,以前听陆谏提她,现在听她提陆谏,心情分明有点不同,到底哪儿不一样,他又说不上来。

头顶烈日,马蹄声嗒嗒。

"他出事了,是吗?"周轶语气很轻,听不出什么担心不安的情绪,反而异常平静,好像她问的不是关乎生死安危的问题,而是在问"你吃了吗"。

丁琑有所顾忌,不知道该怎么回答这个问题。

陆谦执行的是绝密任务,他不能透露给她,最后只能这么和她说:"他不会有事的。"这句话落地有声,含着三分安慰,又有七分笃信。

就在这时,周轶的视野里出现了一辆汽车,那辆车迎面向他们驶来,她立刻就认出那是昨天带她来的那一辆。她的眼神倏地一冷,连带着声音都变了:"我们可能有点事。"

丁珽第一时间就看到了从另一面坡上跃出的汽车,听到周轶的话后,他的眼神猛然凌厉,周轶能感觉到他拉缰绳的双臂一下子绷紧了。

丁珽迅速地判断了下四下的地形,脑子里很快就画出了行进路线。

"坐稳了。"他的嗓音震在周轶脑后,她抿紧唇端正自己的身体。

"驾!"丁珽扯紧缰绳。

周轶觉得小黑的状态都变了,它不再是刚才信步慢行的闲适,而像是感知到了危险一样,瞬间就展现出了出色的战斗力,四蹄交换跑动的频率非常之快。

丁珽左手微微使劲,小黑立刻就往左手边的草坡上扬蹄而去,即使是驮着两个人爬坡,它的速度也丝毫没有缓下来,蹄间三寻,骐骥一跃,眨眼间就到了坡顶。下坡时它更是一马当先,说是风驰电掣也不为过。

翻过一座坡之后,丁珽回头望了一眼,那辆车隔了有半分钟才从坡顶冒出个头来。

这在丁珽的预料之中,那辆车不是越野车,轮胎也并不是野地专用的。草原起伏大,泥土湿软,在这样的地形中,汽车占不到任何优势,马儿才是这里天生的速度之王。

丁珽回头再次一拉缰绳,欲要速战速决,将追击者彻底甩开。

他还有更要紧的事要办,没有时间和对方缠斗。

草原上原本柔和的风转为了阵阵疾风,呼啸着从耳边擦过,周轶被风吹得几乎睁不开眼,可闭上眼她又觉得看不到方向,心底不安。

景色一直在变换,上坡时她能望到湛蓝的天空,下坡时看着坡底她总觉得自己会一头栽下去。整个爬坡、下坡又爬坡的过程就同坐过山车一般,刺激又销魂,把人的心脏从心口提到嗓子眼又整个摔到肚子里。

这样来来回回几趟,周轶总算是体会到古人说的"逐日千里"是个什么速度了。

越临近草原边缘,原上的起伏就越缓,草坡渐渐展平,大自然的工笔在这里突然收势,一笔削出了一大片沃野平原,其中奔流着一条湍急的溪涧,溪水哗啦啦地撞击在河床里的溪石上,水花飞溅。

小黑马不停蹄，毫不犹豫地踏进了溪涧，直接奔向对岸。

这一条湍流成功地阻断了敌方的追击，丁琲回头看了一眼，那辆车最终停在了对岸。

和周轶进入草原时一样，他们走出草原时先要穿过一片密林。

丁琲刚才的注意力都集中在后面的那辆车上，现在甩开了对方，他这才注意到这一路上周轶都没吭过一声，一直很安静。

他有些不安，低头看她："周轶？"

周轶勉强应了一声。

这一路纵马疾驰，她一定不好受，丁琲看不到她的表情，他松了松缰绳让小黑放慢速度，开口关切地问："还好吗？"

周轶微微偏头，丁琲这才看清她神色隐忍，连唇瓣都是苍白的。

"我想下去。"她的声音都变得有气无力。

丁琲一听，立刻把小黑唤停。他翻身下马，把周轶从马上扶下来。

周轶双脚触地一软，差点直接跪地，幸好丁琲搂了她一把。

"难受？"

周轶突然推开他，扶着一旁的树干干呕，这一路颠簸，她觉得自己的五脏六腑都移了位。

丁琲立刻转身从马鞍上取下挂着的水壶。这是他们离开前，赛尔江给他的。

"喝点水会好受些。"他拔下壶盖子递过去。

周轶接过，仰头往嘴里倒了点水漱了漱口，又喝了几口把呕吐的欲望压回去。

她把水壶递还给丁琲，背靠着树干缓神。

"好点了？"

周轶闭着眼："嗯。"

"嗒嗒"声靠近，她睁眼，看到小黑正用两只滴溜溜的黑眼珠子巴巴地望着她，水泽盈润，何其无辜。

周轶抬手摸摸它，小黑甩了甩尾巴，很通人性。

"不怪你。"她对它说，随后又看向丁琲，"那碗'马镫酒'你倒是没白喝。"

丁琲望着她不语，也不知她指的没白喝是"一路顺风"还是"腿上有劲"。

周轶还觉得有些不适，但她知道此时不便多停留，后头的人随时都可能追过来。

"走吧。"

丁班将目光停在她还没回过血色的唇上，周轶觉得唇瓣干燥，不自觉地伸出殷红的小舌舔了舔。

他不自在地别开眼："你可以吗？"

"嗯。"一秒后，她指着小黑问，"我们要一路骑着它去古木里尔？"

她眉间蹙着，含着浅浅的褶皱，眼里有踌躇之意。丁班在心里笑了，看来刚才一路疾驰让她有点发怵。

不知出于什么心理，丁班说了句："小黑跑得不比车慢。"

她眉间的浅川更深了，这匹马的速度她刚才已经领略过了，的确是不比车慢，但减震系统有点落后，要真一路骑回去，她怕是会被颠得七荤八素。

丁班眼底漏了点笑意，随即他心里一突，笑意顿时就隐去了。

他正色道："我开车过来的。"

浅川变平原，周轶的隐忧没了，人也平静了，她睇他："原来丁队长也会调戏人。"

丁班咳了一声，不打算接茬："走吧。"

两人穿过密林，就能看见公路了。

进草原开车不方便，丁班来时正好在路上碰上了骑马巡逻的骑兵们，他遂把车停在了休息站，借了小黑来当临时坐骑。

丁班带着周轶骑马回到休息站时，日头正到头顶上。

"我们坐车，它怎么办？"周轶问。

"它认路。"丁班摸摸小黑，小黑也挨了下他，似乎已经察觉到了分别在即。

周轶伸手碰了碰它。

"回去吧。"丁班拍了下马屁股，小黑听话地扬蹄跑开了。

周轶看着它跑远，都说"老马识途"，真不是虚传。

丁班拿出手机，信号是有了，但网络还是不行，他急于想看看陆谦给周轶发的邮件，心里难免焦躁。

他给热黑打了个电话，很快就打通了。

"丁队。"

"在哪儿？"

"塞都。"

丁班立刻问："交流团又去塞都了？"

塞都是塞江州下的一个大城市。

热黑应道："我们昨晚到的霍布沙尔，本想今天去见一见交流团的人，

125

没想到今儿一早他们就离开口岸了，塞江州外办的人说他们去塞都了。"他们可能是得知周轶脱逃的消息后改变了行程。

既然他们已经露出了马脚，接下来早晚会再次行动。丁琎思忖了片刻，说："先跟着，有情况随时汇报。"

"明白！"

"唉唉，丁队、丁队！"

丁琎正要挂断，听到那头四马的声音，他又把手机放到耳边："还有什么事？"

"周轶姐没事吧？"四马拿过了热黑的手机。

丁琎回头看，周轶正站在休息站的背阴处躲着太阳。

"没事。"

"辣（那）就好。"四马松了口气，"丁队，里（你）们要来塞都吗？"

"我先送她回古木里尔。"

接下来，丁琎要亲自去调查H国的交流团，不能把周轶带在身边，把她送回古木里尔再找人护送她回国对她来说才是最安全的。

丁琎又交代了几句就挂了电话。

时值正午，太阳锋芒最盛的时候。

周轶站在阴凉处仍觉得热得慌，她把身上的坎肩脱下挽在手臂上，眼睛一直盯着天上千态万状的浮云，丁琎走近时她才若有所感地把注意力收回来。

"饿吗？"丁琎说，"吃点东西我们就出发。"

休息站里有个简陋的小饭馆，是供路上来往人员休息吃饭的。饭馆前有烤架在冒着烟，一个大叔在烤架前站着，不断地来回翻转着架子上的烤串，脸上被炭火的热气熏得发红。

丁琎回头问周轶："羊肉串吃吗？"

"好。"周轶应得随意。

刚才在马上颠得一阵反胃，她此时并没有进食的欲望。

丁琎点单，周轶自行走进饭馆，挑了张空桌落座。饭馆人不多，顶上风扇呼呼地转着，比在外面待要凉快不少。

饭馆旁边是家小便利店，店门口摆着一个长冰柜，店主是个乌恰克女性，她见丁琎要了羊肉串，遂问他要不要来一碗酸奶。

丁琎想到周轶才吐不久，此时估计胃口不好，没多犹豫就让店家给他一碗。

酸奶是自制的，冷藏在冰柜里，这种天气来一碗实在是再舒爽不过了。店家满满当当地舀了一碗，丁琎接过后忽地记起什么，又在酸奶里加了糖。

往饭馆走时，丁琎端着那碗酸奶，心里头那种不知名的奇怪的感觉又来了。

他记起有一次他和陆谏去参加一个乌族人的婚礼，宴席上摆满了各种吃食，当然也少不了各式各样的进口喜糖。陆谏悄悄地往口袋里装了好些糖果，丁琎发现后还取笑了他一番，说他一个大男人居然喜欢吃糖。

"——喜欢甜的东西。"没记错的话，陆谏是这样说的。

丁琎忽然觉得他端着的这碗冰酸奶有点烫手。

"这儿。"周轶见丁琎站在门口不动，喊了他一句。

丁琎回神，沉住气走过去，把那碗酸奶放在周轶面前。

周轶用手背碰了碰，冰的，正好消暑开胃。她拿勺子搅了搅，舀了一勺尝了口，冰冰凉凉的感觉从舌尖一直滑到肚子里，她的暑气登时去了几分。

"你加糖了？"周轶忽地抬头。

丁琎回视着她，没应。

周轶又尝了一口："不怎么酸。"

丁琎神色未有浮动，语气平平："可能是老板加的。"

丁琎点了两份黄面，不一会儿，烤肉大叔就把烤好的羊肉串送了上来。

周轶喝了一碗酸奶，整个肠胃都舒服了，这会儿看到食物也有了胃口。

A国的羊肉串不同于她以往吃的烤串，肉很大块，肥瘦相间，上桌时还冒着油水，肉串上也并没有涂抹多余的酱料，似乎只撒了孜然和辣椒面儿。

周轶还讲究点形象，并没有拿起串儿直接上嘴，她用筷子夹着肉，企图把签上的肉一块块撸到黄面里。

签子肉串穿得紧，周轶弄了半天才撸下了一块肉。丁琎见她吃力，手一动想帮她，抬眼看到她低垂的眉眼时又停下了动作。

周轶好不容易把肉全推到了碗里，她拿着那根粗粗的有些烧焦的签子端详着，过会儿看向对面的丁琎："这是……树枝？"

丁琎往她手里看了一眼："红柳树枝。"

"用这个做签子，肉会更好吃？"

"你可以尝尝。"

周轶把签子放下，夹了块瘦肉尝了尝，油而不腻、精而不柴，肉里又隐约有种若有似无的植物的清香，她想大概就是红柳树枝的气味。

丁珺见她吃得惯也就不再去注意她，低头大快朵颐，再抬头时才发现周轶不知何时放下了筷子，正盯着他看。

他扫了一眼她的碗，吃了两串羊肉，面也吃了一半，是她正常的饭量。

周轶忽地施施然一笑："又蹭了你一顿饭，现在不知道要回请你多少顿才抵得清。"

丁珺直接回道："不用。"

"那你不是亏了？"

丁珺看着她，喉头一滚："陆谏是我的好兄弟。"

周轶莫名其妙地看着他："所以呢？"

丁珺不知道她是真不明白他的意思还是故意装傻，他也不想把这个话题延伸开来，遂转移话题道："我们要尽快找个有网络的地方。"

他想看邮件，周轶明白了。

丁珺把车停在了休息站的侧面，他把那辆越野车开到路边，周轶没往副驾驶座坐，而是利索地开了后座的门钻了进去，他回头时她正在解裙子的系带。

丁珺又觉神经一紧，立刻回过头目不斜视："你在做什么？"

"太热了。"

丁珺想起昨晚，所以说她不是喝醉了才这么放肆大胆的，她是本来就这样。

后头一阵窸窸窣窣，丁珺始终看着窗外，周轶把脱下的裙子放在后座上，随后下了车坐到了副驾驶位上。

"走吧。"她神色自在，毫不忸怩，见丁珺绷着脸，她无声地哼笑，相较起来，他倒更像个被女妖精掳来的"唐僧"，"我里面又不是没穿衣服。"

丁珺的脸更黑了。

第五章
我还挺喜欢你的，所以……我来追求你怎么样

越野车往古木里尔的方向走，从休息站驶出去一段路，窗外的景色就是茫茫的草原了。

周轶降下一半的车窗，任由微风裹挟着青草的清新吹进来。她拿丁琺的手机给陆美美打电话，电话一接通她就把手机从耳边挪开了，尽管这样，陆美美的大嗓门仍是威力不减。

"周轶，你怎么回事啊？不是说昨天会回国吗？人呢？"陆美美一阵炮弹似的连环发问。

丁琺余光往边上看了一眼。

周轶把手机贴近耳边："还在 A 国。"

"什么，你没回来？"

"发生了点意外。"

陆美美说："又是意外，你在 A 国怎么有这么多意外？"

她这句话算是说到周轶心坎里了，她自己也想知道，为什么会有这么多意外。

陆美美不放心："你没事吧？"

"没事，我大概……"

周轶转头看向丁琺，她没说话，但丁琺明白她的意思，于是压着声音说了句："明天。"

"我大概明天就会回去。"

"明天？确定吗？"

周轶没回答，这一路变故太多，她没办法打包票，只希望接下来这一路真会顺风，别再有什么牛鬼蛇神出来挡道了。

周轶没和陆美美多说，报了个平安后就挂断了电话。

热黑的电话几乎是无缝衔接进来的，周轶把手机递还给丁琺。

丁琎单手掌着方向盘，另一只手接过手机："喂。"

"丁队，他们往木拉提的方向去了。"

木拉提？丁琎一想就通，往他们这里来的。

"跟着。"

"明白！"

丁琎挂了电话，油门一踩加速前进。

周轶见他这样，大致能猜出热黑说了什么，无非是又有人冲着她来了，或者更准确地说是冲着陆谏发给她的东西来的。

"那些人好像在找什么名单。"

丁琎低声重复了一遍："名单？"

周轶把昨天那些绑匪问她的话复述了一遍："……陆谏发给我的邮件里没有什么名单，他们会不会搞错了？"

丁琎沉眸。

之前他不清楚为什么H国的人一直紧追着周轶不放，现在知道了她和陆谏的关系，丁琎就明白了几分。

目前来看，陆谏一定是传回了什么信息，且这个信息势必事关重大，甚至可能会撼动H国的根本，否则没道理那些人会冒着风险非要掳走周轶。但是现在，他的首要任务就是看到那封邮件的内容。

草原广袤，手机信号时好时坏，网络更是连发条语音都支持不了，一路上他们也没碰上个小镇，周轶的手机邮箱就没登上去过。

丁琎驱车疾驰着，本以为还需要走上个百来公里才能到最近的镇上，没承想在进镇之前就看到了一个信号塔。

他把车停在信号塔附近，然后示意周轶："现在登录试试。"

周轶打开邮箱，尝试着输入了账号和密码，点了登录后页面并没有很快跳转，屏幕上那个小圈圈一直在转动。

丁琎以为在信号塔附近也没用，正准备重新启动车往镇上赶，边上周轶忽地抬头，双眼发亮："登上了。"

丁琎的身体下意识地往副驾探过去："把邮件给我看看。"

周轶点开邮件，把手机递给丁琎。

那张图片还没加载出来，但是底下的乱码丁琎是看得到的。

周轶看到他眉间挤出一个小褶子，神情凝重。

这封邮件周轶来回看了很多遍，并没看出什么端倪，可丁琎的表情告诉她，邮件内容有异。

过了会儿，那张图片加载出来了，正如周轶所言，是一张普通的A国地图。

周轶试探地问："那行乱码……是你们队里的密码？"

丁珏抬头看她一眼，她很聪明，按图索骥就能猜个大概。

他没否认，周轶就知道自己猜得不错。"猎豹"执行的都是危险任务，对保密性要求肯定很高，所以她才猜测他们有供自己内部交流沟通的密码，只有队里人才看得懂。

她立刻追问："他说了什么？"

丁珏沉默，半晌才启唇，低低地说了一句："冰山上的来客。"

这几个字一个一个地敲进周轶的耳朵里，她低声跟着读了一遍，云里雾里不解其意："什么意思？"

"哈米尔高原。"丁珏精简地回答。

"哈米尔？"周轶虽然对A国不熟，但是哈米尔高原的位置她还是清楚的，它在南域，A国的最西端。

她不得其解："他在高原上？"

"不在。"丁珏斩钉截铁地道。

如果陆谏已经回国了，他大可不必大费周折地给周轶发邮件。

"那他……"周轶没法儿理出一条明确的线索，忍不住埋汰了一句，"不明不白的，他怎么不说清楚？"

丁珏想，不是陆谏不想说清楚，而是他没办法说清楚。从这一点上看，陆谏现在的处境并不乐观，他冒着巨大的风险发了这封邮件，想送达的信息必定极其重要。

时间宝贵，耽误不得。丁珏当机立断，启动了车迅速调转车头往回走。

"去哪儿？"周轶发现他改了路线后问。

"琼纳斯。"

周轶不知道琼纳斯在哪儿，总归和古木里尔不是一个方向。

"我要回国。"

丁珏犹豫了下，道："你还不能离开A国。"

"为什么？"周轶想到那封邮件的内容，语气直降几度，冷声质问他，"你想让我跟你一起去哈米尔？"

丁珏坦率地承认："是。"

"丁珏，你疯了吗？"周轶动了气，"你问过我的意见吗？停车！"

丁珏踩一脚刹车把车停在路边，他看向周轶，一脸正色道："你必须

131

跟我去。"这还是丁琎第一次用命令式的、斩钉截铁的语气和周轶说话。

周轶冷笑:"我不是你的手下,不需要听你的命令。"她仍然坚持,"送我去古木里尔,我要回国。"

"不行。"丁琎也不让步。

周轶冷着脸,斜瞟他一眼,毫不犹豫地打开车门下车。

丁琎握了下拳,也下了车。他走到周轶面前:"我们谈一谈。"

周轶抬头看他,脸色还是不怎么好看:"为什么要我跟你走?"

"陆谏的邮件发给了你。"

周轶立刻说:"邮件我已经给你看过了。"

丁琎反问她:"你想过没有,陆谏没把邮件发给别人而是发给了你,这是为什么?"

周轶缄默片刻:"他可能是随便发的。"

丁琎摇头:"不会,他一定有他的安排。"

在看到邮件内容的那一刻,丁琎就得出了这个结论,否则无法解释陆谏为什么不和队里人联络,而是把周轶牵连了进来,他应该是最不想她出事的人。

丁琎的猜测不无道理,他和陆谏做了这么多年的队友,周轶觉得他想的就是陆谏想的。即使这样,她也不想顺从,她讨厌这种被牵着鼻子走的感觉,对莫名其妙地被牵扯进一堆乱七八糟的事情里感到烦躁,甚至现在她想要全身而退都没有办法。

周轶冷哼:"所以呢?维护世界和平是你们的事,不是我的。"

丁琎沉声:"你有义务配合我们的工作。"

周轶直勾勾地看着他,眼带挑衅:"我要说不呢?"

丁琎感到头疼,他没想到都到这时候了她还有逆反心理。此前几次他都依了她,这次事关紧要,他不会再让步。

丁琎往前走一步:"没有我,你回不去。"

"我可以搭车回古木里尔。"

"你能保证在你拦到车前,那些人不会先找到你?"

周轶心一沉。

"你威胁我?"愠怒的情绪在周轶眼底翻涌,她的话语就像是掺着冰碴子,又冷又利。

"是。"丁琎很坦诚。

周轶怒极反笑:"好样的,丁琎。"

丁珃暗叹一口气，他并不想惹周轶生气，如果她肯好好配合，他也不至于这样。

"你不想救陆谏吗？"丁珃凝视着她的眼睛，很明显地看到他问出这句话时，她的眼神闪了下。

周轶抿着唇，心里像是台风过后，乱成一片。

"丁珃，我是个画家，我拿的是画笔不是手枪，我不会杀人，你不能要求我像你一样，冲锋陷阵、迎难而上。"她吸了口气按捺住脾气，理智地道，"H国的人一直在找我，如果我继续留在A国，我不知道接下来还会发生什么事，那些人都是亡命之徒，我的人身安全谁来保证？"

"我来保证。"丁珃又向她靠近了一步，两人之间剩下不到两掌的距离，他低头看着她，眼神赤诚，字字凿凿有声，像在这无垠的草原上对着天地立誓，"我用我的荣誉向你保证，一定护你周全。"

去哈米尔高原就要往苏恰的方向走，热黑刚来消息说交流团往木拉提去了，丁珃现在还不想和他们正面硬碰。那些人虽然心怀鬼胎、图谋不轨，但现在他并没有掌握确凿的证据，动起手来名不正言不顺，反而会被反咬一口，毕竟他们明面上打的还是来A国交流学习的名头。

经过深思熟虑后，他决定从琼纳斯绕道去往目的地。

车窗外的景色已从一望无际的草原换成了群山耸峙，路两旁一棵棵雪顶云杉苍劲雄奇，冲天而立，没被植被覆盖的山体露出嶙峋的巉岩。比起草原，琼纳斯最出名的还是林场。

山间天气多变，才进山没多久，阴云就压下来了。

越野车从半道往回开，去琼纳斯的路上，周轶坐在副驾驶位上，眼睛始终望着窗外，一声不吭。

车内气氛和外面的天气无异，是暴雨来临之前的沉闷。

丁珃余光往边上看了一眼，周轶还是偏着脑袋一副不想搭理人的模样，他知道她心里有气。他反省了下自己，刚才他的态度的确是强硬了点，再怎么说她也是个女人，不是他手底下皮糙肉厚不怕打骂的兵。

他低咳一声："周轶。"

周轶没吱声。

丁珃执行任务时碰到再危险的情况都从不乱阵脚，总是能在紧要关头找到最佳的解决方案，但遇上周轶后，他才知道什么是没辙。

"从这儿到哈米尔最快只要三天，到时候我会安排人送你回古木里尔。"

"三天?"周轶总算是有了反应,她把头转过来,面无表情地看着他,语气冷淡,"会这么顺利吗?"

丁琎沉默。

周轶哼一声。

噼里啪啦的声音骤然响起,暴雨顷刻而下,隔着雨雾,重山似乎离得更远了。

前方路段反方向来了一辆车,隔着朦胧的雨帘只隐隐能分辨出是辆黑色的越野车,但丁琎眼神突变,猛然踩了一脚刹车,随后果断地挂了倒挡往后迅速倒着车。

周轶没防备,身体先是因着惯性往前扑了下,幸而有安全带把她固定在了座位上。坐定后,她立刻往车前方看,一辆反方向的越野车正行驶在他们这一车道上一路冲过来。

不是早上在草原上的那辆车,周轶绷紧神经,转头去看丁琎。

丁琎沉着脸一心二用,既要盯着迎面冲过来的那辆车,又要注意车后的路况。

周轶往车后看,雨势渐大,能见度降低,他们倒车行驶的速度也不比对方来得快。

那辆黑色越野车不断地逼近他们,丁琎目光倏地一紧,立刻伸出一只手按住周轶的脑袋往下压。几乎在同一时刻,哗啦的雨声中突兀地响起一声枪声,车前玻璃发出刺耳的破碎声,几片玻璃碎片飞进了车内。

丁琎一打方向盘,迅速调转车头猛踩刹车,把车横停在路中间,一只手探向手套箱拿出手枪,与此同时冲周轶喊:"下车,往山里跑。"

"丁琎,我跟你没完。"

周轶咬紧牙关,麻利地推门下车,冒着雨势毫不犹豫地往深山里跑。

丁琎紧随着从副驾驶位上下车,持着手枪上了膛,借车体以掩护,向着那辆越野车放了两枪,分别一左一右射向主副驾驶位。

那辆车停了下来,后座上有人开了车门,但他的脑袋刚探出来就被一颗子弹爆了头。

丁琎迅速收回枪躲在车后,有人朝他这儿胡乱开了几枪,子弹打在车上发出"叮叮"的响声,那辆车上的人有所忌惮,这几枪不过是虚张声势。

丁琎抹了把脸上的雨水,探头看出去。隔着大雨,他没办法判断对方还有多少人,这样僵持着不是办法。

丁琎也不恋战,当机立断地弃车进了山里。

琼纳斯的深山因树木丛生而变得错综复杂，它的总体地势是往上走的，瓢泼的大雨到了山里被削弱了几分气势，泥土在雨水的浇灌下变得松软，壕沟里有泥水顺延而下。

丁班刚往山里走没多久，就听到"砰"的一声巨响，是两辆车相撞发出的声音，他立刻闪身躲到最近的一棵杉树后面。他目光似鹰般紧盯着山底下，但半晌都没见到一个人影。

那些人发现他们不在后没跟进山？丁班心里大约有了计较，对方应该没剩多少人了。他在暗他们在明，且高地适合狙击，只要他们一出现，丁班就有把握直接将其击毙。

他们不傻，也怕遭到伏击。

丁班借着树干掩护，一路躲闪着下了山，在山口附近勘察了下，发现那辆车已经走了。

或许只是作出离开的假象。

他转身重新进了山里。

雨势没有停下的趋势，山林里沙啦啦地充斥着雨打树叶的声音，远山的山顶起了一层缥缈的雨雾。丁班四下探看，地面上没有留下明显的足印，杂草也没有被踩过的痕迹，他把目光投向流着涓涓细水的壕沟。

因为下雨，山体泥土湿软，人走在上面不留下脚印是很难的，但如果行走在壕沟里，不间断的流水会将足迹冲刷干净。

丁班的嘴角自然上扬，他不得不再次对周轶刮目相看，临危不乱，她实在是聪明。他顺着壕沟大步往上走，他的移动速度快，很快就爬到了半山腰，却一直没看到周轶的身影。

他没再往上走，以周轶的行动速度，从她刚进山到现在，不可能到达更高的地方。

她躲起来了。

"周轶？"丁班试探地喊了一声。

无人应答，雨声依旧。

丁班在附近走动着，目光不断搜寻，山林里除了草就是树，要说藏身处也就只有几个灌木丛。他逐一排查过去都没找着人，正要往更深的地方走时，耳边忽地一阵风过，他的眼神突变，敏捷地转身格挡住攻击，手腕一转牢牢地攫住了对方的手。

看清偷袭他的人是谁后，丁班很惊讶："周轶？"

周轶抿着嘴，目光落在他抓住她的手上。

她的手上还握着"皮恰克",没有出鞘,丁琔一脸复杂地松开她:"你在做什么?"

周轶收回手,毫无感情地瞟他一眼:"我以为那些人追上来了。"

"……"丁琔一点都不相信这个解释。

她要是真以为他是那些H国人,还会用没出鞘的刀来袭击他?他想起下车前她咬牙切齿地说不会放过他,顿时明白了,估计她原本是想吓唬吓唬他,没想到他警觉性这么强,不用一招半式就把她制服了。

就她这个身手还学人家偷袭?丁琔几不可察地笑了,对上她的视线虚虚地咳了一声,把嘴角抿平。

周轶把刀插进短裤的后兜里:"那些人呢?"

"没追上来。"

周轶浑身被雨打湿,盘着的头发湿漉漉的,身上的白T紧紧地贴在身上,曲线毕露。

丁琔别开眼,望了望天,云层薄了许多,天比一开始白了,这场雨下不了多久。

"走吧。"

"下山?"

丁琔摇头:"往山里走,先找个地方躲雨。"

"在山里躲雨,不怕雷击吗?"周轶看他一眼,"都说做了亏心事会遭雷劈。"

丁琔听出她话里有话,矛头分明是冲着他来的。

她心里不痛快,他也不计较:"跟上。"

周轶含怨地抹了下脸上的雨水,她活到现在还没有像今天这么狼狈过。

丁琔打头走在前面,周轶跟上,在他背后悄悄地转了转手腕,刚才那一下他可没手下留情。

山里的路不好走,下了雨后的地表坑坑洼洼的还有积水,此外还有杂草树枝虬结盘踞,山上根本没有一条明确的路,全靠他们开山辟荒一样自己踩出来。

雨下到最后稀稀拉拉的,在天空完全放晴之前他们找到了落脚地儿——一个小木屋。木门的门是虚掩着的,丁琔先行进去探了探,确定没有异样才让周轶进来。

木屋很小,左右不到十平方米,屋里有张木头搭的床,上面铺了一层干草,旁边有个小火炉,墙上还挂着一件军大衣。

周轶打量了一圈，盯着那个小火炉问："这儿有人住？"

"应该是守林人搭建的。"

琼纳斯的林场很大，巡逻一周也得花上几天的时间，丁珊猜这个小木屋就是那些护林的人搭建起来做休息点的。

丁珊看到屋里堆放着干柴，拾了一些放进火炉里打算生个火。

周轶挑眉："钻木取火？"

她话刚出口，就看到丁珊从兜里掏出了一个打火机。

"你还会抽烟？"

"嗯。"

这倒是出乎周轶的意料，认识他到现在她都没见他抽过烟，她以为他这样克己的人不会碰烟草这玩意儿。

会喝酒会抽烟，了解多了，他也不是她以为的那般活得无趣。

其实丁珊身上备着打火机并不是为了抽烟，而是为了以防万一，在野外火种是非常重要的东西。他抬头见她饶有兴味地看着自己，没打算多和她解释。

丁珊拿了点干草引火，三两下就把火生起来了。

门缝里吹进来一阵风，周轶没忍住打了两个喷嚏，手上腿上立刻冒出了一层鸡皮疙瘩。

丁珊把门掩严实了，搬来角落里的一把人工打造的木凳子放在火炉旁，示意周轶："坐这儿。"

周轶没扭捏，爽快地往凳子上一坐，解开盘着的头发，用手抓了抓。淋了这么一场雨，她觉得浑身湿答答的，像糊了一层水膜，十分难受。

烤了会儿火，她才觉得身上有了暖意，可这点暖意还不够她回暖。山里下了雨后开始变冷，刚才在外面淋着雨一直走倒还没什么感觉，现在进了屋，精神一松懈，身体就有反应了。

这天气怎么说变就变，她有些想念车上的那件长裙了。

丁珊见她摸着自己的胳膊，转身把墙上挂着的那件军大衣取下，翻了个面儿给她披上。

周轶看他一眼，扯了下外套。

丁珊拿出手机看了下，不出所料，没信号。

这里前不着村后不着店，没有车比较麻烦。

屋外雨声渐渐低了，丁珊思忖了会儿后说："在这儿休息一晚，明天一早再走。"

"哦。"周轶盯着火苗,搓着双手,冷淡地说,"我现在是被'劫'来的,你说怎么样就怎么样。"

雨渐渐停了,阴云散去后天色先是放亮,随后又慢慢地沉了,今夜月晦星黯。

丁珅倚在门边,凝神沉思着今天的事。

今早在草原上追赶他们的那辆汽车和傍晚在琼纳斯碰上的那辆越野车,两辆车是从两个相反的方向来的不说,行事风格也大不相同,前者追,后者击,完全不是一个路数。

"他们好像不是一伙的。"正在烤火的周轶突然说。

丁珅看过去。

火苗往上蹿了一下,周轶的语气仍是凉飕飕的:"我觉得H国有两拨人在追我,昨天从机场把我带走的那些人和刚才碰到的……感觉不太一样。"

连周轶都这样想,丁珅紧锁眉头。

这就是说,H国交流团的人和VIRUS并没有瓜葛,抑或是他们双方其实是敌对的?

他回想起从漠邑来这儿的一路上,他们所到之处H国交流团随后也会到那儿进行文化学习交流,然后VIRUS的人很快就会找上门来,加上这次交流团劫走周轶,他想当然就认为交流团的人和VIRUS有勾结。

可从今天的情况来看,事情并没有这么简单。

周轶透过火光去看他:"你应该知道他们的身份吧?"

她的问话把丁珅从沉思中拉了出来,他想了下,无论是H国的交流团还是VIRUS,他都不能把详情透露给她。

几秒后,丁珅答道:"知道。"说完就再无后话了。

周轶嘴角露出冷笑。

明明所有人都是冲着她来的,可她到现在还不明不白不清不楚,丁珅更是让她气不打一处来,从头到尾他一点口风都没透露给她,全凭她自己一点点猜测一点点拼凑才大致知道了点皮毛。

什么都不让她知道就想拉她身赴险境,真把她当成协助他完成任务的道具了,他倒是会想。

雨虽然停了,但因降雨而降低的气温并没有回升,甚至因为夜晚降临,气温还在往下跌,冷空气无孔不入。

周轶仿佛回到了南方的冬天,那种湿冷的感觉她提前在夏天感受到了。

她没有替换的衣服,只能勉强穿着已经湿透的短袖短裤。湿答答的衣服贴在身上,即使烤着火她也不觉得暖和,水分蒸发反而把她自身的温度带走了。

　　周轶揪着军大衣合拢在胸前,手脚微微发抖,没忍住连着打了几个喷嚏。

　　丁珏走上前往火炉里丢了几根干柴,火舌舔着烧了起来。

　　他见周轶坐着缩成一团,不由得问道:"很冷?"

　　周轶伸手拨弄头发,把发里的水捋尽,又把全部的头发拨到一边,正对着火炉:"等头发干了就好了。"

　　丁珏闻言又往火炉里丢了几根柴,火舌顺势而上。

　　周轶眼明手快地拢起自己的长发,躲过蹿起的火苗,眉间一拧,眼尾上挑,不满地道:"你是想烧了我的头发?"

　　丁珏沉默地把手中的柴火放下。

　　屋内又恢复了寂静,只有木柴燃烧的"哔剥"声,火光映在两人脸上,两人皆是无言。周轶反复用手梳理着一头长发,在炉火的热浪下,湿漉漉的发丝很快就根根分明了。

　　丁珏起身去屋外看了一眼,外面暮色沉沉,黑黢黢一片。今晚他们只能在这小木屋里暂住一晚,等明天下了山再想办法到琼纳斯镇去。

　　丁珏回了屋把门关紧,见周轶半眯着眼睛像是有些犯困,说:"你去休息。"

　　周轶掀开眼睑看他,过了会儿才极轻地"嗯"了一声。

　　她披着军大衣站起来时还晃了下,丁珏以为她坐久了腿麻,见她走到床边坐下才收回目光,重新给火炉添柴。

　　周轶裹紧大衣,闭着眼背靠着木墙缩在角落里,像是累极,休息时眉头还蹙着。

　　丁珏很快就发现了她的异常。

　　她呼吸的频率不太对,不是常人睡觉时和缓悠长的节奏,而是急促厚重的。

　　"周轶?"丁珏先是低声喊了她一声,她没答应。他往床边走,又喊了一遍,"周轶?"她还是没有反应。

　　丁珏走近了看才发现她额上有汗,嘴唇微张,在费力地喘着气。他伸手用手背碰了碰她的额头,旋即拢起眉。

　　她发烧了。

　　丁珏轻轻晃了下她:"周轶、周轶,听得到吗?"

139

周轶不适地呻吟了一声,眉间深皱,看上去很不舒服。

丁珽又碰了碰她的脸,触到满手的滚烫,她已经烧糊涂了。

是他疏忽了。这么大的雨,不是像他这样长年在风里雨里训练的人根本吃不消,何况夜里山上降温,湿冷的空气会往骨子里钻。

周轶似乎很冷,缩着身体把自己蜷成一团,那件军大衣盖在她身上更显得她十分娇小。

丁珽忽略了一个细节,他扶着周轶坐正,她身上的军大衣滑下肩,他拿手摸了下她的衣角,果然还是潮湿的。

这荒山野岭的也没有可换的衣物,再这样下去,她会烧得更厉害。

丁珽盯着她的脸再一次感到为难。

如果是之前,他倒不会像现在这样顾忌。

周轶坐不正,身体像是没有主心骨一样往前倒,丁珽忙扶了下,最后下定决心似的抓住她的衣角往上掀。

火炉又"哔剥"了一声,火光闪动跳跃。

丁珽的目光一直盯着木墙上他们的影子,他其实刻意和她保持了一点距离,但是他们的影子是紧紧相依偎着的。

他抬起周轶的双手,略有些困难地要帮她把那件短袖脱下,指尖偶尔触碰到她的皮肤都像是有灼热感,他没往下看,衣服一脱立刻就用那件军大衣裹紧她。

丁珽仍让周轶靠着墙,他用柴火简单地搭了一个架子,然后把她的衣服晾在火炉旁边。

周轶又蜷成了一团,丁珽听到她好像在说话,走过去了才听清她在说冷。

丁珽把军大衣外套给她扯紧,他身上有热气儿,周轶本能地往他怀里钻。他的手搭在她的肩上要推开,察觉到她在发抖又于心不忍,他这一犹豫,周轶就彻底贴在了他的怀里。

丁珽低叹一声,虚揽着她靠在墙上。

夜更长了。

周轶在丁珽怀里睡熟了,她的呼吸搔在他的颈侧,热气氤氲。

丁珽低头看着她的脸,心里有微妙的感觉在骚动。他从不让别人离他太近,亲密的距离本来就是危险的,敌人没机会离他这么近,能亲近的勾肩搭背的人都是他信得过的人。

周轶是一个意外,他们的相遇相识好像就是一连串的意外铸就的。

丁珽时不时去探一下周轶的额头,到了后半夜她发了点汗,烧退了些,眉头也舒展了。

他松了口气,帮她把大衣扯紧。

丁琎原本的计划是在山上过一夜,第二天一早就带着周轶下山去最近的小镇找个医生,可显然计划永远赶不上变化。

一声枪声在寂静的夜里骤然响起,像是一阵惊雷,把夜里正在休憩的鸟兽虫鱼都给惊醒了。那声响动传到小木屋里时已经因距离而削弱了很多,一般人只会当是山林里的大树倒下而发出的动静,可丁琎敏锐地辨别出了那是枪响。

他把周轶扶向一边后迅速下床往门外走,外面仍是漆黑一片,他仔细听了下山林里的动静,除却风吹叶动,四下静悄悄的,好像刚才那一声响是幻听。

丁琎望着山下目光沉沉,黄夜搜山,那些人真是不死心。刚才那一枪应该是个意外,大概是林间动物让他们误以为是人了。

根据刚才的枪声来判断,他们离这儿不算太远,木屋目标明显,他们找到这儿是迟早的事。

思及此,丁琎转身回屋,轻推了下周轶。

"周轶。"

周轶迷迷糊糊有点意识,嘤咛地应了一声。

丁琎不再耽搁,拿了晾在火炉边上已经干了的短袖迅速给周轶套上,从头到尾他都盯着她身后看。丁琎帮周轶把军大衣穿上,扣子扣紧后毫不犹豫地背起她,离开木屋前他又把火给灭了。

天幕上无月无星,只有阴云在浮动,林间没有一点光亮,因为昨天下了雨,这时山林间起了一阵浓雾。

丁琎背着周轶只能循着重重树影来辨别方向,山路泥泞坎坷,他怕颠着她也不敢求快,只稳稳地往山下走。

走到一半,木屋所在的那个方向传来了声音,只要他们找到了木屋,就不难发现屋内刚才有人待过的痕迹。

丁琎的眼神和夜色一样沉,他提了脚程加快速度,听到后头有人追上来时,闪身躲进一丛灌木里。

他把周轶放下,让她靠在一棵杉树的树干上。

周轶这时半睁开眼睛,她被烧迷糊了,意识都是涣散的。

丁琎帮她整了下军大衣的领口,不让她的脖子露在外面,也不知道她能不能听到他说话,叮嘱了一句:"在这儿等我。"

141

丁班拿上她的那把"皮恰克"往山上走，他辨听声音，确定人从哪个方向来之后，攀上了一棵杉树伺机而动。

山上鬼鬼祟祟地摸下来两人，他们背对背张头四顾，明显是在找人。

丁班居高临下，像夜里蛰伏的野兽，眼神里藏着杀机，准备对进入埋伏圈的猎物展开攻击。

那两人踅摸着走到树下的一刹那，丁班从树上一跃而下，趁其不备直接扑倒了一人，还未待那人开始挣扎，他便手起刀落利索地解决掉了。

另一个H国人见丁班突然出现，举起枪对准他。

丁班没给他扣动扳机的时间，一个飞踢踢掉了他手里的枪，反手持刀直接封喉。

树叶簌簌作响，风声之外处处危机。丁班知道H国人在分头找他和周轶，他们不会傻到只派两个人来搜山，不仅徒劳，简直是送死。

他把两把枪揣进兜里，及时离开。

很快H国人就会发现这两个人，他们多留无益，一个两个尚且还不费功夫，人多了势必就没那么容易脱身了。

周轶还在等着他，当前他要以周轶为主。

周轶再次醒来时正值清晨，天色将亮未亮，天地间像混沌未开，一片朦胧。她脑袋昏昏沉沉的，胀痛的感觉像是有人拿棒槌对着她的太阳穴在捶打，这一夜她像是失去了记忆一样，脑子一片空白。

"醒了？"

周轶反应了会儿才转过头，丁班就挨着她坐，刚刚她是靠在他身上的。

"你……"周轶喉咙刺痛，声音哑得像是被割破了声带，她低头咳了咳。

她的感官开始觉醒，先是听到一阵很大的发动机的声音，随后感觉自己像是坐在一艘船上，身体一直处在颠簸状态中，她抬眼一看才发现周围都是草垛子，她和丁班正坐在草垛的中央。

周轶揉揉额角，对此时的状况有点摸不着头脑，哑着嗓子问："怎么回事？"

丁班见她醒了，往边上挪了挪，低头看她："你昨晚发烧了。"

周轶摸摸自己的额头，是有点烫。

"现在呢，"她拨下头发上的草屑睨着他，"又是怎么回事？"

丁班有一答一，十分有耐心："路上碰到了一辆从牧场过来的货车，他们正好要去琼纳斯镇。"

丁珏在路边拦下这辆货车后上前询问了一番，司机师傅见他背着个生病的姑娘二话不说就答应送他们去镇上，可货车座位有限，丁珏总不好因为他们而把副驾驶座上的牧民挤下车，所以当司机问他介不介意坐后车厢时，他没有犹豫就背着周轶坐上来了。

周轶望着周围半米高的草垛神色莫名，声音里也不辨喜乐："我还是第一次搭这样的顺风车。"

来A国后，她真的是有太多意想不到的初体验了。

周轶别过头咳了几声，脑袋随着她咳嗽抽痛着。

丁珏递给她一瓶矿泉水，这是司机给的。

周轶接过，润了润嗓子后觉得好受了些。

"坚持下，快到了。"丁珏说。

因为生病，周轶神色恹恹，看起来比平时更生人勿近了，她撩开头发，把裹紧的军大衣扯开来透了口气。她低头看了一眼自己的T恤，上手摸了摸，干了。

丁珏余光看到她的动作，心头莫名一紧，在她转头看过来时更是破天荒地有点紧张。

周轶眼尾上挑，脸上有种病态的美，她盯着丁珏说："三天？"

刚有点力气就得理不饶人，丁珏觉得她还是睡着的时候好相处些，他别开目光，暗自松了口气，劝她："你再休息会儿。"

货车在路上行驶了近一个小时后就到了琼纳斯镇，大清早的镇上还很安静，外面也不见什么人在走动。

丁珏和周轶下了车，司机还热心地告诉他们最近的诊所在哪儿。

告别了司机，丁珏打算带着周轶去诊所让医生给看看。周轶觉得麻烦，再者说这么一大早，诊所的人指不定还没上班，就和他说买点退烧药吃了就行。

她一脸疲惫，丁珏也不想再折腾她，就在附近找了家宾馆开了间房让她进去休息。时间尚早，药店也还没开门，丁珏问宾馆的老板要了两颗退烧药，打包了一份粥回到房间。

周轶正拿宾馆里的座机不知在和谁说着话，听到开门声后只是瞥了他一眼，也不避讳，仍是平静地往下说："我好好的，没出什么事，就是突然想在A国多待一阵子。"

那头陆美美很是费解："周轶，你怎么回事啊？昨天还说今天就回来，今天又说要留下,你倒是给我个准信啊。这一天天的我提心吊胆,睡都睡不好,生怕你出什么事了。"

她不放心地又问了一遍:"真没事啊?"

"嗯。"

"那你怎么突然想留下来了?"

周轶倚着电视柜,语气淡淡的:"没什么,就是想留下来找找灵感,你不是一直催着我办画展吗?"

"真的?"

"嗯。"

陆美美还是不怎么相信:"周轶,你不会在那儿有男人了吧?"

周轶抬眼,看见丁珅背对着她正在烧水,她笑一笑:"这不是你希望的吗?"

陆美美惊叹出声:"真的啊?纯爷们儿,行走的荷尔蒙?"

周轶只是嗤着笑,任她猜测也不解释。

"说真的,周轶,你悠着点,玩归玩,别太出格啊。"陆美美突然正色道,"李斐然这边就够让我头疼了。"

周轶见她信以为真了,收起笑应她:"嗯。"

"还有……"陆美美顿了下,"周总问你什么时候回来,我本来告诉他你今天就回来了,现在怎么说啊?"

周振国可不会这么关切地询问她,他肯定是下命令似的让她赶紧回去收拾烂摊子,别给周家丢人。

周轶冷笑:"你就告诉他我去找陆谏了。"

丁珅正拎着水壶往杯子里倒水,听到"陆谏"这个名字时眼神闪了下。

"你说你去找——"陆美美倒吸一口凉气,不可思议地道,"你和他不是一向关系不好吗,怎么突然要去找他?"

"没什么。"周轶不想多说,揉揉额角,脑袋的胀痛感一直存在着,"他要是问,你就这么说。"

陆美美不再多问,长叹一口气:"周总一定会很生气。"

周轶冷哼。

挂了电话,周轶咳了两声。

丁珅这才出声喊她:"过来喝点粥。"

周轶走过去,她没什么胃口,勉强吃了点垫垫肚子。这时丁珅兜里的手机振动起来,他出门接电话前还提醒了她一句:"水还有点烫,等会儿把药吃了。"

电话是陈队打来的,丁珺走出房间后才接通。

陈峻峰直接问:"你现在安全吗?"

"嗯。"

"那姑娘……"

"在我这儿。"

陈峻峰语气严肃:"现在已经基本可以确定H国政府也牵涉其中了。"

"但是H国政府是否和VIRUS勾结在了一起现在还不能断定。"

"哦?"

丁珺把这两天碰上的事简明扼要地说了下:"我现在怀疑他们可能不是一个阵营的。"

陈峻峰听了丁珺的一番话静默沉思了会儿,才说:"VIRUS几次三番在H国国内制造事端,H国政府对此也是大为头痛。现在他们国内乱成了一锅粥,难保有些人会有异心。"

"嗯。"

"不管这两拨人是不是一伙的,他们都想带走那姑娘,这就有点匪夷所思了。"陈峻峰话里满是困惑不解,这问题已经困扰他好些天了,他也查过周轶的人际关系,并没有发现谁是和H国有关系的。

丁珺抿直嘴,神色凝重:"陈队。"

"怎么?"

丁珺沉默了下,最后还是没把陆谏的事说出来,只道:"VIRUS还有部分势力在A国潜伏,上次在古木里尔,他们就是想制造暴乱。"

陈峻峰接道:"这个我清楚,我已经向上汇报了情况,接下来A国会在全域各地加强安保工作,确保这样的事不会再次发生。"

"嗯。"

"这些人到处逃窜,也不知道是躲在哪个旮旯里,等文件下来,我会让'猎豹'出动。"陈峻峰字字落地有声。

丁珺眼里闪过锋芒,是携着血气的。

陈峻峰问:"需不需要我多派几个人给你?"

"不用,人多了反而目标大。"丁珺说,"我让热黑和四马来琼纳斯镇找我。"

"好,交流团那边我会再叫人跟着。"

"嗯。"

和陈队通完电话,丁珏又给热黑打了电话,让他们交接完工作后就来镇上找他。交代完一切,丁珏倚着墙站了会儿,眼底各种情绪轮番上演,也不知道在想些什么,表情沉冷似铁。

这时房门从里面被打开,丁珏回过头就对上了周轶的眼睛。

他站好,问道:"药吃了?"

"嗯。"周轶一只手放在门把上,清了清嗓子抬头看他,"丁队长。"

丁珏见她站在门边神色有异,又听到这个称呼,立即问:"有事儿?"

"我来'亲戚'了。"

"嗯?"

周轶面无表情地解释:"月经。劳烦你给我买一包卫生棉。"

丁珏的表情有一瞬间的尴尬,但很快就被掩饰过去了,他别开头握拳在嘴边虚咳一声:"在房间里等着。"

周轶看着他离开的背影,嘴角扬了扬。

丁珏去了宾馆边上的便利店,对着一排的女性用品感到头痛。这还是他开天辟地头一回给女人买这东西,把一包卫生棉拿在手上时感觉比他第一次拿枪还烫手。

结了账,他立刻回到宾馆,刚敲了两下门,周轶就开门了。

丁珏走进去,把手中的袋子递给她,尽管他刻意保持着一种淡定的神态,但周轶还是察觉出了他不太自在。

她接过袋子时,没忍住笑了一声。

丁珏莫名地看着她。

周轶说:"让'猎豹'队长去给我买这个,有点大材小用了。"

丁珏听出了她的揶揄,还是绷着脸不苟言笑的模样,换作是"猎豹"的队员们见到他这表情早就乖乖立正站好,不敢再招惹他了。

可是周轶毫不怕他,她眼一挑:"不用不好意思,陆谏也做过这样的事。"

丁珏恍了下神,情绪又复杂了。

周轶进了洗手间,她的例假向来不太准时,她也没想到它会突然到访。女人在月经期间抵抗力会下降,也难怪她昨天淋了一场雨就发烧了。

她从洗手间出来时,房间里没人,开门一看,丁珏就站在门外,仍是靠着墙一副沉思的模样,听到动静,他微微偏头看她。

周轶问:"要走了?"

"没有。"丁珏回她,"等热黑和四马过来。"

"那你站在外面干吗?"周轶眉头微微蹙着,对他的行为感到奇怪。

明明她不是个愚笨的人，丁珏正色道："周轶，我是个男人。"

周轶靠着门，听到他这话眸波微澜，明白了他的意思。

这一路他们共处一室的情况也不少，说起来周轶确实对他没有什么男女之防，倒不是因为她不把他当男人，而是身份先行，她潜意识里认为他是安全的，再加上这几天的相处，她就不觉得他是个会为非作歹的登徒子。

现在他这么说……周轶略感趣味，抬眼看着他，半是暧昧地说："丁队长，你是在暗示我？可惜……"她拖着长音，眼神挑逗，"时机好像不太对啊。"

丁珏绷着的脸一瞬间有了裂痕，他在心里叹了口气，不打算再和她讲道理，半妥协道："去睡一觉吧。"

周轶吃了退烧药后脑袋昏昏沉沉有点犯困，加上来了例假身体不适，她本是想在宾馆房间里稍作休息，随时等着丁珏叫她出发的，没承想她最后抵不住困意睡了过去，这一觉就直接睡到了下午。

丁珏中途敲门，一直没人回应他就进来看了一眼，见她睡得沉也没叫醒她。他们虽然赶时间，但也不能让她拖着病体跟他去高原，万一她有个三长两短，他想，陆谦不会轻易饶了他。

周轶睁开眼时脑子闷闷的，睡久了有些缺氧似的。

房间里的窗帘不知道何时被人拉上了，室内暗暗的，她下床扯开窗帘往外看了一眼，还是大白天，太阳明晃晃的，镇上人来人往很是热闹。

周轶摸摸自己的额头，体温好像恢复正常了，就是脑袋还有点晕。她去洗了把脸，出来时倒了一杯水润嗓。此时已经是下午四点了，她睡了将近七个小时的时间，而丁珏居然没把她叫醒。

周轶打开房门，发现外面站着的不是丁珏。

"周轶姐，里（你）醒啦。"

周轶愣了下："你来了？"

"嘿嘿，惊喜吧？"

也不知道他们什么时候换岗的，周轶问："你们队长呢？"

"他和热黑去镇上转转，排查下有没有可疑人物。"四马咧着一口大白牙，笑得灿烂，"等待'睡美人'的任务就交给我了。"

还是那个嘴上抹蜜的四马，周轶浅淡一笑："我的行李呢，没弄丢吧？"

"没有没有。"四马摆手，"在车上放着，我办事里（你）放心。"

周轶让他把她的行李箱提了上来，她换了一套衣服出来时，四马说丁

147

珊让他带她去吃点东西。

琼纳斯镇不大,这几年随着旅游业的发展,做买卖的人多了,街道上宾馆旅店、饭馆小吃店随处可见。

周轶随意走进一家面馆,要不说无巧不成书,她没想到在这儿还能碰上陈淮景和兰兮芝。

陈淮景和兰兮芝见着周轶也是大吃一惊,有些不敢相信。

"周轶姐?"兰兮芝喊了一声,随即腾地站起身兴奋地朝她挥手,"你们也在琼纳斯啊,太巧了。"

陈淮景见周轶平安没事,心里松了口气,立刻扯出招牌的谄笑:"你没事真是太好了,我还一直担心来着,过来一起坐啊。"

四马见到陈淮景这个油嘴滑舌的浑头就黑了脸:"冤家路窄。"他看向周轶,"姐,我们去别的店吃吧?"

"不用。"周轶往陈淮景那桌走,"难得碰上认识的。"

陈淮景殷勤地搬了张椅子放在自己的位置边上,他正想让周轶入座,四马抢先一步一屁股坐了下去,双眼还警告地瞪着他。

陈淮景一点没生气,仍是笑眯眯的:"四马弟啊。"

"别跟我套近乎。"四马瞅着他一脸嫌弃,语气还很不爽,"上次你拿我当枪使的事,我还没和你算账呢。"

陈淮景自来熟地把手搭在四马的肩上:"上次的事是我不对,要不今天咱俩一起喝一杯,就当是我给你赔不是了。"

四马抖下他的手,都说伸手不打笑脸人,见陈淮景态度还算诚恳,四马哼了一声,没再和他计较。

兰兮芝喊周轶:"周轶姐,坐这儿。"

周轶坐在她边上,问她:"你们怎么来这儿了?"

兰兮芝刚要开口,陈淮景先她一步回答了:"琼纳斯林场那么出名,当然是要来看一看的。"

兰兮芝睨他,陈淮景给她使了个眼色,她努了努嘴,没把他们是被人追着才逃到了这个镇上的事说出来。

这时四马接到了丁珊的电话,他把面馆的位置说了下,没过多久,丁珊和热黑就来了。

丁珊进店后看到陈淮景眉头一皱,他知道警局拘留不了陈淮景几天,但他没想到陈淮景会出现在琼纳斯。

陈淮景原本还在侃侃而谈,说着琼纳斯的美景去处,像个当地导游一样介绍得眉飞色舞，然而一见到丁琏，他就偃旗息鼓了。

"丁队，好巧啊，你也来吃饭啊。"陈淮景一本正经地打招呼。

四马搬了两张椅子过来，一张放在自己身边，一张放在周轶边上。热黑率先坐在了四马旁边，丁琏看了周轶一眼，在她左手边坐了下来。

店家过来点单，四马拿过菜单给周轶："姐，里（你）看看想吃什么？"

陈淮景在一旁推荐特色菜，丁琏说了句："吃点清淡的。"

周轶很自然地应道："知道。"

桌上诡异地静了一瞬，丁琏抬头见几个人的目光都落在他和周轶这儿，愣了下觉得自己好像失言了。

其实那也不过是一句简单善意的提醒，但他说出口后就觉得自己不该说这句话，或者这句话不应该由他来说，名不正言不顺似的。

周轶不知道他此时的心理活动，她盯着菜单，问话时往丁琏那儿倾："这里的牛肉面加辣椒吗？"

"不加。"丁琏放平语调。

周轶瞟他一眼，点了碗牛肉面。

"你还打算回国吗？"陈淮景问周轶。

周轶摇了下头。

热黑看到觉得奇怪，没忍住问了出来："姐，你还要在 A 国再待一段时间？"

周轶挑眼看丁琏，淡淡地应道："嗯，托你们丁队的福。"

热黑和四马瞄了眼丁琏，不敢多问，两人心里又在犯嘀咕，总觉得两天不见，丁队和周轶姐之间好像有了小秘密，就连他们的磁场都有些微妙的变化。

兰兮芝凑到周轶边上："姐姐，你们什么时候到的琼纳斯啊？"

周轶想了下，道："昨晚。"

"好巧，我们也是昨晚到的。你们住哪儿啊，兴许我们住在一个地方呢。"

昨晚啊，周轶往丁琏那儿看，正好他也在看她，似乎也在等着听她怎么回答。

她瞧着他一脸正经的模样，想到昨天经历的一场狼藉之旅，要不是他，她也不至于落得这么狼狈，看着他五官周正的脸，她心里头突然就滋生了点报复心理。

周轶嘴角一扬，脸上露出"忽然想起什么"的恍然神情，看着丁琏问道："昨晚你是不是脱我衣服了？"

周围一下子沉寂了下去,所有人的目光都不约而同地投向了丁琏。热黑和四马更是惊得倒吸了一口气,两人四只眼睛瞪得圆鼓鼓的,满眼的不敢相信。

昨晚她明明烧糊涂了,今早她也没提这件事,丁琏以为她根本就不知道这件事,那他就更没必要主动揭破闹个尴尬。他本想当作什么都没发生把这件事掩过去,谁能想到她什么都清楚,早上醒来时不说,偏偏在这时候捅出来,显然是想将他一军。

丁琏这下没法镇定了,他感受着桌上其他人或讶异、或探究、或暧昧的目光,按捺着想解释:"那是因为——"

周轶抢白:"衣服给我穿反了。"

被她这么一打断,丁琏反而没办法再接着往下说,说多了显得他像是在狡辩。

而他不说话,桌上其他人就以为他是默认了,一时目光更耐人寻味了。

热黑和四马一口气差点背过去,回过神来后面面相觑,都从对方的眼里看到了不可置信兼不可思议的情绪。

兰兮芝震惊地咽了咽口水,觉得丁队在她心里的人设塌了,她靠近周轶,小声地问:"姐姐,你和丁队……是什么关系啊?"

她的问话声其实很小,但桌上太安静了,以至于谁都听得清楚。

"什么关系啊……"周轶拖着的长音足以吊起别人的胃口,挑起的眼梢处尽是风情,她暧昧一笑,模棱两可地道,"盖一床被子的关系。"

在草原帐篷里,他们确实盖一床被子来着。

周轶的高明之处就在她说的是真事,掐头去尾的"事实",丁琏解释不清。

"周轶。"从他的神色里不难看出他在隐忍。

周轶回以一笑,到此为止,反而给其他人留下了无尽的想象空间。

热黑和四马再次倒吸一口气。

陈淮景却以为这是个和丁琏拉近关系的好时机,自以为是地帮他化解眼下的尴尬,用一种风流的不太在意的口气说道:"饮食男女,食色,性也,大家都是成年人,没什么不好意思的——"他话音未落就觉得有唰唰的眼刀往他身上刺,他心头一跳,自觉地噤了声。

接下来这顿饭算是吃得各有心思,饭桌上静悄悄的,在丁琏的低压下没人敢再说话,气氛有些诡异的安静。

只有周轶一人吃得安心。

几人的心思都不在吃上,很快陈淮景就抢着去付款了,兰兮芝也跟着逃离了这让人喘不过气来的气氛。热黑和四马贴心地把空间让了出来,起身走之前还对着丁琎挪揄地眨眨眼。

周轶最后喝了一口面汤:"走吧。"

"周轶,我们谈谈。"

她一点儿都不意外,神态自若地问:"谈什么?"

丁琎的语气和他的神色是统一的,都是正正经经的,讲正事专用的:"不要开这种玩笑。"这是一板一眼的、不容反驳的奉告。

周轶看着他,眼神和他对峙着,不甘落于下风,言语间还带着笑,缓缓地道:"其实衣服没有穿反,你的眼神还挺好使的。"

丁琎闻言脸更沉了。

他这才明白什么叫"一拳打在棉花上"。

陈淮景和兰兮芝、热黑和四马等在店外,丁琎和周轶从店里先后走出来时,他们都心照不宣,一点没提刚才在饭桌上的事,只不过四人看他们的眼神有些不一样了。

丁琎喊来热黑:"准备一下,出发去车兹。"

热黑没问去车兹做什么,总归丁琎会有自己的计划,他想了下问:"等下就出发吗?从琼纳斯去车兹最快也要六个小时,走车兹公路的话,我们要在晚上十点之前到达才行,不然车兹县就不让外来车辆进入了。"

这一点丁琎倒是疏忽了。在他原本的计划中,今天他们到琼纳斯镇稍事休整后他就打算立即出发前往车兹的,可考虑到周轶的身体状态,他还是没把行程安排得太紧凑,担心她吃不消,到时候进入高原会出什么岔子。

就在这时,丁琎的手机响了,他从兜里掏出来看了一眼,是陈队。早上才通过电话,这会儿陈队又打过来,肯定是有紧急的事情要说。丁琎往周轶那儿看,发现她正和兰兮芝说着话,似乎察觉到了他的目光,她回头往他这儿看,眼神倒是毫无不自在。

"先带她回宾馆待着。"丁琎交代热黑。

他往一旁走,到了一个偏僻的角落,确保周围无人窥听之后才把电话接通。

"丁琎,查到了。"陈峻峰直切主题,语速很快,带着点急切,失去了往常运筹帷幄的镇定,"我大概知道那些H国人为什么追着那姑娘不放了,她和陆谏是——"

"我知道。"丁琎神色冷峭,眉间凝着一股肃杀之气,在陈峻峰说第一句话的时候，他就猜到陈队查到什么了。

周轶和H国的关系一直困扰着陈峻峰，现在能让他这么激动的事也就只有查明了其中的缘由了。

他知道陈队早晚会查出来，本以为还需要多花点时间。

"你知道？"陈峻峰顿了一下，"什么时候的事？"

丁琁倚着墙，语气放平："刚刚，没多久，我正打算告诉你。"

"那姑娘亲口说的？"

"嗯。"

陈峻峰迫不及待地追问："陆谏和她联系过？"

丁琁应道："大概十天前，陆谏给她发了一封邮件，邮件内容……是一张A国地图。"

"地图？"陈峻峰更不解了，"就没其他的了？"

丁琁低头，眼神晦暗不明："嗯。"

陈峻峰那边又沉默了，过会儿才长吐一口气："至少有音信了。"

丁琁默然。

"看样子现在是不能让这姑娘离开了。"

丁琁明白他的意思，抿直嘴，缓缓地道："我会把她带回北界山。"

陈峻峰说："陆谏的档案都存入绝密机要室了，要不是前两天有人来打听他的事，我都没往这方面去想，谁会想到这姑娘和他的关系这么亲密。"

丁琁抓住重点："有人打听陆谏的消息？"

"周振国，周轶的父亲，振华集团的董事长，国内数一数二的大集团啊。"

陈峻峰再叹一声，丁琁和陆谏进队那年，他正好在外执行任务，所以他们这一批"猎豹"成员不是他亲自选拔的，他没看过他们的档案，要不然也不会这会儿才知道陆谏和周轶的关系。

"既然事关陆谏，我们就需要从长计议，你先把人带回来，具体下一步怎么走，等你归队后再商量。"

"嗯。"丁琁站直身，觉得话说到这儿已经差不多了，"没什么事我挂了。"

"丁琁。"那头陈峻峰突然喊他。

丁琁听着。

陈峻峰又没了声响，大约隔了有十秒后，他才开口郑重地说："我知道你和陆谏是出生入死的好兄弟，但是你要记住，你现在是'猎豹'的中队长，凡事以大局为重。"

丁琁闻言缄默片刻，明明眼里各种情绪夹杂着上涌，可语气仍是一成不变。

"明白。"他说。

挂了电话,丁珏独自在角落里站立良久,直到一缕光移到了他的脚上,他才动身走出阴暗处。当阴阳的分割线切到他脸上时,他暴露在阳光下的双眼是果决的、坚毅的,更是孤注一掷的。

丁珏往宾馆走,到大门口时他停了下来,目光机警又不动声色地左右看了看。进了宾馆上了楼,他敲了敲周轶的房门,很快门就开了。

丁珏和她对视一眼,很快就把目光移到了室内。

周轶侧身让他进来,丁珏进门就看到两个手下席地而坐,正和陈淮景在玩斗地主,三个男人拿着扑克牌,一个比一个兴奋。

丁珏咳了一声。

正玩得不亦乐乎的热黑和四马抬头看到丁珏,立刻像是见了猫的老鼠,心虚地把手上的牌一放,干笑着站起来。

四马怕丁珏责备,先声夺人:"丁队,我们就玩了一把。"

热黑忙不迭地点头:"对对,一把都还没结束呢。"

丁珏没指责他们,而是把目光投向了还坐在地上的陈淮景:"你跟我出来。"

"啊?"陈淮景突然被点名,后背下意识挺直,冷汗立刻就下来了。

热黑和四马对他投以同情的目光。

陈淮景跟在丁珏身后出了门:"不是,丁队……我是看他们两个太累了,就、就提了个建议让他们放松放松,我没有恶意的。"

宾馆楼梯那儿有个窗口,丁珏把他带到了那儿,倚着窗口示意他往外看:"一点钟方向有五个人,十点钟方向有两个人。"丁珏望着前方道,"宾馆门前停了两辆从漠邑过来的车,如果我没记错,刚才它们是停在面馆门口的。"

陈淮景看向窗外,脸上的笑随着他的话逐渐消失,表情越来越僵。

丁珏斜乜他:"没有恶意你把人往这儿引?"

陈淮景的表情强撑不住了,要笑不笑的,有些滑稽,他自以为无声无息的筹谋在丁珏眼里完全是小儿科,他没想到丁珏的侦察能力这么强。

"丁队……"

"他们都是什么人?"

陈淮景愣了下后立刻回答:"宝裕堂的人……宝裕堂是大都一个有名

153

的古董店。"

他压低声音说:"背地里做的都是些倒卖文物的勾当。"

"哦?"丁珃睇他,"你和他们是什么关系?"

陈淮景的表情难得正经:"我在宝裕堂老板手底下待过一阵子,前不久他因为私下贩卖文物被捕了。"

丁珃睨他:"你揭发的?"

陈淮景这会儿还谦虚上了,摆了摆手:"也不是什么值得宣扬的事,我就是在他身边潜伏了一段时间,搜集了点证据偷偷地给咱警察同志送过去了。"

"追着我的人都是宝裕堂的人。"

丁珃审视着陈淮景,一言不发。

其实丁珃早先摸过陈淮景的底,毕竟他从一开始出现时就表现得十分可疑。丁珃托大都那边的兄弟查了查,发现陈淮景并没什么前科,也没做过什么违法犯罪的事,至于有人一路追着他,这是私人恩怨,不归丁珃管。

如果陈淮景刚才说的话是真的,那他还算得上是个好公民。

丁珃一直不开口说话,陈淮景被盯得心里发毛,正当他耐不住要开口再说两句时,丁珃出声了:"我可以帮你解决掉外面这些人,但是——"

陈淮景还没来得及高兴,又听丁珃话锋一转,"有个条件。"

"什么条件?"陈淮景犹疑道。

丁珃低声说了一句话,陈淮景听后眼睛瞪得老大。

"让我……丁队长,你没开玩笑吧?"

丁珃自然不是会和他开玩笑的人,虽然丁珃提的条件奇怪,但并不是办不到,陈淮景望了望窗外,当务之急是先把底下这些人解决了。

"成。"陈淮景应允。

丁珃不在,热黑和四马也没那么拘束了,和周轶在房里待了会儿,他们终于按捺不住熊熊燃烧的好奇心开始八卦了。

"姐,里(你)和我们丁队……"四马颇具喜感地挑了挑眉,悄声问,"这两天是不是发生了点什么啊?"

周轶笑而不语,既没有表态,也没有否认。

她这种暧昧不明的态度在热黑和四马眼里和承认无异,他们俩的情绪一下子就激动了。

热黑憨直,不拐弯抹角直接问:"姐,你是不是看上我们丁队了?"

四马拿手肘杵了下热黑这个没眼力见儿的莽夫，问得这么直白，哪个姑娘会承认？别人不要面子啊。

偏偏周轶就是和别的姑娘不一样，她听到这个问题一点没露出羞赧的神色，反而哂笑了下说："之前不是你们说的让我考虑下他吗？我当真了。"

热黑讶异："啊？"

周轶看他："怎么，忽悠我的？还是——"她眼波流转，道，"我和你们队长不般配？"

"没，没。"热黑猛摇头，然后挠挠头，憨笑道，"怎么会呢，你是我们丁队开的桃花里最好看的一朵，怎么会不般配呢？"

周轶眼尾一挑，戏谑道："看来他的桃花不少。"

"姐，这个里（你）别担心，一般的桃花我们丁队不采的，已经谢了很多了。"

周轶被他这个比喻逗笑，她五官一动，脸就生动了起来。

四马盯着周轶的脸，觉得用"眉目如画"来形容这个长相尚且不够贴切，但他语言贫瘠，找不到合适的词汇，他能联想到的只有天山上凌寒独开的雪莲，不似人间富贵花，孤高又清冷。

他由衷地说了一句："里（你）这朵桃花他要是还不采，那他这眼神儿……恐怕不棱（能）继续胜任队里'最佳狙击手'这个称号了。"

周轶见他说得煞有介事，嘴角噙着的笑更灿烂了。

周轶正和热黑、四马说着话，听到门外的动静，她扭头看过去，丁珝恰好推门而入。四目相接那刻，他们彼此都体会到了一种无形的怪异感觉，像被蜜蜂蜇了一口，不痛不痒但存在感极强。

丁珝看向热黑和四马，他们俩看他的眼神都带着揶揄的笑意。

"嘿嘿，丁队回来啦。"

说话的是热黑，连一向憨厚自持的他都不稳重了，丁珝敢肯定，周轶在背后不知又给这俩小子说了什么。

陈淮景从门外走进来，看着屋里的几个人，大手一挥，特别豪爽地说："今儿是小爷我的生辰，晚上我请大家吃大餐啊。"他还特意冲着热黑和四马弹了下舌，明示道，"酒管够。"

热黑和四马无动于衷，他们明白自己身上还有任务。

陈淮景看他们没反应，回过头去看丁珝，没人注意到他们用眼神交流了什么。

"丁哥，赏个脸呗？"

155

丁琎没想多久:"好。"

周轶看向他,热黑和四马也是大跌眼镜:"丁队?"

丁琎解释:"当地人说今晚车兹公路中段可能会下暴雪。"

四马问:"辣(那)下午不走了?"

"嗯。"丁琎看了一眼周轶,"明天看看情况再说。"

陈淮景立刻接上话茬:"这不就得了,反正今天是走不了了,不如晚上就一起喝杯小酒,毕竟相逢即是缘,周轶你说是不是?"

周轶无所谓地耸肩,反正丁琎不急,她更没意见。

丁琎都应下了,热黑和四马自然也没有异议。

陈淮景说是大餐还真不是假的,他大手笔地去琼纳斯镇当地的度假村里包下了一整个毛毡房,还请了度假村里的乌族大厨烹饪当地的特色美食。

毡房内摆着一张矮桌,桌子旁放着几个坐垫。既然是陈淮景过生日,那他自然是坐主位,兰兮芝见他落了座,拉着周轶挨着他坐了过去。

丁琎因为去停车,成了最后一个进毡房的人。

"丁哥,坐啊。"陈淮景现在一口一个哥喊得可亲热了。

四马坐在陈淮景身上,热黑挨着四马坐,看得出来他们是有意把周轶身边的位置空出来的。他们打什么主意丁琎一清二楚,不知道是不是跟陈峻峰学的,队内的人总想要当月老给他牵红线。平时队员们说要把表姐堂姐甚至亲姐介绍给他,他就当玩笑听听也不会去和他们较真,但周轶不行,连开玩笑都不行。

周轶抬头,见他仍站着,婉转地说一声:"坐啊。"

丁琎低头,她的眼睛映着毡房里暖黄的灯光,给人一种温情脉脉的感觉,他能猜出别人的心思,但是看不透她的。

"丁队,坐呀。"热黑也说。

丁琎把坐垫往边上摆,随意一坐,立刻就和周轶拉开了些距离。

周轶眼神一动,没说什么。

没多久,陆陆续续上菜了。

热黑和四马见到度假村里的人把一整只烤全羊搬上桌时眼睛都看直了,虽然A国羊多,但是一只羊并不便宜。

四马看着一桌子的珍馐美馔咽了咽口水,感慨道:"这是暴发户啊。"

"过生日嘛。"陈淮景把羊头上的红绸子扯了,然后喊来服务员分切羊肉,然后招呼大家,"都别干坐着了,动手吧。"

"周轶,你第一次来,还没尝过这儿的烤全羊吧?"陈淮景把一大块羊肉放进她面前的盘子里，"尝尝。"

周轶看了一眼盘子里的羊肉，又转头看丁珏，而他像是没注意到她的目光一样，眼睛都没往她这儿看。

这时兰兮芝开口了，话是对着陈淮景说的："这么大一块肉，怎么吃啊？"

陈淮景一拍大腿："瞧我，服务不周，服务不周。"他说着就要拿过周轶的盘子帮她切羊肉。

在他的手伸过来之前，周轶先一步把盘子往丁珏面前一推，这动作意义明显，陈淮景识相地收回了手。

眼前突然多出一盘羊肉，丁珏这才看向周轶。

周轶看看那盘羊肉又看看他，那眼神就好像在说"切啊"。

丁珏紧了下眉，觉得他之前对周轶太纵容了，以至于她现在有点像被宠坏的孩子。之前他对她的照顾不过是他一贯待人接物的习惯，可现在回过头来看，好像都变味了。

他并没有动手帮她切羊肉，而是说了一句："感冒就别吃羊肉了。"

虽然这话听着像是关心，但周轶还是听出了疏离，她的眼神一时就冷了几分。

以前陆美美就说过，周轶很高傲，大概是从小受家庭的影响，她对人对事的态度都是极其冷漠的，尤其在处理人际关系上更是如此，即使是生父也不例外。这么多年，也就只有陆谏受得了她，任她对他多冷淡，他照样捧着笑脸凑上去，因为他知道，对人冷漠并不是她的脾气，受到冷落后表现出来的才是。

又过了会儿，度假村的人搬来了几箱啤酒。热黑和四马一下就馋了，热黑的目光在几箱啤酒上停了几秒，又生生地挪开了视线，越是想喝，他越是勒令自己不能去想。

陈淮景开箱取酒："今晚我们不醉不归。"

四马还有理智，摆了摆手："我们不喝酒。"

"你们不是爷们儿吗，不会喝酒？"

热黑梗着脖子："怎么可能，我们队的男人都能喝。"

"那不就得了。"陈淮景拿了几瓶酒放在桌面上，"既然能喝就别扭捏了。来，走一个。"

热黑和四马相觑一眼，又不约而同地看向丁珏。

他们上次喝酒还是队里任务成功完成后，陈队犒赏了他们一顿。那次离现在怎么也得有一个多月了，现在美酒当前，他们很难不心动。

丁珏接收到他们的信号，一反常态地很开明，几乎算得上是体贴了："喝吧。"

四马不敢相信："真的？"

"嗯。"丁珏又补上一句让他们安心，"就今天。"

他这么一说，热黑和四马心里就舒坦了，热黑抢着道："丁队，我们不喝多。"

四马频频点头。

陈淮景又开了一瓶，象征性地递给丁珏："哥，你喝吗？"

丁珏摇头。

陈淮景正要收回手，没想到手上的那瓶酒被半道截去，他一愣，看向周轶。

她面色不改，把酒瓶往自己桌前一放，施施然道："我喝。"

"不行。"丁珏想也没想就脱口而出。

毡房里沉寂了一瞬，所有人都在看他，丁珏立刻回过神，知道是自己反应过激了。他虚咳了下，语气放平，对周轶说："感冒别喝酒。"

和让她别吃羊肉一个语气，疏远客套的，像是极不乐意和她扯上关系，勉强才对她说了句话。

周轶嘴角翘起，露出一抹冷笑，眼里分明是不快："我凭什么听你的？"她说着就给自己倒了一杯，不由分说地灌进了肚子。

丁珏腮帮子绷紧。

简直不可理喻，他不知道陆谦是怎么受得了她这个刁蛮的性子的。

桌上剩余四人面面相觑，丁珏和周轶这样子就像是小情侣闹别扭，他们也没有插手的余地，只能默默地看着。

周轶挑眼看一圈："吃啊。"她又倒了一杯酒，对着陈淮景举杯，"生日快乐。"

陈淮景受宠若惊，瞄了眼丁珏，举起酒杯和周轶碰了下。

陈淮景又开了几瓶酒，把启了瓶的酒一一排列在桌上，豪气干云地对着热黑和四马说："虽然我打架打不过你们，但是论喝酒，小爷我人送外号'酒中仙'，你们俩一起上都不一定能把我喝趴下。"

他这话挑衅意味十足，热黑和四马自然不服气，举起酒瓶直接和他对吹。

本来他们对陈淮景还有些偏见，几瓶酒下来，隔阂没了，他们还勾肩搭背地热聊了起来。

周轶觉得胸闷，自斟自酌。她已经在喝第二瓶了，丁琤不顾她不满的眼神，直接把她面前的瓶子挪开。

周轶乜他一眼，虽然不乐意，但也没说什么。不知道是身体原因还是这乌啤的确劲大，她已经有点犯晕了，放以前喝这么点还远不到喝醉的量。

陈淮景还在和热黑、四马喝着，一瓶接一瓶没断过。热黑和四马的酒量自然不差，他们没想到的是陈淮景居然也挺能喝。

四马觉得光喝酒也没意思，要是划拳呢，不喝酒的人又没有参与感，最后还是热黑提了一个中规中矩的游戏——转酒瓶。这游戏其实很简单，队里训练休息时他们也常玩，只需要一个空酒瓶，把酒瓶放在桌上一转，瓶口指着的人就要回答转瓶子的人一个问题或者答应做一件事，其实也就是"真心话大冒险"的变形。

陈淮景是寿星，第一个转酒瓶的资格自然给了他。

他往手上呼气，搓了搓，用力一转，空瓶在桌上快速旋转，停下时瓶口指着的是热黑。陈淮景嘿嘿地笑着，问了个相对温和的问题热场子："你有喜欢的姑娘吗？"

周轶也有点好奇，看向热黑。热黑难掩窘意，颇为难情地点了点头："她叫玛依努尔，我们从小一起长大，她现在在医学院读书。"

兰兮芝歆羡地叹了一声："哇，青梅竹马。"

热黑介绍心爱的姑娘时眼里是有爱意流露的，周轶察觉后嘴角不自觉地微微翘起。

丁琤别开眼不去在意她。

四马低叹："第一个问题就交底了。"

热黑重新转动瓶子，这次瓶口对着的是兰兮芝，她登时紧张。热黑为人正直，不会刁难别人，更不会为难一位姑娘，所以他的问题很中规中矩、很善良。

"这里的美食你最喜欢什么？"

他这个问题一出，四马又叹了一口气："白瞎了。"

兰兮芝先是松了口气，而后脑海中下意识地回想起了一件事，于是顺嘴就答："牛肉饼。"

热黑愣了下："还挺冷门的呀。"

兰兮芝其实说完就后悔了。陈淮景意味深长地看着她，见她埋着脑袋，耳尖都是绯红色的，他于是在心里哂笑，有些得意似的。

下一个被瓶口指着的人是四马，陈淮景让他表演个节目，他当场就耍了一套军体拳，虽然喝了酒，但马步扎得还是很稳。

轮到四马转瓶，他一直琢磨着要使多大劲才能让瓶口对准丁琎，没想到最后劲儿使大了，瓶子转了最后一圈缓缓停下，指向了丁琎身边的周轶。

周轶眼神上挑看向四马，显然四马没想过瓶子会指到周轶，他刚准备的问题都是针对丁琎的。

"问啥好呢……"四马一时半刻没想到，又不想让场子冷下来，就用开玩笑的语气笑嘻嘻地说，"姐，要不里（你）就给丁队一个'nang'（狼）吻吧。"

四马也是仗着酒劲敢开这个玩笑，被丁琎锐目一盯立刻退缩了："我就是说说，姐里（你）别当——"他一个"真"字才到喉头，蓦地卡住了。

周轶喊了丁琎一声，丁琎下意识转过头的那刻，周轶突然凑了上来。

毛毡房里的声音顿时消失了。

连丁琎这样处事不惊的人都愣了两秒才猛地攥住周轶的手把她拉开，其他人这才看清她手上拿着的是一小块馕，是从馕包肉上面撕下来的。

周轶得逞似的展露笑靥，眼神是狡黠的："'馕'吻。"

狼吻变馕吻，陈淮景惋惜地喟叹："不是真亲啊。"

丁琎盯着周轶，他眼神愈黯，她的笑容越灿烂。虽然隔了一层馕，但刚才那一瞬间他们的气息是相通的。

她似醉非醉，眼神含着湿意，丁琎有气无处发，松开她的手看向始作俑者。

本还在看戏的四马一惊，立刻坐得板直："丁队，实在是不好意思啊。"他伸出三根指头对着天，起誓一样郑重地承诺道，"我向里（你）保证，以后一定鲁腻（努力）把话说标准，下次一定不误事儿。"

小插曲过后，毡房里的气氛又重新热络了起来。

热黑、四马和陈淮景一瓶一瓶地接着喝，酒意已经上头了，但他们谁都不愿先服输，都想把对方放倒。

周轶托着腮看着他们插科打诨，嘴角悬着笑，她这副惬意自在的模样落在丁琎眼里无端就惹他焦躁。席间笑声不断，他起身往毡房外走，热黑他们还在哈哈大笑，只有周轶注意到了他离席而去的身影。

周轶坐了会儿，也起身出了毡房。她撩开门帘走出去，左右环顾了下，在背光处的角落里看到了丁琎。她提步往他那儿走，意外地看到一点猩红在忽闪，因夜色稠浓，那点红把黑夜烫出了一个洞。

她走近，略有兴味地看着丁琲指间夹着的烟。这是她第一次见他抽烟，烟草的味道让他更有人气儿了。

丁琲早就听到了她的脚步声，他没回头看，等她站定在自己跟前也不避讳，当着她的面吸了一口烟，然后微微偏过头吐出。

周轶忽地愣了神，在夜里她看不清他的表情，仅能辨别出一个模糊的轮廓，他侧过头时，她能看到他眼鼻下巴构成的弧线。没有光并不妨碍她微微愣怔，认识丁琲这么些天以来，似乎此刻的他才是最真实最本质的，有脾气有野性，是一个人而不是一个身份。

她心里没来由地涌现出一股想要作画的强烈欲望。

"看来你没撒谎。"周轶看到他脑袋一动，确定他在看她，"你真的会抽烟。"

丁琲掸了掸烟灰，没回应她。

周轶向他走近一步，逼得他没办法忽视她："你在生我的气。"是肯定而非询问的语气，"因为我刚才'吻'了你。"

丁琲往后退一步，心底那股焦躁的感觉更盛了，不知道是不是喝了酒的缘故，她说话时带着疑惑的天真，和清醒时判若两人。

"周轶，我说过不要开这样的玩笑。"丁琲嗓音低哑，隐隐含着警告，和今天下午的劝告不同，这次是危险的。

周轶不以为意："不过是个游戏，再说……我没真的亲到你。"她说着自顾自盈盈地笑了，笑声清透，薄纱似的会罩上人的心头，极具迷惑性，"没想到丁队长还挺清纯坚贞的。"

丁琲一点都不觉得好笑，甚至有点愠怒。他觉得不能任由她这样无法无天下去了，他有必要把话和她说清楚。

他把烟掐了，沉着嗓认真地道："周轶，陆谏他……很爱你。"

"嗯？"

她不懂，但丁琲以为她在装傻，把话直接摊开说："你作为他的女朋友应该对他忠诚，而不是……"挑逗自己。

夜色泼墨似的，丁琲没能看到周轶由瞪大的双眼和微张的嘴唇组成的一脸惊讶的表情："女朋友？"

丁琲缄默，周身散发着沉郁的气息。

周轶反应了几秒，突然就明白了这两天丁琲对她态度反常是为何了，她失笑："陆谏没告诉过你——"她话至一半蓦地顿住，眼珠子骨碌碌一转。

丁琲问她:"告诉我什么?"

周轶的情绪平静了,语气也和缓了下来,她状似随意地提了一嘴:"我和他分手了。"

丁琲闻言眉头一皱,这还真是他没想到的。

"什么时候的事?"

"就是去年。"周轶还停了几秒,像是在回想,"我们最后一次见面,他说他又要消失一段时间,我受不了了就和他提了分手,他同意了。"

丁琲想起陆谦休假回来时的确情绪不佳,那时他以为陆谦只是对接下来的任务有所担心,并没有往陆谦私人感情受挫这方面去想,毕竟陆谦和"一一"在一起了这么多年,他以为他们的感情很稳定,没想到最后还是败给了聚少离多这个最常见的分手理由。

如果周轶说的是真的,而陆谦却把邮件发给了她,这背后肯定是有他的用心的。

周轶看着丁琲,眼神灼灼,又把话题拉回到了一开始的时候:"既然我和他已经分手了,你刚才对我的指控就是无效的,我并没有背叛陆谦。"她往前跨一步,重新拉近了和他之间的距离,仰头一字一句清晰地说道,"我现在是自由身,我有追求其他人的权利。"

她的鼻息喷在丁琲的下颌上,他一个晃神竟然听不懂她在说什么。

"丁队长,你觉得我怎么样?"

周轶这话问得很直白了,丁琲不会听不明白。

他拉开和她的距离,隐藏在夜色背后的表情先是错愕然后是冷凝,像是听到了什么荒唐离谱的话。黑暗中,他的视线攫住她的脸,他沉下声:"你喝醉了。"

周轶又笑了:"那我明天酒醒了再和你说一遍。"

丁琲简直搞不清她脑子里到底在想些什么,此刻到底是清醒还是糊涂:"你知道你现在这话是什么意思吗?"

"当然。"周轶眯了下眼,于是他的轮廓更清晰了,她说话声嗡嗡的,有点朦胧,"你让我有画画的冲动,我喜欢让我有灵感的人。"

她的语气又变得有些懒散,浑不在意又胸有成竹般:"我猜我这样的女人你应该不太喜欢,但是我还挺喜欢你的,所以……我来追求你怎么样?"

饶是见过大场面的丁琲一时也被她这不知该用直白还是直率来形容的话语镇住了,他没有回应,是不知该作何回应。在此之前,他还没碰到过像她这样单刀直入的女人。

丁珉并不相信她所说的，他觉得她把他当成了一个消遣，他们之间的关系有向危险的轨道滑去的苗头。直觉告诉他，这可能是她的报复，因为她不满他把她留在了A国，更有可能是她醉酒后的胡言乱语。这是一个陷阱，他警告自己千万不能失足踏进去。

她说的话完全是诱饵，更荒唐的是他竟然不是毫无感觉，面对她的勾引，他居然需要动用到自己的自制力。

"猎豹"这个特殊身份意味着危险，丁珉明白他给不了别人正常的生活，所以对于终身大事他很少去考虑，甚至已经做好了把一生奉献给"猎豹"的准备，但他并不抗拒动情，也不刻意保持单身，只是周轶不行，就她不行。

"你喝醉了。"半晌后，丁珉重说了一遍，他在委婉地表达自己的意思，或许是在给她台阶下，但周轶并不领情。

"我还能再喝点，倒是你——"周轶压低声音，"为什么要让陈淮景灌醉热黑和四马？"

丁珉不免再次惊叹于她的聪颖，她还能察觉出他的意图，说明她此刻还是清醒的，起码没有失去理智。

他的心情更复杂了。

"H国的人还没解决，现在可还没到可以放松庆祝的时候。"她盯着他看，"你可不像是会允许手下在执行任务途中开小差的队长。"

周轶一语中的，在他了解她的同时，她也摸清了他的为人。

"你威胁陈淮景了？他都快喝吐了。"

"没有。"丁珉说，"只是做了个交易。"

他这么回答就说明周轶猜得不错，她哼一声："我不知道你打算做什么，但是你向我保证过不会让我有事的。"

"嗯。"丁珉应得铿锵，"我说到做到。"

周轶悦耳的笑声又随风飘来，她平时不爱笑，喝了酒之后反而笑得很开心。

"怪让人心动的。"她轻飘飘地撂下一句，听在丁珉耳里却重如千斤。

丁珉摸摸口袋，他又想点一支烟了。他没有烟瘾，只是觉得情绪有点浮躁，这是失控的前兆。他按捺住内心的躁动，不打算再和她周旋下去，遂用克制冷静的语气说："进去吧。"

他率先转身，没能看到背后周轶狡黠的笑。

毡房里，除了兰兮芝，剩下三人已经喝得神志不清了。

兰兮芝有些急："丁队、周轶姐，你看看他们，都喝醉了。"

陈淮景醉眼蒙眬，扯着嗓子喊："小爷没醉，还能喝。"

"喝！"

"喝！"

四马和热黑也没好到哪儿去，一个个都已经面红耳赤神志不清了。

周轶抬头看丁珸，用眼神询问他接下来该怎么办。

丁珸走过去，架起陈淮景就往外走。

四马见了："唉，酒还没喝完呢，去辣（哪）儿啊？"

周轶见机行事："他不行了，带他回去休息。"

"谁、谁不行了……放开我，我还能喝。"陈淮景不服道。

丁珸捏住他的手腕，沉声命令道："闭嘴。"

即使是喝醉了，陈淮景还是本能地忌惮丁珸，被丁珸一喝，立刻就怕了。

热黑和四马看着陈淮景被架出去，勉强睁着醉眼，明明自己都已经烂醉如泥了，还不忘嘲笑他。

四马："我就知道这小子不行。"

热黑："还是我们攒劲……"

说完他们两个"啪啪"直接把脑袋磕到了桌上，周轶简直佩服他们这"不克厥敌，战则不止"的顽强的战斗精神。

丁珸把陈淮景架到他的车上后又折回来。

"你们先去车里。"他看着周轶说，"陈淮景的车。"

周轶好似明白了他要做什么，没提出异议。

待她们离开毡房后，丁珸看着趴在桌上已经酣睡过去的热黑和四马，神色略有些愧怍，不过只一会儿他就恢复了常态。

这也是不得已而为之，他也不想他们为难。

丁珸把周轶的行李转移到陈淮景的车上。陈淮景被他扔到了后座去，由兰兮芝坐在后头照顾，周轶自觉地坐进了副驾驶位上。

她把车门一关，转过头问："我们去哪儿？"

"上车兹公路。"

"你不是说今晚会下暴雪？"

丁珸启动车子，双眼望进茫茫夜色："时机正好。"

第六章
我想当对你来说最特别的那个

汽车驶上了公路,镇上灯火阑珊,夜色苍茫。

车子碾过减速带时带来一阵颠簸,本靠着椅子休憩的陈淮景被颠得反胃,立刻伸手拍了拍前面的座位。丁珽把车停在了路边,刚停下,陈淮景就推门下车,弯腰扶着一棵树开始呕吐。

兰兮芝也跟着下了车,见他难受,她主动轻拍他的背帮他顺气。周轶下车递了一瓶水给她,她拧开瓶盖示意陈淮景喝点水。

再回到车上,陈淮景有了点神智,抚着额头觉得脑袋要炸开似的。

丁珽让他把热黑和四马喝倒,他本以为这个条件不难,没想到真要命啊。那俩简直像水牛一样,把酒当水在喝,就算他常年应酬,混迹于声色场所中锻炼出来的酒量也就只能勉强应付。

陈淮景拍拍脑袋,冲着丁珽说了一句:"幸不辱使命。"

丁珽从后视镜中看他,他大抵是真的难受,直接一躺,把头搁在了兰兮芝的膝上,枕着她的腿闭着眼休息。

"喂。"兰兮芝低头推了下他。

陈淮景浑然不动,闭着眼撒娇似的说:"翠翠,我难受。"

兰兮芝心一软就没让他起来。

周轶看到后头的情景微微一笑,忽然觉得有点温情。

车重新上路,兰兮芝从头到尾都是蒙的,不明白这大晚上的他们是要去哪儿,为什么独独把热黑和四马抛下,但她没问出来,看陈淮景刚才和丁珽说的话,他们应该是早有计划。

两条国道的交界处有个休息站,茫茫沃野只有那儿还有灯光亮着,像是海上的灯塔。

丁珽在休息站停车,周轶下车去了趟洗手间,出来时恰好看见丁珽从便利店里走出来,手上提着个袋子,袋子里装着几瓶水。

他们已经进到了草原内部，暮色暗下，每一阵风都携带着寒气。

周轶下午换了套衣服，牛仔裤搭短袖，这会儿自然是顶不住这气温的。

丁珽打量她："你的行李箱里有没有厚点儿的衣服？"

周轶点头。

丁珽把后备厢打开，周轶拎出自己的箱子。她来A国前知道这里天气变化多端，早晚温差大，所以特意带了几件长袖和厚外套。她把一件压缩羽绒服展开穿上，又披了一件风衣在身上，还拿了一件呢子外套给兰兮芝——兰兮芝穿得并不比她多。

天色茫茫，云层厚重，灰蒙蒙的连成一片，看样子真会下雪。

留给他们的时间不多了，如果不能快速穿过车兹公路中段，明天整条公路就将会被封，他们会被迫滞留在路上，丁珽不由得加快了车速。

周轶往窗外看去，外面一片漆黑什么也看不清，笔直的公路上仅有他们这一辆车在疾驰，车灯之外那些被黑暗吞噬的大片空间里仿佛有什么东西在蛰伏着，伺机而动。

就像一个电影场景，周轶想，好莱坞大片一样。

"好吓人啊。"兰兮芝说了一句。

天不遂人愿，他们从休息站出发没多久就下起了小雨，再往前行驶了一段路，雨水就变成了一颗颗指头大的冰雹，砸在车顶上发出噼里啪啦的响声。陈淮景被噪声吵到了，皱了下眉嘟囔了两句，兰兮芝贴心地帮他把耳朵捂住。

周轶注视着车灯，没多久，雪花就飞舞旋转着从天上飘落下来，一片片地落在广袤无垠的草原上。

"真的下雪了。"雪花在车灯下被染成了橘黄色，反着光像是亮片，"好像到了冬天。"

丁珽用余光看她，见她降下一半车窗，把手伸出去接了几片雪花又迅速收回手升上窗，然后格外惋惜地看着手上的雪花没熬过两秒就化了。

他心里想，真是名副其实的南方人。

随着海拔越高，气温越低，雪下得越大，最后密密麻麻的，像是有人在上空抛着碎纸屑。没过多久，路上就积了一层雪，被车轮一碾，顿时泥泞不堪。

丁珽还是冷静地驾驶着，即使路况变差，车行驶得仍然很稳。陈淮景的这辆车轮胎不是雪地胎，不抓地，他不得不减慢车速，避免一个不慎将车身滑出去。

雪花落地无声，但车轮碾在积雪上会发出细微的声音，车里没人交谈，整个世界只剩下"嘎吱"声充盈在耳边，又静又闹。

到巴音楞克那段，丁琎缓缓地停下了车，雪下得越来越大，前头有好些车辆在堵着，其中以货车居多。

他开门下车，一脚陷进了雪里，这才发觉雪积得比想象中的厚，看来巴音楞克这儿应该在更早的时候就开始下雪了。往前头走了一段路，丁琎发现滞留在这儿的车还不少。

和一个货车司机攀谈了几句后，他才得知因为下雪路滑，前方路段发生了事故。

"这雪一时半会儿是停不下来的，看来今晚是不能走了。"那司机好像不是第一次碰到这种情况，颇有经验似的，"在车上睡一觉吧。"

丁琎折返回去，走近就看到周轶正站在车旁，仰着头看雪，片片雪花落在她身上，缀在她的发间，甚至在她转过头来看他时，她的眼睫上还有几片小雪花挂在上面。

她对他笑了下，很平淡的一抹微笑却叫他恍了下神。

以前队里每逢年末都会有一场晚会，他们平时训练辛苦，也只有到年底才能稍微放松一下。队里那些愣头小伙子每年就盼着这个时候，因为表演团队里姑娘多，毕竟"猎豹"里没几个姑娘，仅有的几个也处成哥们儿了。

丁琎不爱掺和这种事，这是性格使然，但陆谦向来是个爱热闹的人，唯独对这项活动兴致索然，问其原因，他回答说："反正都没有我们家'——'好看。"

那时候丁琎对周轶的印象已经模糊了，他初看她照片时是惊艳了下，但时日久了留在脑海中的就只有她清冷的双眸，所以他总觉得陆谦是"情人眼里出西施"，此刻才恍然悟到，兴许不是。

周轶待丁琎走近，问道："堵车了？"

兴许是因为在天寒地冻的雪天里，她的双瞳反而被衬得很有温度，丁琎将视线落在她的发间，点了下头："嗯，发生事故了。"

周轶蹙眉："那不是走不了了？"

就算没堵车，丁琎也不打算继续往前走了，这样大的雪只要再下一两个小时，他们这辆车就会寸步难行，与其到时候被困在盘山公路上，不如就在此地过一晚。

虽然没有如期穿过车兹公路中段，但从今晚的雪势来看，明天必然封路，他们还能寻机会继续前进，而且后头的人是根本追不上来的。

周轶搓了搓手，即使穿了外套也抵不住零下的气温。

丁琟扫了一眼她的手，下意识地摸了摸口袋。

"雪什么时候会停？"周轶问。

"半夜。"

周轶看他："你怎么知道？"

丁琟抬头往天上看一眼："云脚高了。"

周轶也往天上看，并没有看出现在的云层和刚才的云层有什么差别。

丁琟低头看她，她仰着头更显脖颈颀长，他怕她着凉，道："上车吧，明天等除雪队到了就能走。"

大晚上的赶路，下雨、下冰雹、下雪全体验了一遍，现在还要在车上睡一夜。周轶发觉自己面对这样的状况时心态已经很平和了，甚至讲了个冷笑话："汽车旅馆。"她看着丁琟，略带暧昧地说，"丁队长，今晚委屈你又要和我一起睡了。"

周轶钻进车里，车里有暖气，坐了会儿她的身体就开始回暖。

丁琟在车外拿出手机看了一眼，在这一片地界接收不到信号，时间已至凌晨。

他拍掉肩上的落雪坐进车里，听见周轶正和兰兮芝说："今晚我们要在车上过一晚，你休息下吧。"她视线一低看向陈淮景，他这会儿都搂上兰兮芝的腰了，醉了还不忘占人家便宜，这车里最舒服的就数他了。

兰兮芝有些难为情地解释："他喝得烂醉了，把我当成抱枕呢。"

周轶点头："你也睡吧。"

丁琟把顶灯关了，车内立刻袭进黑暗，他还特意留了一条窗户缝儿以便换气。

车外狂风携着漫天飞雪萧萧地吹着，世间万事万物瞬间白头，这才真是名副其实的野旷天低、千里冰封。后座上陈淮景喃喃地说了几句梦话，支支吾吾的唇齿不清，兰兮芝也没了动静，应该是睡着了。

周轶还睁着眼，不知道是不是因为白天睡多了，她现在一点睡意都没有，喝了酒也没能让她完全放松下来，可能也是刚才下车着了凉的缘故，她现在觉得腹部一阵紧过一阵地绞痛，疼得她呼吸都不顺畅了。

过了会儿她动了下身体，把自己蜷缩在座位上。

黑暗中眼睛看不清，耳朵就会变得更加聪敏，丁琟听到边上传来的压抑的低呼，是隐忍的、难受的。

他立刻把顶灯打开,见周轶蜷缩成一团脸色不佳,忙问她:"冷?"

周轶本没想打扰到别人,她往后看了一眼,见陈淮景和兰兮芝都闭着眼睡熟了后才摇摇头低声说:"我想喝水。"

丁琎立刻拿了瓶刚从便利店里买的水,拧了盖递给她。

碰到她的手时,丁琎才惊觉她的手是冰的,照理说在车里待了这么久也该暖和了,他回头把窗户关紧再去看她。

周轶接过水,车上一直开着暖气,所以水不是很凉,她抿了几口。

她的眉间拧着一个小结,仔细看额上还有冷汗,丁琎不放心,又问了一句:"不舒服?"

周轶点了下头,闭了闭眼缓了下,看着像是难受得说不出话来。

丁琎立刻从上衣口袋里掏出一盒药来,这是今天他在镇上勘察时买的。他抖出两颗药丸在手心里,然后把手伸过去:"把药吃了。"

周轶睁眼:"什么药?"

"感冒药。"

周轶无力地笑了:"我还以为是痛经药。"

丁琎愣了下,这才明白她为什么不舒服。

周轶顿觉好笑,随身带着感冒药已经够细心的了,要是还知道帮她买痛经药,那他可真是妇女之友了。她把他的手推开,勉强道:"没事,每个月都这样,忍一忍就行。"

丁琎把药重新装回去,再看向周轶。她斜靠着椅背,缩起脚捂着自己的肚子,表情比昨晚发烧时还难受。

这两天她的确是被折腾得够呛,这其中也有他的原因。

"周轶。"

"嗯?"周轶睁眼。

丁琎从口袋里拿出一样东西递过去:"贴上这个会好点。"

周轶低头一看,是一片暖宝宝。她心思流转,抬眸看他时眼神都不一样了,带着钩子似的,要把他藏着掖着的小心思勾出来。

"特地给我买的?"她声音婉转,看着他问。

"不是。"丁琎下意识否认。他也记不起自己在便利店结账时,看到柜台上放着的暖贴怎么就鬼使神差地买了,这会儿他也不知道该怎么解释,说或不说都显得他对她别有心思一般。

周轶噙着笑没追问,拿过那片暖贴撕开。丁琎在她撩开衣服的时候就把头转开了,等了会儿再回头时,才发现周轶近在眼前。

她在对着他笑,她今晚也未免太爱笑了。

丁珏往后靠,和她拉开距离:"你做什么?"

"四马说你有很多桃花?"

丁珏蹙眉。

周轶把自己的长发往后撩,直视着他问:"我这朵怎么样?"大概因为身体不适,她的声音格外轻,像根羽毛一样在人心上搔。

又来了,丁珏沉下声:"周轶,别说胡话了。"

周轶仍是好整以暇地看着他:"不喜欢我你还对我这么好?"

面对她不正经的挑逗,丁珏回答得正正经经的:"职责所在。"

"什么职责?"周轶问,"我对你来说就是一个普通群众?"

丁珏顿了两秒:"对。"这回答一板一眼的。

周轶并不懊丧,凑近他,叹也似的低声说:"群众也不是不可以,但我想当对你来说最特别的那个。"

她说完就往后坐回到了自己的位置上,伸手整了整外套,最后摸了下小腹,暖宝宝已经开始发热了:"好多了,谢谢。"

丁珏眉头未展,嘴唇抿紧。

她在操纵他们之间的关系,她手上仿佛扯着一根无形的绳,时而拉紧时而放松,时而强势时而松弛,她进退有度实际上却步步紧逼着,在男女游戏上她显然得心应手。

丁珏把顶灯关了,车内重新陷入黑暗,他闭上眼,心里却怎么也静不下来。周轶蜷起身体,黑暗中她望着他的方向,嘴角翘起,露出一丝笑意。

外面风声更加喧嚣了,这场雪可以覆盖大地上的一切,却掩盖不住人心里蠢蠢欲动的欲望。

贴了暖宝宝,小腹的绞痛有所缓解,周轶靠着座位,耳畔听着外头呼呼的风雪声,不知什么时候就睡着了。

丁珏只是闭着眼,仍保持着警惕。半夜雪停了他还下车走动了下,把窗户降下了一道缝儿换气,几个人待在车内吹一晚上的暖气很容易一氧化碳中毒。

清晨六点左右,天光微亮。

周轶醒得很早,睁眼时,窗外是介于黑与白之间的灰,她揉了揉眼睛往驾驶座看去,边上没人,往后看一眼,陈淮景和兰兮芝都还在睡着。不知道他们昨晚是怎么睡的,现在是兰兮芝枕在陈淮景的腿上。

周轶把风衣扣子扣紧，推开车门时一阵寒风吹得她一个哆嗦。

她迅速下车把车门关上，放眼望去白雪皑皑，大地像是盖上了一层厚重的白色棉被，新雪还是蓬松的，同棉花一样。

冷风沿着领口钻进去，周轶瑟缩着把风衣的帽子戴上，又把手揣进兜里，呼吸间空气都是清冷的，明明昨天还是夏天，今天就像是来到了冬天。

她在车子周围转了一圈，没看到丁珏，就等在车旁。

丁珏去前面探路回来，隔着一段路就看到穿着红色风衣的周轶，她戴着帽子，像童话里的小红帽，在洁白的雪地里显得十分张扬。她低着头在踩雪，还专门挑没被人踩过的积雪去踩，十足的南方人做派。

脚踩在积雪上会发出"嘎吱"的声音，周轶低头踩着，视线里突然出现了一双黑色军靴，她抬头，不意外地看到了丁珏那张表情十年如一日的脸。

"早。"她说。

丁珏见她精神不错，至少看着比昨天好点，而且她的酒好像醒了，似乎不记得昨晚和他说过什么话了，从她表情上看，她对他很坦荡。

他该松口气，心里却覆了层雪似的。

周轶问："雪这么厚，今天能走吗？"

"会有人来除雪。"丁珏答道，"今天有太阳，雪会化。"

周轶讶异："这么快？"

"嗯，车兹公路的天气本来就变化多端。"

"听说车兹公路从最北到最南会经过高山、草原、戈壁、峡谷，一路上能领略到四季风景。"周轶踢了踢雪，抬头看他，"多亏了你，我还能有机会走一回。"

丁珏也不知道她这句话是不是反话，反讽他强行把她往南域带。

前面有几个货车司机下车走动，在他们这辆车后头也排队停着几辆车，经过一夜，每辆车上都积了一层雪，有些司机正在扫雪。这里前不着村后不着店，周轶举目四望，又问了一句："除雪队什么时候到？"

丁珏却听出了她问题里的急切，略微一想，好似懂了："想上厕所？"

周轶觉得自己应该没表现得这么明显，他心思倒是挺活络，她也不遮掩扭捏，坦然地说："你知道的，特殊时期。"

丁珏表情微凝，片刻后才移开视线："跟我来。"

丁珏每到一个地方都会先打探下周围的环境，今早他在附近走了走，发现在前方一公里的地方有条溪涧，公路像桥一样从溪涧上铺过去，桥墩底下是方圆几里唯一一处还算隐蔽的地方。

溪涧的水流已经冻结成冰了，甚至保持着浪花飞跃的姿态。

丁班站在路旁示意她下去，因为临近水流，岸边有些地方也结冰了，他提醒了一句："小心，滑。"

周轶沿着戈壁踩着雪花往下走到一半，回头看他。

丁班会意，道："我在这儿看着，不会有人下去。"

周轶把卫生棉换了，她来时往口袋里塞了两个小袋子，她把换下的卫生棉装进袋子里，然后放在自己的风衣口袋里，打算到有垃圾桶的地方再丢掉。

在冰天雪地的野外换卫生棉，还得把用过的卫生棉揣兜里，这事儿她从没干过，搁以前她都不会想到自己会做这样的事，但来A国的这几天她做过太多令自己都难以置信的事了。

河流冻住，周轶没水洗手，就蹲在岸边焐着最近的一块冰，用化了的溪水搓了搓手，站起来时她没注意脚下，不慎踩在了一块冰上，当即滑了下。

丁班听见她一声低呼，立刻从上面下来："怎么了？"

周轶正弯腰在拍身上的雪，听他问就答道："滑了下。"

丁班走近。

周轶直起腰，突然露出一抹笑："你跑这么快，不怕我还没提裤子？"

丁班不理会她的揶揄，转身就要上去，脚还没跨出去，夹克外套的衣角就被人扯住了。

他回头，周轶甚是自然地说："有点滑。"

丁班没扯下她的手，由她抓着他的衣服跟在后面。

雪地爬坡更吃力，丁班能感觉到周轶脚程慢了，他犹豫了下，最后还是回头伸出了手。周轶扫了一眼他的手掌，上面纹路分明，还能看到虎口处的薄茧，她垂眸浅浅一笑，松开衣角握上他的手，他掌中滚烫。

丁班的眉头几不可察地皱了下："手怎么这么冰？"

"体寒。"其实是刚才摸了冰块，她跟上他，歪头看他，"你暖暖？"

丁班的脚步滞了滞，这才知道昨晚的事她根本没忘，她也不是因为喝了酒耍酒疯，因为在清醒后她变本加厉了。

丁班把她拉上公路后当即就要松开她的手，但周轶还拉着他。

他沉声道："周轶。"

周轶松手时，指尖还在丁班的掌心里挠了下。

丁班皱眉，正要和她说什么，远远看到前方有车队驶来，隐隐还听到了马蹄声，看来是除雪队到了。

除雪车打前头先行，后面跟着一列骑兵，巧的是里面还有丁琊的老熟人。

马儿扬蹄奔跑时带起一阵朦胧的雪雾，丁琊看到骑兵里的熟面孔也是意外，冲马队喊道："孟哥。"

马队里一人闻声看过来，看见喊他的人后立刻一扯缰绳让骑着的马儿往他们这边走："丁琊啊。"

"你怎么来了？"

"我听说公路下暴雪被封了，早上看到镇上的士兵来除雪，想着没事就来帮帮忙。"孟哥骑着马走近。

周轶这才看清他，来人看上去应该近四十了，身着棉衣头戴棉帽，最引人注意的是他戴着独眼眼罩，一小块黑色的布把他的一只眼睛遮住了，看上去像影视剧里的土匪头子一样，不笑的时候还有些可怖。

那人到了他们跟前，翻身下马，先是看了一眼站在丁琊身后的周轶，随后才看向丁琊。他露出笑，表情瞬间就亲和了许多，显然看到丁琊很欣喜："你怎么在这儿？"

丁琊应道："休假。"

那个被丁琊称为"孟哥"的人颇为意外地"哟"了一声，语气带笑："你这铁打的人也知道要休息了啊，刚进队那会儿你可是一年到头都不肯休息，放你两天假还来转山。"

丁琊也笑，周轶很难得在他脸上看到这种类似于放松的表情，她不由得再次看向那个"孟哥"，从他说的话来看，他以前好像和丁琊是一个队的。

孟哥目光落到周轶身上，打量了下她才促狭地重新看向丁琊："我说你怎么开窍知道要休假了呢，原来是谈对象了啊。"

丁琊刚说自己在休假其实也是不想让孟哥多问，他有意对他隐瞒这次的事件，孟哥也曾是"猎豹"的一员，透露太多他很容易就觉出异处。

他说的时候没想到孟哥会这样联想他和周轶的关系，正要开口解释一番，周轶抢先了一步走上前向孟哥问了声好，她这样就等同于是默认了孟哥的误解。

丁琊没法儿澄清，他要否认的话会显得他们更可疑。孟哥了解他，他休假时间单独和一个姑娘外出，说不是他对象更会惹他猜疑。尽管再次被误会了他和周轶的关系，他心里有点不自在，但此刻也只能按下不表。

孟哥拍了拍他的肩，脸上露出老父亲般欣慰的笑："不错，'大家小家'都要顾到。"

丁琊唯有缄默，倒是周轶羞涩地笑了下。

她可不是会露出这种小女儿作态的女人,丁琎由此确定她就是在拿他逗闷子,她近两日的所作所为、所言所讲不过是想戏弄下他,他要是当真就成傻子了。

"你们昨晚被困这儿了?"孟哥问。

丁琎点头:"雪下得大,路不好走。"

孟哥露在外面的一只眼睛瞅着丁琎,调侃他:"没调查清楚就上路,这可不像是你以往的作风,果然和姑娘在一起就犯糊涂了。"

丁琎无从辩解只能笑笑,他总不能说他就是故意赶着这场雪上路的。

除雪车已经开始工作了,除雪队人手一把铁锹正在铲除路边的积雪,孟哥还要帮忙也就不和丁琎多聊,很快就转身投入除雪工作中。

这会儿天色亮了一点,原上的风也消停了些,暴雪虽然停了,但人在外面仍然觉得冷。周轶跟在丁琎身边往回走,她扯紧自己的风衣外套,呼吸间哈出了缕缕白气:"孟哥以前是你的队友?"

丁琎"嗯"了一声。

"那他怎么——"周轶打住,觉得自己不应该多问。

丁琎倒没觉得有什么,这也不是队里的机密,隔了两秒,他说:"我进队第二年他就退队了。"

周轶问:"因为他的眼睛?"

"嗯。"丁琎回忆着,语气有些沉重,"他的眼睛在一次任务中被敌人刺瞎了。"

孟哥退队前是一名出色的狙击手,丁琎和陆谏都曾受过他的指导,他是他们的良师益友。那次外出执行 A 级任务的队员包括孟哥都是"猎豹"里的前辈,作战经验丰富,任务失败是队里所有人都没想到的。

那次失败重创了"猎豹",孟哥是唯一幸存的人,可也失去了一只眼睛,这对狙击手来说是致命的。"猎豹"要的是尖兵里的尖兵,无论生理还是心理,只要有缺陷,就没办法继续留下。

这个话题很沉重,片刻后,周轶问他:"你后悔过吗?"

丁琎回答得毫不犹豫:"没有。"

周轶一点都不意外,她回想起了以前:"我也问过陆谏这个问题,他的回答和你一样。"

丁琎低头看她,周轶接着说:"其实以前我是不能理解的,现在好像有点懂了。"

这话到了丁琎耳朵里又听出了其他的信息——他和陆谏同龄,周轶比他们小三岁，陆谏读大学时她也不过才十六岁，而更早的时候他们就认识了。

这么多年的感情她当真说放弃就放弃，一点留恋都没有，也不想挽回？

丁珺惊觉自己想得太多了，立刻打消了脑海中的念头，将心思都归拢到一处来。

无论她是长情还是薄情都与他无关。

他们走回汽车那儿时，陈淮景和兰兮芝都已经起来了，此时正在观察着一匹高大的棕马，周轶走近就听见他俩在拌嘴。

看到丁珺和周轶回来了，兰兮芝立刻奔过去："丁队，周轶姐，你们去哪儿了？"

周轶瞟一眼丁珺："散了个步。"

丁珺面无表情地看她一眼，明明他们只是来回走了一段路，被她用"散步"这个词一说就带上了感情色彩。

果然，兰兮芝一听就露出了恍然大悟的神情。

"积雪有点厚，我们今天是不是也走不了啊？"兰兮芝问。

天际处隐隐有亮光，太阳要出来了，气温一升，积雪就会融化。

丁珺估摸了下："下午就能走。"

那头，陈淮景兴冲冲地走过来，道："早啊。"

周轶见他神采奕奕，完全不是昨晚那副半死不活的模样，忽地一笑："酒醒了，二柱？"

陈淮景脸色一僵，扭头看向兰兮芝，用眼神质问。

兰兮芝憋笑："昨晚你妈妈打电话来的时候，丁队和周轶姐都听到了。"

陈淮景额角一跳，觉得自己的一世英名都要被毁了，咳了两声企图挽回颜面："都是我娘瞎叫的，你们别当真，尤其是你——"他瞪向兰兮芝，"翠翠。"

兰兮芝满不在意地哼一声，挑衅似的故意说："知道了，陈——二柱。"

"你——"陈淮景咬牙作势要逮她，兰兮芝闪身躲开。

周轶噙着笑看着他们一个笑一个闹，丁珺则低头看着她的双脚。她穿着一双小白鞋，这种鞋根本不耐寒，刚才在雪地里走了这么一遭，她的脚估计被冻得不行。

"你还带了别的鞋吗？"他问。

周轶愣了下，低头看向自己的脚，顿时了然，却故意问："凉鞋？"

"……"丁珺想也是，她本就是来玩的，且现在是夏季，她也不会料到会碰上一场暴雪。

周轶对自己的脚倒不太在意，反而意味深长地看着他，饶有兴味地问："心疼我？"

丁班绷着脸，目光从她的笑靥下移到她露在外面的双手上，一本正经地告诫她："手部肌肉被冻伤可能会造成永久性的伤害，你如果还想继续画画就上车待着。"

周轶的表情有了一丝犹豫。

丁班像完成任务一样，说完这句话转身就走，也不管她到底听没听进去。他在用行动告诉她，反正他给她忠告了，愿不愿意听是她的事。

他往除雪队的方向走了一段路，再回头时周轶已经坐进了车里。

原来她也不禁吓唬，丁班露出一抹不明显的笑，回过头继续往前走。

丁班借了把铲子也加入了除雪队，一些司机也没闲着，主动搭了把手。

孟哥转眼看到丁班，突然有些怀念地感慨道："你刚去北界山那一年冬天，山上下了几天几夜的大雪，你还记得吗？"

丁班点头。

北界山位于A国北部，是A国和别国的分界山，"猎豹"的驻扎地就在那儿。营地很偏僻，在深山巨谷里，从队里到最近的镇上开车也需要四五个小时，不出任务时就待在队里训练，他们完全可以说是与世隔绝的。

因为纬度高，北界山的冬天来得早且冷。他刚入队那年山里下大雪，几天几夜下个不停，他第一次知道原来雪可以积得几丈高，高得能把人埋了。雪停后，进山的公路被积雪遮得严严实实，运送物资的车没法儿进来，里面的人也出不去，队里眼看就要断粮了，大队长当机立断，手一挥就让他们这批新来的去铲雪，美其名曰入队考核。

那几天，丁班他们那批新人的确是累得够呛，也没有除雪车帮忙，全靠人工手动。从早到晚，除了中途啃干粮的时间，他们几乎都在铲雪。等把山间公路的雪除完后，不少人都被冻伤了，其中就包括丁班和陆谏，他们整张脸都被冻得发红皲裂。

丁班还记得那是自认识陆谏以来他第一次生病，陆谏是在南方长大的，更扛不住这样天寒地冻的天气。丁班也是在他回营倒下后才知道他发高烧了，而在此前，他一直咬牙坚持完成着除雪任务。

"那时离现在也有五六年了。"孟哥回忆起当年的场景，不由得喟叹了一声，"你现在也挑起队里的大梁，成为'猎豹'的主心骨了。"他轻叹了一口气，语气忽有些低落，"只是可惜了陆谏。"

"他没事。"丁珹笃定。

孟哥看向他,丁珹重新说了一遍:"我相信他不会有事。"

陆谏和丁珹的关系孟哥是清楚的,他点点头:"没有消息就是好消息。"

孟哥这么说,丁珹的心反而沉甸甸地往下坠,陆谏有消息了,但现在还不确定是好消息还是坏消息。

"不说这个。"孟哥把话往轻松了说,笑问,"那姑娘叫什么名字?"

丁珹顿了下才答:"周轶。"

"老乡?"

"不是。"

"长得很漂亮。"孟哥也是难得有机会能了解丁珹的感情生活,这两年他还没见过丁珹身边有什么姑娘,所以就多问了两句,"认识多久了?"

丁珹如实说:"没多久,不到半个月。"

孟哥意外,随即捶了下他的肩,夸道:"你小子厉害啊,'不鸣则已一鸣惊人',连找对象都是稳准狠。我就让老陈别瞎操心,是个女的就给你介绍,你条件这么好不能凑合。我看那姑娘不错,有气质,和你登对儿。"

孟哥颇为欣慰:"你抓点儿紧,早点把'小家'安好,最好能添个'小猎豹'。"

丁珹听他越说越离谱,无奈地打断:"孟哥。"

孟哥大笑,拍拍他的肩不再寻他开心。

太阳初升,没多久气温就渐渐攀高了,几个小时后路上的积雪开始消融成水流进两边的草原里,草原上也露出了几块斑驳的、被雪冻得都枯黄了的草皮。

除雪车在车兹公路中段走了个来回,公路上的雪已经没剩多少了,阳光一晒,路面上很快就湿漉漉的,像被水洗过一样。

孟哥把雪铲一放,看了看天,说:"前面是盘山路,海拔高雪不容易化,午后这路应该就能走了。"

丁珹想的和他差不多。

孟哥看向他,说:"不赶路吧,今天在巴音楞克镇住一宿,咱俩聚聚?"

孟哥退役后没有回国,而是和妻子一起在巴音楞克开了家中餐馆,做起了生意。

丁珹要赶路但不能叫他知道原因,想了下唯有说:"周轶想去苏恰过宰牲节,怕赶不及。"

孟哥算了下,离宰牲节也没几天了,从巴音楞克到苏恰也的确有点远,

177

他理解地点头，还调侃他："我说你怎么不看天气就上路了，原来是想讨姑娘欢心啊。"

丁珽笑笑，算默认了。

"中午吃顿饭总行吧，正好昨天店里宰了一头牛。"孟哥退而求其次，"这一时半会儿你们也走不了。"

丁珽考虑了会儿就应下了。

孟哥去跟人交代接下来的事宜，丁珽则牵着两匹马往回走，到了汽车停靠的地方，车上却只有陈淮景一人。

丁珽问："她们呢？"

"往前边桥那儿去了。"

丁珽立刻就明白她们干吗去了，他松开缰绳，让两匹马在附近走着。

陈淮景下车在两匹马边上溜达了一圈，丁珽问他："会骑马吗？"

陈淮景猛点头："当然。"

"带人呢？"

"没问题啊。"陈淮景大言不惭，"我以前也学过马术的。"

丁珽斜靠在车身上，往路桥的方向看一眼，远远地就看到了一袭红衣。

陈淮景走向他："我们一会儿是要骑马去哪儿？"

"镇上。"

路上滑，陈淮景的车不抓地，还不如骑马来得安全，且巴音楞克镇离这儿不算远，骑马也方便。他们在路上耽搁了不短的时间，有必要去补充点物资，谁知道路上还会碰上什么意外呢。

丁珽拿出手机看了一眼，没有信号。

陈淮景看到他的动作后半开玩笑地说："热黑和四马这会儿应该快把你的号码打爆了吧。"

丁珽缄默。

"哥，你不会是想带着周轶私奔吧？"陈淮景悄悄地问了一句，"你是不是已经有家室了？"

丁珽瞪了他一眼。

陈淮景也就开个玩笑，这会儿他已经没之前那么怕丁珽了，接着往下说："我下一站要去玉城，咱们还顺路吗？"玉城在A国的最南边，以产玉闻名，它在车兹的南边，而苏恰则在西南边。

丁珽摇头。

陈淮景叹一口气，深感自己即将要失去一棵乘凉的大树，随后一想倒也不是，丁班和周轶的麻烦比他还大，性质比他严重多了，他再跟着他们反倒危险。

等周轶和兰兮芝走近，丁班把两匹马牵过来，陈淮景很兴奋地招手："翠翠，过来，小爷带你策马奔腾。"

周轶径直行至丁班跟前："要去哪儿？"

"镇上。"

"哦。"

那边陈淮景好说歹说才把怕马的兰兮芝哄着坐了上去，周轶偏过头打量着丁班边上的白马，觉得它比小黑还高些。

丁班摸摸马颈，示意她："上去吧。"

上次骑马周轶的体验并不怎么好，这次她难免有些心有余悸，她先骑上马，等丁班也坐上来后和他说道："别骑太快。"

丁班知道她身体不适，应了声"好"。

陈淮景骑着马在原地转了两圈，丁班见他没有托大也就放心了。他们在原地等了会儿，就见孟哥骑着一匹高头大马奔过来，手一挥示意丁班出发。

丁班双腿一夹，拉了下缰绳，回头冲陈淮景喊："走。"

从车兹公路到巴音楞克镇要改走小道，小道上也有积雪，但尚无人来清理，想来是公路走的车多就先安排人去那儿除雪了。

温度高了，雪一化，路面满是泥泞，马蹄踩在上面还会有"吧嗒吧嗒"的水渍声。丁班骑得不快，晃晃悠悠的，孟哥心道他总算知道怜香惜玉了，于是和他打了声招呼，说是要先回镇上让人把羊腿烤上。

陈淮景和兰兮芝在马上还吵吵闹闹的，周轶老远就听到前头传来的打闹声，笑着说："他俩还挺般配的。"

这话明显是对丁班说的，但他没回应，她也不在意。

丁班低头，看见周轶头顶的发旋，她的脑袋就搁在他的胸膛上，整个脊背贴紧他，把他当成靠背似的，全然把重心放在他身上，上回骑马她还不这样。

她的长发不时随风往后飘，弄得他有些心烦意乱，他沉下眼生硬地说了一句："坐直了。"

周轶眼仰头往后看，温热的鼻息就喷在他的下颌上。

"生理期，腰疼。"周轶说得理所当然，"丁队长，你见谅。"说完她重新靠在了他怀里，嘴角微勾。

丁班拉缰绳的胳膊都绷紧了，理都让她占了，他要是不让她靠，倒显

179

得不近人情。

从小道下去没多远就到了巴音楞克镇,孟哥的餐馆就在镇口附近,做的就是进出巴音楞克镇的人的生意。

丁班下马后把两匹马拴好,然后将手机调成了飞行模式。

镇上有信号,手机要是能通,陈队保准能猜到他在巴音楞克镇。

周轶打量了下巴音楞克镇的建筑,几乎所有的房子都是低矮的,至多不过三层,比较特别的是所有房屋的外壳都涂上了梦幻的颜色,浅紫、粉红或是天蓝,想来这也是一种旅游宣传。

孟哥的店有两层,外面的墙面是浅紫色的,内部的装潢也很简约,整体看上去就是居家的小餐馆氛围。

孟哥已经和妻子打过招呼,在二楼阳台那儿给他们空出了一桌,这会儿桌面上已经摆上了凉菜和水果。他知道陈淮景和兰兮芝是丁班的友人,很热情地招呼他们坐下,让他们别见外。

他们到后没多久,孟哥就让人把已经做好的热菜端上来。

丁班看到上菜的人立刻起身:"嫂子好。"

"刚才老孟说你要来我还不信呢,你这都有快一年的时间没来我们店里坐坐了吧,可不是嫌嫂子做的菜不好吃吧?"

"怎么会。"丁班笑。

孟哥说:"人忙,好不容易才休个假,你就别逮着问了。"

"我也就关心关心。"孟嫂瞪他一眼,而后往桌上看一圈,笑着问丁班,"听说你这次还是带对象来的?这俩漂亮姑娘,哪个是你对象啊?"

周轶仰头看丁班,也不吱声,就等着看他怎么介绍自己。

丁班骑虎难下,犹豫片刻只好指了下周轶。

周轶这才浅笑着站起身,礼貌地问了声好,随着丁班喊她"嫂子",又说了下自己的名字。

孟嫂端详着周轶的脸,饶是她见多了美女也不由得点头夸道:"这么漂亮的姑娘哪儿找的啊,真是便宜你了。"

丁班是笑也不是,不笑更不是。

孟嫂问:"小周是做什么的?"

"画画。"

孟嫂意外:"是个画家?"

周轶嘴角始终露着浅淡的笑,点了点头。

"难怪这么有气质，招人喜欢。"

孟嫂看着还想再问什么，孟哥插话："查户口呢，还不赶紧把菜端上来，别饿着客人了。"

"看我，忘了你们还饿着了。"孟嫂指挥孟哥，"走，跟我一起去厨房帮下忙，几个大菜我一人端不了。"

孟哥招呼丁珏他们："你们先坐会儿，桌上的凉菜水果随便吃。"

孟哥和孟嫂下楼后，周轶才动身去找店里的洗手间。

洗手间在一楼，她洗完手出来往楼梯走时经过厨房，恰好听到了自己的名字，她怔了下，下意识地顿住了脚步。

"……周轶这姑娘我觉得和丁珏不太合适。"是孟嫂的声音。

孟哥随后说："怎么不合适了？人也漂亮，还有才华。"

"就是太好了才不合适。"

孟哥不满："这么说丁珏还配不上好的？"

"你这人，怎么不明白我的意思？"孟嫂解释，"姑娘是不错，但看着不像是吃得了苦，可以和他一起过日子的人。你想想上一个，人不也长得不错，最后还不是吹了。"

孟嫂叹了口气："要我说啊，他身份特殊，就要找一个体贴懂事的来照顾他。"

"人和人都是有差别的，你也就今天才见到那姑娘，又没相处过，人怎么样你能一眼就看出来？"孟哥反驳她，"再说了，甭管这姑娘怎么样，丁珏自个儿中意就成，别人还能帮他挑媳妇不成？"

"我也就是随口说说。"

"我看丁珏挺喜欢周轶这姑娘的，他看她的眼神跟看别人不一样。"孟哥叮嘱她，"一会儿上去可别乱说话，人好不容易来一趟。"

"知道，知道。"

周轶默默地上楼，低头盯着自己的脚尖看，脑子里想着的是：丁珏看她的眼神和看别人不一样吗？

感觉到周轶落座，丁珏回神，脑袋一转，正好和她四目相对，他很快移开视线，没过多久又微皱着眉头转回来。

周轶一直盯着他看，目光大大咧咧的，不躲闪、不扭捏也不害臊，还带着点考究和探询，简直要在他脸上看出一朵花来。

丁珏不知道她又要整什么幺蛾子："有事？"

听这语气，好像她是恶霸黄世仁，而他是被算计的白毛女一样。

181

但周轶不觉得孟哥说错了，他对她的确是不一样，这点她还是能感觉得出来的，但要真如他所说，他对她只是职责所在，那他未免也太尽职尽责了。他对她好，或许是因为把她强制留在A国心里有愧，又或者是因为陆谏，她想，或许还有点男女之情，尽管他不愿意承认。

至于他为什么不愿承认甚至抗拒对她产生好感，这一点周轶还是知道原因的，但当下她并不打算说破，或者说她是有意隐瞒和迷惑他的，她喜欢看他矛盾纠结的样子，他越挣扎对她的情感反而会越深刻，因为人就是欲望的动物，越得不到越惦记着。

他向来稳重自持，做事又稳妥，磐石桑苞一样，故而她想要看他为她失控因她放纵，甚至推翻之前的自己，她想要看他在进退犹豫之间深深地陷入她这个沼泽里，抽身不能直至沉沦，非如此，她又怎么能拿下他呢。

想到此，周轶露出一丝胜券在握的笑意，连她都觉得自己有些恶劣了。

没过多久，孟哥和孟嫂就把菜一一端上来了。

"汤饭、风干肉拌饭、牛肉烩菜、椒麻鸡、虎皮辣子。"孟哥把热菜端上桌，招呼他们别客气，"快动筷子。"

"哟，这么多菜，您和嫂子受累了，快一起坐下吃。"陈淮景是个场面人物，天生自来熟，无论什么场合都不会尴尬。

孟哥就在丁琎旁边坐下，孟嫂说要下去看看羊腿烤好了没。

周轶舀了小半碗孟哥说的"汤饭"，勺子从底下往上舀，愣是没见着一粒米饭。她觉得这道菜未免有点名不副实，说是"汤饭"，可汤里最多的是面片。

她尝了口汤饭，酸酸甜甜的，还挺对她的胃口。

孟哥看着她问："怎么样，还吃得惯吗？"

周轶点头。

"丁琎说你吃不了辣，所以我让厨房做了汤饭，你多吃点。"孟哥说，"一会儿我让你嫂子再炒个青菜上来。"

周轶闻言心旌一动，转眼看向丁琎。

丁琎看着孟哥，表情错愕："我什么时候……"

进店时他明明只是和孟哥提了一嘴，要孟哥上两个清淡的菜，他可没有指名道姓说周轶口味淡。但孟哥是什么人，虽然现在只有一只眼睛能视物，但他心里门儿清，丁琎来他这里吃饭几时说过要吃清淡的，这样说无非是照顾周轶。

丁珏转头看周轶，她的眼神又多情了，好像已经看穿他了一样。

"羊腿来啦。"孟嫂端着一个大盘子就上来了，还放了一把小刀在边上，"来来来，想吃的自己切，别客气。"

周轶适时开口："嫂子，别忙了，一起坐吧。"

孟嫂说："做的都是肉菜，怕你觉得腻，我下去给你拌个青菜。"

"不用麻烦了。"周轶忙说，"汤饭不腻的。"

既然她这么说了，孟嫂也就没再下楼，搬了张椅子坐在了孟哥身边，又张罗着让陈淮景和兰兮芝多吃点。

周轶想起她刚才在厨房门口听到的话，心思流转，目光就落在了桌上摆着的烤羊腿上。

丁珏和孟哥正聊着，余光看到周轶拿着刀正在艰难地切着羊腿，略有些诧异，这连着两天都在吃羊肉，他还以为她已经腻了。

羊腿上有筋，周轶手上使不上劲，无论从哪个角度都没办法把一整块肉切下来。丁珏看不过去，自然地从她手里拿过小刀，不费多少力气就切下了一块羊肉。

他把切下来的肉放进她面前的盘子里，搁下刀。

周轶却把盘子往他面前一推，丁珏莫名地看着她。

"本来就是想切给你的。"周轶的语气难得温柔，说了一句双关语，"这一路辛苦你了，多吃点。"

孟哥、孟嫂把周轶的动作看在眼里，对视一眼，孟嫂笑着说："看不出来，小周你还是个体贴的姑娘。"

周轶垂眸，有些不好意思似的，其实是不想让别人看到她眼里的笑意。

别人不了解周轶，丁珏难道不知道吗，他看着盘子里的羊肉，总觉得自己又被算计了。

孟嫂略有些欣慰："你要是个懂得疼人的姑娘，嫂子我也就放心了，他之前谈的那个，不懂体谅人儿。"

孟哥忙给妻子使了个眼色："你这，说什么呢？"

心胸再宽广的姑娘也不会喜欢听别人提起男朋友的前任，孟嫂嘴快，这下才有些慌张："瞧我，坏事儿了，小周，你别放心上。"她又看向丁珏，"你别怪嫂子啊。"

丁珏听孟嫂提起以前的事也只是愣了一秒，要说责怪那还远远够不上，周轶和他只是逢场作戏，他以往的情史对她来说也不是什么忌讳的话题。

虽然这样想，但他还是转过头去看了下周轶的反应。

183

周轶并无不悦，甚至一副感兴趣的样子，她回视着他，笑眼一弯："你还没和我说过你的前女友呢。"

丁珃闻言蹙眉。

她虽是笑着，但此情此景，旁人理所当然地会以为周轶是在强颜欢笑，她这问题还有点兴师问罪的意味。

孟嫂担心他们的关系会因自己而出现裂痕，赶忙找补："其实也没什么，都是两年前的事了。小珃的上一任是驻外的主持人，他们处了也就不到半年，统共没见着几次面就分了，感情不深。"

周轶眼波微动。

主持人，那应该长得挺漂亮，相处了半年，时间怎么也比他们才认识的几天更久了。

"为什么分手呢？"她又问。

这问题孟嫂不是当事人不好回答，周轶又看向丁珃。

丁珃对上她探询的目光，喉头一动，片刻后也没刻意隐瞒："她想让我转业。"

周轶立刻就懂了——他的底线被触犯到了。

"丁哥，不容易啊。"陈淮景感同身受般叹了口气，隔空对着丁珃安慰道，"没关系，旧的不去，新的不来。"

孟哥叹了口气，对着周轶郑重地说："丁珃的职业特殊，你们交往，他能陪在你身边的时间不多，希望你能多多体谅他。"

周轶瞄了一眼丁珃，笑了笑，真挚地允诺道："我会尊重他的选择。"

丁珃："……"他看着这一桌人都被周轶忽悠得团团转，就连他自己也差点把她的话当真了。

把丁珃前女友这一话题揭过去后，饭桌上的气氛就转缓了。

孟哥和丁珃聊着近况，聊的当然都是生活上的事，他们也不会把"猎豹"的事拿出来讨论。孟嫂偶尔会和周轶搭两句话，有陈淮景和兰兮芝两个人，就没有冷场的时候。

总之，一顿饭吃下来，气氛还是很融洽的。

"托布克！"陈淮景突然喊了一嗓子，桌上所有人的目光都向他投去。

兰兮芝愣了会儿，慌忙去摸自己的口袋，然后缓缓地掏出一件东西，看她表情似乎松了口气又极为得意。

周轶仔细看了下她手上拿着的东西，是一小块骨头。

陈淮景惋惜地叹了口气，摇摇头："我还以为你弄丢了呢。"

孟哥很快就看出了他们在玩什么，笑着说："在玩'托布克'游戏呢。"

兰兮芝点点头。

"托布克？"周轶不明白，下意识地往丁琏那儿看。

丁琏还没说话，孟哥就给她介绍起来了："'托布克'是 A 国的一个民间游戏。"

孟哥拿那把小刀在烤羊腿的关节上挑出了一块骨头，那个关节骨的形状也很奇特，上头呈椭圆形，下端又是三角形的。

兰兮芝把自己手里的那块骨头和桌上的比对了下，相差无几。

孟哥指着这块骨头接着说："这里牧民多，以前人们宰羊都会把羊后腿的这块关节骨收存起来以备玩'托布克'游戏。"

周轶点头，这块骨头就相当于玩具，她又好奇地提问："规则呢？"

"规则很简单，一般是两个人玩。"陈淮景说，尽量通俗易懂，"游戏双方商定好把这块骨头放在谁身上，然后约定一个时间，一星期、一个月、半年……在这期间，没有骨头的那一方可以随时随地喊'托布克'，而听到了这个口令，有骨头的那一方就必须立刻拿出来，如果拿不出来，那他就输了，如果在规定时间内，他每次都拿出了骨头，那另一方就输了。"

孟哥补充一句："输的人就要答应赢的人一个要求。"

周轶听懂了，看向兰兮芝："你和二柱在玩这个游戏？"

"对呀。"兰兮芝摊开手给她看那块骨头，"昨晚他提议的，我觉得还挺有趣的。"

"骨头是放在你身上？"

兰兮芝小鸡啄米似的点了两下脑袋。

周轶瞟了一眼陈淮景，他挑着嘴角笑得不正经。

这游戏明显是喊口令的人更占优势，也就兰兮芝这个傻姑娘会被陈淮景忽悠进去，也不知道他在打什么主意。

孟嫂在一旁说："你们小情侣也可以玩玩这个，多有情趣。"

周轶和丁琏不约而同地看向彼此，然后同时将视线挪到桌上的那块关节骨上，但是谁也没伸手去拿。

这一点他们倒是出奇的一致，吃亏的事不会去做。

"托布克"就是一个小插曲，也没有人真正关心那块骨头的去处。丁琏和孟哥、孟嫂又聊了会儿，最后他说车兹公路的雪应该化得差不多了，他们还想去镇上买点东西，孟哥孟嫂这才略有些遗憾地让他们离开了。

丁琏带着他们去了镇上的一个小型超市，陈淮景和兰兮芝进了超市采

185

购,周轶见丁珹没想进去的意思,也就陪着他留在了外面。见他拿着手机,脸色有些沉凝,她识趣地离他远了些,在一旁摸着那两匹马。

手机在手中一转,丁珹最后还是把飞行模式关了。他主动拨了个电话出去,铃声响不过两秒就接通了。

"你人在哪儿?"陈队话里明显夹带着火气,就像一个高压罐头随时都要爆炸,"是不是在巴音楞克?"

陈队能猜到他在巴音楞克这是丁珹早就预知到的,他应了一声:"对,刚从孟哥那里出来。"

陈峻峰可不觉得丁珹会是在这种时候去看望老队友的人,他脾气一上来,音量也上来了:"你昨天才和我说要把那姑娘带回北界山,现在又是搞的哪一出?"

丁珹沉眸:"我要先带她去一趟苏恰。"

"苏恰?"陈峻峰立刻问,"陆谏发的邮件里是不是还说了什么?"

"'冰山上的来客。'"丁珹也不再隐瞒。

"哈米尔高原?"陈峻峰似乎陷入了沉思,好一会儿没出声。约莫半分钟过后,他才开口,语气和缓了许多,也没责怪丁珹的意思,"不管怎么样,你先把人带回队里。"

丁珹缄默。

陈峻峰颇感头疼,丁珹从进队开始就是他一路带着过来的。在队里,丁珹的实力自是不用说的,他当中队长,队里没有一个人是不服的,陈队向来对他很放心,可陈队也了解他的脾气,只要他下了决心,就是十头牛都难把他拉回来。

"我知道你担心陆谏,但是这件事事关重大,草率不得,你不能擅自决定。"陈峻峰还是好声好气地劝说,打算软化他,"先回队里。"

丁珹捏着手机,眼神刚毅:"我想知道陆谏到底传回了什么消息。"

丁珹这话的意思就是非要先去哈米尔高原不可了,陈峻峰简直要背过气去,丁珹态度坚决,他的语气也强硬了起来,斥道:"你这是违抗命令!"

丁珹眼一沉,字字落地有声:"我可以接受任何处置。"

陈峻峰简直想给他两拳,气急败坏地道:"这是处置的问题吗?搞不好你是要被退队的!你也知道,陆谏他有可能——"后面的话陈队也实在是说不出口,长长地叹了一口气。

丁珹完全明白他的意思。

三个月前,H国首都被袭击,那次事件死伤无数,世界各国都为之震惊,纷纷声讨VIRUS，那也是陆谏失联三个月后第一次露面。队里重新获得他的消息时是很兴奋的，可随后又有线报称陆谏和VIRUS组织成员一起参与了这场袭击。

陆谏主动掐断了和队里的联系，又出现在袭击现场，还被指控参与了这次事件，两者一联系，很难不让人往最坏的方向去猜测。

丁珸眼神极黯，像是在压抑着情绪，他嗓音低哑："我不相信他会做这样的事。"

陈峻峰好似极为疲惫，话语间都透着无奈："我难道相信吗？你和他都是我一手带出来的。"可他们不能感情用事，两国之间无小事，就算只有百分之零点零一的可能性，他们也要去怀疑、去证实。

丁珸沉默了会儿，再抬眼时眼底有风暴："我不会放弃营救他，如果他真的违背了当初的誓言，我也会把他带回来——"

"接受制裁。"

话已至此，丁珸的态度已经明确了。

陈峻峰叹了又叹，简直不知道该说他什么才好，他这是铁了心要单独行动："你想清楚了？"

"嗯。"丁珸做这个决定前就想得很清楚，也明白事后他要付出的代价。

如果他遵照指示把周轶带回北界山，考虑到陆谏和他的关系，为了避嫌，上级一定不会将这个任务指派给他，而让他袖手旁观那是不可能的。他坚信陆谏绝不会叛国，那个证据或许就在哈米尔高原上，所以他要亲自去证实。

陈峻峰一个头两个大："现在H国的人潜进了A国境内，你带着那姑娘有多危险你知道吗？"

"还没查出他们的藏身点？"丁珸问。

"东逃西窜的，也没有固定行踪，那几个俘虏到现在还什么都不肯说。"陈峻峰提起这个更来气，"最近A国和H国边界上也没有什么异常情况通报，他们怎么潜进来的还不清楚。"

丁珸沉着眼。

"你听我的，先把人带回来，我们从长计议。"陈峻峰最后还想劝劝丁珸。

然而丁珸不为所动。

"你就气死我吧你！这件事怪下来，我可担不了责。"

"后果我自己承担。"

陈峻峰喘两口气，已知劝他回头无望："这件事我不会帮你，会如实上报，你好自为之……千万别出事。"

丁琲这通电话打了足有十分钟,在这期间,周轶一直很自觉地没有去窥听,等他放下手机回头看时,才惊觉她并不在马旁边。

他心头一跳,立刻扫视左右。

周轶悄悄地从背后靠近丁琲,伸手要拍他的肩时,他率先往边上一躲,转身捏住了她的手腕。

丁琲看清了人后立刻收劲。

周轶甩了甩手,他使的劲儿是真大:"你背后长眼睛了?"

"条件反射。"丁琲很认真地说,"不要从后面靠近我。"

周轶抬头看他,好整以暇地问他:"你的后背会交给什么人?"

"队友。"

周轶挑眉,这个回答她真是一点都不意外:"没有女人从背后抱过你吗?"

丁琲不知道她问这个问题的意义何在,所以他选择不回答。

"周轶姐。"兰兮芝站在超市入口冲她招手,似乎看到了什么新奇玩意儿想要和她分享。

丁琲看到后对她说:"去吧。"

周轶和兰兮芝一起进了超市,丁琲守着两匹马站在外面,脑子里快速转动着。

H国的人一直紧追着他们,他现在还不想和他们碰上,当务之急是尽快去哈米尔高原拿到陆谦送回来的关键信息。按目前的情况来看,陆谦的处境并不乐观,他不可能会叛国,那么最大的可能是他已经暴露了。

他为什么一定要把邮件发给周轶?丁琲这几天一直在想这个问题,可是一点头绪都没有,一切只有到了哈米尔高原才能揭晓。

想到周轶,他心里又有些异样的情感在涌动。

她到底是个怎么样的女人,这么多年他还是第一次对一个女人感到迷惑。

他用手机搜索她的名字,网上铺天盖地都是她的新闻。除了画作,她的花边新闻不少,多是和男性有关,在J国和某某男星一起去看画展,在F国和某某男性设计师一起看秀,深夜从某某男导演酒店房里走出来……最热的就是最近的一条,和闺密男友私会。

她一个画家,倒像个明星一样热度不低,看来陆谦不在她身边的时候她过得也不错。

第七章
我承认，我对你有感觉

午后，车兹公路的雪已经化得差不多了，艳阳高照，要不是亲身经历，谁也想不到昨晚下了场大雪。

离开巴音楞克镇，丁珃驱车赶往车兹。过了车兹公路中段后，海拔就一路在升高，窗户两边的景色也从一望无际的平原变成了连绵不绝的群山。车兹公路的这一段路被称为"死亡公路"，因它弯多又几乎是贴着悬崖在走，因此每年在这段路上出的事故都不少。

走盘山路时山上突然下了一阵雨，丁珃担心会有山体滑坡，也不敢求快，否则轮胎一个打滑，他们就有坠崖的危险，他只能时时分神留意着路况和山体，小心驾驶。

幸而有惊无险，他们平安地从盘山路上下来了。

车兹公路后半段的景象又全然不同了。下了山后，两边的景色先是戈壁后又变成连绵起伏的丹霞地貌，像是暗黄色的麦浪在涌动，那些裸露的岩体被风侵蚀出奇特的纹理，细看之下会发现石层的颜色有深有浅，像是用画笔晕染开的一样。

在路上陈淮景那辆车的前胎爆了一个，幸好车上有备用胎也有千斤顶，丁珃把车停在了路边，和陈淮景两人蹲在那儿换胎。

周轶早把外套和羽绒服脱了，从行李箱里把防晒衣翻出来穿上，又和兰兮芝两人躲在阴凉处抹防晒霜。

四周怪石嶙峋，地上飞沙走石，罅隙处还顽强地长着一株又一株的骆驼刺，放眼望去，景色是野蛮又极富有张力的。

车兹公路纵贯南北域，他们现在已经进入南域了。

丁珃和陈淮景一时半会儿还好不了，周轶就拉着兰兮芝在附近走了走。

这边的丹霞地貌起起伏伏的，有高有低，有些矮点的岩石上还有人攀登过的痕迹，周轶也想看看岩石后面的风景，打量着还不算陡峭的斜坡跃跃欲试。

兰兮芝胆小不敢爬，周轶不勉强她，自己踩着凹凸不平的岩石就往上爬。

她以前攀过岩，虽然不算精通，但好歹有些经验，加上她选的这面坡上已经有前人踩出的凹印，她捡了个便宜倒是不用费心去找下脚点。

"周轶姐，你小心点。"兰兮芝在底下喊。

周轶回头冲她一笑，而后往底下瞄了一眼，是有点高。她不再停留，一鼓作气直接登顶，眼前顿时豁然开朗。

岩石的背后有一汪水泽滩涂，上面长满了半米高的青草，看着和水稻一样，再往远了看，又是层层叠叠的裸岩。

这片绿色的滩涂仿佛是个奇迹，点缀在一片荒芜之中。有风拂来，吹动她的长发，丝丝缕缕散在空中，周轶惬意地眯起眼，身心放松。

兰兮芝问："姐，你看到了什么？"

周轶应她："灵感。"

兰兮芝没听明白。

丁珄不知什么时候走过来了，看到周轶独自站在陡峭的岩石坡上，他眉头微皱。虽然坡不高，但坡面陡，一个不慎人很容易摔下来。

周轶听到兰兮芝喊了声"丁队"，微微侧过身低头往下看，正对上丁珄往上望的眼睛。

"你爬那么高做什么？"丁珄仰头问她。

周轶不答，反对他招手："你上来。"

丁珄以为她自己一个人下不来，没犹豫，几步就攀上了坡顶。

周轶指着那片滩涂："看。"

丁珄看到那片绿倒没周轶那么欣喜，他在 A 国待了很多年，这边的风景他几乎都见过，一开始还会觉得稀奇，现在已经习以为常了。

"我还挺喜欢这里的。"周轶眼底映着翠绿，生机勃勃的，"它能给我好多灵感。"

丁珄不置可否，这个国家的确是个会给人惊喜、让人留恋的地方。

"你也能给我灵感。"周轶突然转过头，双眼还泛着粼粼的波光，碎钻似的，"你给我当模特吧。"

这不是她第一次说这样的话，上一次是在琼纳斯那晚，她喝了点酒。

她是个画家，在她眼里只要能给她灵感的东西，无论人还是物她都喜欢，也不知道她画了多少个男人。丁珄冷着脸一脸不感兴趣的模样，他的表情就是他的态度。

"不考虑下？"周轶挑起眼角，打量着他的臂膀和胸膛，"你的肌肉线条一定很美。"

她的眼神赤裸裸的，毫不掩饰，好像正透过衣服在打量他的身体，丁琎喉头一滑，眼神更深了。

他警告性地喊她："周轶。"

周轶接收到他的眼神，略一踌躇，打着商量道："就脱上半身。"

丁琎腮帮子一紧："你想都别想。"

周轶耸了下肩，并不因他拒绝而愠怒沮丧，她总会有办法让他点头答应的，并不急于一时。

"走，下去。"丁琎转身。

周轶最后再看了一眼那片绿色的滩涂，用眼睛记下这片希望。

下坡比上坡难，因坡度陡，人很容易往下滑，周轶很难把握平衡，丁琎没办法，只好伸出一只手让她抓着。

轮胎已经换好了，天色也不知不觉暗了，天擦黑了也就说明时间不早了。

因为下雨，他们在盘山公路上耗费了点时间，又因换胎花了半个小时，本来在丁琎的计划中，他们能在晚上十点前到达车兹的，这下又只能在公路上再待一晚了。

丁琎把车停在休息站里，因为临近车兹，这个休息站还算是设施完善的，有饭馆有便利店还有宾馆。

丁琎开了两间双人间，在前台办理入住时，兰兮芝听他和服务员说要两间标间，立刻一脸愁苦，小心翼翼地对丁琎说："丁队，能给我单独开一间吗？男女有别，我不能和二柱住一间。"

丁琎神情淡淡道："你和周轶一间。"

"真的吗？"兰兮芝瞪圆了眼睛，"你和姐姐晚上不一起睡吗？"

丁琎："……"

陈淮景揽过兰兮芝的肩，眉峰一挑，痞痞地笑道："我说翠翠，你这不是棒打鸳鸯嘛，人好不容易能一起睡个觉，做点愉快的事，你就狠心硬生生地把人拆开？"

"我……"

"要我说啊，你就和小爷我睡一间房吧。我一个正人君子，能对你做什么？"

"待在一起也做不了什么。"周轶这句话说得极轻，只有丁琎听到了，她从丁琎手上拿过一张房卡，"兮芝和我住一间。"

191

兰兮芝展颜一笑，立即推开陈淮景跑向周轶，亲昵地挽着她的手。

陈淮景朝丁琎摊摊手，示意自己也没办法。

他们住的宾馆虽然小，但是设施倒挺齐全，环境也不差。

周轶去到房间后和兰兮芝先后去洗了个澡换了衣服，车兹公路后半段天很热。其实，车兹公路前后也不过百来公里的距离，却好似不是一个季节。

她们洗好澡没多久，房门就被敲响了，陈淮景的声音从门外传进来："两位美女，赏脸一起吃个饭？"

兰兮芝去开门。

陈淮景靠在门框上："吃饭吗？"

周轶往门外看，陈淮景立刻又接了一句："丁哥在洗澡呢。"

兰兮芝回头："姐，去吗？"

周轶走过去，往对面关着的门瞄了一眼："你们先去吧。"

陈淮景会意，把指间夹着的房卡递过去，颇为暧昧地说："慢慢来，饭菜给你们留着。"

周轶拿陈淮景给的房卡开了门，进去后轻轻地把门关上。宾馆标间的摆设都一样，两张床一个电视柜，还有一张矮桌上面放着水和饮料。

浴室里水声哗啦，周轶站在两张床前，看到一张床上放着陈淮景的外套，她自觉地坐到了另一张床上，拿过遥控器打开了电视，随便换台看着，直到水声停歇。

浴室门被打开，丁琎光着膀子就出来了，他原以为是陈淮景在看电视，抬眼看到坐在他床上的周轶先是愣了下，随即眉头微拢，一想就知道是陈淮景给她开的门。

周轶双手往后撑着，坐在床沿打量着他。

他的双臂肌肉贲发，腹肌块垒分明，侧过身时还能看到明显的鲨鱼肌，这是常年锻炼才能有的身材，陆美美说的"行走的荷尔蒙"用来形容他倒是显得合适。

她没猜错，他的肌肉线条很美。

她一个女人大晚上的跑到男人房里，这会儿也一点儿没觉得难为情，她打量的眼神让丁琎以为她是在看一座雕像，她的目光寸寸下移，落在他身上仿佛有实感。

"有事？"丁琎往床边走。

周轶把视线重新挪到电视屏幕上："等你一起去吃饭。"

两人不说话的时候就显得电视节目的声音更突兀了。

丁班弯腰拿过床上放着的短袖套上。

"你前女友挺漂亮的。"周轶盯着电视突然说了一句，然后用余光去看丁班。

丁班往电视屏幕上扫了一眼，表情倒是没明显的浮动，他不用费心去想就知道她是从谁那里打听到的信息——和孟哥道别时，孟嫂拉着她的手说了好一会儿的话。

周轶盯着那个女主持看了有一会儿："你们分手有两年了？"

"嗯。"丁班应得漫不经心，他拿起放在桌上的手机看了一眼时间，转过身时周轶就站在他身后，离他不过一拃的距离。

丁班后退一步。

周轶抬头看他，眉梢眼尾都带着挑逗的风情，她的手攀上他的胸口，一点点地走着："两年……有欲望怎么办？"

丁班脸色微沉，一把捉住她的手："周轶，别来撩拨我。"

偏偏周轶是那种你要她往南她偏往北走的人，周轶欺近一步，在他颈侧呼气："我不行吗？"她在他耳边低语，"承认吧丁班，你对我有感觉。"

她的语气是自信又笃定的，好像拿准了他，丁班眼底暗沉，他刚冲了凉，现在又觉得异常燥热。

周轶仰着头，视线在丁班的脸上流连，最后定在他的唇上。

她身体往前倾，还未沾上他，丁班便抓着她的手往旁边一拉，彻底拉开了两人之间的距离。

他愠怒道："周轶，这样好玩吗？"

周轶的手被他攥紧，丁班低头质问她："你是不是觉得这样很新鲜、很刺激，闺密的男友、前任的兄弟，你就这么喜欢背德的感觉是吗？"

周轶眼里的温度在他一句句的反问中降至零度又结出冰花，寒意凌人，连抿着的嘴角都透着怒气。

这是丁班第一次对她说这么重的话，看样子是忍无可忍了。她没想到他心里原来是这样想她的，和周家人一样，认为她就是个不知礼义廉耻的女人。原本她今天是想主动捅破他们之间的隔膜，向他坦白她和陆谏真正的关系的，现在看来似乎没这个必要了。

周轶挣开他的手，怒极反笑："对，我就是像网上说的那样，喜欢到处勾引男人，连好友的男友都不放过，你不过是我在路上的一个消遣，等离开了A国，我难道还会记得你吗？"

丁班的脸色不大好，眼底蒙翳："周轶。"

193

她冷哼："丁琏，你少自以为是了。"

等她摔门而出，门板发出"砰"的一声，丁琏才扶着额头叹了一口气。

刚才他失控了，他不应该对她说出那样的话，在没有调查了解之前，他不应该轻信网上的那些新闻。

丁琏拿上手机要追出去，目光一瞥看到床上她刚坐过的地方有个小玩意儿，拿起来一看才愕然发现是羊后腿的关节骨。

桌上那块骨头被她拿走了，她想和他玩"托布克"？

丁琏简直不敢往深了去想，这块骨头绊住了他要追上去的脚步，他颓坐在床边，内心像有两股相互矛盾的力量在对抗撕拉着。

他承认他的确是对周轶动心了，明明他们才相遇没多久，可他就是被吸引住了。他也谈过几段感情，以前他都是觉得对方还合适就处着看看，但遇上周轶后，他才知道男女之间真的会有火花，那种热烈的、涌动的感觉，对他来说是有些陌生的，甚至有点上瘾。

在知道她和陆谏的关系后，他一度刻意拉开和她之间的距离，暗自警醒自己千万不能沉沦，她和他是不可能的，就算周轶说他们已经分手。

她的确是自由身，她可以对任何人心动，但他不能。

陆谏是个重情的人，这点毋庸置疑。丁琏以前从未在他口中听他提过别的女人，他说得最多的就是周轶，明眼人都能看出来陆谏对她有多上心，即使现在周轶和他提了分手，但他敢保证，陆谏心里还有她。

丁琏握紧手中的关节骨，最后还是理智战胜了情感。

陆谏现在下落不明、生死未卜，他不能分心在男女情爱上。换位想想，如果是他受命在外执行任务保家卫国，陆谏在后方撬了他的墙脚……简直不是人干的事。

丁琏没有追出去，刚才他对周轶说了那么重的话，以她要强的性子，这会儿肯定在气头上，接下来她估计再不会给他好脸色看了。

这样也好，尽早厘清他们之间的关系对彼此都有好处。

道理他都想得明白，但心里就是有点不得劲。

丁琏拿上打火机去阳台点了一支烟，烟草的气味并不能抚慰他的焦躁，他向来引以为傲的自制力面临着巨大的挑战。

一支烟燃到尽头，丁琏低叹一声，拿上房卡出了门。

宾馆对面就有一排饭馆，丁琏很容易就找到了陈淮景和兰兮芝。他俩正打闹着，见他从外面走进来很诧异似的。

"这么快？"陈淮景瞠目，"我这菜都还没上齐呢。"

兰兮芝往丁琎身后看了看，疑惑道："周轶姐呢，她不是说要和你一起过来的吗？"

丁琎看到周轶没和他们在一起有点怅然，她大概是被气着了，这会儿指不定在房里怎么骂他呢。

"她不舒服，在休息。"他只能这么说。

兰兮芝理所当然地以为周轶是生理期身体不适，点点头说："她这两天也挺累的。"

陈淮景的表情就很令人玩味了，嘴角噙着揶揄的笑，脑袋里已经浮想联翩了。丁琎坐下，他的脸上一向没什么表情，所以陈淮景和兰兮芝也看不出他此时心情不佳。

吃饭的地方是一家中餐馆，饭馆里有一台大电视，是供食客观看的，此时电视上正在播放娱乐新闻。

丁琎听到"李斐然"这个名字时，敏感地抬头看向电视。

兰兮芝也在看，很义愤填膺地说："这不是那个借周轶姐炒作的女明星吗？"

"炒作？"丁琎不懂这些娱乐圈术语。

也就是周轶不在，兰兮芝才讲些关于她的事："李斐然可能想和周轶姐扯上关系，立个有才气的人设吧，刚出道不久就声称和周轶姐是好闺密，其实也就是以前在××美院一起读过书。媒体问过几次周轶姐她们的关系，她都只说曾经是同学。"

"前阵子有狗仔拍到周轶姐和李斐然男朋友一起去看画展的照片，李斐然就向媒体哭诉说周轶姐勾引她男朋友。"兰兮芝越说越气，"我看过那些照片，周轶姐离那男人一米远，也没什么亲密的动作。我看就是有心人故意设计周轶姐，为了博眼球来自我炒作的，正好这段时间李斐然的新剧上了。"

陈淮景瞅着她："你对周轶还挺了解的。"

"那当然啦，周轶姐多有才华，十四岁就拿艺术大奖，天才少女，学过油画的人都知道她。"兰兮芝说着又有些怅惘地叹了口气，"不过很多人认识她都是因为一些不靠谱的花边新闻，她的才华反而被忽视了，可能因为她是大集团的千金吧，媒体总爱报道她的私生活，颠倒是非。"

"这次'小三'的事也是，媒体才不管真相呢，有热度就行。"她为周轶抱不平，"也就是周轶姐不屑和不相干的人多说，她在接受国外艺术杂志采访的时候说过'愿意相信她的人她不需要解释,不愿意相信她的人她解释再多也无益'。"

丁珺越听心里越不是滋味,越觉得自己刚才对她说的简直是混账话。

她这么要强,他刚才说的话和羞辱她有什么区别。

丁珺站起身,陈淮景问他:"干吗去啊?"

丁珺咳了一声:"给周轶打包点吃的。"

兰兮芝了然地"哦"了一声,突然想到什么问:"她在你们房间里休息吗?"

丁珺莫名:"不是。"

"咦。"兰兮芝有些纳闷似的从兜里掏出房卡,"房卡放在我这儿呢,没卡她怎么回去的?"

丁珺的眼神霎时就变了,他紧紧盯着兰兮芝手里的卡,脑袋里的弦被拧紧了。

陈淮景也觉出了事情不对,立刻站起身:"翠翠,你快回去看看周轶在不在。"

丁珺转身往外走,其实不用再回去确认了,他心里清楚周轶并没有回房。

他们的房间正好在对面,她离开他的房间时摔上了门,总不会过了个回廊就消气了,可他并没有听到第二声摔门声。

是他大意了,这种时候他怎么能让她落单!

丁珺在饭店门口来回踱步,强自镇定下来,尽量往好的方向去想,休息站前面不远有个天然的大水库,兴许她只是去那儿走了圈散散心。

"丁队。"兰兮芝匆匆忙忙地跑过来,焦急的情绪都写在了脸上,"周轶姐不在房间里。"她跑过来,把手里拿着的东西递给他,气喘吁吁地快速说,"我在宾馆门口捡到了这个,'恶魔之眼'的手链,这是我下午去超市买来送她的。"

丁珺拿过手链看了一眼,手链他眼熟,在房间里他抓着她的手时她腕上还戴着这个。他的一颗心当即沉到了谷底,遇事向来沉着冷静的他竟然也会有无措慌乱的时候。

"丁哥,你别慌。"陈淮景说,"也许这手链是周轶不小心掉的,没那么严重。"

丁珺了解周轶,手链极有可能是她留下的求救信号。

他沉声:"车钥匙。"

陈淮景把钥匙抛给他,丁珺接过:"你们在附近看看,有事电话联系。"

丁琲去问了宾馆前台人员，稍微描述了下周轶的着装，前台工作人员对她有点印象，说半个小时前的确看到她出了门。他又问有没有看到有可疑人员跟着她，工作人员回答说没看到，但在宾馆门口的时候，有男人和她搭讪来着。

周轶被人带走了，这个认知让丁琲的心一沉再沉。

他把陈淮景的车开出来却不知道该往哪儿开，看着手上握着的那条手链，他心里什么滋味都有。

他今天就不应该对她说那样的话，不该把她气走，更不该有所犹豫而没有第一时间追上她向她道歉，要是他果断一点，就不会给那些人可乘之机。

丁琲捶了方向盘一拳，第一次觉得自己太无能，连一个女人都保护不了。

他攥紧拳逼自己冷静思考，车兹公路今天封路，人肯定不是从后面追上来的，排除这个可能性，那他们就是从车兹来的，守株待兔？此外，丁琲能确定的是，带走周轶的是VIRUS的人，如果他的计划没出差错，交流团的人现在应该都还在车兹公路的另一端。

车兹过晚上十点后不放行，他们一定还在这条公路上。

VIRUS的人会带着周轶往回走吗？如果H国交流团和VIRUS真的是一伙的，那他们可能会回去和交流团会和，如果不是，那他们一定是藏在了附近，等待机会带着周轶离开。

他只有一次做选择的机会，追或者在附近找。

丁琲这么多年大大小小的任务执行过不少，这还是他第一次这么犹疑不定，生怕自己做出了错误的判断，贻误了搭救周轶的时机。

他盯着掌上的"恶魔之眼"沉思良久，最后抬眼时眼神果决。

丁琲决定赌一把，赌VIRUS的人就藏在这附近，而车兹公路最后一段路最适合藏身的地方莫过于前面的天然大峡谷。

大峡谷位于山脉南麓，奇峰嶙峋崖奇石峭，峡谷区域平均海拔能有一千六百米，全长更有五千多米，是受风剥雨蚀洪流冲刷形成的。峡谷的山体由赭色的泥质砂岩构成，白日里远看着像是燃烧的火焰，色艳红天，到了晚上一座座山峰如巨怪盘坐，似张开血盆大口静候猎物。

大峡谷由主谷和许多支谷组成，纵横交错似迷宫一样，谷底有宽有窄，最窄处仅容一人侧身通过。

丁琲把车停在了谷口，拿上枪潜了进去。

时至凌晨，峡谷四周一点灯光也无，顶上倒是星云密布、银河倒泻，谷里却一点光都透不进来，黑黢黢的伸手不见五指。

峡谷支道多，其中神秘洞窟也不少，若真有意要避开，能藏身的地方可太多了。

丁珬站在谷底四望，侧耳倾听谷里的动静，没有人声，只有呼呼的穿谷而过的风声，似鬼夜哭，有些瘆人。

难道他判断失误了，他们带着周轶往琼纳斯方向去了？

丁珬把枪上膛，朝着正上方放了一枪。有没有人躲在这儿，试一试便知。

丁珬和VIRUS的人交过几次手，对这个组织的成员还算了解。他们生性残暴，胜负欲强，还有极重的报复心理。从漠邑到车兹，他们的几次计划都被丁珬阻断，成员折在他手上的也不少，现在他主动现身，如果峡谷里真有VIRUS的人，他们一定不会错过这个可以扑杀他的机会。

他这一枪将彻底暴露自己的位置，将自己置于险境，可为了救出周轶，他不得不冒这个险。

他向她承诺过，绝不会让她出事。

丁珬就站在峡谷主谷中央，集中精神去辨听四下的动静，直到一颗子弹破空而来，他当即往边上一扑，堪堪避开，随即锐目紧盯着峡谷侧方，双手持枪毫不犹豫地扣动扳机。

他听到有人用H国语骂了一句。

丁珬闪身躲到一块岩石背后，他赌赢了，他们的确是藏身于此。

那些人似乎确定了丁珬是只身前来的，很快就从峡谷的各个地方往他这儿围堵过来，丁珬从他们的脚步声判断，对方有五个人。

从前几次的经验来看，他们每次出动的人数都不会太多，至多坐满一辆车，他们也怕目标太大暴露行踪。此刻围攻他的有五人，那留在周轶身边的人应该只占少数。从他放枪引诱他们出现到现在，前后没过多少时间，周轶应该就在附近。

丁珬矮身往另一侧的谷缝中躲，屏息以待。

夜色浓稠，人眼像是被罩上了一块黑布。

他们只知道丁珬在这个方向，但是一时也不能确定他的具体位置，只能放轻脚步慢慢接近。

丁珬从地上捡了一块石头朝着反方向一扔，立刻有子弹接连射来，等他们察觉自己上了当已经迟了，他们的位置早已暴露。丁珬当机立断，听音辨向，果断地朝黑暗中开了两枪，弹无虚发，两声惨叫后他贴地一滚，往另一侧迅速移动。

子弹紧随而至，打在了他刚才藏身的岩石上。

对方被激怒，持着枪不管不顾地左右射击。

丁珃朝支谷奔去，后头脚步声紧紧跟着他。他们在暗夜的峡谷里你追我赶，喘息声被放大，陡然增添了紧张的气氛。

支谷越跑越窄，到了后面有个关卡丁珃侧身险过，后头有人刚迈出一条腿探出了头，一直候着的丁珃直接伸出手臂圈住了他的脑袋用力一拧。

丁珃把他往后一推挡了两枪，他不逗留，峡谷窄虽然增加了追击的难度，但是射击范围大大地缩小了，他一路快跑，枪子似乎就打在他的脚后跟上。

支谷后半段的开口倒是开阔了，VIRUS剩余的两人追到了谷底却扑了个空，这条支谷没有其他岔道，是死胡同。他们齐齐抬头，丁珃一跃而下，和他们缠斗在了一起。

丁珃心里记挂着周轶，想要速战速决，只是对方两人也不是那么好对付的，一对二，近斗他占不了上风，反而处处被掣肘，有几次差点被对方按倒在地。

VIRUS的人下的死手，大有拼死一搏的意味，拳拳到肉。他们没有动枪，丁珃并不觉得他们是怕伤到自己人，这个组织并没有什么兄弟情，为了邀功自相残杀的事情发生过不少，最有可能的是他们手上只剩空枪了。

子弹没了，也不枉费他跑了这么久。丁珃一个转身从军靴里拔出格斗刀，寒光一闪，隐藏在夜色中的双眼杀意尽显。

那两人齐齐扑上来，丁珃持刀左右开弓，招招刺向对方的命脉。对方似乎被丁珃浑身散发的气势震住了，下手顿时有点急躁，被丁珃逼得节节败退，失去了主动权，只能被动迎击。

丁珃瞅准机会，躲开攻击，一个横扫袭击其中一人的下盘，把他绊倒在地后立刻一跃扑上去，手起刀落，直接反手一刀抹了那人的脖子。

解决掉了一个，剩下的一个倒不用再费多少力气。

丁珃和他对了几招就把他反压在了峡谷上。

"你们把那个女人藏在哪儿了？"他是用H国语问的。之前为了以备不时之需，他特地学了几句。

"你找不到。"那名VIRUS还很得意。

丁珃猛地把他的脑袋按下，那力道几乎要把他嵌进峡谷里。

他仍在狞笑着："A国……也就那样，还不是我们想进来就进来，国界线对VIRUS来说就是摆设。"

就是这时，峡谷内回响着一声尖叫，是周轶的声音。

丁珃心头一震，拿起刀抵着手下那人的颈动脉，然后附在他耳边一字一句掷地有声地说道:"我就是活着的界碑。"

他猛然一划,鲜血四溅,暗夜中,他似正义的撒旦。

丁琪拔出刀,把人往地上一推,围剿他的五人已如数被他解决了。

周轶的那声尖叫声他听得很清楚,就是从附近的支谷中传来的,担心她出了事,丁琪拔腿就往外奔去。

夜幕中的峡谷危机四伏,好似一张巨网,把所有人都困在其中。

丁琪跑出支谷,仔细去听峡谷中的动静,风声中夹杂着杂沓的脚步声,像有人在追赶,其间还有几句H国语。

他们在追周轶?

丁琪一点都不怀疑周轶有脱身的能力,当即循着声音追过去。

峡谷的支谷有的是死的,大多是活的,很多谷道是彼此相互连通的,加上峡谷会有回声,一处发出声音,四面八方都会传来声音,丁琪一时无法确定他们的位置。

他在峡谷中迅速穿梭,暗夜中,他也只能凭借听觉和长年累月积累的经验来行动,还没找到周轶,倒是先碰上了一个VIRUS成员,他脚步急促,一定正在追着周轶。

丁琪先发制人,一个飞踢让那人后退了几步直接撞在了岩石上,丁琪持刀刺过去,那人倒也灵敏,身子一转躲开了。丁琪一刀扎到了岩石,"锵"的一声十分响亮,他察觉到耳边风势不对,尚未回头就迅速闪身避开对方的攻击,对方也抽出了适于近战的匕首,两人一来一回地缠斗在一起。

黑暗中,眼睛看不清对方的招数,更考验身手和反应速度,这个时候只要稍慢一拍就极有可能被对方一招毙命。

丁琪眼中翻滚着血气,一拳击中对方的下颌,对方闷哼一声往后退了一步,就在这时,他听到了周轶在喊"别过来",他心下一凛恍了下神,对方趁他不备,反手一刀刺过来。丁琪往旁边一躲撞到了山体岩石上,对方欲要扑来,他毫不犹豫地抬起一脚直接踹向对方的小腹。

那名VIRUS成员后退两步似乎踩到了石子被绊着坐到了地上,丁琪不给他喘息的时间,飞身扑过去,用膝盖死死地压着他的胸口。那人也不束手待毙,拼尽全力一翻身反而把丁琪掀倒在地。丁琪就势往上边一滚躲开了他的攻击,一个鲤鱼打挺从地上起来,横扫一腿击中了对方的膝盖窝,趁他跪地时绕到他身后,按住他的脑袋直接封喉。

寒光一闪,丁琪收刀后没有多留。

周轶就在附近,她刚刚在喊了那声之后就没再呼救过,丁珏这会儿整颗心都是揪紧的,生怕她出了什么意外。

峡谷里风声更盛了,像吹响的号角,又像猛兽在低吼。

一记枪声打破了表面的平静。

"丁珏!"

丁珏胸口一震。

听到周轶的尖叫,他立即闻声而动,这次他听得很清楚,她就在边上的支谷里。两条支谷是贯通的,他如同暗夜里的猛禽,以极快的速度移动着。

周轶磕磕绊绊地摸着峡谷毫无目的地往前逃着,也许是她刚才那一刀激怒了对方,绑匪现在不再像之前那样只是想要活捉她,而是欲要置她于死地。

枪声再次响起时,周轶被人一扑趴在了地上。

丁珏回身朝后面开了一枪,搀起她:"走。"

他让周轶先行,自己断后,一边撤退一边朝后头开枪。

"这边。"丁珏拉着周轶拐进了另一条更为宽阔的谷道,低声问,"有多少人追着你?"

"两个。"周轶的声音都在发抖,"他们留下了两个人。"

留下两个人看着她,其中一个已经被他解决了,现在就只剩下追在他们后面的那个人了。

后头的人又胡乱开了几枪,丁珏抱着周轶,用自己的身体紧紧地护着她往岩石后面躲,他拍拍她的肩,说:"往前跑,找个洞窟躲着。"

即使处于慌乱之中,周轶也立刻明白了他的意思,这一路他们已经有了默契,她回头语气急切地道:"你小心点。"

"好。"

周轶摸黑继续往前跑着,也不知道拐过了多少个弯道,到最后她自己都不知道已经跑了多远。她蜷缩着身体躲在一个黑漆漆的洞窟里,听着因回声而响彻峡谷的此起彼伏的枪声,心口一跳一跳的。

良久,四下恢复寂静,她咬着唇捏紧双手,身上已是冷汗涔涔。

周轶一直在等着,直到有脚步声接近,她屏住呼吸,一点声响都不敢发出。

"周轶?"

周轶微怔,片刻后才扶着背后的岩石慢慢站起来。

"在这儿。"

丁琲循声走过去，周轶的声音听起来有气无力的，他不太放心："没事吧？"

周轶只是还有点没缓过劲，她摇了摇头，想到丁琲看不到又开口说："没事。"

"七个人？"

周轶马上知道他在问什么，应道："嗯。"

全部处理了，丁琲绷了一晚的神经稍稍放松，也就是借助夜色和地形他才能在这么短的时间内全部搞定，而且他也没占到多少便宜。

"走，我们先离开。"

月黑风紧，即使目不能视物，但跑过一遍的路丁琲都能记个大概，他心里有一张粗略的地图，带着周轶离开峡谷倒不算太难。

丁琲半搂着周轶的肩，耳听八方，仍是十分警惕，其间他低头看了看她，她始终没有出声。不管她平时多大胆，今晚这事应该把她吓着了，他还担心她受伤了，只是刚才隐瞒着没告诉他。

得先把她带回车上才行，丁琲加快了脚步。

车就停在谷口，丁琲把副驾驶座一侧的车门打开，等周轶坐好后他绕到驾驶座，关上车门先启动车子加速往前开出了几公里绕到了一座小山坡后。

他停好车，抬手把车内的顶灯打开。

"你有没有受——"话还没问完，丁琲视线一低就看到了她一侧微肿的脸，显然是被掌掴的。他眉间一紧，眼里又露出了杀气，心里像有火球在来回地滚动。

周轶偏过头不让他看。

丁琲心情复杂，低头又看到她衣服上染着的血渍，立刻问："受伤了？"

周轶微微摇头："没有，不是我的血。"

丁琲不相信，拉过她的手想要检查，刚碰上她的手腕，她就不适地蹙起了眉头，"嘶"地痛呼一声。

他一看，才发现她两只手上有很多细碎的还在渗着血的伤口。

周轶想缩回手，丁琲捏住不放，他的声音隐忍着怒气："他们划的？"

"不是。"周轶蜷了蜷手指，抬眼看他，"我把'皮恰克'藏在了袖子里，趁他们没注意，把手上的绳子割断了。"

周轶被劫来后双手被缚，他们把她带到峡谷里的一个山洞里，大概是担心暴露行踪，他们没敢打火亮灯，这也给了她机会。自从丁琲把那把"皮恰克"送给她后，为了防身她一直把它带在身上，幸好她今晚穿了件宽袖上衣，刀藏在袖子里不太明显才没被那些劫匪发现。

丁珃看着她原本白皙的双手此刻变得伤痕累累，各种情绪一时涌上心头，自责、懊悔、愧疚……他很清楚她有多重视她的这双手。

"今晚是我失职。"

周轶抽出手，靠着椅子看向车窗外，应得很冷淡："你不是把我救出来了吗？"

丁珃缄默片刻，又问她："身上还有其他地方受伤吗？"

"没有。"

丁珃看着她，怕她在逞强。

"你想检查下吗？"周轶想到什么，回过头看他，澄清似的冷淡地补了一句，"我不是在撩拨你。"

她的话像蜜蜂的尾针扎进了丁珃的心口，不痛但极不舒服，她气性大他是早就知道的。

他无声地一叹："对不起。"

周轶只是看着他。

"我今晚说的话……过分了，我向你道歉。"

周轶神色淡淡，语气也平如直线，没有情绪："没什么，你也不是第一个这么说的人。"

丁珃听着心头更是堵得慌。

她现在对他比第一次见面时还冷漠，他错把她看轻，所以现在在她心里他就和陌生人一样，甚至比陌生人还不如，他就同那些编排她、误会她的无良媒体和她口中不愿意相信她的那些人一样，没有什么差别，她不屑于和他解释。

丁珃发现自己好像不太能忍受她把自己当作不相干的人，也不希望她和自己撇清关系，这个念头的兴起直接把他吓了一跳。

周轶目光一转落到了车的操作台上，那里放着她落在他房间里的羊腿关节骨和"恶魔之眼"手链。想到今晚的事，她心气更不顺了，扭开头不想搭理他。

她的颈侧有一长条的血迹，看着像是吓人的伤口，丁珃想都没想就直接伸手过去碰了下。周轶躲开，他的手僵住。

"丁珃，我不撩拨你，你也别来撩拨我。"她挑起眼尾盯住他，表情似讥嘲，生硬地说，"你现在的表情，不知道的人还以为你多心疼我。"

丁琎微怔,他没收回手,手心往上抚了下她微肿的侧脸,在周轶挥开他的手前,他开口说话了:"我承认。"

周轶正眼瞧他。

丁琎隔了会儿才沉声认真地道:"我对你有感觉。"

周轶眼神一动,似微风拂过湖面,吹起一层水纹。

他们俩对视着,空气中似有电流在流动。

周轶抬手摸了丁琎的手背,缓缓向他靠近,丁琎的身体顿时僵得像一块木板,浑身肌肉都是绷紧的。

"周轶。"丁琎在她的脸离他不过一拃距离的时候忍不住出声提醒。

周轶眨了眨眼睛,眼神往下,吹气如兰:"我给你最后一次推开我的机会。"

今天在宾馆里,她也是离他这么近,他们也是这么相对着,她现在是让他重新做选择。丁琎看着她近在咫尺的脸,双眼幽深,明灭间又有星火在烧,他的身形保持不动。

周轶不再等他,头一歪毫不犹豫地吻上了他的唇。丁琎往后一靠,他们的唇瓣相离,周轶从座位上起来,半跪着探过身低头再次亲上他,毫无章法地吮咬着他,似惩罚又似勾引。

丁琎一只手半搂着她的腰,浑身血液都在沸腾,胸腔里的心脏仿佛许久都没这么猛烈地跳动过,这种感觉有点像在战场上和敌人杀红了眼那样,刺激又痛快。

他仰头主动回吻她。

两人唇舌相交,辗转着相濡以沫,许是那场矛盾或是刚才的劫后余生让他们更加渴望彼此。车内有低低的喘气声回响着,十分旖旎引人遐想。

丁琎想,这是他出生以来做过的最越轨的事,遇上周轶,他算是栽了。

周轶一点一点地啄着他的唇,眼睛微张,嘴角往上有点得意。

她伸手按住他的臂膀想找个支撑点,触手却摸到一片濡湿。她遽然从热吻中抽离,翻开手借着顶灯一看,发现手心里都是暗红的液体,混合着她的,还是温热的。

周轶眉心一皱:"你受伤了?"

丁琎第二次听到她呼救时慌神了,虽然躲开了敌人的致命攻击,但手臂也扎实地挨了一刀,再加上后面的大幅度动作,伤口就撕开了些。

"小伤。"

他穿着深色的外套,所以周轶一直没发现,她身子往后,看向他的手臂:"我看看。"

丁琎不太在意:"皮肉伤,不碍事。"

周轶强硬地道:"把衣服脱了。"

丁琎见她坚持,犹豫了下脱下了一半外套露出一边胳膊。周轶看到那道血肉模糊还在淌血的刀口倒吸一口冷气,表情立刻就严肃了。

这一刀割得是挺深的,丁琎不想让她担心,安慰她:"没伤到动脉。"

他是习惯了,周轶却是第一次见到这么触目惊心的伤,沉默了一会儿后说:"先止血吧。"

车上没有止血带,丁琎说:"回休息站再处理。"

那道口子拉这么大,血一直在往外冒,周轶不赞同他开车:"你会失血过多的。"她在车里看了看,突然想到什么,伸手从自己的裤兜里摸出了一个避孕套。

丁琎的表情霎时变得精彩起来。

周轶撕开包装,把里面的套子拿出来,道:"手伸过来。"避孕套是橡胶做的,还有弹性,拿来止血最合适不过,周轶俯身给他绑上。

丁琎这才说话:"你怎么随身带着这个?"

"去你房间前陈淮景给的。"周轶扎紧,抬头看他,坦然地说,"本来也是想用在你身上。"

丁琎喉头滚动,有些燥热。

周轶见他伤口的血不再像刚才那样不断地往外淌后才稍稍放心,盯着他外翻的刀口,她突然毫无缘由地笑了。

丁琎看着她。

"受伤了还和我接吻,玩血色浪漫吗?"她笑着说。

周轶本来想由她来开车的,但是丁琎念及她手上有伤不同意,他自己单手掌着方向盘把车开回了休息站。

陈淮景和兰兮芝在附近找了一圈都没找着周轶,丁琎从峡谷出来后给陈淮景打了个电话,此时他们正焦心地等在宾馆里。

幸好夜已深,路上没什么人。宾馆前台趴在桌上打盹,丁琎和周轶没惊动任何人就上了楼直奔房间。丁琎刚敲门,门就从里面打开了。侧身让丁琎和周轶进了屋,陈淮景探出个脑袋往回廊左右看了看,确定没其他人后才把门关上。

兰兮芝看着周轶被血渍染红的衣服捂住嘴才没尖叫出来,她被吓得结巴了:"姐姐,你、你怎么了……怎么浑身是血啊?"

"我没事,先处理他的伤口。"周轶回头看丁琎,"你坐着,把衣服脱了。"

丁琎不说话照做,外套一脱,他胳膊上那道触目惊心的刀口直接暴露在灯光底下,皮肉绽开,把陈淮景都惊着了,他想着连丁琎这样的身手都能负伤,那他的对手该是多么来者不善。

"丁哥,你没事吧?"

丁琎抿嘴摇头。

"宾馆里有医药箱吗?"周轶问道。

兰兮芝脸都被吓白了,她根本不敢想象周轶和丁琎发生了什么事,听到周轶的问话她才颤巍巍地举了举手:"我有……在行李箱里。"

周轶干脆地道:"去拿过来。"

兰兮芝匆匆去对面的房里把自己随身带的小医药箱提过来。

丁琎不太担心自己,反倒一直记挂着周轶手上的伤,等兰兮芝把药箱提过来后他对兰兮芝说:"先处理下周轶手上的伤。"

周轶却说:"我不要紧,他的伤比较严重。"

兰兮芝拿着酒精和棉签看了下丁琎又看看周轶,拿不定主意。

这时候,陈淮景开口了:"这样吧,翠翠你给丁哥处理,我帮周轶清理下伤口。"

他话音刚落,丁琎一个眼刀就劈过来了,陈淮景一哆嗦立刻改口:"还是换过来吧,我下手没个轻重,姑娘家比较不吃痛。"他从兰兮芝手上拿过棉签,提前预告,"丁哥,我没经验,你忍着点啊。"

丁琎把短袖卷上去露出整条臂膀,他的伤口已经不再往外流血了。

陈淮景低头看到绑在他臂上的止血带觉得很眼熟,等解下来一看才发觉是避孕套,他一想就知道这是他之前好意塞给周轶的。没想到它还能派上这个用场,周轶真是个鬼才。

陈淮景那边给丁琎的伤口消毒,兰兮芝这边小心翼翼地帮周轶包扎。周轶的伤口不大但很细碎,几乎都在手上,左一刀右一刀的,看得兰兮芝心疼死了。兰兮芝怕她疼,轻轻地给她的手吹气,没一会儿兰兮芝豆大的泪珠就砸下来了。

周轶惊讶:"哭什么?"

兰兮芝吸了吸鼻子,抬头看她,眼里蓄着两包眼泪:"姐姐,很痛吧,你的手可是上过保险的,以后还能画画吗?"

丁琎听了这话心里也很是不好受,周轶倒没太放在心上,她对兰兮芝笑笑，觉得这丫头简直是个小天使："没关系，都是小伤口，过两天就好了。"

周轶手上贴满了创可贴，她动了动手指，的确是有点不方便。

她起身去丁珃那儿，陈淮景正帮丁珃清洗伤口。

把丁珃胳膊上的血污洗去后，他的伤口就更清晰了，皮肉被豁开了一大道口子，鲜血淋淋的。消毒过程中，陈淮景看着那刀口都感同身受得龇牙咧嘴，丁珃却绷着脸一声不吭，身体坐定不动，好像伤口不是在他身上一样，酒精碰到伤口，他眉头皱都不皱。

陈淮景在心里感叹道：果然是硬汉。

周轶不大放心："这种程度是不是要缝针比较好？"

"不用。"丁珃低头看了一眼自己的伤口，他大大小小的伤受过不少，有应急处理的经验，所以此时也不慌乱，镇静地说，"伤口不宽，用绷带和纱布包扎下就好。"

周轶看着刀口，眉间蹙成"川"字，担忧都写在了脸上。丁珃看见了，在这种时候居然觉得心情还挺不错，以至于嘴角不自觉地上扬。

陈淮景诡异地看他一眼，丁珃立刻板起脸。

给伤口消毒后，兰兮芝帮丁珃简单地包扎了下，在他的胳膊上缠了几圈绷带，叮嘱道："最近最好静养，伤口千万别碰水，小心别感染了。"

"嗯。"丁珃应道，边说边起身，"时间不早了，都休息吧。"

周轶看看他缠着绷带的胳膊又抬眼看看他，转过身很自然地对陈淮景和兰兮芝说："今晚我和丁珃住一间。"

陈淮景挑眉，开个玩笑："你这是不放心我啊。"

"丁哥，你的意思呢？"他又看向丁珃。

丁珃初听到周轶的话稍感惊讶，随即又想到今晚发生的事，这附近也不知道还有没有VIRUS的成员潜伏着，她要是离开他的视线，他也睡不安稳。

他咳了一声，说："周轶留下。"

兰兮芝撇着嘴，但她也不是不识大体的人，丁珃和周轶这出趟门带着一身血回来显然是发生了什么她想象不到的意外，虽然她不清楚到底发生了什么事，但也明白这不是她一个平头老百姓该打听的。

周轶对陈淮景说："你给兮芝再开一间房。"

陈淮景邪气一笑："大半夜再开一间房多引人怀疑啊。"

他把手搭在兰兮芝的肩上，低头逗她："翠翠啊，到最后还是要和我睡一间，别害羞了，反正也不是第一次。"

兰兮芝愤愤然拿胳膊肘杵了他一下。

周轶询问她："没关系吗？"

兰兮芝体贴地摇摇头："没事的，他欺负不了我。"说着，挥了挥自己的小粉拳。

商定好换房间后，周轶先带着兰兮芝去到对面的房间里简单地清洗了下，换了套干净的衣服。这一晚上在峡谷里东逃西窜的，她身上早已是风尘仆仆。

另一个房间里，陈淮景贱兮兮地靠近丁琎，从兜里掏出一盒东西递给他："哥，友情赞助，不收你的钱啊。"

丁琎低头一看，是一盒避孕套。他抬眼警告道："今晚老实点，还想去局里一趟？"

陈淮景举起双手做投降状："我不会对翠翠怎么样的，倒是你——"他瞄了一眼丁琎受伤的胳膊，意味深长地说，"悠着点，别把伤口崩了。"

周轶换好衣服后把自己的行李箱拖了过来，陈淮景识相地自行离开，关门前还朝他们挤眉弄眼地说："睡个好觉啊。"

门一关，房里就剩丁琎和周轶两人。他们倒不是第一回共处一室，但这次的感觉明显和之前不大一样，他们之间的磁场发生了微妙的变化。

丁琎指着自己的床："你睡这儿。"

周轶倒没什么异议，她扫了一眼他身上的衣服，上面不只沾了他自己的血，还可能溅上了那些绑匪的血。丁琎也知道自己身上血腥味有点重，低头看了一眼自己的衣服："我去洗洗。"

"要我帮你吗？"周轶将视线移到他的胳膊上，"脱衣服。"

丁琎眼神黯了下："不用，没那么严重。"说完转身去了浴室。

周轶低低地笑一声，虽然戳破了隔膜，但他这个人还是正直过了头，对她仍然是一点便宜都不占。

丁琎把手上的血渍洗了，又简单地擦洗了下身子，出来时，周轶正坐在床边歪着脑袋用手梳理自己的长发，她身上的睡裙因坐姿往上缩了一截，滑到了她的膝上。

听到开门声，周轶抬头，看着丁琎光着膀子走出来，身上的肌肉线条顺畅得好像在光线下会流动。她第一次看时太专注于他的体魄了，现在她才注意到他身上大大小小新的旧的伤疤不少，想来他这个职业免不了会受伤。

丁琎咳了下，走近她，抬手碰了碰她的一边侧脸："还痛吗？"

"有点。"

条件有限，半夜也没办法问人要冰袋，丁琎回到浴室，拿了条干净的毛巾浸了冷水，拧干后叠成一块小方形走出来。

他走到床边，示意她把头抬起来，随即把湿毛巾覆在她微肿的侧脸上。

脸颊微微刺痛，周轶突然说："我这还是第二次挨巴掌。"

丁珹和她对视着："还有谁打过你？"

"我爸。"周轶一笑，自嘲地说，"因为我执意要学画，他觉得这是旁门左道，没出息。"

集团千金也并不如表面上看的那么光鲜亮丽，丁珹安慰了一句："你已经证明了你自己。"

"当然。"周轶毫不自惭。

这才是她应有的模样。

丁珹来回用湿毛巾给她敷了几次脸，最后一次他低头看了看，她的脸还有些红，想到那些人不知用了多大的力气打她，他的眼神中就带上了阴霾。

周轶抬头看着他的脸。

气氛有些微妙，丁珹别开视线："早点睡吧。"

周轶掀开被子上床，拿起枕头打算拍拍，眼尖地瞄到枕头底下有一个红色的小盒子。她拿起来，嘴角噙着笑回头看向丁珹："你还藏着这个？"

丁珹看到她手上的避孕套，脸色一僵。

"陈淮景给的吧，他还挺贴心，这是他的一番好意，你就收着吧。"周轶把玩着盒子，然后把它一抛，扔向丁珹，"万一……"

她跪坐在床上回头看他，拿眼神勾着他，拖着的尾音像在下饵。

丁珹条件反射地接住了她丢过来的东西，又听到她暧昧不明的话语，他喉结明显地上下一滚："周轶。"

她没忍住露出一声笑："万一你又受伤了还能拿来止血。"

丁珹知道自己又被她戏弄了，低叹一口气，对她得寸进尺的调戏根本没有对策，谁让他主动投诚了。

他房间里的大灯被关掉了，周轶把床头灯打开，房内只有微弱的暖黄的灯光，像蒙了一层轻纱。

"我怕黑。"周轶解释，"有点光我比较容易睡得着。"

丁珹觉得稀奇，之前他都没发现她恐黑。

"和你待一块儿的时候，我都睡得挺好的。"周轶像是明白他心里的疑惑。

这句话不像是解释反倒像情话，好像她在说他能给她安全感。

丁珹的嘴角扬了扬，他在另一张床上坐下，背靠着床头，两条长腿架在床边就这样休息。

周轶躺着，身体侧着面向丁琎这边。丁琎的感官本就敏锐，何况周轶的视线存在感极强。明明夜里气温都降了，他却觉得燥热，体内像有火在烘。

过了大概十分钟，周轶出声："丁琎。"

"嗯。"

"我想确认一件事。"

丁琎睁眼："什么？"

周轶掀被起身，光脚下床，两步跨到另一张床边，一条腿跪在他床上，俯身就倾过去。

丁琎不知道她要做什么，后背刚离开床头就被她按了回去。

周轶借着微弱的床头灯寻到他的唇，双手搭在他肩上就吻了上去。她不是蜻蜓点水地在吻，也并不循序渐进，仿佛直接无缝衔接了他们在车上的那个热吻。

丁琎本来心里就躁动，被她这样一勾哪里受得了，他反客为主，用没受伤的那只手搂着她的腰一翻，两人的身体就调换了位置。

周轶的手改为勾着他的脖子，丁琎一只手撑着避免压到她。他上身裸着，周轶又只穿了一件薄薄的睡裙，他们的身体贴着都能感觉到彼此的热度。

半明半暗间有低低的喘息声逸出，周轶屈起的腿不小心顶到了丁琎的小腹，他闷哼一声，突然有些回神了。

再这样下去要一发不可收拾了。

丁琎支起身体，他的胸膛在起伏，呼吸声都粗了，周轶在他身下低喘着，听得他有些耐不住。他哑着声音问："确认好了吗？"

周轶长呼一口气，短暂的缺氧让她的脸有点热："我以为刚才在车上你是失血过多一时冲动。"

丁琎用目光描着她的眉眼，眼底晦暗不明，道："我是一时冲动，但是我没想反悔。"

周轶解颐，抬起身在他的下颌上啄了一口，她的眼神从他的胸膛往下走，颇有暗示意味地低声说："我确认了，你对我很有感觉。"

"等你伤好了……"她用手指在他胸口上画着圈，欲说还休。

丁琎让她留下来时并没有其他想法，只是为了安心，但这会儿被她勾得什么心思都有了。

第八章
真正的英雄不需要用伤疤来证明

　　丁珺和周轶最后当然是分床睡的,那种情况下再待在一起,干柴烈火一烧起来,就算他可以她也不行。
　　周轶睡了个好觉,如她所言,待在丁珺身边的她奇怪地好眠,但对丁珺而言,这一晚他几乎是熬过去的,她的呼吸声很轻,却一直往他耳朵里钻。明明他也不是第一次看她睡觉,可这次和之前比起来简直像在自我折磨。
　　六点钟的时候,周轶醒过一次,那时候丁珺还在房间里,外面的天像一块没化开的黑巧克力,他给她倒了杯水,端着让她喝了两口又让她再睡会儿。
　　周轶再次醒来时睁眼就往旁边那张床看去,床上空无一人,她拥被坐起身,看到他把被子叠成一个方块不由得笑了。
　　这职业病也太严重了,他现在不会去跑操了吧?
　　周轶下了床把窗帘一拉,天是灰白的,将亮未亮。
　　洗漱完,她在穿搭上费了点心思,这次出门她是来散心的,裙子带得多,裤装倒是没带几套,但是现在她可以说是在逃亡中,穿裙子不免麻烦,万一又要跑,简直是碍事。
　　挑了挑去她最后还是穿了一件波希米亚风的米色连衣长裙,但她在裙子里面穿了条短裤,心想万一碰上紧急情况把裙子撕了也不是不行,但是她不能为了还未发生的事放弃现在的美丽。
　　在享受当下这件事上,周轶向来当仁不让,即使昨晚她才出虎口,却不想一直为了下一刻是否会掉入狼窝而提心吊胆。
　　何况现在可不是收敛魅力的时候。
　　丁珺开门进来时,看到周轶床上的被子乱糟糟的,人却不在,他往洗手间看去,那里亮着灯。
　　周轶听到开门声,对着镜子把口红抹上,然后转身出去。

"你去哪儿了?"她问。

"打包早餐。"丁班回头,看到她化了妆时愣了下。

她的五官本来就立体,不是那种温婉的、小家碧玉的柔美,而是一种明艳亮丽、有攻击力的绝美,平时素颜的她尚且能轻易地抓人眼球,上了妆后整张脸更是惊艳得让人挪不开眼。

丁班目光下移,她今天穿的裙子是个V领,领口开得还挺低,只要微微弯腰,就有走光的风险。

周轶察觉到他正在打量自己,微微一笑走到他面前背过身,把自己的长发拨到一边的肩头上,侧头说:"帮我把绳子系上。"

她把头发撩开后,丁班才发现这条裙子另有玄机,裙子后面是镂空的,仅有两条细线左右穿插着,露出了她整块白皙的后背。

丁班眼神微变,没伸手帮她,而是沉声说:"把裙子换了。"

周轶转了个圈,裙摆摇曳,她抬头看他:"不好看吗?"

不是不好看的问题,是太好看的问题,丁班板着脸,用教导主任一样的口吻道:"露太多了。"

周轶没忍住笑了,眼波流转:"更露的你不是都见过了?"

"我什么时候……"丁班皱眉,觉得有点冤枉。

"上次在琼纳斯林场,你给我脱衣服的时候没看吗?"

丁班一点都不心虚:"没有。"

周轶再次被他这刚正不阿的样子逗笑,往前一步,用手指戳了戳他的胸口,故意嗔道:"没情趣。"

离得近了,丁班低头就能看到她胸口的暗影,他看着她的脸,再次开口让她把裙子换了。

"我出门会穿防晒衣。"周轶转过身示意他帮她把带子系好,她的眼尾微挑,嘴角一勾,"你以为我穿这样还给谁看?"

一大清早的,她又在光明正大地撩拨他。丁班发觉她好像吃定他了,偏偏他像个刚二十出头的愣头青一样还挺甘之如饴的。

丁班帮她把带子系好,周轶回过身伸手搂住他的脖子,踮起脚吻他,唇刚挨上,门就被敲响了。

陈淮景的声音从门板那边传进来:"丁哥,起了吗?"

丁班清了清嗓子:"来了。"他低头,轻拍了下她的腰,"衣服穿上,把早饭吃了。"

"嗯。"

丁珏开门走出来后立刻把门关了,陈淮景背靠在另一面墙上,一脸洞悉的了然,玩味地盯着丁珏的脸笑得不怀好意:"看来我敲门敲得不是时候啊,坏了你们的好事。"他指指自己的嘴角,"哥,你这样出去很引人注目啊。"

丁珏忽地想到什么,侧过脸用拇指揩了下嘴角,低眼一看,指尖上果然沾上了一抹红。

"看来周轶还挺热情。"陈淮景调侃道,"你的刀口没裂开吧?"

丁珏咳一声,转头问他:"什么事?"

"汽车发动机好像有点问题,想让你下去看看。"

周轶这时打开门走出来,手上拿着一盒牛奶。丁珏回头看到她身上披了件外套,眼底掠过笑意。

"兮芝呢?"周轶问,"还没起?"

陈淮景说:"小孩子一样,睡懒觉呢。"

周轶轻笑,看向丁珏:"要出去?"

"嗯。"

"你等下,我和你一起。"

"好。"

周轶回房拿东西。

陈淮景眉峰挑了挑:"不是吧,一时一刻都分不开?"

丁珏不搭理他,经过昨晚那一遭,他现在不敢让周轶离他太远,拴在他裤腰带上随身带着才是最安全的。

周轶背了个小包出来:"走吧。"

初阳已攀升,洒下一层薄光,晨风微凉,休息站还不大热闹,一切都是欣欣然的。车就停在路边,丁珏和陈淮景去修车,周轶就站在一旁的树荫下,日头透过树叶斑驳地落下来。

丁珏打开车前盖,俯身查看引擎。

周轶背靠着树干,视线一直随着丁珏在移动,他单手拿着螺丝刀认真修理车的样子她都觉得与众不同,异常性感。

或许这就是所谓的情人滤镜?

周轶从她背着的小包里拿出自己的速写本和素描笔,翻到一张空白的画纸上,拿起笔开始描画,时不时还抬头看一眼前方。

汽车是燃油过滤器堵了,丁珏稍微处理了下,让陈淮景试着启动车子,这下立刻就打着了。

看到丁琎放下工具,周轶立刻合上画本,走过去问道:"好了?"
"嗯。"丁琎拍了下手,"小问题。"
陈淮景看了一眼时间:"车兹放行了,我们可以出发了?"
丁琎点头。
"我去把翠翠叫起来,这只小懒猪,太阳晒屁股了还不知道起。"
周轶也回宾馆收拾了下东西,丁琎帮她把行李箱提下楼去,他自己没多少东西,就一个小行李包,装着几套换洗衣物,还是之前热黑和四马帮他带的。

他们先出了宾馆,在等待陈淮景和兰兮芝的时候,丁琎接到了热黑打来的电话。他才摆了他们一道,这会儿热黑怕是来声讨的。
"喂。"丁琎走到一旁把电话接了。
"哎哟,总算有信号了……丁队,你现在在哪儿?我和四马现在在车兹公路上呢。"
"陈队让你们来追我的?"
热黑直接承认道:"他是下了这个命令,但我们是跟着H国的交流团上路的。"
"他们往车兹来了?"
热黑怕一会儿信号不好,长话短说,先把重要的事汇报了:"交流团的人知道我和四马一直在跟着他们,刚才他们的负责人和我们对谈了,说想和你见一面。"
丁琎皱眉,见他?想谈判?
"他们还说什么了?"他问。
"没有。"热黑应道,"他们就说想和你面对面沟通,有些事儿想当面告诉你,我看他们的态度还挺诚恳的。"
听这话的确是有内情,有些事丁琎也早就想向他们打探清楚了,于是问道:"你们什么时候能到车兹?"
热黑想了下,道:"下午两点左右。"
看来他们刚解除路禁就出发了,丁琎思索了下,道:"我在车兹等你们,交流团到了立刻联系我。"
"明白!"
丁琎挂了电话,敛眸沉思着。
陈淮景带着兰兮芝从宾馆里走出来,兰兮芝一看就是才睡醒,眼睛都还肿着。

陈淮景手上转着钥匙往驾驶座走："哥，你手上有伤，我来开车吧。"

丁珺没有异议，看向周轶，她像是明白他的意思，说了一句："我和兮芝坐后面。"

车兹是A国远近闻名的城市，有很多特色的文化和美食，所以每年慕名而来的游客不少。

休息站离城市不远，陈淮景开车上路，不到一个小时就进入了城区。

"我们去哪儿？"陈淮景转头问了一句。

"直走。"丁珺没说地点，只是指挥着陈淮景。

他们在城区绕了有半个小时，从新城去到了老城，然后在老城广场附近停了车。车兹的新城多是现代化的高楼大厦，但老城不同，这边的房屋年代都比较久远。

周轶看着那些五彩缤纷、图案各异的大门，觉得这边的建筑样式倒是和亚西村有点相似，只不过房屋不是黄腾腾的一片，有些还刷了白，看着现代一些。

丁珺让陈淮景找了个地方把车停好，而后就带着他们进了老城。一路穿过的几条街道都很漂亮，道路两旁有很多店铺，有成衣店、饰品店……五花八门、不一而足，最多的还是饼店，烤饼是车兹最出名的食物之一。

他们穿过街道又拐进了居民区，老城的居民区很有生活气息，家家户户门前都种着花花草草，这个季节花卉都开了，看着令人赏心悦目。

兰兮芝一路都在惊叹，她凑近一株植物，指着它结出的扁平的黄绿色果实好奇地问："这是什么？"

"这个啊。"陈淮景走过去，"无花果，没吃过？"

兰兮芝摇头，看向周轶："姐，你尝过吗？"

周轶看了一眼果实，这种无花果和她所知道的不一样，她也是第一次见。

丁珺和她介绍："这种无花果只有A国才有，车兹和苏恰的人都喜欢种。"

周轶点头："好吃吗？"

丁珺笑了下："还行，一会儿让你尝一尝。"

陈淮景趁四下无人，偷偷摘了一个无花果塞到兰兮芝的口袋里，然后若无其事地问前面的人："丁哥，我们到底去哪儿啊？"

丁珺带着他们拐了个弯停在一个烤饼店前："到了。"

这家烤饼店外面摆着一个小摊子，没人守着，摊子后面有个小窗口，此时正往外散发着喷香的烤饼香味。

兰兮芝小声嘀咕了一句："摊子没人看着，也不怕有人偷。"说完，她若有所指地瞟了一眼陈淮景。

陈淮景自然明白她的意思，抬手把她的短发揉乱："小没良心的。"

丁琎喊了一声。

没过多久，小窗口里就探出了一个脑袋，一个大叔看见他们，热情地笑了："哎哟，丁队啊，你怎么来啦？"他说完这句话就把脑袋缩了回去。

丁琎带着他们往旁边的正门走，一边走一边和周轶说："卡木大叔，朋友的父亲。"

卡木大叔开门走出来，笑着迎上丁琎等人，他想和丁琎握个手又顾忌自己手上有面粉，最后只是热切地问："你什么时候到的车兹？"

"刚到。"丁琎给他介绍道，"带朋友过来看看你们，就你一个人在家？"

"阿迪莱去巴扎买东西了，娜孜去朋友家玩了。"

阿迪莱是卡木大叔的妻子，娜孜是他的女儿。

"都快进来坐。"卡木大叔的嘴角翘得老高，眼尾褶子都笑出来了，他对着丁琎说，"娜孜要是知道你来了，肯定很开心。"

卡木大叔的房子很有当地特色，两层楼高，从大门进去就是一个小院子，院子里架着一个葡萄架，葡萄藤沿着架子攀上去，一串串碧绿的葡萄挂在架上。除了葡萄，院子里还种了几株无花果树，这几株无花果树看着比刚才他们在巷子里看见的还要高，应该是种了有些年头了。

丁琎和卡木大叔看上去很熟，说话也不客套，就像亲人一样。

卡木大叔给他们一人倒了一杯茶水，又沿着木梯爬上去给他们摘新鲜的葡萄吃。

丁琎摘了个无花果给周轶："把皮剥了吃。"

无花果捏着像水蜜桃一样软软的，周轶觉得新奇，把果子的外皮剥了一半，发现它的果肉是白色的，她咬了口尝了尝，果肉细腻，果汁很足，里面还有很多小籽，丁琎说是可以咽下去的。

她才咬一口，汁水就从嘴角溢了出来，她怕滴到自己的衣服上，把手拿开了点，丁琎抬手帮她把下巴上的果汁擦了。

"味道好特别，还挺好吃的。"周轶说着又咬了一口。

她这个样子好似一个贪吃的小孩，丁琎眼底泛起丝丝笑意，连他自己都没发觉。

外面有人买烤饼，卡木大叔应了一声就出去做买卖了。

南域的气候就是有太阳的地方晒着热，避光处就十分爽快。

陈淮景提溜着一串葡萄坐在葡萄架底下纳凉,一脸享受:"这院子不错,大白天的坐在这儿也晒不到太阳。"他使唤兰兮芝,"来,翠翠,也给小爷拍张照,我发个朋友圈,肯定很多人想我了。"

兰兮芝鄙夷他这种行为:"你一个大男人拍什么照啊。"她拉过周轶,道,"姐姐今天这么漂亮,我帮你拍。"

周轶配合着她拍了几张。

丁珺对她算是了解了七八分,她虽然表面看上去不太平易近人,也不太喜欢交际,但真正和人熟悉了后其实挺随和的。网上那些说她"不好相处"的人应该没有和她多接触过,或者那些人对她并不真心,她对真诚待她的人也会不吝笑容。

这是丁珺的切身体会。

"哇,果然人好看怎么拍都好看。"兰兮芝把手机举到丁珺眼前,划拉着照片给他看,"是吧,丁队?"

丁珺自然不会否认,周轶上相是事实。

陈淮景往嘴里丢了颗葡萄,跷着二郎腿抬着头说:"周轶,看在咱们相识一场的分上,要不你给我画张肖像画吧,附上你的签名,我觉得晒这个格调高点。"

还没等周轶回复他,兰兮芝就叉着腰开腔了:"你可别想了,周轶姐从来不画男人。"

陈淮景纳罕:"不画男人?"

"她的作品画什么的都有,就是没有男人。"兰兮芝回过头问周轶,"是吧,姐姐?"

这小丫头看来是真喜欢她,只有看过她所有画作的人才会发现这个秘密。周轶点点头:"嗯。"

丁珺觉得意外,她之前还说想让他当她的模特,难道说是一时兴起逗他的?

"你这是性别歧视啊。"陈淮景好奇,"为什么啊?是不是哪个渣男伤透了你的心?"

他这瞎猫碰上死耗子还真就猜得差不多,只不过这个渣男不只负了她,还负了整个家庭。从知道周振国背叛母亲开始,周轶对男人就始终心存猜忌,没办法百分百信任,而她画笔下的人和物都是她所崇仰的、能打动她的。

周轶没把这理由说出来,只是轻描淡写地说:"艺术家有些奇怪的癖好不是才正常吗?"

陈淮景遗憾地摇摇头:"偏偏是这个。"

卡木大叔拿了两个刚烤的饼出来招待他们,那饼有好几寸大,两只手举着能把人的一半身子遮严实了。

兰兮芝看得目瞪口呆,周轶也是眼露讶异。

刚烤出的饼热乎乎的还有点烫手,丁珧撕了一小块让周轶尝尝。

车兹烤饼声名在外,味道自然是上等的。

饼是A国人的日常食物,卡木大叔的饼店在邻里间颇有口碑,附近的人基本上每天都会来他这儿买饼,因此他的生意很好,烤的饼经常供不应求,今天家里没人帮他,他更是忙不过来。

丁珧让他别管他们,只管忙自己的,卡木大叔和他熟得很,也不客套,让他们自便。

热黑和四马等人要下午才到车兹,等待的这段时间,陈淮景提议说去巴扎逛逛,兰兮芝听到要去逛街很心动,极力邀请周轶一起去。

周轶现在对出门都有心理阴影了,这回倒是丁珧主动开口说一起出去走走:"老城附近有地方部队驻扎,你要想出去逛逛我就陪你去。"

这果然关系不一样了,待遇就提上来了。

周轶想了想,她第一次来车兹,不出去走走看看心里也觉得可惜。

"那走吧。"她说。

丁珧跟卡木大叔说了一声后就带着人出门了。周轶把包里的帽子翻出来,帽檐宽大正好能挡住她的半边脸,她把自己的墨镜给丁珧戴上,把他的眼睛遮了。

她的墨镜是中性的,丁珧一戴上显得又帅又酷,有点铁血教官的感觉。

周轶笑着说:"我们还是乔装一下比较安全。"

丁珧不置可否。

他们从卡木大叔家往外走,陈淮景和兰兮芝在前头打打闹闹的,还和碰上的居民打着招呼,遇到什么新奇的店就钻进去瞧瞧,完全就是个游客样。和他们比起来,走在后头的丁珧和周轶沉稳多了。

"你和卡木大叔的儿子关系很好?"周轶抬头问了一句。

丁珧的表情略有一丝沉重:"他是特警,已经牺牲了。"

周轶一愣。

"阿穆和我同龄,三年前,我们队和特警队联合执行了一个任务,他牺牲了。"丁珧停了下,"他的骨灰是我和几个队友一起送回车兹的,他的遗书还是我亲手交给卡木大叔的。"

丁琎话虽简单,背后的感情却很浓烈,他没露出伤痛的表情,但听的人自然能懂。一起外出执行任务却没能一起回来,面对牺牲者的家人时,他应该是自责难过的。

安慰的话周轶不会说,她贴近丁琎,主动去牵他的手。她指骨柔软,肌肤细腻,指头上还贴着创可贴,和他因常年训练而磨出茧的手掌完全不同,她牵住他的手时,就像一条小鱼游进了他的手心。

丁琎明白她的心思,墨镜后的眼神都柔和了,他回握住她的手,化被动为主动,牵着她往前走着。

老城的巴扎就在广场附近,过了桥就到了。巴扎不大,但卖什么的都有,比起古木里尔的已成为景点的大巴扎,车兹的巴扎更有生活气息。

陈淮景对古玩感兴趣,进了巴扎他就想去看看玉石。他和丁琎说了一声,强行拉上兰兮芝就奔着古玩店去了。

周轶没有特别的目的,就和丁琎两人闲逛着,遇到好玩的、新奇的东西就驻足看一会儿,他们俩这样倒还真像一对外地来的游客情侣。

巴扎人多,周轶特地换了边牵住了丁琎受伤的那只手。她此举在不知情的人看来有些莫名其妙,丁琎却完全能懂,她是担心别人撞到他的伤口。

向来都是他保护别人,鲜少有人会像她这样细心地护着他。像他这样常年在生死间游走,经历过大风大浪的人,有时候并不需要什么豪言壮举,只需要一个小小的动作就能轻易击中他的心。

丁琎心情舒畅,那种感觉不是每次训练完大汗淋漓的那种畅快感,而是一种细腻绵密的同雨后清风拂面一样的愉悦。

周轶觉得这趟出来得值,巴扎里有好多当地的特色产品都是她很感兴趣的。比如香料,那些五花八门、颜色各异、气味有别的植物能牢牢地锁住她的视觉和嗅觉,还有当地特色的手工羊毛毯,毯子上不同的图画都够她仔细打量上一个小时,当地妇女自制的羊奶皂也能让她驻足良久。

丁琎这下看出她的确是个艺术家了。

周轶顶着烈日在巴扎里走了一半就觉得累了,丁琎见她脸都热红了,脖颈上香汗淋漓,于是拉上她的手往另一个方向走。

巴扎有个地方是专门供人休息吃东西的,有很多小吃摊子,逛街逛累了的人就会来这里歇歇脚。

周轶走了这么久又热又渴,看到一个做刨冰酸奶的摊子后立刻就定住了脚。酸奶摊子周围有好多蜜蜂围着在飞,摊子上摆着大石头一样的冰块,师傅正用刨刀从冰块上刨下冰沙来,他把冰沙装到杯子里,舀了两勺蜂蜜后又从冰柜里打了酸奶进去。

周轶靠近那块大冰块就感觉有一股凉气袭来,她回头看丁琠,他却冲她摇了摇头:"冰的,喝了不怕肚子痛?"

周轶突然反应过来,心道他懂得还挺多:"让老板少加点冰沙就行。"

丁琠无奈,看她真的想喝,就用和老板说了几句话。

摊子后面搭了凉棚摆了桌椅,周轶挑了角落的位置坐下,拿下自己的帽子扇了扇风,她额际的碎发已经被汗水濡湿了。

丁琠端着两杯酸奶走过来,把冰沙少的那杯放到她面前。

周轶把长发撩到一边,咬着吸管吸了一口酸奶,酸酸甜甜的滋味一入口,她就觉得舒爽无比,不由得惬意地眯了下眼睛。

丁琠几不可察地笑了下,没想到她这么容易满足。

今天日光强,气温能有近四十度,高温简直像会把所有东西都融化。

"你别动。"周轶看着丁琠的墨镜,借着镜片整理了下自己的头发,最后确认了妆没花。

丁琠问她:"还想吃什么?"

这么热的天周轶也没胃口,她摇了摇头,突然弯腰凑近他,在他耳边说:"旁边有个姑娘一直在盯着你看。"

丁琠微愣,他对敌人的视线十分敏感,对姑娘的目光倒不太上心。

周轶冲他挑眉示意,丁琠转头看了一眼,就见隔壁桌坐着三个姑娘,其中一个的确正盯着他目不转睛地瞧着,眼神又疑惑又探究。

丁琠看到那姑娘微微讶异:"娜孜。"他摘下墨镜。

"丁琠哥,真的是你。"

丁琠回头和周轶介绍了下:"娜孜,卡木大叔的女儿。"

娜孜惊喜地起身走过来:"我刚才还不确定呢,心想你怎么可能会在车兹。你怎么来啦,去过我家了?"

丁琠点头:"见过你爸爸了,他说你去朋友家了。"

"我和两个朋友一起出来玩,路过巴扎就进来坐坐,还好我来了,不然就错过你了。"娜孜撒娇似的嗔了句,"你都有段时间没来车兹了。"

周轶闻言眸光一动。

这姑娘看上去还小,十七八岁的样子,她的汉语讲得很标准,没什么口音,A国有很多孔子学院,她猜她可能在那学习过。

娜孜见到丁琠显然很高兴,喜形于色,毫不掩饰对丁琠的好感。

周轶悄悄把丁珸的那杯酸奶拿过来，咬着吸管吸了一口，他的这杯比她的冰，喝起来更爽快。

她不开口说话，就看这小姑娘什么时候会看到她。

丁珸听到细微的嚼冰块的声音，回头看周轶，见她在偷喝自己的酸奶，表情无奈："别喝太多冰的。"

娜孜这才把黏在丁珸身上的目光挪开，看着周轶，表情微变，试探地问："丁珸哥，她是……"

周轶托腮看着丁珸，好整以暇地等他回答。

丁珸咳一声，他还是第一次这样正式介绍周轶："我女朋友。"

周轶抬头施施然一笑："你好啊。"

娜孜的神情有一瞬间的凝滞，嘴角要扬不扬的，刚才还迥然有神的眼睛突然就无光了，她似是不太甘心地低声说了一句："你不是一直待在北界山吗，哪里找的女朋友，陈队长给你介绍的吗？"

周轶看她，心道她还挺了解丁珸的，她替丁珸回答了这个问题："我们是路上遇见的，他追的我。"她说完笑着看向丁珸，这种问题当然是她说是什么就是什么了。

娜孜撇了下嘴，情绪一下就低落了。

丁珸这时接了个电话，是热黑打来的，说他们已经到车兹了，就在桥附近。这是他们约定俗成的碰头地点，只要队里有人到了车兹，总会去卡木大叔家看一看。

丁珸挂了电话对周轶说："走吧，热黑和四马到了。"

娜孜倒是比周轶还快做出了反应："热黑哥和四马哥也来了？"

丁珸点头。

"要去我家吗？"她语气殷切。

"嗯。"

丁珸出门前，卡木大叔还极力要他中午必须带着朋友回去吃午饭，现在既然热黑和四马来了，自然是要先去走一趟的。

陈淮景和兰兮芝估计是逛疯了，丁珸联系不上。

周轶说："他们玩完了自己会回去的，车还停在那儿呢。"

他们两个都是成年人，丁珸也不担心："我们走吧。"

"哥，我和你一起回家。"

娜孜急匆匆地跑回友人那儿说了一声后就跟了上去，走在了丁珸的另一侧，还和他聊了起来。她故作成熟地询问了下丁珸近来的情况，还一一点名问了队里成员的近况,像是在炫耀自己和丁琜多熟稔一样。

周轶始终抿着笑,这种小孩子的心机她倒不会放在心上,只是觉得有些好玩。

丁琜应着娜孜的问题,也不敷衍,她问到谁他就说下谁的情况,他一边牵过周轶的手一边答着,到了后面,娜孜就不再开口说话了。

热黑和四马早已到了卡木大叔家,大叔的妻子阿迪莱也回来了,此时他们夫妻俩正在厨房里忙活着,准备做一顿大餐来招待客人。

丁琜刚回来,热黑和四马就迎了上去,两人的表情都不太明朗。

周轶知道他们有事要商量,松开了丁琜的手:"我在院子里坐会儿。"

热黑和四马早就瞄到了他们相携的手,互递了一个眼神。

丁琜和热黑、四马找了个偏僻的角落,四下确认无人后才放心谈话。

"交流团的人呢?"丁琜问他们两个。

四马回答:"由当地文交部的人陪着入住酒店了。"

他们明面上毕竟打着的是来A国进行文化交流的旗帜,表面工作自然还是要做的。

热黑说:"他们的负责人想要和你谈一谈,丁队你看去不去?"

丁琜沉思了会儿,昨晚他已经可以确定交流团的人和VIRUS组织不是一个阵营的,但他们同时来到A国,又都对周轶穷追不舍,就算不是同伙,也有千丝万缕的关系。

他们提出要见他,就是已经知道自己行动暴露所以不打算隐藏了,且这次他们极有可能是奔着周轶来的,周轶又是因为陆谏才和H国扯上关系的,交流团的人说不定知道陆谏的消息。那些人怎么说都是H国政府的代表,他们的危险性没那么大且不敢轻举妄动,无论他们的目的是什么,他都有必要前去会一会,从他们那儿套到一些有用的信息。

"去。"丁琜说,"他们现在在酒店里?"

"这时候文交部的人估计正在招待他们。"热黑看了一眼时间,"下午他们会去'烤饼城'参观,他们约你在那里见面。"

丁琜有些意外,但略一思索就明白其中的原因了。

他看了一眼他们两个,突然问:"酒喝得过瘾吗?"

热黑和四马一想到那晚的事,脸上表情顿时一变。

四马满腹怨气:"丁队,里(你)这就不厚道了,怎么棱(能)算计我们呢。"

热黑附和地点头。

第二天他们俩酒醒一看人都不见了,给丁琏打电话也无人接听,本以为出事了,谁能想到他们会被自己的队长摆一道呢,为这事他俩还被陈队臭骂了一顿。

他们有怨气丁琏也受着,他分别拍了下他们的肩算作道歉:"回队后我罚五十公里。"

热黑和四马心里这才好受点。

"陈队给你们下的什么指令,把我和周轶带回去?"

热黑脑袋一点:"一开始是这样的。"

"陈队大概是知道我和热黑加起来都逮不住里(你),所以把指令更改了。"四马搓搓手说,"他让我们还跟着里(你),有情况马上汇报给他,盯着里(你)别让里(你)做出什么出格的事。"

这话转述过来,丁琏都能想象得到陈队咬牙切齿的语气。

说完最重要的事,四马按捺不住了,立刻接着问:"丁队,陆哥真的有消息了?"

陈队估计把事情都和他俩说了,丁琏也不再瞒着:"嗯。"

热黑和四马都面露喜色。

丁琏的脸色有些冷峻:"现在他是什么情况还不清楚。"

"有消息总比一点消息都没有好,我相信陆哥一定会没事的,他可是'猎豹'里的'智多星。'"热黑还比较乐观。

四马瞅了眼丁琏,咽了口口水,壮着胆子试探地问:"陈队说周轶姐和陆哥是……他们真是辣(那)样的关系?"

这个问题一下就戳中了丁琏矛盾纠结着的内心,他绷着脸表情不明朗,点了下头。

热黑和四马惊讶地叹一声,四马挠挠头:"以前也没听他说过,周轶姐也没提过,没想到他们是这种关系啊。"

热黑看着丁琏:"那你和陆哥不就变成了……"他卡了下,一时想不到合适的词汇来形容丁琏和陆谏的新关系。

四马倒是嘿嘿笑了笑:"丁队,你和陆哥的实力一直不相上下,这以后可要被他压一头了。"

丁琏觉得热黑和四马已经说得很委婉了。

这事也是丁琏最近的一大心事,石头一样压在他心口上。他的确对不起陆谏,在女人的问题上他背弃了兄弟情义,甚至可以说是见色忘义。如果陆谏回来,他还真不知道该怎么面对陆谏,这事他做得不对,陆谏揍他

223

一顿都是不够的。

家里来了客人，卡木大叔和他的妻子费心准备了午餐，吆喝着他们一起吃饭。

"难得家里这么热闹，多吃点，别客气。"卡木大叔显得很高兴，还拎着一壶羊奶子问他们，"喝吗？"

热黑和四马现在是闻着酒精味就怕了，丁珏婉拒道："还要开车，不喝了。"

卡木大叔清楚他们身份特殊，喝酒会误事也不勉强，转而问两个姑娘："会喝酒吗？羊奶子，自己酿的。"

周轶来A国后喝过马奶酒，这羊奶酒还没机会尝尝，正想把杯子递过去，丁珏就按住了她的手。

她不满地看向他，丁珏拿过她的杯子，笑着和卡木大叔解释："她酒量不行，容易醉。"

"丁队长有心了，对女朋友这么体贴。"阿迪莱笑着打趣。

娜孜低声嘀咕了一句："A国的姑娘酒量都很好。"

周轶听到了，只是笑笑。

吃了饭，丁珏就和卡木大叔一家道了别，他下午还要去见交流团的人，没办法多留。临走前，卡木大叔紧紧地握着他的手，叮嘱他们一定要注意安全，他说这话的时候眼里闪着泪光，丁珏知道他这是想儿子了。

娜孜眼里也有泪花，看着丁珏一脸不舍。周轶瞧见了，微微思量了会儿，从自己的包里拿出了一个小盒子。

"送给你。"周轶走到娜孜面前，把盒子递给她。

娜孜显然意外，接过盒子，打开一看，是一对手工打造的精致的银耳环，她一眼就喜欢上了："给我的？"

周轶点点头："我觉得它很适合你，漂亮的小姑娘。"

耳环是她第一天到古木里尔的时候在大巴扎的饰品店里挑的，本来她是想买一对留作纪念的，现在用来讨一个小姑娘的欢心也不错。

娜孜原本沮丧的表情霎时就转为欣喜了，真诚地道了句"谢谢"。

周轶回以一笑："很高兴认识你，再见。"

她笑着转身，丁珏在一旁看到了她的举动，嘴上不说，心里欣赏又感激。

他帮她把帽子戴好："走吧。"

周轶应了声"好"。

男人都喜欢看女人为自己吃醋，但如果她连娜孜的醋都吃，那只能说是小心眼，她可不想让他觉得她一点都不可爱。

丁琎他们下午要去"烤饼城"，陈淮景和兰兮芝则要出发前往玉城，就算车兹公路一路同行，这会儿也要分道扬镳了。

热黑和四马帮着把周轶和丁琎的行李转移到自己的车上。陈淮景靠着车门，叹了口气："要分开了还有点舍不得啊，哥，别太想我了。"

丁琎没搭理他。

时间不多，丁琎冲周轶招了下手："走了。"

"翠翠，我们也走吧。"陈淮景喊了一声，和丁琎他们挥了挥手，道，"我们缘分未尽，指不定还会碰上呢。"

分别之后，丁琎一行人就往"烤饼城"去了。

"烤饼城"是当地的特色民俗景点，外地游客来车兹几乎都会走上一趟，在这儿见上一眼"最大的烤饼"到底有多大。

"烤饼城"在新老城区的交界地带，约莫半个小时他们就到了。

丁琎坐在车里往外谨慎地扫视一圈，景点门口人很多，还停着几辆旅游大巴，不排除这些人里有对方的眼线混在其中。

他转过头："我进去，你们两个保护好周轶。"

热黑和四马的表情也很严肃："明白！"

周轶蹙眉："留下一个人在我身边就好。"

她不放心他一个人进去，尤其是在他还受伤的情况下。

而丁琎也不放心她，他看向周轶，声线柔和了些："他们在你身边我更放心。别担心，不会有事，在车上等我回来。"

他要开门下车时，周轶又拉了下他的手。

丁琎回过头，她凑过去在他脸上亲了下，又叮嘱了一句："小心点。"

丁琎没想到她会有这个举动，热黑和四马都在，虽然都是一副眼观鼻鼻观心的模样，但这会儿心里估计都活络开了。

他握起手抵在唇边轻咳了下，应道："好。"

丁琎下了车就进入了作战状态，时刻警惕着周围，他压低了自己的黑色作训帽，迅速穿过人群往"城门"走。进入"烤饼城"需要过安检，他没有携带匕首和枪，完全是赤手空拳来赴约的。

景区人多，并不是谈话的好地方，丁琎其实不难猜出为什么交流团的人会约他在这里碰面。在他提防着他们的同时，他们对他也有所顾忌，他们一行人是通过正规手续入境A国的，没办法携带枪支刀械之类的武器，但他可以，如果约在隐秘的地方，就算他们人多，但要是他带了武器，那他们就会失去主动权，处于被动状态。

看样子他们想要一场公平的谈判，这也正合丁珬的心意。

"烤饼城"很大，里面分出了好几个区，每个区内都有游客在驻足观看，观光车一趟趟地来回开着。

丁珬很容易就找到了 H 国的交流团，他们有自己的观光车，文交部的人正陪着他们在城内的各个区转悠。文交部工作人员身边一直走着一男一女两个 H 国人，他们应该就是交流团的负责人。

丁珬寻了个机会从他们边上走过，交流团的人见到他来了，自然会找机会和他搭话。

交流团的观光车停在文化博物馆门口时，车上下来了一批人，文交部的人带着他们进入了博物馆。丁珬观察到交流团的两个负责人并不在其中，看来他们是找了什么说辞留在了车内。

待那些人全进了博物馆，丁珬把帽檐一压，迅速走向观光车，把车门一开钻进了车子。车门"砰"地关上，丁珬立刻打量车内，观光车十分宽敞，座位很多，但车里只有两人，就是交流团的两名负责人，此外再无别人。

看样子他们是诚心来谈判的，没留其他人是想表示对他的信任。

见丁珬上了车，两名代表上前伸出手想要和他握手，还用不太标准的汉语说："你好。"

丁珬视线低垂，过了会儿才伸出自己的手和他们堪堪一握。

女代表礼貌地示意他："坐。"

他们会说些简单的汉语，这样倒省去了交流的麻烦。

丁珬左右看了一眼，捡了个位置坐下。这辆车成了简陋的谈判室，既然要谈判，双方都有底牌才对，他不说话，等着他们主动亮牌。

对方的男代表先开口说话了："我们想和那位小姐见个面，希望你能允许。"果然是冲着周轶来的。

开口就直奔主题，丁珬也不想浪费时间和他们打马虎眼来回周旋，立刻问："VIRUS 组织和你们有关系吗？"

对方一惊，这个问题有些敏感，他们斟酌了会儿，男代表才十分谨慎地开口："如果你想问 VIRUS 和我国政府是不是同盟，那我可以回答你，不是，是敌人。"他说的是 H 国政府，这个回答滴水不漏，既表明了立场，又没透露出太多的信息。

"潜入 A 国的 VIRUS 不是你们的人？"丁珬试探地又问了一遍。

男女代表一起摇头。

丁琎端详着他们的表情，由目前的情况来判断，他们的回答可信度还算高。

他们不是一伙人，却一同追着周轶，之前他一直以为VIRUS的人是受到了交流团的指派才一路紧咬他们，却忽略了另外一个可能性——VIRUS一开始就是跟着交流团行动的，他们要对付的是交流团的人，而交流团的目标又是周轶，所以他们才想要抓周轶，这也能解释为什么有交流团的地方就有VIRUS成员出现。

丁琎眼神沉沉："你们一路跟过来，非要把周轶带走的原因是什么？"

男女代表对视一眼，女代表满脸凝重："事关国事，我们不能告诉你。"

丁琎闻言眉间微皱："你们想从她身上拿到一份名单对吗？"

两个代表听到他这句话后表情先是惊讶，随后又有些慌张，最后又重新凝重了起来。片刻后，男代表沉重地点了下头："那份名单对我们很重要，所以我们想要见她一面，和她当面谈谈。"

丁琎神色不改："你们的人掳走过她一次，她已经告诉过你们了，她不知道什么名单，你们还想和她谈什么？"

女代表见丁琎的态度一点都没有软化，明显有些着急："我们想请求她跟我们一起回国——"男代表厉声打断了她，用的是H国语，大概喊的是她的名字。

他们用H国语争执着，显然是发生了矛盾。

丁琎沉默地看着他们，脑子里却围着女代表刚才说的话转开了。

他们知道周轶身上没有他们想要的所谓的名单还想带她回H国，是不相信她的话还是另有所图？

男女代表吵了会儿才冷静下来，他们的神色更为肃穆了，不知道这场争执的结果是什么，是继续隐瞒他还是如实相告。

"你们想带周轶回国，为什么？"丁琎沉声问。

男代表叹了口气，又用诚挚的语气说："事关我国政府，请原谅我们不能多说。"

想从他身边带走一名中国公民又说这是国家内政想要他别过问，丁琎可不吃这一套。他神色不改，强硬地问："你们找我就是为了让我带周轶和你们见上一面，好说服她跟你们一起回国？"

女代表应道："对，请你相信我们，我们对她没有恶意。"

"我凭什么相信你们？我现在连你们想带走她的动机都还不知道。"

丁琎眸光一闪，声音沉冷，"还有，你们有什么把握一定能说服她？"

他一下问到了关键，女代表显然比那个男代表沉不住气，眼神霎时有点慌乱，她强作镇定却还是被丁琎看破了。

丁琎见他们不打算把更多的事情告诉他，不欲多留，双眼泛着寒光，压低声音似警告般说："周轶是我的，我不可能让她跟你们走。"他抬眼，眼神如鹰隼般犀利，"如果你们想抢，尽管来试试。"

丁琎起身，作势要下车，女代表慌了，随之起身，冲他的背影喊了一句："陆谏。你知道陆谏这个人吗？"

丁琎脚步一定，眼神略微惊讶，随即立刻敛去，他们的底牌被他逼出来了，而且正是他想要的那张。

他微微侧过头，语气如常："你们认识他？"

丁琎这话就是变相承认他知道陆谏这个人，那两个代表似乎松了口气，好像是赌对了一样。

"他曾在VIRUS里潜伏过一段时间。"男代表看着他说，"我想，你们应该是队友。"

丁琎转身，示意他接着往下说。

"大约一个月前，陆谏被我们所救，我们发现他时他伤得很严重，几乎只剩下一口气了。"男代表停了下，观察着丁琎的表情，却没能看出任何破绽，只好继续往下说道，"有消息称，VIRUS最近一直在四处搜查一个中国人，我们由此猜测他可能是卧底，被VIRUS识破了身份。"

丁琎的心沉了沉，低声问："他……还活着吗？"

"嗯。"

得到这个回答，丁琎心口一松，有种劫后余生的庆幸。

"他醒来后主动告诉我们，他是中国公民。"

丁琎反问："既然你们知道了他是中国公民，为什么不把他送回中国？"

两个代表沉默下来。

丁琎脑筋一转就猜到了："他身上有你们想要的东西，那份名单？"

这次的沉默被丁琎认为是默认。

陆谏很聪明，在没确保自己能够全身而退之前他是不会交底的，如果他已经把所谓的名单交给了H国政府，那交流团就没有必要冒着风险来找周轶。

丁琎的脑子快速运转，如果他是陆谏，处在那种情况下会怎么做？

"陆谏告诉你们，他并不记得名单上的内容，但是他把名单传给了一个叫周轶的女人。这个女人和他关系亲密,这段时间她会来A国,如果你们想要那份名单就必须去找她?"

交流团代表对视一眼皆是震惊,丁珃这番话一出他们看他的眼神就复杂了起来,明明他连他们想要的名单是什么都不知道,却把陆谏的话猜了个大概。

丁珃看他们的表情就知道自己猜得八九不离十了。

陆谏尚不能确定H国政府的态度,他告诉H国政府他把名单传给了周轶,H国政府想要名单就必须派人去找周轶,而他们想要不声不响地从A国带走一个大活人几乎是不可能的。而事情一旦涉及中国人就必然会惊动到"猎豹",而只要"猎豹"知道了周轶的存在就一定会察觉到不寻常,顺藤摸瓜之后就能明白他的用意。

陆谏这一计既能保证自己的安全,也能保证周轶的安全。在拿到名单之前,H国政府不会做出对他们不利的事,还会想方设法地保护他们。

只不过陆谏不会想到,VIRUS居然有人潜进了A国,周轶的安全受到了威胁。如果丁珃没有在漠邑遇上周轶,她有可能已经被VIRUS掳走,那么陆谏的一切计划都会落空。

这么一想,他才觉得他和周轶的相遇是多么幸运。

交流团的代表紧张地等待着他的回复,他们想用陆谏的消息来换周轶,这一招可以说是破釜沉舟了,他们没有退路。

丁珃沉思良久,看向他们,说:"我不能让周轶跟你们走。"

交流团代表的脸色霎时变了。

丁珃接着说:"名单不在周轶身上,但是我知道在哪儿。"

代表们的眼神里又燃起了一丝希望。

"找到名单后,我可以把它交给你们,但是——"丁珃话锋一转,"我有条件。"

女代表立刻追问:"什么?"

"我要你们接下来配合我的行动,并且……在行动结束后将陆谏安全地送回中国。"丁珃沉下声,眼神中锋芒一闪,如刀剑出鞘般凌厉无比,"如果你们不同意,我想,陆谏早就做好了牺牲的准备。"

从观光车上下来后,丁珃左右扫了一眼,把帽子一压迅速撤离。他并没有立刻离开"烤饼城",而是寻到了一处相对僻静的地方给陈队拨了个电话。

响铃不过三秒，陈队就接通了，开口就问："结束了？"

丁班一点儿都不觉得意外，热黑和四马应该早就把交流团约他见面的事上报了，他应了声"对"，随后又说："陆谏在他们手上，他还活着，并且取得了关键信息。"

"什么？"陈峻峰吃了一惊。

丁班遂把刚才和交流团谈判的内容一五一十地说了一遍，陈峻峰听完后缄默了片刻，问他："他们同意了？"

丁班嘴角一扬："不同意也得同意，他们没得选。"

这嚣张自得的语气说明在这场谈判中丁班是占上风的，陈峻峰从不怀疑他的临场应变能力，也是这种能力才让他屡次从险境中脱身，这次能顺利套出陆谏的消息也得亏他脑子灵活，胆子大，敢赌。

"你接下来有什么计划？"陈峻峰问。

丁班把自己的打算和他说了，早在车上和交流团谈话时，他就在脑子里筹谋接下来该怎么办才能既救出陆谏又能保障周轶的安全。

陈峻峰沉思了会儿，现在再没有比丁班更了解此时情况的人了，丁班提出的计划无疑是可行性最高的。

丁班说："我需要人手。"

陈峻峰很快接道："等下我就会将情况上报，尽快派出一队人员去帮你。"

丁班面色一缓，算是松了口气："让我执行？"

"不然呢？"陈峻峰吼了一嗓子，火气"噌"地就上来了，"让你归队你听吗？"

丁班后撤一步靠在墙上："归队后我愿意接受队里的处罚。"

"违抗命令当然要处置你，你等着回来被关禁闭吧，别以为套出了点消息我就会饶了你，要是这次任务失败，你就去阿拉山口再吹两年风吧。"

阿拉山的风能到十级，这个惩罚真够狠的。丁班一笑，应下了："保证完成任务。"

陈峻峰缓了口气："还有，那个姑娘，你照顾好她。人家一大集团千金，愿意冒着危险配合我们的工作已经很善解人意了，这一路她吃了不少苦，别亏待人家，该满足的就满足。听热黑和四马说，她还挺喜欢你的？"

丁班沉默了下，犹豫要不要把他和周轶的事说了，陈峻峰却以为他在拒绝，遂开口道："她和陆谏关系特殊，你要是和那姑娘在一起了，也能说得上是亲上加亲。"

亲上加亲？丁琎微微震惊，没想到陈队看似古板，思想倒还挺开明的。

陈峻峰长叹一口气："我也不指望你能开窍了，别再像以前对别的姑娘那样把人气走就行，要想救出陆谏我们还需要她的帮助，你就体贴点儿。"

丁琎一下子啼笑皆非，反而不知道该怎么开口解释了。

丁琎从"烤饼城"里出来时已经过了一个小时了。

热黑眼尖，马上就看到了他："出来了。"

周轶立刻从窗口望出去，见丁琎戴着帽子很快走近，他开门上车，她立刻上下打量他一圈，确定他没再受伤才略微安心。

"怎么样，丁队？"四马回头问，"还行吗？"

"嗯。"碍于周轶在场，丁琎没有多说，只是简单地回答了下，"很顺利。"

热黑和四马一直紧绷着的神经才算是松弛了下来，丁琎说顺利那就是事情进展得不错，至少肯定是得到了一些信息的。

"丁队，接下来我们去哪儿？"热黑问。

丁琎摘下帽子，很快应道："找个地方先住下。"

周轶诧异："不赶路吗？"

丁琎摇了下头："歇一晚。"

既然现在已经确定陆谏是安全的，那他们就无须太赶时间。计划只有一步步扎实地走才稳妥，当前他们需要做的就是在车兹等待"猎豹"分队前来会和，然后开展下一步行动。

热黑又驱车回到了老城，新城酒店多，设施完备，交通也相对方便，一般游客都会选择住在新城，相较起来，老城的出行没那么便捷，能住的地方也多是当地居民自家改造的民宿和宾馆，服务自然没有酒店那么周到，但胜在有特色，附近吃的也多。

丁琎选择住在老城的理由就是交流团的人入住的酒店在新城，现在他知道了VIRUS的人一直盯着交流团的动向伺机而动，保险起见，他还是带着周轶离远些安全。

丁琎挑了一家相对隐蔽的宾馆，办理入住的时候他为难了。

昨晚情况特殊，他和周轶睡在一间房里也是为了保障她的安全，今天热黑和四马都在，他们再待在一起显然不太合适。

宾馆前台又问了一遍："要几间房呢？"

周轶像是看出了丁琎在犹豫什么，径直对前台说："两间。"

231

丁珙回神，低头看她："我给你单独开一间。"

"为什么？"她明知故问。

丁珙瞥了眼后头一直竖着耳朵在听的热黑和四马，他们发现丁珙回头后立刻把眼神挪开，东瞄瞄西瞅瞅，装作在打量宾馆布局的模样。

周轶问他："你不怕我半夜被人劫走了？"

丁珙低咳一声："我和热黑、四马会轮流守着你。"

亏他想得出来，周轶抬眼瞧他："你让他们好好休息一晚吧。"她垂眼去看他受伤的那一只胳膊，低笑了下说，"放心吧丁队长，我不会对你做什么的。"

丁珙心里一叹也就同意了，反正他的队长威信早就大打折扣了。

前台一直在等着，周轶回过头又对她说了遍："两间。"

"大床房还是标间呢？"

丁珙立刻答道："标间。"

周轶嘴角微翘，没说什么，倒是后边偷听的热黑和四马心里不由得嘀咕了起来：都住一间房了还要标间，丁队这不是掩耳盗铃是什么。

两间标间是挨着的，丁珙帮周轶把行李拎进屋里后就去了隔壁，有些事他还是要跟热黑和四马交代一下。

他把早上和交流团谈判的内容简明扼要地提了下，主要是把得到的信息和他们说了。

"陆哥没事？"热黑听到这消息两只眼睛都是亮的，喜悦之情溢于言表。

"嗯。"

"我就说嘛，他怎么可能会……"热黑挠了下脑袋，"他和队里切断联系一定是因为VIRUS里有人对他起疑了，我不相信他会滥杀，那场袭击肯定是他为了博取信任而假意参与的。"

四马赞同地点头，又问："他们说的那个名单……"

"我心里有数。"丁珙说。

陆谏会被VIRUS追杀，估计是因为他窃取名单时不慎暴露了身份。H国政府这么想要这份名单，VIRUS又紧盯着交流团处处阻挠，看样子是不想让H国政府拿到这份名单。

对于名单上的内容，丁珙隐约能猜到几分。

"难怪你要带周轶姐去苏恰。"热黑还有个疑问，"陆哥为什么要把邮件发给周轶姐？"

四马接道："他一定有自己的用意。"

这个问题丁琎来回思考过几次，但始终没能想出陆谦这样做的理由会是什么，谜底只能去哈米尔高原上找了。

四马搓着手，表情有些振奋："现在要做的就是想办法让 H 国政府主动把人安全地送回国。丁队，你有计划吗？"

"嗯。"丁琎看着他们，眉宇间自是沉着冷静，"明天分队会到车兹，你们去接应一下，到时候我会把具体行动部署下去。"

"明白！"

商量好事宜，丁琎拍了下他们的肩："辛苦了，今天好好睡一觉。"

热黑和四马对视一眼，再看向丁琎时就不太正经了。

四马嘿嘿笑着，朝丁琎挤眉弄眼的："丁队，里（你）放心，今天晚上我和热黑都会睡得很熟的，保证什么都听不到，嘻嘻。"

热黑憨憨地笑着："对，雷打不动。"

这两小子说的话都赶上明示了，丁琎眉一挑："什么都听不到？"

热黑和四马点头如捣蒜。

丁琎声一沉，重石落地般："一点警惕性都没有，是不是欠练？"

热黑和四马下意识地脚跟一并站得笔直，完全是听训的姿态。

"我们这是为里（你）着想呢，怎么还要罚？"四马委屈地嘟囔着。

丁琎也就是故意训他们一下，以前队员常开他玩笑，他也就做个样子嘴上训一训，实际上并不往心里去。

他冲他们摆了下手："休息下，一会儿出门买点吃的回来。"

丁琎从热黑和四马的房里出来，敲了敲隔壁的门。

周轶很快应了声："进来啊。"

感觉到丁琎拿房卡开了门，周轶回头，手上还拿着棉签和绷带，示意道："给你换个纱布，天气这么热，别化脓了。"

丁琎走过去，周轶让他坐下，自己俯身给他拆绷带。

进了屋后，周轶就把防晒衣脱了，她穿着这条前开后露的裙子，一弯腰领口就往下垂，胸口风光外露，丁琎撇开头看向别处。

周轶掀起眼睑看向他的侧脸，无声地笑了。

她帮他把绷带拆了，仔细观察了下伤口，过了一天伤口没有撕裂开的迹象，她轻轻地吹了下："痛吗？"

丁琎低头扫了一眼自己的伤，不太在意："不会。"

这么大的口子怎么会不痛？周轶笑了笑："你身上的伤疤都是'勋章'吗？英雄的证明？"

233

丁班沉默了下摇头："不是，真正的英雄不需要用伤疤来证明，受了伤也不是什么值得炫耀的事，应该反省。"

周轶抬眼瞧他，他说得很认真，于是她也认真地对他说："那以后别再受伤了。"

丁班微微一怔，对上她的双眼，他心神荡了荡："好。"

夜市人多眼杂，周轶不想给他们增添麻烦就没出门，让热黑和四马外出打包了食物回来。

热黑和四马打包了很多吃的，菜都很扎实，两个人根本解决不了。周轶想了想，来A国的这一路上虽说发生了不少意外，她也过上几天安生的日子，但在吃这块上倒是从没受过委屈，就这不到半个月的时间，她就觉得自己好像胖了些。

见周轶放下筷子，丁班看过去："不吃了？"

她点点头。

丁班扫了一眼她的那份饭，根本没吃几口，他是清楚她的食量的，今晚明显吃少了，他问道："身体不舒服？"

周轶摇头，拿过酸奶拌了拌，几秒后抬眼看他："我快被你养胖了。"

原来是担心身材走样，丁班看了看她不堪一折的细胳膊，又把目光移到她露着的锁骨上，她的锁骨窝都能拿来养金鱼。

他往她脸上看去："你太瘦了，多吃点。"

周轶舀了勺酸奶尝了尝，这里的酸奶现在已经成为她的心头好了，她突然问道："男人会不会这样，先哄胖了然后又不喜欢了？"

丁班是男人，但不能代表所有男人，他只能表明自己的立场："我不会。"

周轶低头笑了，肩膀一颤一颤的，过了会儿她才止住笑，但眼底的笑意仍然繁盛："但是你如果没了腹肌，我就不会再喜欢你。"

这话可真薄情，但这就是周轶。丁班回望着她，还是那句话："我不会。"

周轶又被逗笑了，她其实不是个爱笑的人，以往别人讲笑话，大家都在笑，可她始终不明白笑点在哪儿，因而得了个"高冷"的评价，可丁班好像总能让她发自内心地笑，她还是第一次碰上这样的男人，也许是因为他一开始就对她没有所图，所以她在他面前从来都不设心防。

她看着他，眼里藏着细碎的笑意，灯光下如湖面，波光粼粼："那就说好了，如果你一辈子都有腹肌，我就喜欢你一辈子。"

周轶就是有这样的本事用最冷淡的眉眼说最深情的话，好似漫不经心，却又让人觉得情真意切。

丁琏心口一悸，从来也没觉得自己能柔情似水："好。"

街头华灯初上，夜生活才刚刚开始。

他们边吃边聊着把晚饭解决了，收拾剩菜时，丁琏的手机响了，他从兜里拿出来一看，来电显示的是陌生的号码。他谨慎地接通，"喂"了一声后电话那头却无人应答，但他能听到人细微的呼吸声。

"是谁？"丁琏一时有些防备。

过了几秒，一个浑厚的男声说话了："周轶呢？"

丁琏眉心一紧，对对方的身份进行猜测。那人似乎明白他的顾虑，主动说道："我是周振国，她的父亲。"

丁琏一愣，把手机从耳畔拿开，喊了一声正在擦桌子的周轶。她把手上的纸巾扔了，回头问他："怎么了？"

他把手机递过去："你的电话。"

"嗯？"周轶率先想到的就是陆美美，因为她告诉过陆美美有事就打丁琏的号码，"我助理吧？"

丁琏神色微妙："你父亲。"

周轶脸色一僵，看着那部手机迟迟没接过来。良久后，她捏了捏手指，才拿过那部手机，垂下眼睑接听："喂，是我。"

丁琏看她一眼，她的表情不太愉悦，意外地还有些紧张。

他们父女俩有话要谈，丁琏想给她一个私人空间，于是拎上剩饭剩菜出了门，轻轻把门关上。

半个小时后丁琏从外面进来，房里没人，他的手机被扔在床上，浴室里有水声。他拿起手机点开看了一眼，通话记录里上一个通话时长不到十分钟，比他预想的还短。她和她父亲的关系不太好，这是他得出的结论。

周轶把头发吹了个半干披散着，门一开浴室里还是水汽氤氲的，她身上穿着一件宽松的睡裙，露着的胳膊和小腿格外白。丁琏抬头看了她一眼后就移开了视线，喉头滚了滚，蓦地就觉得室内不太透气。

周轶扒拉着自己的长发，脸颊因为刚才洗澡被水汽一蒸像是搽了胭脂，白里透红："还有热水，你去洗洗？"

"嗯。"

丁琏拿了干净的换洗衣物，和周轶错身而过时他说了句："披件衣服，晚上凉。"

车兹入夜后外面的气温的确有所下降，但待在房间里并不太能感知到温度的变化,周轶觉得有些莫名其妙,低头看了一眼自己顿时了然。

她进去洗澡时没拿内衣,洗完澡后就直接套上了睡裙,夏天的衣服都薄,这会儿灯光一照,隐隐约约地能看到点东西。

周轶忍俊不禁,看来她一不小心又成勾引唐僧的妖精了。

丁琈一只手有伤,冲澡时抬着那只手避免伤口碰到水。洗好澡他还把换下的衣服洗了晾在了窗台上,南域的气候普遍干燥,一晚上衣物就能干。

他从浴室里走出来,周轶身上穿了件薄外套正低头坐在床边,手上捧着画本,一只手执笔快速地动着。

他走近:"在画什么?"

周轶抬头,他这回倒不是光着膀子了,她上下打量他一眼,下身黑色作训裤,上身着黑色的工字背心,这副穿着一点不像要入睡,反倒是随时准备战斗一样,他还真是时刻武装着。

"想知道?"周轶把画本抱在胸前,神神秘秘的,"你猜猜。"

丁琈在另一张床上坐下,配合道:"车兹的风景?"

周轶摇头。

"这里的人?"

她还是摇头。

周轶不再难为他,把画本往前一递:"算了,给你看看。"

丁琈接过,倒过来一看登时愣住,怎么也没想过跃然于画纸上的会是他自己。

"不像吗?"周轶坐过来问。

是太像了。

她画的是他修车时的样子,眉眼神态和动作都抓得很到位,他想起今早他在修车时她就在边上画画来着,本以为她是在写生,没想到是在画他。

丁琈还是第一次在画上看自己,和看照片不同,感觉有点奇妙,他看着那幅画忽地记起了什么,转头看着她,眼神难得带点犹疑:"男人?"

周轶立刻明白他想问什么,挑挑眉:"嗯,第一个。"

"第一个"这个意义自然不同,丁琈喜悦之外更多的是意外和困惑,他从不妄自菲薄但也不会自视甚高,他们相识不过短短半个月,她对他有好感他知道,但他有自知之明,不至于认为自己有这么大的魅力能让她为他破例。

"为什么画我?"他问。

周轶拿过画本,在画上补了几笔又用画笔在右下角写上自己的名字,对画家来说这表示这幅作品已完成且她很满意。

她又看了两眼那幅画:"你和其他男人不一样。"

"嗯?"

"你让我有灵感。"周轶笑着耸了下肩,"艺术家的爱情就是这么不可理喻。"

不可理喻,就在不久前,丁琚还因她一意孤行、爱给他惹麻烦而用这个词评价过她。那时对他而言这无疑是个贬义词,而现在他无比庆幸她是不可理喻的。

周轶侧过身坐着,把画本放在边上,用手上画笔的末端从他的喉结一路往下移动,眼神挑逗:"要给我当模特吗?"她凑近他,嘴角微勾,唇瓣动了动。

她没出声,丁琚却看懂了她的口型——"全脱",他额角一跳,抓住她在他身上作祟的手把她往后一推,欺身压上。

周轶往后仰躺在床面上,薄外套顿时往两边散开,露出了内里半透的睡裙。

丁琚眼神幽幽地看着她,声音低哑:"想看吗?"

周轶松开画笔,拿手去描画他的肌肉,指尖从手臂滑向胸口又大胆地往下走。她的手所到之处都是硬邦邦的,他浑身的肌肉都绷着,似在忍耐着什么。

她轻轻吐出一个字:"想。"

周轶起身去够他的唇,丁琚迎合着她,他们鼻息相闻、唇齿相碰,喘息声渐起。

彼此都不方便,周轶顾着他的伤,丁琚顾着她的身体,因此两人虽然情热,但还算没有彻底沦陷。缠绵了会儿,周轶躺在他怀中低低地喘着,丁琚来回抚摸着她的脑袋,暗自调整自己的呼吸。

时间嘀嗒在走,房间里重归寂静。

周轶的手横在丁琚的腰腹上,脑袋枕着他的胸膛,闭着眼像一只慵懒的猫咪。

丁琚背靠床头,指尖绕着她的一缕长发,眼睛像是看着前方又似乎什么都没看进去,他的表情不是放松的,而是带点踌躇。

半晌他低头:"周轶。"

"嗯。"

丁琚停了下,不如平时果断:"陆谏他没事。"这句话说出来他的情

237

绪是极为复杂的，陆谏现在的情况周轶有必要知道，他也不打算隐瞒，只不过该怎么和她说、用什么态度和立场却是他拿不准的。

闻言，周轶的眼睛倏地睁开了，她眨了下眼想了会儿，抬头看丁珄，极快地说了几个字。

"托布克。"

丁珄着实愣住了。

周轶坐起身，眉梢一抬还隐隐有点得意："没在身上对吗？那你就要——"

话音未落，丁珄用还能动的那只手从裤兜里掏了掏，缓缓地拿出了个小玩意儿，正是周轶那天给他的羊骨头。

周轶蹙起眉头："怎么换了衣服还放在身上？"

丁珄有些想笑，这回换他得意了，他抛起又接住那块骨头，看着周轶说："你是在和'猎豹'中队长玩游戏。"

周轶不知该说他什么才好，真是职业病，对待一个小游戏都和任务一样上心。

她低叹一口气，看着他："丁队长，我有件事想和你说。"

"嗯？"

"是一件你知道了一定会生气的事。"

丁珄挑眉，有了点兴趣。

"本来想赢了'托布克'这个游戏换你一个原谅的机会，可是——"周轶不无遗憾地说，"没想到你把它带身上了，那我只好下次再告诉你了。"

丁珄想说什么，周轶不给他机会，凑过去在他脸上吻了下，道了声"晚安"后就迅速翻身下床往另一张床上去了。

丁珄手里攥着那块骨头，不由得觉得纳闷。

明明是他赢了，怎么他心里不太得劲。

第九章
丁队长，你可做好准备，我要缠着你不放了

丁珏第二天没有着急出发上路。

这些天他们一直在路上奔波，还要时刻提防着有没有人来袭击，这会儿突然闲了下来周轶还有些不适应，像是紧促昂扬的乐章突然来了个和缓的间奏，她不习惯之余一时都找不到可以填补时间空白的事。

出门有风险，丁珏今天严阵以待的模样看上去应该是有安排的，热黑和四马一直在城区周边勘察，周轶总不能还让他们给她当保镖，太大材小用了。

所幸她来A国时在行李箱里放了水彩颜料，这难得的空暇她可以画上几幅水彩画，不需要追求极致完美，只需要随心所欲地勾勒上几笔聊以打发时间即可。

中午丁珏打包了吃的回来，进门就看到周轶搬了张桌子坐在窗前，她把长发随意挽起，低着头画得认真，连他回来了都没发觉。她已经画了一早上了，看来画画真是她所爱，一旦投入进去就全心全意、心无旁骛。

画纸上投下了一个暗影，周轶这才察觉房内有人，抬起头看过去。

丁珏瞧着她的脸蓦地一笑，抬起手拿指腹抹了下她的脸。周轶看到他指尖的绿色颜料反应平静："哦，沾到了啊。"

"去洗个手吃饭。"

周轶把画笔放下，往画纸上吹了吹气后晾在一旁，起身往浴室走，边走边问："我们什么时候出发？"

丁珏看了一眼时间："不急，你还能画几张。"

周轶洗了脸净了手后出来，随口问："你在等谁？"

丁珏给她把饭菜摆好，刚要回答她的问题，门就被敲响了，外头一个大嗓门毫不客气地喊道："丁队，我们来了！"

周轶被吓了一跳，往门的方向扫了一眼又看向丁珏。

丁珏不太意外，淡定地把手中的筷子放好，转身悄无声息地往门口走，

239

手搭上门把迅速往下一按,门甫一开一群人就跌了进来。

对,是"跌",周轶不自觉地往后退了一步。

为首的几人踉跄了两步堪堪站稳,他们没看到门后的丁琎,率先看到的就是周轶。关于周轶的身份他们早有耳闻,此时更是肃然起敬:"嫂子好!"这一声差点没把房顶掀开。

现在的场景怎么看都有些熟悉,周轶不由得回想起热黑和四马第一次见到她时闹出的乌龙,只不过这一次他们倒是没喊错人。她快速数了数,房内的加上外面没进来的,少说都有十个,这阵仗真够大的。

"立正,向后转!"丁琎一声令下,"都给我出去。"

"我们都还没和嫂子说上话呢。"有队员嘟囔了一句,但迫于中队长的"淫威",他们不敢不从,老老实实地走出了房门。

丁琎等他们都出去了才对周轶说:"我去隔壁,你先吃。"

门一关,周轶才没忍住露出一丝笑来。

隔壁房里,本来还算宽敞的标间此时变得十分拥挤,"猎豹"小分队的人排成两列站得笔直,加上热黑和四马统共有十二个人。他们个个人高马大,皮肤是清一色的黝黑,眉宇间有着常人没有的刚毅。

"丁队,我们是连夜赶过来的,一来你就让我们罚站军姿,不太厚道吧。"排头的队员梗着脖子说。后边的队员正想对他投以赞赏的眼神和崇高的敬意,不料下一秒他就补充道:"……起码让我们吃口饭再站吧。"

"大熊,刚一点!"后排有人说。

那个被叫大熊的男人回头:"卡姆,一会儿五十公里负重你替我跑?"

卡姆瞄了一眼丁琎,对上他严肃的眼神,气焰顿时矮了一截。

在中队长的注视下,队员们都不敢说话了,不约而同地回想起了那些年在北界山被丁琎操练的恐惧。

"你让他们去吃饭吧。"

就像是在了无生气的死水中突然注入了一滴活水,周轶出现在了房门口,她说的这句话此刻在他们听来简直就像是圣母玛利亚在造福人类,在队员们眼中,她的形象立刻就变得光辉伟大了起来。

周轶走到丁琎身边,见队员们一个个双眼饱含感激之情地看着自己,她一笑:"他们从北域赶过来应该都挺累的。"

丁琎本想照例训个话,周轶一个眼神过来他又没法儿驳斥她的话,只好冲他们摆了下手:"半个小时后在宾馆前面集合。"

队员们兴奋之余还有点震惊,在队里除了陈队和陆哥,没有人敢忤逆丁队，他们平时虽常拿丁队开玩笑，但谁有这个熊心豹子胆敢命令丁队啊。今天他们算是开了眼界了，丁队还真有服软的时候，光是这点就足以让他们对周轶佩服得五体投地。

"谢谢嫂子！"大熊带头喊了一句，之后队员们一个个都冲着周轶喊了起来。

卡姆还问了一句："嫂子，一起吗？"

"不了。"周轶摇了下头，难得笑得温婉，"我和你们丁队一起。"

"哦……"队员们眼神暧昧，开始起哄。

丁珃握拳抵在唇边咳了一声，随后板起脸沉声说："不想吃了是吧？"

"吃吃吃。"大熊拉上卡姆，招呼着兄弟们出去觅食，顺道还和周轶道了声谢，"谢啦，嫂子，我们就不打扰你和丁队独处了。"

他们一群大男人咋咋呼呼地离开了房间，军靴踏在地板上，整栋楼都回响着他们的脚步声，雄赳赳气昂昂的。

周轶回头："你好像我上美院时候的教官。"

她的意思是说他对队员有点严厉，丁珃虚揽着她的肩往外走，随手带上了门："不严一点压不住他们。"

"你刚进队的时候没有不服管教过吗？"周轶有点好奇，像他这样严于律己的人有没有过"叛逆期"。

"有。"丁珃回想了下，也没隐瞒，"最严重的一次我被陈队派去守了半年的边界，大冬天下雪还要骑马巡逻边界线。"

周轶觉得稀奇："犯了什么错？"

丁珃这会儿突然觉得有点说不出口了，过了几秒才回答她："打架。"

"和队友？"

丁珃摇头："和C国部队的人。"

那时候他年轻气盛，在一次演练中双方发生了矛盾，丁珃没忍住动了手，陆谏随后也加入了其中。他们两个本来就是新一批"猎豹"里中流砥柱一般的人物，见到他们动手，队员们哪里还有站着看的道理。到最后，那场演练就变成了斗殴，虽然他们最后把C国的那些家伙打趴下了，但也没落下好处。

丁珃和陆谏作为犯错典型被陈队痛骂了一顿，之后陆谏被派去了南域，在哈米尔高原上待了半年，而丁珃则被派去了北域的阿拉山口，他们俩一南一北，明面上说是与A国的地方部队交流学习，其实就是队里的惩罚，一个去挨冻，一个去吹风。

周轶听着他这段经历觉得好笑之余又觉可惜，不是说他现在沉稳克己

241

不好，毕竟人是会成长的，他现在是队里的中队长，以后"猎豹"的重任是一定会落在他肩上的，他也必然要比以前更加靠得住才行。

她遗憾的是没能亲眼看到他跋扈不羁时的样子，要是她能早点认识他就好了。

周轶思及此才想起以前陆谏很少和她提他在队里的事，更没怎么和她说起过他的队友。至于丁琏，他倒是和她说起过几次，但是并没有想要给她引荐介绍的意思，只是提了一嘴，说自己有个生死之交的拜把子好兄弟。

她猜陆谏根本就不想让她和"猎豹"的人扯上关系，但世事难料缘分未定，她还是和丁琏遇上了。

丁琏和周轶回到了自己的房间吃饭，他给她夹了一箸菜："下午我要出去一趟，我让热黑和四马陪着你？"

周轶觉得很奇怪，反问他："我很黏人吗？"

丁琏摇头，是他的问题，他不放心。

"你忙你的吧，我不乱跑。"她一笑，"你知道的，我一向很听话。"

丁琏无奈，但愿是吧。

吃完饭，丁琏就出了门，他让热黑和四马务必保护好周轶，别让可疑人物靠近她，之后就和小分队一起出发了。

他领着小分队先去了趟前天晚上和VIRUS成员激战的大峡谷，现场除了血迹外没有尸体，看来那晚之后有人来过峡谷。VIRUS还有人藏在车兹，在没查出他们是怎么潜入A国前根本没办法根除这些毒虫。

丁琏让小分队的人分头在峡谷里仔细勘察了一番。

"丁队，没发现有人。"

"我这边也没有。"

"我也是。"

成员陆陆续续地回来汇报情况，在峡谷里皆没有发现人的踪迹。狡兔三窟，这些VIRUS的人东逃西窜，要集中打击不容易，但他们这样隔三岔五地发动袭击，于"猎豹"而言是十分不利的。

"都听好了。"丁琏待队员都回来后才开始下达任务，他这会儿神色肃穆，眼神坚毅带些狠绝，俨然一副队长风范，"陈队应该和你们说过大体的情况，接下来你们的任务就是保护好H国交流团的人，他们明天就会离开车兹走西线去苏恰，VIRUS的人一定会有所行动，你们跟上，别暴露行踪，敌不动我不动，我们的目的不是把他们引出来，而是把他们引走，让他们以为我带着周轶走的是西线。"

"报告！"

丁珏看向大熊："说。"

"如果对方发动袭击……"

丁珏眼中寒光一闪，毫不犹豫地果断道："直接击杀不留活口。"

"明白！"

丁珏答应之后会把名单交给交流团，作为交换，他们也答应配合他的计划，先把VIRUS的人引开，确保周轶能顺利到达苏恰。

只有先清除绊脚石再赶路，才能花更少的时间到达目的地，拿到关键信息之后他们就可以无所顾忌、全力以赴地对域内的敌对势力进行绞杀了。

从峡谷出来，丁珏和小分队又去了车兹附近一些人烟荒芜便于藏身的地方搜查了一圈。显然VIRUS的人反侦察能力不弱，这些地方中有一两处能发现有人待过的痕迹，但早在"猎豹"到来之前，他们就已经撤离了。

看来他们也很谨慎，基本上不会在一个地方长待，除非他们主动现身，否则要找到他们少不了要费时费力。

在车兹附近搜了一番，天幕擦黑时丁珏他们才折返回市区。一到了有信号的地段，丁珏就立刻给热黑打了个电话询问周轶的情况，得知她平安无事后他才放下心，当然这一举动也招到了队员们的调侃揶揄。

用他们的话说就是——丁队总算是开了窍。

在车上时，卡姆还笑着说："这下好了，陆哥归队后你们也不需要再隔三岔五去训练场比试了，胜负已定，丁队以后算是翻不了身了呀。"

大熊没转过弯来："为啥？"

"啧，你傻啊，陆哥以后就是丁队的大舅哥了，他敢赢吗？"

车上众人恍然大悟，丁珏却糊涂了："大舅哥？"

大熊拍了下丁珏的肩，一脸凝重："丁队，你不是中暑了吧，这么简单的关系你都捋不清？"

"你看啊，周轶姐是陆哥的妹妹，她——"

"妹妹？"丁珏遽然坐直了身体，眼神在队员们脸上逡巡了下，发现他们不是在开玩笑后，他蹙紧眉头，"周轶是陆谏的妹妹，谁说的？"

卡姆被一唬，如实回答道："陈队啊，他说陆哥把重要线索发给了他的妹妹，你又一路保护着周轶姐，不是她还能是谁？"

丁珏着实蒙了。

大熊摇头晃脑地道："陆哥也真是，有个如花似玉的妹妹也从不和我们提提，一点口风都不走。这不是把我们当'猎豹'，是把我们当'色狼'

来防啊,忒不厚道了。"

卡姆应和:"还好最后肥水没流到外人田里去,丁队,攒劲!"

被夸"攒劲"的丁琎此刻觉得脑袋后头被人突如其来地敲了一棒槌,一阵头晕眼花之后,他脑袋里涌起了许多零碎的片段。

他胸腔里有火球在滚,烧得他眼底都红了,额角的青筋一跳一跳的,他深吸一口气才勉强按捺住情绪,抬手拍了下前头的座椅:"加速!"

丁琎和陆谦做了这么多年的兄弟,其实去回忆里挖掘还是能发现一些蛛丝马迹的,只是那时候他没往心里去,也没怀疑过陆谦说的话。

丁琎犹记得一次训练结束,队员们横七竖八地瘫在训练场上,往常他们练完都会聊上一阵,那天不知道怎的就聊起了家人这个话题。他们一年到头回不了几次家,就算是逢年过节也很难和家人团聚在一起吃顿饭,因此这个话题显然很有共鸣,几乎每个人都有话要讲。

如果没记错的话,是四马先提起了自己的妹妹,那时他刚被选进"猎豹",还不太适应队里高强度的训练,说起自己的小妹时居然落泪了,一下就勾起了队里很多人的心事。

"小妹今年几岁啊?"卡姆问了一句。

"未成连(年)的姑凉(娘)里(你)也不放过?禽兽!"

卡姆哈哈大笑:"你也知道我们脱单不容易嘛,'肥水不流外人田',小妹还没成年?没事,我可以等她几年。"

之后四马和卡姆就打闹成了一团,原本伤感的氛围全无,大家又开始插科打诨甚至开始故意询问那些当哥的队员他们的妹妹年方几何,大有立刻就想把终身大事提前定下的感觉。

也不知道是谁问了丁琎和陆谦有没有姐妹,丁琎是家里的独苗,而陆谦……现在倒回去想,那时候陆谦并没有回答,而是给了那些心怀鬼胎的队友们一脚,骂咧了一句:"都敢把主意打到我头上来了,刚练得不够是吧,起来,我陪你们再来一轮。"

此话一出,所有人立刻扶腰摸腿叫苦不迭。

丁琎知道陆谦是闹着玩的,却还是故意说了一句:"怎么这么大反应,你不会真有个妹妹吧?"

陆谦一屁股坐在他边上,仰头看着北界山星云密布的天穹,语气突然就郑重其事了起来:"我要有个妹妹,绝对不会把她介绍给队里的人。"

丁琎闻言诧异,转头看他。

陆谏叹了口气接着说:"你知道的,干我们这一行的指不定哪一天就会在任务中翘辫子嗝屁,朝不保夕死生未定不说,没办法顾家也不说,暴露了身份还会给亲近的人招来杀身之祸,哪家姑娘跟了我们不倒霉啊？"

丁珏缄默,端起枪和放下枪总要辜负一方,自古世无双全法,这个道理他也是明白的。

"我的妹妹,我疼都来不及,怎么会把她往火坑里推。"陆谏语气极轻,叹也似的,分量却又极重,发誓一般,"我只希望她这辈子平平安安、快快乐乐,永远做她想做的事就好,嫁不嫁人无所谓,反正我会守着她一辈子。"

丁珏那时只当他是联想到了"猎豹"的宿命难免有些感伤,所以代入感强了些。现在想来,那哪里是代入感啊,那是真情实感,他是真的有个宝贝妹妹！

"丁队,你们回来啦。"热黑等在宾馆门口,见到丁珏一行人下了车立刻迎上去。

丁珏快步走近,开口第一句就是问:"周轶和陆谏是兄妹？"

热黑被他劈头盖脸的发问问蒙了,片刻后才老实地应道:"对啊,亲兄妹,陈队说的呀,我以为你早就知道了。"

热黑是真以为丁珏是知道这事的,毕竟丁珏也算是当事人,他和四马之前问的时候丁珏不还点头了吗,如果丁珏不知道周轶姐和陆哥是亲兄妹,那丁珏以为他们是什么关系。

丁珏得到了确切的答案,绷着脸问道:"周轶呢？"

"在房间里,四马——"

丁珏没等热黑说完就错开了他,阴着脸,脚步沉沉地往宾馆内走,留下不知到底发生了什么事而面面相觑的队员们。

但这些队员也不敢问,要知道"猎豹"里的训练强度等级由低到高分为——刀山、火海、炼狱、生气的丁珏,这会儿惜命的谁敢往枪口上撞啊。

丁珏上了楼,四马在廊上看到他立刻打了个招呼。

"下去吧。"

他一开口四马就打了个哆嗦,这罗刹一样的气场真是久违了,他不敢多留,一溜烟就跑了。

丁珏拿出了房卡却没立刻刷卡开门,他心中无端焦灼,知道真相后他一路赶回来就想当面质问周轶,这会儿到了门前却又莫名踟蹰。

或许他应该先自我冷静一下。

还没等他下定决心,门从里面被打开了,周轶的身子藏在门板后面,

245

探出一个脑袋,她有些疑惑地道:"刚才就听到了你的声音,怎么不进来?"

丁琎喉头滚了滚,垂下眼走进去。

周轶关上门,刚转过身就被人按在了门板上,丁琎一只手压着她的肩让她动弹不得,她微愣,抬眼瞧他:"丁琎?"

丁琎目光下移,她身上穿的居然是他的衣服,一件纯黑T恤,是他昨晚洗了晾在浴室窗台上的,T恤的下摆堪堪才到她的大腿根,她下身没穿长裤,两条莹白的长腿露出来。

周轶解释:"我刚才洗澡忘拿睡裙了,就拿你的衣服先——"话还没说完,她的嘴就被堵上了。

丁琎松开按着她肩膀的手,改为捏住她的下巴让她微微抬头,他吻得狠,几乎是在她唇舌上攻城略地,像是要把她肺里的氧气都消耗殆尽才罢休。

丁琎着实是有火气,陆谏和周轶这两兄妹真是把他骗得团团转。他想起这些天来内心的矛盾和挣扎,他在情与义之间艰难抉择,自认负了兄弟心中有愧,他之前有多纠结现在就有多可笑。

而周轶,她始终都知道这一切却一直没点破,任他独自摇摆,与爱欲做无谓的抗争,而她却心安理得地旁观着,甚至可能沾沾自喜颇为得意,因为他最终选择了她。兄弟情义可以说得上是他近三十年的人生中最看重的情谊,陆谏又是他出生入死的好兄弟,她不会知他到底背弃了什么才向她迈了一步,这就是他会动怒的原因。

丁琎的表情始终是绷着的,这会儿看她的眼神都透着危险,他声音喑哑,似善意的提醒又如迫人的警告:"周轶,你别自讨苦吃。"

周轶吻了下他的喉结,勇者无惧,眼梢一扬,风情尽露:"你能拿我怎么样?"

这副笃定、志在必得的模样让丁琎眼底发红,对他,她始终如此,游刃有余,拿准了他逃不出她的手掌心,所以才无所顾忌地玩弄他。

丁琎的怒气值噌噌往上冒,觉得今天无论如何都要让她吃点苦头,他俯下身去亲她,一只手摸到了她的腰间。

周轶迎合着,却又在他欲要有下一步动作时拦下他:"你是不是忘了什么事了?"

丁琎脑中"叮"地骤响,扭头对上她狡黠的双眼突然想到了什么,顿时才明白她是有恃无恐。

周轶摸着他的腹肌,嘴角还挂着幸灾乐祸的笑:"我提醒过你了。"

丁琎吐了口浊气,这下神思倒有些清明了,色令智昏真是要不得,一不小心又被她下了一城,他黑着脸拉开周轶流连在他身上的手。

周轶这会儿倒乖了,两只葡萄似的眼睛缀着笑意藏都藏不住,那得意的神情就差笑出声来了。

丁珏盯着她,浑身绷得紧紧的,身上热汗涔涔,还喘着粗气,眼神尚且没完全恢复清明。他暗道自己大意了,周轶明明知道他今晚动不了她还死命撩拨他,把他的欲望唤醒了又看着他被反噬。他对她是又气又没辙,总不能像罚队员一样让她下去跑个五十公里,现在这情况,自讨苦吃的到底是谁。

丁珏后撤一条腿准备下床,他睨了周轶一眼:"一会儿再收拾你。"

他给自己倒了一杯水,仰头没两秒就喝尽了。

周轶在床上对他说:"我也渴了。"

丁珏于是又给杯子倒满水,端过去递给她。周轶就着他的手喝了小半杯水,水珠沾到唇上她还伸出舌尖舔了舔,他见了不由又有了旖旎的念头。

要是问"猎豹"里的人,队里谁是最有自制力、最有可能成为柳下惠的人,十有八九丁珏的得票数会是最高的。就连丁珏都自认是个不重欲的人,可今晚他对自己有了新的认知——不是他光风霁月、坐怀不乱,是他以前没遇见周轶。

周轶扫了一眼他胳膊上的绷带:"伤口没崩开吧?"

"嗯。"

"谁让你发这么大火?"

丁珏把杯子放在床头桌上,刚才这么来了一场,他差点忘了今晚他本来想和她好好地谈上一谈的。本来他是被欺骗的那一方,理所当然有发难的权利,可现在他还真没法儿拉下脸兴师问罪,否则显得他好像是个不知好歹下了床就不认人的小人。

周轶躺回床上,掀开被子拍了拍,示意丁珏上来。

丁珏去把房里的灯关了后躺上去,他背靠着床头,周轶往他怀里一钻,倚靠在他肩上,丁珏半搂住她的腰,脑袋里琢磨着该怎么和她提陆谏的事。

还没等他想出个折中的提法,周轶先开口了,她直截了当地说:"你今晚是不是因为陆谏的事生我气了?"

丁珏怔了下,他还什么都没说她就已经猜着了,他又一想,她既然早猜到了他动怒的原因还故作不知地缠着他挑逗他,其实心里早就做好了先下手为强的打算,让他的怒火用另外一种形式发泄掉了,否则此刻他们怎么可能还心平气和地一起躺在床上。

他心头一梗,顿时懊恼自己又中计了,中的还是他以前十分鄙弃的美人计，这要是被手下的队员知道了，还不知道要怎么挤对他。

他不应声周轶就知道自己猜对了。其实也不难猜，她和丁珽认识的这些日子以来，虽然他之前也有过不给她好脸色看的时候，但没有哪一次是像今天这样眼里冒火表情阴沉的。她一想便知他生气的原因，除了陆谏，还有什么事能让他发这么大的火。

"为什么没说实话？"丁珽声音沉闷，像是从胸腔直接传进周轶的耳朵里。

"对不起。"周轶难得服软，这事儿她自己也觉得做得不对，的确是触犯到他的底线了，她温言道，"我们在草原看日出的那天，我告诉你我和陆谏认识，你说你们是队友，关系还很好，我就以为你是知道我和他的关系的，我没想到陆谏没和你说清楚。"

听到这儿，丁珽立刻就想狠揍陆谏一顿，这么多年的兄弟连他也严防死守。陆谏哪是没说清楚啊，他根本就是在忽悠，以前他误会"一一"是他一生所爱的恋人，陆谏不解释不说，还真敢认。

"那晚在琼纳斯镇，你说我是他女朋友我才知道你一直误会了，也难怪那两天你一直疏远我，原来是怕'芳心错付'啊。"

周轶还有心情开玩笑，丁珽都快怄死了，他捏了下她的腰："当时为什么不解释？"

她回想了下当时的心境，不想用冠冕堂皇的理由来为自己的行为开脱，遂坦白道："就是想让你再误会一段时间。"

周轶当时的想法着实是有点恶劣不磊落，在得知陆谏并没有说破他们的关系后，她顺势而为地骗了他，想看看他之后会有什么反应，而且她也有自己的小算盘。

丁珽这个人，克己复礼极度自控，对待感情也是如此，有自己的计划，稳扎稳打绝不冒进，如若不加点催化剂让他挣扎失控，体会下求而不得的感觉，他又怎么会在短短的几天内对她这么上心。

人都是有欲望的，她就不信他是个圣人一点私欲都没有，她要做的就是一点一点地把他的欲望激发出来。

丁珽听她答得这么坦然反倒不知道要从何指摘，就这么放过她他心里也不甘心，总要让她长点记性以后再不敢胡作非为才行。

周轶一直没听到他讲话，微微抬头，借着床头灯的光看他："还没消气？"

"嗯。"

周轶款款道："我刚才的道歉还不够诚意？"

她若有所指,丁珧心领神会,一把抓住她又开始不老实的手,低斥一句:"好好说话。"

周轶埋在他胸口笑,末了双手环住他的腰道:"那你就气着吧。"

丁珧一口气吊着上不上下不下的堵得慌,她打算就这样把这一页揭过去?

他正想表达下不满,周轶突然开口问:"陆谦以前没和你提过他的家庭吗?"

"很少。"丁珧想了下,道,"他只说过他的父母很早就离婚了,他是跟着妈妈长大的,他上大学第二年,她就因病去世了。"他说着就想到了一点,既然陆谦和周轶是亲兄妹,那他的妈妈自然也是她的。

丁珧垂眼,却只能看到她的发旋,而看不到她此刻的表情,唯听见她轻声说:"我都没见到她最后一面。"她无意义地一笑,"我从国外赶回来的时候已经来不及了。"

丁珧的心揪了下,抬手摸了摸她的脑袋作为安慰。

室内昏暗,世间的尘嚣都远了,夜深人静的时候最适合说心事。

周轶难得地想和他聊聊,她找了个舒服的姿势靠着他,和他说起自己和陆谦的家庭。

"周振国——就是我的父亲,和我母亲在我很小的时候就离婚了,因为我父亲出轨了,他另外还有一个和我一般大的女儿。"周轶冷笑,"我母亲知道后提了离婚。离婚没多久,我父亲就另娶了,我莫名其妙地多了个妹妹。"

"陆谦改了姓,跟了我母亲,而我留在了周家。其实我奶奶更想要陆谦这个孙子,但是陆谦不愿意留下,我母亲也不肯带我走,我知道他们都觉得我留在周家能有更好的生活条件,但小时候我真是恨死他们了。"

丁珧眉头紧皱,虽然周轶只是寥寥说了几句,但他不难想象她在周家的处境。

周轶只是一时有点感慨但并不感伤,她把自己的家庭背景讲完后抬头去看他:"你昨天不是问我为什么画你吗?"

"嗯。"

"因为你和周振国不是一类人。"

丁珧好像有点懂了。

周轶打小生活在这样的家庭里,及至她长大,围绕在她身边的男人不少,但或是觊觎她的姿色想一亲芳泽,或是看中了她的家境欲做周振国的乘龙快婿的。她早早地对男人失去了信任,更别提男女情爱这种虚无缥缈的东西。

她一直觉得世上男人多薄情,山盟海誓俱不可信,这也是她从不画男人的原因——浪费颜料。丁琎却和以往接近她的男人都不同，他正派、自制力极强，信守承诺，从不花言巧语，她莫名地就会相信他。

周轶点着他的胸膛，语气凉凉："你要是敢背叛我——"

丁琎沉默了下，说："就让你哥了结我。"

他不用各种承诺来向她保证，也不取悦于她，而是用一个不解风情的回答来表明心迹。周轶怔住，随后抱着他说"好"，笑得不可抑制："这办法可行。丁队长，你可做好准备，我要缠着你不放了。"

听着她的笑声，丁琎整颗心都柔软了，毫不犹豫地应道："好。"

宾馆二楼廊上，一群大老爷们蹑手蹑脚、左推右搡，和做贼一样，不知道的还以为是什么犯罪团伙正在准备入室抢劫呢。卡姆示意队友们安静，他把耳朵贴在门板上听了会儿，回头悄声说："没动静啊。"

"不是吧，丁队刚那么生气，他不会把周轶姐折腾晕了吧？"大熊面露忧色。众人纷纷点头，觉得十分有可能。

四马觉得丁队应该有分寸，但也怕丁队怒火攻心失去了理智，万一周轶姐真被丁队折腾出什么好歹来，陆哥回来他们不好交代啊。左右为难之际，四马推了把热黑："去，里（你）敲个门。"

热黑瞪眼："你咋不去？"

四马挠挠下巴，转头看向大熊："要不里（你）去？"

大熊忙摆手："这不是上赶着送死吗？"

四马往后扫了众队友一眼，却见以往面对任何敌人都毫不畏惧的队友们这会儿都退缩了，他没办法，只好说："锤子剪刀布，谁输谁上。"

队员们摩拳擦掌，只是还没等他们展开架势，房门就突然被打开了。

丁琎开门走出来后顺手带上门，拉下脸瞧着偷偷摸摸、鬼鬼祟祟的队员们，沉声问："干吗呢？"

队员们立刻站得一个比一个笔直，卡姆呵呵笑着，提了提手上打包回来的食物，一脸谄媚："怕你饿，给你带了吃的，正想敲门呢。"他还机灵地冲屋子里喊了一声："嫂子，你饿吗？我们带了夜宵回来，吃点呗？"

没一会儿，屋内周轶就应道："你们吃吧，我不饿。"

听到周轶的声音，众人松了口气——还好没晕。

四马捏了把虚汗，对上丁琎的视线，小心问道："丁队，吃吗？"

丁琎忙了一下午，晚饭也还没吃，刚才又消耗了能量，这会儿觉得胃里空空，的确是有点饿了。他接过卡姆手上的食物，又转头问热黑和四马：

250

"周轶晚上吃了吗？"

热黑说："姐说没胃口，只吃了点水果。"

丁班拢了下眉头，知道她是刻意在控制饮食，他抬头扫视了一圈："都回去休息吧，明天按计划进行。"

"明白！"

丁班转身要回屋，四马壮着胆子喊住他，咽了口口水，委婉地道："丁队，周轶姐是个姑凉（娘）……"丁班给了他一个"还用你说"的眼神。

四马干笑两声："……她是千金小姐，从小娇生惯养的，不像我们这帮大老爷们儿皮糙肉厚的，怎么折腾都没关系。"四马在丁班犀利的眼神注视下越说越小声，最后索性牙一咬心一横道，"里（你）悠着点啊，别把周轶姐折腾过头了。"

他说完没敢留下，扭头脚底抹油就往隔壁房间跑。他一跑，剩下的队员立刻作鸟兽散，没一会儿连人影儿都看不着了。

丁班冷哼了声，不和这些皮猴计较。他和周轶，谁折腾谁还说不定呢。

他拎着打包的食物回到房里。

周轶正在浴室里冲澡，刚刚出了一身汗，身上黏黏的不舒服。她简单地冲洗了下，把自己的睡裙换上，又把换下的衣服洗了拧干，挂在窗台上。从浴室出来，她就见丁班正坐在房间里的小桌旁，桌面上摆着食物，应该就是热黑他们打包回来的夜宵。

房里的电视开着，是周轶故意打开的，刚才四马他们在门外，她是为了掩盖水声。

"热黑说你晚上只吃了水果。"丁班抬眼看向她，眼神忽闪了下挪开，虚咳几声说，"披件衣服，过来吃点东西。"

周轶没穿内衣，她没听他的话去穿外套，而是很坦荡地走过去坐在他身边："现在还不好意思？"

丁班在心里一叹，不打算就这个话题展开细说，而是把一份凉皮推到她面前："凉皮没什么热量，吃点儿。"

周轶接过他递来的筷子，拌了拌凉皮："养胖我对你有什么好处？"

丁班眼皮都没抬，淡定地道："抱起来舒服。"

周轶一口凉皮还没咽下去，石破天荒地听他开了黄腔，一时惊诧就呛住了。丁班给她倒了杯水，她顺过气后就忍不住开始笑，一笑就止不住了。

她笑靥灿烂，丁班看着忽想起他们刚认识的时候，她总是表情冷淡一脸疏离，看起来不太好亲近，可现在他已经渐渐把这个初始印象从脑海中摘除了。

电视上正在播放一个采访,女主持人絮絮地介绍着A国当地的特色美食,此刻她正在说着乌恰克族的"奶疙瘩",语速不疾不徐,音色圆润悦耳,在深夜里很能抚慰人心。

周轶托着下巴盯着电视饶有兴味地看着。

丁珏把自己的一份凉面和两串羊肉串吃了,抬眼见她那份凉皮没吃多少,不由得道了句:"专心吃饭。"

周轶回过头:"乌恰克族的奶疙瘩,之前在草原我没见到过,好吃吗?"

"一种自制的奶制品,一般人吃不惯的,很酸。"丁珏问她,"想尝尝?"

"也不是,就是好奇……"周轶顿了下,眼神又往电视屏幕上飘去,"她让你转业的时候你没考虑过吗?"

丁珏知道她指的是谁,一开始他就听出了那个女主持的声音,不是他旧情难忘,而是他记性好。

"没有。"他答得很果断。

周轶"啧"一声:"好绝情。"

丁珏觉得有必要趁着这个机会把一些事情和她说清楚,他清了清嗓子,神色也郑重了些:"周轶,我的职业有一定的危险性——"

"嗯,别出事就好。"周轶用极淡的语气轻易就打断了他略微沉重的发言,她听个开头就能猜到他接下来要说什么,无非是职业危险身份特殊,没办法给她平常恋人该有的陪伴和照顾诸如此类的。她不图他这些,也不会要求他为她放弃自己的职业。

"你的人生你自己做主,我只想参与,没想要改变。"周轶平铺直叙地道。她很冷静,在相互独立这方面绝不丧失理智,也不会拿捏着丁珏对她的感情来要挟他必须为她付出点什么,恃宠而骄也得心里有分寸才行。

丁珏本以为接下来会有一场严肃的对话,却没想到周轶轻而易举地就打消了他的顾虑。

她心思通透,有时骄纵有时又十分善解人意,很多人只看到她骄纵的一面,却没体会到她通情达理的一面。他没法用短短的几个词来简单概括她,如果真要给她下个定义,他只能说——她是他喜欢的样子,她的方方面面他都能接受,好的坏的他都不排斥。

周轶打了个哈欠,丁珏拿过她的筷子:"不想吃就别吃了,去睡吧。"

"嗯。"

周轶把自己的凉皮推给他,起身去浴室刷了个牙,出来后就躺上床把电视关了。

丁珏把她的凉皮解决后收拾了下桌子，简单洗漱后就出来了。

周轶躺的是他昨晚睡的那张床，他们刚在她的床上旖旎了一场，她可能觉得再睡上去有点别扭。他倒是无所谓，关了灯脱了上衣正想往她的床上躺，周轶出声了："你想和我分床睡？"

丁珏脚步一顿。

周轶把被子掀开一半："睡过来。"

丁珏只犹豫了一秒就踅摸着走了过去，标间的床不大，他躺下就占了一半，周轶往他怀里钻，贴着他睡。

"热吗？"她问。

丁珏不知道她问的是哪种热，如果是气温，车兹晚上普遍凉快，室内不开空调也不会太热。如果是体温，那是有点。

他拍拍她的背："睡吧，明天还要赶路。"

周轶找了个舒适的位置躺好："去苏恰？"

"我们走沙漠公路去玉城。"

"玉城？陈淮景和兮芝去的地方？"

"嗯。"

周轶没问他为什么变换了路线，总之他有安排。在车兹的这两天算是她在A国里最闲适怡然的日子了，想到接下来又要提心吊胆地开始奔波，她就气不打一处来，而这一切都要怪一个人。

"你有把握救出陆谏吗？"她突然问。

"嗯。"丁珏反问，"担心他？"

周轶冷哼："他最好活着回来。"

她的语气大有要好好修理陆谏一顿的样子，丁珏笑了下，又想到今天晚上她和他说了她父母的事，倒是没多提陆谏。再加上她每次都直呼其名，他不由得问："你和你哥关系不好？"

"没有。"周轶道，"我们和普通兄妹的相处模式不太一样。"

周轶小时候是很黏陆谏的，只是父母离婚后，他们就鲜少见面，虽说是亲兄妹，但他们没能在一起长大。她又有很长一段时间怨恨着他们，因此长大后她和他不像一般兄妹那样亲近。

母亲去世后，周轶对陆谏不再那么反感了，甚至有点依赖。周振国于她虽是父亲却鲜少真正关心过她，而陆谏是真正掏心掏肺对她好的人，她现在愿意跟丁珏去南域，也是想把陆谏救出来。

这一切因他而起，也必定要因他而终不可。

周轶絮絮叨叨地说着她和陆谏之间的事，丁珈耐心地听着，说到后面她的声音越来越轻，节奏越来越缓，他摸着她的后背示意她睡觉。

周轶打了个哈欠，把手横在丁珈腰间抱着他，她的脑袋就搁在他没受伤的胳膊上，闭着眼犯困的样子像极了慵懒的苏格兰折耳猫。

"丁队长。"

"嗯。"

"明天我的例假就没了。"

这只小猫睡前还不忘挠他一爪子，丁珈强迫自己忽略她的暗示，一把按住她的脑袋，沉声道："别再招惹我，快睡。"

第二天一早，丁珈就集中了小分队的队员，最后再训了下话就让他们按照计划开始行动，热黑和四马仍然跟着他和周轶。等小分队的人全副武装出发后，他们也收拾了东西离开了车兹，准备往玉城去。

A国南部有一片极大的流动沙漠，地处最南端的玉城可以说是沙漠中的城市，虽然经济发展得不太景气，可它所产的玉石却是闻名遐迩，否则这座城市也不会以"玉"命名。从车兹去往玉城要先到车台，之后要沿着近五百公里的沙漠公路前进，保守估计也要用上两天的时间。

仍是热黑开车，四马坐在副驾驶位上，丁珈和周轶两人坐在后座。太阳初升的时候，他们一行人离开了车兹，一路东行。

从车兹出来，公路两边尽是戈壁，灰茫茫的漫无涯涘，路边偶有成排的杨树，叶子在阳光的照射下如同鱼鳞般银光闪闪。

周轶降下车窗，把脑袋搁在窗沿上，被风吹得半眯的眼睛望着外面荒凉的风景，这种开阔、单调又别具魅力的景色和北域是不同的。

晌午时分，他们抵达了车台。丁珈让热黑把车开进城里，他们正好吃个饭稍事休息。车台跟车兹相比，最大的不同就是沙尘很大，周轶一下车就吃了满嘴的沙子。

丁珈拧开了一瓶水给她漱口："车台临近沙漠，沙多。"

热黑熄火下车，抬头一看，苍穹是淡淡的蓝色，浮云蹁跹，他感叹："这个月份来天气还是不错的。要是早春的时候，这边'下土'，相隔两米都看不见人。"

因为下午还要赶路，他们没多停，在城里面随便找了个地方就把午饭解决了。吃完饭，丁珈让热黑驱车去附近的加油站把油加满，沙漠公路全长五百多公里，虽然中塔那儿有个小型的加油站，但是以防万一，还是要提前做好准备。

去往加油站的路上，在经过一家药店时丁琎叫停了车，只身去了店里买东西。他刚下车热黑和四马就交换了个眼神，颇有点心照不宣的意味——丁队最近和周轶姐感情正浓，这时候去药店还能买什么。

"走吧。"丁琎上了车，从兜里掏出一管药膏来。

周轶低头去看："买了什么？"

"止痒的药。"丁琎拧开盖子，挤了一点乳白色的药膏出来，示意她，"手。"

周轶露在外面的两只胳膊上都有红色的小包，车台边上有一条绵长千里的塔河，河边种满了胡杨林，现在又是仲夏季，故而这边蚊虫较多。丁琎刚才在吃饭的时候就注意到了，她时不时挠挠自己的手，总是分神去赶蚊子，不胜其烦的样子。

他和热黑、四马皮糙肉厚的，蚊子不爱咬，她细皮嫩肉的很招蚊子，一顿饭下来，她两只手多了数十个包，也得亏她今天穿的是长裤，不然车台的蚊子能把她的血吸干。

周轶伸手，让丁琎把药膏给她抹上。药膏冰冰凉凉的，抹开后就感觉没那么痒了，她又指指自己的脖子："这边也被咬了。"

丁琎抬眼瞧了瞧，她白皙的脖颈上的确有两小块皮肤微微发红。

他咳了一声，四马和热黑立刻坐得笔直，目视前方，再不敢往后视镜里看，彼此心里都暗自反省着自己——原来是他们误会丁队了，瞧丁队现在这无微不至的贴心样，哪还有以前钢铁直男的半点身影。

是他们猥琐了。

抹好药，加油站也到了，他们进站加满油后没在车台里转悠，直接驱车往沙漠公路走。

上公路前，他们沿着塔河开了一段路，道路两旁长着千奇百怪、姿态各异的胡杨林，从树干的粗细程度来看，这些树都很有些年头了，盘根错节的不像笔直的杨树，都在肆意生长。都说胡杨林是"沙漠英雄"，生而不死，死而不倒，倒而不朽，真称得上是"活化石"。

热黑边开车边说："现在还不到季节，等十月份秋季的时候，胡杨林的叶子都黄了，那才真的好看呢。"

沙漠公路穿过A国最大的流动沙漠，A国为了修建这条公路投入了不少人力、物力和财力，这才把南域和北域连接了起来。公路上每隔四公里就有

255

一个深水井房,每个水站都由一对夫妻守着,他们主要负责此段公路的维护和树木的浇灌。

傍晚的时候,前方有一小段路被风沙掩埋了,有许多工人正在清除路上的沙子,热黑把车往路边一停。他们三个男人都下了车,周轶也就不太愿意一个人坐在车上。

丁珏想去前面帮忙,走前不放心地叮嘱周轶:"就在附近看看,别往腹地走,容易丢。"

金乌西坠,虽说天还未黑,但时间已经不早了。

周轶穿过几排矮树往沙漠里走了走,她记得丁珏的话,因此走两步就回头看一眼绿植,好确定自己没走远。

她攀上了一座小坡,极目远眺,只见黄沙漫漫,一望无垠。

沙漠里有很多已经枯死的胡杨树的残骸,它们的枝干早已干枯,躯体却还没腐朽,远看着就像是为保家卫国而亡的将士,不甘倒下,就算是死也要守住最后的荣光。

夕阳摇摇欲坠,薄辉洒下,让整片沙漠看起来似是由黄金堆砌出来的。

周轶心头震撼,手指一动,有点按捺不住自己的感情。如果此刻她手中有一支画笔,她会毫不犹豫地将这幅震撼人心的场景画下。

太美了,她想。

丁珏寻来的时候就看到周轶背着光站在高处,被切出一道婀娜多姿的剪影,沙漠上的风带起了她的衣摆,而她怔怔地站定不动。

他朝她走去,到了她身边才发现她在看落日。

周轶余光看到他的身影,问道:"路通了?"

"嗯。"

周轶觉得有些遗憾,仍是说:"走吧。"

"不急。"丁珏拉住她的手,"休息站快到了,太阳落下了再走也不迟。"

周轶展颜,回握住他的手倚在他身边。他们一起看着太阳敛起光芒,慢慢逼近沙漠尽头。

夜幕完全落下后,他们一行人到了中塔。这是整条沙漠公路上唯一一个休息站,供往来的人休息补给,地方虽小,但设施还算齐全,有宾馆、饭店和加油站,甚至有足浴店。

丁珏示意热黑把车开到警务站前,带着他们一起进了站。

警务站里有几个值班警察正在吃饭,听到开门声后其中一个抬头问:"有什么事——"看到丁珏,他好似愣住了,片刻后才站起来,惊讶地道,"丁珏?"

丁珏抬手握拳，和那个警察碰了下。

"丁队，这位是……"四马问。

"我的中文名叫赵雷，和你们丁队认识很久了，他叫我一声'哥'，你们跟着叫我'赵哥'就好。"

丁珏抬起一脚踢过去："谁是谁哥？"

赵雷一躲，又笑了两声，目光落在一直没说话的周轶身上："这位美女不会也是你们'猎豹'的吧？"

热黑先答了："她是我们丁队的女朋友。"

"女朋友？"赵雷不可置信地打量了下周轶，最后捶了下丁珏的肩，"你可以啊。"他又开玩笑说，"你约会还带两灯泡保驾护航？"

丁珏没接茬，他就是想着既然到了中塔，便顺道过来打声招呼。

"宾馆订了没？"赵雷问。

四马答："还没呢。"

赵雷手一挥："走，我带你们先去找住的地方。这地儿就这么点大，每家店的老板我都认识，有我在还能给你们打个折。"

他和几个同事知会了声，拿上车钥匙随着丁珏他们走出了警务室。赵雷从警务室旁推着自己的"坐骑"出来，热黑和四马的眼睛立马看直了。

"怎么样，帅吧？"赵雷坐在自己的摩托上，一脸傲娇，"四驱的，排放量六百，跑沙漠完全没问题。"他嬉笑着问周轶："怎么样弟妹，坐上来哥带你兜兜风？"

丁珏斜眼乜他，声音凉飕飕的："等你什么时候拔枪的速度比我快了，我就让你带她去兜兜风。"

中塔虽然有好几家宾馆，但沙漠中住店的条件自然算不上多好，只能说是勉强有个落脚的地儿。把住的地方定下来后，赵雷就拉着丁珏他们去周边的馆子里吃饭，说是有段时间没见，想和丁珏唠唠嗑。

丁珏不和他客气，就让他尽了这个地主之谊。说是吃饭就绝不喝酒，他们彼此心里都有分寸，就当是小聚一下，以茶代酒聊了点近况。

饭后，赵雷又送他们回了宾馆。

周轶一路都仰着脑袋看着天幕，到了宾馆，热黑和四马护送着她先进去歇着，留下丁珏和赵雷在宾馆外说话。

赵雷从兜里掏出一盒烟，递了一支给丁珏。丁珏也不推拒，夹在指间让他帮着点了。

"我昨晚才值的班,本来想着今晚能好好睡一觉,你一来,呵,泡汤了。"赵雷吐了口烟,眯着眼苦笑。

丁珹咬着烟挑眉:"我碍着你睡觉了?"

"你们'猎豹'两个人一起出现我就要拉警报了,现在来了三个,你说我慌不慌?我一会儿回去就让所里的人都把防弹衣穿上。"

丁珹笑笑,不说话。他们心里都有杆秤,不用多说对方就能明白。

赵雷从口袋里拿出一样东西丢过去,丁珹随手一接才发现是车钥匙。

"摩托留给你,昨天刚加的油,你明早起来还能带着弟妹去沙漠里转转。这儿虽然荒,但日出还是有点看头的。"

丁珹弹了下烟灰,把钥匙揣进兜里:"谢了。"他明白赵雷的用意,有事多一种逃离方式,没事多一种约会方式,总之有备无患。

两人在宾馆外闲聊着把一支烟燃尽,赵雷认命地叹了口气,瞅着丁珹的眼神还有点幽怨:"回去守夜去了,你放心,我拖不了你后腿。"

丁珹和他对拳碰了下:"辛苦。"

"知道就好,走了。"赵雷挥了下手,转过身往警务站的方向走。

丁珹还在宾馆门口站着,掏出手机给卡姆打了个电话,打了两通卡姆都没接,他又给大熊去了个电话,结果还是无人接听。一般在出任务的时候他们会把手机关机,现在这情况是VIRUS有动静了?

丁珹琢磨了会儿收起手机往宾馆里走,这家宾馆只有一层,装修得很简陋,走廊的灯有几个都灭了,一段明一段暗的。

他走到房间门前敲了敲,周轶在里面回:"等下。"

丁珹倚在墙上等着,听到了对面屋和隔壁屋的动静,这宾馆的隔音效果着实是差。

几分钟后,周轶开了门,丁珹看到她换上了睡衣有点愕然:"洗澡了?"

"嗯。"周轶盘着头发,她还没来得及洗头发丁珹就敲门了,"我从身上洗出了半斤的沙子。"

丁珹一笑:"本来还想带你出门走走,既然你洗过澡了就算了。"

周轶回头:"去哪儿?"

丁珹沉吟了下:"看星星。"

"去沙漠里看?"

丁珹点头,他自然是注意到了回来路上她抬头看天的模样。

周轶立刻从行李箱里拿出了干净的衣服,当着丁珹的面脱下睡裙穿上内衣,换上了一条胭脂色的长裙。她真是一点都不避讳,丁珹自觉地移开视线,轻咳一声:"洗了澡还出门?"

"嗯,机会难得。"周轶扯下裙子,抻抻裙摆,"走吧,丁队长。"

"把外套穿上。"丁珏说了句。

步行进沙漠是不明智的,丁珏在越野车和摩托车之间犹豫了下,最后还是敲了隔壁的门找热黑拿了车钥匙。

晚上沙漠很冷,风又大,要是骑摩托出门,一会儿回来她身上估计能洗出不少于一斤的沙子,且夜晚的沙漠不安全因素还有很多,野生动物最喜晚上出来溜达,综合考虑,开车是相对安全的。

出了宾馆,周轶问:"进了沙漠你还能分辨出方向吗?"

"我们不往深处走。"

周轶伸手跟他要车钥匙:"我来开吧,你指挥。"

其实丁珏的伤口现在已经没有什么大碍了,至少开车是没问题的,但是她不放心,他也乐于成全她的操心。

周轶启动车子,丁珏坐在副驾驶位上给她指明方向。他们开着远光灯挑了个比较和缓的路段进了沙漠,爬了几个坡后停在了一个相对较高的沙坡上。

关了车灯下了车,丁珏单手把周轶一抱,让她坐在了越野车前盖上,他自己手一撑就坐在了她身边。

没了灯光的干扰,繁星璀璨或大或小,似唾手可得,银河裹挟着碎星流淌着,仔细去瞧,时不时还能看到有流星陨落,不知砸向了何处。

"手可摘星辰"就是这样的光景。

周轶撑着双臂仰望着夜空,千万繁星都坠入了她的眼睛。

这样的星空景象对丁珏而言倒没什么稀奇的,野训的时候他们去过很多地方,当然也包括沙漠,晚上在外露宿,多的是机会能看到星星,只是他们在外野训的时候皮都能脱掉好几层,再加上"猎豹"里大老爷儿们居多,几个女队员打起架来比男人还狠,谁还会有赏星的心思,睡觉的时间都不够,哪还有闲情风花雪月。

论起来,丁珏还是第一次带姑娘来看星星,也难怪刚才热黑给他车钥匙时表情诧异又古怪,瞧着他一脸探究。

流星拖着彗尾划过,周轶偏过头问:"许愿吗?"

丁珏笑:"你还信这个?"

"不信。"周轶说,"应个景,我帮你许一个。"

"许什么?"

"……世界和平。"说完她自己倒先笑了。

丁琚跟着她笑:"你呢,有什么愿望?"

周轶沉吟:"我现在真有个小愿望。"

"嗯?"

"你过来,我告诉你。"

丁琚没犹豫,往她那儿凑了凑。周轶的手往他肩上一搭,翻身叉开腿坐在了他的腿上,丁琚身子往后一仰,下意识地就伸手揽住了她的腰,防止她滑下去。

周轶的手顺着他的脖子摸到了他的脸,而后她两只手捧着他的脸凑过去亲了亲,他的唇齿间还余有一点儿淡淡的烟草味儿,不是老烟枪那样的浓重,反倒有点清冽。

他们鼻尖碰着鼻尖,周轶唇瓣微张,缓缓吐出几个字:"睡了你。"

这就是她的愿望。

丁琚想起了昨晚睡前她说的那句话,眼神暗得同这夜色无二。他不说话,搂着她的手臂一紧,让她贴近自己,径直往她唇上咬去,用行动表明自己很乐意帮她实现愿望。

周轶笑了声,搂着他的脖子迎合着。

繁星之下,旖旎万千。

沙漠上风呼呼地刮着,远处胡杨林的遗骸在夜里挺立着看上去像是鬼魅,扭曲着面孔张牙舞爪。周轶突然打了个激灵,不知是冷的还是被吓的,她贴着丁琚的耳畔说:"……去车里。"

丁琚好似想到了什么,无声地笑了:"怕狼?"

周轶咬了下他的耳朵:"'猎豹'我都不怕。"

丁琚被撩得火起,抱着她从车前盖上跳下,迅速打开了后座的门把她压在座椅里。

车门一关,空间变得极其狭小,外面的风声远了,喘息声更明显了。

丁琚摸索着打开顶灯,借着光低头看她,就见她眼睛湿漉漉的,有点无辜又带点若有似无的挑逗勾引。他没忍住低头亲了亲她的眼睛,又顺着她的鼻梁吻下去,最后与她唇舌交缠,吻也从温和转为炽烈。

天不遂人意,他们正亲得火热,丁琚裤兜里的手机这时候响起来了。

这片沙漠离休息站还不算太远,有些微弱的信号也正常。

丁琚这会儿有点郁闷,但还不至于失去理智,这么晚了能给他打电话的只有卡姆他们,他之前吩咐过,每晚都要汇报行动进展情况。

周轶躺在他身下，胸口微微起伏："接吧。"

丁珏长呼一口气，掏出手机接通电话："喂。"

"丁队，VIRUS今晚行动了。"

丁珏眉头蹙起："情况怎么样？"

"他们在阿克门动的手，冲着交流团去的，在当地引起了一阵混乱，现在已经被压制住了。"卡姆如实上报，"总共来了七个人，我们击毙了五个，俘虏了两个。"

丁珏闻言心头有了疑虑，此前VIRUS都是奔着周轶来的，从未去寻过交流团的麻烦，他们大概是想在根本上截断交流团获取名单的机会，他们应该也明白就算这一批交流团出事，只要周轶还活着，H国政府就会再次派人来寻。

今天他们的行动有点反常，是试探？

丁珏思索了会儿："继续盯着。"

卡姆应了声"明白"，过后又笑嘻嘻地十分狗腿地问："丁队，你是在锻炼？"

丁珏接电话的时候是有点喘，他已经竭力克制了，可"猎豹"里的人哪个不是耳力过人？都是他带出来的，他应该感到欣慰才对，只是这会儿丁珏难得有些哑口无言。

卡姆当他默认了，接着说："在沙漠里都不忘强身健体，值得学习……那我就不打扰你了，有情况再向你汇报。"

挂了电话，车内又静下来了。

周轶坐起身贴近他，手指在他身上弹着，漫不经心地问："还继续吗？"

丁珏被这么一打断，倒是想到了什么："……热黑和四马的鼻子很灵。"

周轶的手停了下："……去车外面？"

"我们接下来要进高原，你不能感冒。"

"……回去？"

丁珏叹了口气："宾馆的隔音很差。"

这事儿今晚怕是办不成了，周轶故意幽幽地叹了口气，闺门怨妇似的："看来对着流星许愿就能成真是谣传啊。"

丁珏一时语塞，他憋着也很难受，但此刻显然不是办事的好时机，VIRUS的事一直盘萦在他的脑海中，他现在也专心不了。

他帮着她把衣服穿好，自己从车上摸了盒烟，下车独自冷静。

周轶从车上下来时，就见丁珏指间燃着一点猩红，像坠落的流星，忽

261

闪忽闪的,夜里他孑然的身影看着十分孤独。

她没忍住笑了,喊了他一声:"丁队长。"

丁琲咬着烟回头。

"回去吧。"她说,"再不走,热黑和四马的电话就要来了。"

第十章
事情很快就会结束了,我保证

丁珄带着周轶从沙漠回去后特地敲开了热黑和四马的门,告诉他们卡姆今晚汇报的情况,并让他们第二天早点起来。按今晚 VIRUS 的异常行动来推测,这极有可能是一场试探,虽然一晚上的时间 VIRUS 的人不足以从阿克门赶到中塔,但他们还是要尽早出发,避免和 VIRUS 碰上。

周轶像是知道他有事情要筹谋思考,晚上也不闹他,和他说了会儿话就睡了。这两天和他睡在一起,她的失眠症神奇地不治而愈,不仅入睡快,半夜也不会被频繁地惊醒。

丁珄这晚睡得不沉,明明是睡在室内,他却同以前野训露宿时一样,脑子里始终绷着一根弦,时刻谨防着野兽和有心之人。

他的生物钟很准时,不管睡得怎么样,天色薄明时分就会醒来。

周轶还没醒,丁珄掀开窗帘的一角往外看了看,此时尚早,窗外灰扑扑的,休息站里并没有人在外走动,一切如常。丁珄洗漱完毕从浴室里出来时,周轶刚醒,正揉着惺忪的睡眼拥着被子坐在床上。

"吵醒你了?"他问。

周轶摇头:"昨晚不是说今天要早点走?"

"嗯。"丁珄说,"醒了就起来吧,一会儿吃了饭我们就出发。"

在周轶洗漱期间,丁珄去隔壁敲了敲门,热黑和四马已经整装完毕,随时可以出发。于是丁珄让他们开车去警务站问问看有没有异常情况,顺道和赵雷说一声他们要走了。

热黑和四马前脚刚离开,后脚陈队的电话就打过来了,这一大清早的,丁珄直觉有要事发生。果不其然,电话甫一接通,陈队就快速地说:"我查到 VIRUS 是怎么入境的了。他们不是从 A 国和 H 国的边境潜进来的,而是跟着一批走私玉石的商贩从玉城进来的,这些商人经常非法倒卖文物,有自己的走私渠道。没想到 VIRUS 的人居然能想到利用这些非法买卖者,看来是给了不少的好处。"

丁珏一惊:"什么?"

陈队紧接着说:"这个文物走私集团的头目是大都宝裕堂的老板,前段时间他被收监了,他手下的人大概是见形势不对,所以铤而走险和VIRUS做了这笔交易。昨晚玉城警方接到报警电话,当场把走私集团的那些人控制住了,人赃俱获。那些小喽啰经不住拷问,就把什么都招了,包括他们把VIRUS的人送进A国的事。"

丁珏越听脸色越沉:"多少个?"

"百来个。"

丁珏眼底布满阴霾,表情似山雨欲来。

百来个,那就是说还有一半以上的VIRUS的人藏在A国境内。

他现在没时间去想VIRUS的人是怎么和走私集团搭上线的,只要一想到他们的老窝是在玉城,他心里就一阵焦灼。他原先猜测VIRUS会藏身北域,毕竟H国是和北域接壤的,可偏偏是在南域,是在玉城。

昨晚VIRUS的那场奇袭显然是在试探,丁珏本以为就算他们知道H国交流团的人已经和A国合作了,但VIRUS要从阿克门赶到中塔也要花上至少一天一夜的时间,他只要带着周轶尽早赶往玉城就不会再和他们碰上。

可如果VIRUS的主力是在玉城……从玉城到中塔甚至都用不了一晚上的时间。丁珏才想到这儿,一阵爆炸声就打断了他的思绪。他有一瞬间的愣怔,很快就冷静了下来,该来的还是来了。

不用出门看,丁珏光听声音就能判断出爆炸声是从警务站那儿传来的。爆炸的动静不小,外面很快就传来了骚乱声及阵阵的枪声,清晨的安宁被扰,危机步步紧逼。

周轶打开门,神色慌张地问道:"怎么回事?"

中塔统共就这么一小块地方,躲藏不过。丁珏来不及和陈队解释,直接挂断电话,拉起周轶的手就往外奔:"跟我走。"

宾馆里的大部分人被吓醒了,连工作人员都着急忙慌的。很多人一开始还以为是地震了,在知道外面有人开枪后又恐惧地找了个地方缩回去躲着。

丁珏出门后把昨晚赵雷留下的摩托骑出来,转头朝周轶喊:"上来。"

周轶正后悔今天不该穿长裙,只是这会儿不是扭捏的时候,遂提起裙摆就跨上后座。她刚搂上丁珏的腰,就听他油门一轰,摩托车像离弦的箭一样窜了出去。

他们才离开宾馆,身后突然有枪声响起。丁珏把着车头往边上一闪,而后迅速地回头扫了一眼,就见一辆车紧跟在他们后头,副驾驶位上有人持着枪正在瞄准他。

热黑和四马应该被缠在警务站了,这头的人只能靠他自己解决。

"抱紧了。"丁琏把油门轰到底,将速度提到最高,直接往对面的沙漠冲进去,车轮胎带起一阵黄沙。

漫无边际的沙漠中两辆车争相追逐,几乎保持着一样的速度在前进,在这静谧之地轰鸣声响彻上空。周轶被沙子迷了眼,她闭着眼紧紧抱着丁琏,在太阳还未升起的清晨出了一身冷汗,心脏不堪重负似的怦怦直跳。

这样的场景何其熟悉,在烈焰山时他们也是这样被追逼着前进,可此时形势比那时更加严峻迫人。骑在摩托车上,他们可以说是完全暴露在对方的攻击之下,汽车是铁包肉,他们是肉包铁,运气差点就会没命。

沙漠地形起伏不定,沙土又异常柔软,在这种地方驾驶不仅要有高超的车技,还要有灵活的应变能力,否则极易翻车。

丁琏一直没放慢速度,早在后头那辆车上的人开第一枪时他就判断出了他和周轶还不在他们的射程范围内。果然,那些人开了几枪发现打不着后便开始全力加速追来,企图缩短汽车和摩托车之间的距离。

丁琏自然不会让他们得逞。

比起越野车,摩托车在沙漠里还是有很大的优势的,它更灵活轻便,更易于在多坡地面上行驶。丁琏把这点优势发挥到了极限,因此后头的越野车始终没能追上他们,只是也没被甩开,简直跟狗皮膏药似的。

丁琏沉眼时刻注意着前方,脑子里还分神在思考着——这样跑下去不是办法,摩托车和汽车相比,只有不到五十公里的优势,这样的追击战要是变成持久战,对他们会非常不利。但他也不能像前几次那样自己去引开VIRUS的人,烈焰山、草原、林场都是死的,但这片沙漠是活的,就算他解决了那些人,但想再回头找周轶基本是不可能的,这就是流动沙漠的可怕之处。

唯一的办法就是迎战了。

丁琏额际滑落下豆大的汗水,他双眼敛着狠绝的厉光,像即将奔赴战场厮杀的将军一样,血气大盛一往无前。他抿紧唇定下心来,油门一松绕到了一座高高的沙坡后头刹停车,朝后喊了声:"周轶。"

周轶短促地应了一声。

他叮嘱她:"抱紧我,别睁眼。"

丁琏从外套夹层里掏出手枪上膛,蓄势以待,闭上眼深深地呼出了胸中的一口浊气。等听到越野车的引擎声靠近时,他双目一睁,似蛰伏的猛兽般迅速扑向猎物。

越野车刚到另一面的坡底,丁琎一轰油门直接借着加速度从坡上蹿起,腾空期间他低头往下看,副驾驶位上一个H国人探出了脑袋,他当机立断开了一枪,直接将其爆头。

摩托车落地时狠狠震了下,丁琎迅速控制住车头,一个漂移调转方向,在越野车还未驶离前沉着迅速地对着后车窗上映着的两个人头开枪,"砰砰"两声,有血溅到了窗玻璃上。随后他轰了轰油门,往另一座沙丘的背面飞速驶去,子弹随后而至,简直是擦着摩托的轮胎陷进沙地里。

越野车上的人像是失去了方寸,这会儿开着车左右瞎转,轮胎卷起阵阵黄沙,驾驶者要么是被丁琎利落迅猛的突袭吓住了,要么就是被气疯了。

丁琎屏息以待,等那辆越野车从另一面转过来时,直接把油门轰到底,毫不犹豫地正面冲上去,大有和越野车硬碰硬一较高下的气势。

就在两车即将相撞时,越野车的驾驶座窗口冒出了一个人头,他探出上半身,手握着枪对准前方。

丁琎眼神一凛,突然把车头一转,在枪声响起前及时避开,然后一个漂移甩尾掀起一阵沙尘。那个驾驶者被沙子迷住了眼睛,一时胡乱开枪,却不知这完全暴露了他的位置。

丁琎稳稳持枪,笃定地扣动扳机。

越野车一个急转,直接翻车,四个轮子还在急速旋转着,激起尘土飞扬。

丁琎刹停车,双手持枪对准那辆车,静待了几分钟,没看到有人从车里爬出来后他的肩膀才松弛了下来,这场紧张危险的快战到底还是被他拿下了,此时他里头的背心已经被汗浸湿。虽然所有的一切都和他刚才在心里演算的一般无二,但他的心理负担还是很重,如果只有他一人作战放手一搏倒也罢了,关键是他还带着周轶,不得不分神在她的安危上。

丁琎低头,就见周轶十指相交死死地扣在他的腰上,手指头都被绞得发白。他扭过头去看,她埋首在他背后,此刻还一动不动的,他让她别看,她真就一眼都不看。

"周轶。"他轻声喊她。

周轶没反应,丁琎拔高声音又喊了一遍,她这才有了点动静。

"嗯?"

"已经没事了。"

一连串的枪声让周轶双耳有些耳鸣,她隐约听到丁琎说"没事",这才动了下身体松了松手。

丁班急切地问:"受伤了?"

见周轶摇了摇头,丁班略微放下心来。

这地方不适合久待,他示意她仍抱住他,发动车子往前驶了一段距离,直到完全看不到那辆越野车了,才在一棵粗壮的已经枯死的胡杨树边上停下。

沙漠上起了一阵风,掀起了漫天的沙尘。

摩托车停稳后,周轶扶着丁班的肩下车,脚踩上绵软的沙子时她膝盖一软差点跌坐在地,幸好丁班眼明手快地扶了她一把。

"难受?"丁班见她这副模样和之前骑马时一样不免担心。

周轶扶着他的手缓了缓,她的耳朵还嗡嗡地响着,眼前一片青黑同贫血一样,五脏六腑更是绞在了一起,想吐都吐不出来。

丁班往摩托车座位后方挪,抱着她侧坐在身前,一只手轻轻地抚着她的后背。看着她眉头微紧,一副难受的样子,他眼神关切。

周轶深吸了几口气,坐在车上缓了一阵子这才好受了些。她睁开眼抬头看他,声音有些沙哑:"我没拖你后腿吧?"

丁班这才看清她唇色发白,眼角不知是被沙砾磨的还是哭的,此时微微泛红。他拉过她的手一摸,冰冰凉凉的,像在水里泡过,经过刚才那一遭,她应该被吓坏了,可她开口不抱怨不指责也不哭诉,问的却是这个问题。

他心头一软,抬手帮她把散乱的鬓发勾到了耳后,又拿指腹摩挲着她的眼角,抚慰道:"没有,你表现得很好,都够资格选进我的队里了。"

周轶的心脏还在迅速跳动着,缓不下来。今天可以荣列为她这辈子最危险的一天,刚才抱着丁班时,她真有"我们可能会死在这片沙漠里"的念头。

这种劫后余生的感觉她从没体会得这么真切过,到现在她还有种腾空的不真实感,这种不着地的慌乱感迫使她必须要做些什么才行。

丁班在她吻上来时没躲开,他本以为她是想求个安慰,可她吻得很热烈。她用一只手勾着他的脖子让他低下头,另一只手摸索着去脱他的外套,脱下了他的外套后她还不满足,又去掀他的背心。

丁班体内因刚才一战而沸腾的血液还没凉,被她这么一撩又有点燥热了。感受到周轶的手在他身上寸寸抚摸,他眼底冒了点红。

周轶紧紧地抱着丁班,贴在他耳边说:"丁班,我想要你。"

丁班在敌人面前是将帅,在周轶这里却是个士兵。她一发号施令,他就刻不容缓地开始攻城略地,尽忠职守地把自己的骨与血都奉献给她。

风起了,云淡了。

黄沙之上,蓝天之下,一对男女。

橙黄的太阳从远处沙坡后面露出了半张脸来,原本还是浅棕色的沙漠渐渐被刷上了一层亮黄色的油彩,沙丘深深浅浅有阳面有阴面,上帝之手执着画笔在细细地填图着大地之色,每一分每一秒它都在变。

等那颗金蛋黄完全跃出沙坡时,丁珺和周轶紧紧相拥着。

周轶仰躺在摩托车上,胸口急促地起伏着,刚才的一身冷汗现在都成了热汗,她眯着眼睛去看日出,只觉浑身毛孔都舒张开了,这个半个小时前还在提心吊胆、紧张不已的早晨此刻竟然让她觉得异常舒适愉悦。

丁珺把她散乱的长发拨到一边,轻轻地吻了吻她的脸颊。

初阳熹微,此时沙漠上的风还是微凉的。

周轶坐起身,她刚出了汗,风一吹,细沙就黏在她身上,用手一抹,立刻变得深一道浅一道的。放眼四顾,无垠黄沙迷眼,根本辨不出方向,半个小时过去,好像连沙丘的位置都移动变换了,车辙被风抹去,她一时竟找不到他们来时的路。

"……我们怎么离开?"周轶把头发撩到一旁问。

流动沙漠,顾名思义就是沙漠会随着风向不断迁移,而且速度很快,人一旦深入了沙漠腹地,就很难从沙丘的形状位置来判断方向,更不要说走出沙漠了。要是在里面待久了,没水没食物不说,对着漫无边际的黄沙,在被耗死之前人就已经崩溃了,所以人们常把流动沙漠称之为"死亡沙漠",不是专业的团队,没有精密的仪器,鲁莽地闯进沙漠里,鲜少能有人活着走出去。

以前"猎豹"在沙漠野训时都不敢贸然深入腹地,现在他们被迫闯进了这片不友好之地,要想全身而退不是易事。丁珺捡起地上的外套拍了拍沙子,眯眼往太阳升起的方向看去,过了会儿才沉着道:"往西边走。"

周轶一点就通,他们刚才是奔着太阳升起的方向来的,这样想着她心里就明朗了些,不幸中的万幸,此刻不是正午,还能通过朝阳来判断东西南北。

可他们显然想得太简单,低估了这片流动沙漠的威力。

在往西边走了半个小时,绕过无数沙丘后,丁珺的脸色就有些严峻了,他始终没看到沙漠公路,更奇怪的是,他连VIRUS的那辆越野车都没看见。

周轶显然也注意到了这点,皱皱眉:"是不是走错了?"

丁珺再回头看,起伏的沙丘又和刚才不一样了,明明才走过却又觉得十分陌生。这就是一个迷阵,冥冥中好像有人在排兵布阵,趁他们不注意时变换了阵型,把他们困在其中。

丁珺拿出手机看了一眼,还是没信号。

昨晚他带周轶去看星星时只往沙漠里走了不到三公里，如果走的方向没错，这会儿他们应该在休息站方圆三公里了才对，可手机信号告诉他，还没到。

丁班下意识地皱了下眉，回头看一眼，太阳已经攀上云层了。

在沙漠里行路最关键的不是如何辨别方向，而是在没有参照物的情况下走直线。沙漠起起伏伏高低不平，留下的足迹和车辙很快就会被风沙掩盖，人很难判断自己哪一步走岔了，路线如果没办法得到及时矫正，继续走下去只会背离最初的方向，这也是误闯沙漠的人总是走不出去的原因之一。

何况在流动沙漠里，就连沙丘都不是固定的，要精准地判断路线更是难上加难，这种情况下什么经验都不管用，只能沉着应对，一旦慌了，那走出去的希望也就不大了。

还好他们有摩托车代步，赵雷昨天加满了油，十三升的油箱还能再跑个几百公里，这总比两只脚走得快些。

丁班重新启动了车："我们往前再走一段。"

周轶细心地留意着方向，时不时往后看一眼他们走过的路，然后错愕地发现，这不是细心留意就能解决的问题，有时候她一个回头，沙丘就移形换影了，速度之快让她都以为自己出现了幻觉。

人在大自然面前果真是渺小。

太阳耀眼的光芒开始毫不收敛地放射，沙漠地表无植被覆盖，温度升得很快，不到一个小时，沙子就烫脚了，而他们还没绕出这片蛮荒之地，就像困兽，与天斗其苦无穷。

丁班骑着车沿着坡脊驶上了目之所及的最高处，然后在坡顶停下，四顾皆是茫茫无尽的大漠黄沙，了无生机，伴随着灼热异常的空气，让人觉得焦躁不安。

丁班始终紧锁着眉头，这还是周轶第一次见他没辙，人力到底还是斗不过天力。她喉间干渴，被晒得有点发晕，这会儿没缘由地想起了漠邑博物馆里的干尸，那些被埋在土里千年不腐化的尸体。如果他们真被困在这里出不去，最后怕也只能剩下森森白骨。

周轶突然笑出了声，丁班回头莫名地看她一眼。

"笑什么？"他问。

"突然想到了干尸。"周轶说，"你说我们要不要写点东西放在身上，不然以后别人都查不出我们是谁。"

丁班皱眉。

周轶抬手摸了下他的眉："才刚睡到你，就这么被困死，还真有点不

269

甘心。"

丁珺也抬手，周轶以为他要摸自己，没承想他屈起手指轻敲了下她的额头："少说胡话，有我在，你还死不了。"

周轶抹了下耳后的汗，抬眼望着酷烈的太阳："你是'猎豹'又不是骆驼，在沙漠里还有什么办法？"

丁珺缄默不语，过了会儿才极轻地一笑："我不是，它们是。"

"嗯？"周轶撑着他的双肩微微起身，越过他的身体往他目光所在的方向看过去，在看到那画一般的场景时，她不由得愣住了。

一群骆驼出现在另一座高大的沙坡上，它们信步而行，闲散的样子好似走在自家后花园一样。

周轶怔怔地道："不会是海市蜃楼吧？"

"过去看看就知道了。"丁珺启动摩托，油门一松顺势滑下了坡。

在沙漠里生存，运气比能力重要。事实证明，他们运气还不错，真就误打误撞地碰上了一群野生骆驼。

野生骆驼不像游乐场里供人拍照的人工驯养骆驼，它们野性还在，不怕人，见丁珺和周轶靠近它们也不躲闪，还特别好奇地盯着他们看了好一会儿，像没见过"人类"这个物种一样。

丁珺放慢车速，跟着那群骆驼走了很久。它们走得很慢，中途还不解人意地睡了个午觉，在沙丘后面跪地歇了一个小时才动身。

日头从东移到头顶，又渐渐西行。

周轶察觉到丁珺慢慢地刹停了车，叹了一声："它们又停下不走了？"

"嗯。"丁珺动了下肩，示意周轶抬头，"看看我们到什么地方了。"

周轶强打起精神歪着身子往前一看，双眼顿时涌上了不可思议的喜色，她以为自己中暑幻视了，不由得眨了眨眼睛，眼前景象没有散去。

她不敢相信地道："绿洲？"

丁珺点头："嗯。"

眼前这片绿洲就像一块天降的翡翠，中间有一个泪珠形状的天然湖泊，周遭环绕着一圈矮树。绿意盎然的枝叶抖擞着，原本死气沉沉的沙漠因有了它的点缀，一时竟有了勃然的生机。

周轶惊喜，说话间也恢复了精神："柳暗花明。"

丁珺淡笑着，天无绝人之路，找到了绿洲，那他们走出沙漠的概率就更大了。

那群骆驼倒会享受，在湖边喝了水后就集体在一片绿荫下休息。丁珺把摩托车停在了湖边,刚停稳,周轶就迫不及待地翻身下车,提起裙摆就往湖边跑。他还没见过她这么冒失的时候,忍不住提醒:"小心点。"

周轶一溜烟跑到湖边,见湖水清澈,在周遭树木的映照下碧波荡漾,她展颜一笑。从早上到现在她身体里的水分只出不进,险些脱水,这会儿她忍不住蹲下身,掬了两捧水洗了洗脸。

因为长时间的日照,湖水带了点温度,但扑在脸上仍是清爽无比,她就像是即将枯萎的花得了水的灌溉,一下活过来了。

丁珏也蹲在湖边洗了洗手,还囫囵洗了把脸撸了下寸头。

光是洗手洗脸周轶还不觉尽兴,她盯着波澜不惊的湖面看了会儿,突然转头问:"你会游泳吗?"

"想下水?"丁珏反问。

周轶坦诚地点头。

丁珏看得到她眼底的渴望和跃跃欲试,扫了一眼湖泊:"别往湖心游。"

周轶起身,把长裙拉链一拉,脱了裙子,只着内衣裤就进了水里。她畅快地游了一段,把自己完全埋入水中,随后如美人鱼般钻出水面。她把自己的湿发往后一拨,嘴角难掩笑意,两颗黑眼珠濯水后更清亮了。

阳光在她发间跳跃,湖面因她的叨扰霎时变得波光粼粼。

丁珏蓦地想起以前大熊为了追一个女老师,试图短时间内提升自己的文学素养,于是训练之余就读上两句诗的事。他站在岸上看着湖中的周轶,不知怎的就回想起了大熊读过的一句诗——"她美丽得犹如思想的影子,茫茫水域中她是唯一的陆地"。

"丁队长,下来啊。"湖水说深也不深,周轶踩着湖底的石块,水面才堪堪到她胸口处,她朝丁珏挑衅似的问,"你不会游泳?"

丁珏盯着她,眼神忽地有点儿危险了。他不言语,把外套往地上一丢,脱了背心又褪下了黑色作训裤,鱼跃入水,长臂一划,往周轶所在的方向去。

周轶见他下水追来,立刻往湖心游,可就算她善于凫水,速度到底还是比不上大开大合地游着自由泳的丁珏。

没一会儿,他就堵在了她面前。

周轶踩着水攀着他的肩,湖中心的水深了,她够不着底。

丁珏把手放在她腰上,低头看她:"我不会游泳?"

周轶游了小半圈有点喘,丁珏听着就走神联想到了早上的事。

水珠随着湿发滴落,周轶勾着丁珏的脖子,媚眼如丝:"想要了?"

丁珏不语,用行动代替回答。

271

日光透彻，影布石上，水波层层漾去，哗啦声不绝于耳。

回到岸上，周轶拧了拧湿发，抬头看向正扣皮带的丁珑："我们接下来怎么办？"

丁珑光着膀子，表情很是沉着，示意她跟他走："过来。"

周轶套上裙子跟着他走了几步。

到了湖边，他指了个地方让她看，周轶狐疑地蹲下身，仔细看了两眼，吃惊地道："脚印？"

"嗯。"丁珑还未下水前就在岸边发现了这几个脚印，他陈述道，"脚印大小和深浅都不一样，是一男一女留下的，印痕还很新。"

一男一女，周轶立刻想到了什么，抬头看他："水站的夫妻？"

"应该是。"

周轶望了望天，此时金乌西落，再过不久，夜幕就要拉上了，她不由得说了一句："不知道他们今天还来不来。"他们好不容易找到了绿洲，如果擅自离开，万一没能走出沙漠又找不回绿洲就真的只有等死了。

丁珑倒不急，至少待在绿洲里他们还死不了。他回头在矮树林外围里找到了一段枯枝，拾起来掂量掂量，觉得还挺趁手，就用格斗刀削尖了一端。

周轶跟过来："要做什么？"

"抓鱼。"

"湖里有鱼？"周轶惊诧，刚才她下水光顾着游了，后来和丁珑折腾了一番也没去注意湖面有没有其他生物，她潜意识里总觉得沙漠这种地方和鱼是相互矛盾不能共存的，因此不大相信湖里会有鱼。

待丁珑用他自制的"捕鱼杆"连插中了两条鱼后，周轶才算信了。

周轶在周边拾了一些枯枝，丁珑捡起自己的外套，从兜里掏出打火机生火，等火苗蹿起后又去湖边杀鱼。

他拿着那把格斗刀利索地刮落鱼鳞，开膛破肚，一套动作如行云流水。周轶在一旁看得啧啧称奇，忍不住问："除了生孩子你还有什么不会的？"

丁珑很淡定："野外生存基本技能而已。"

周轶虽然在海边长大，但对鱼类认识不全，他抓上的两条鱼她此前更是从未见过，就问了一句："能吃吗？"

丁珑在鱼身上插了两根洗干净的树枝，又把它们架在火上烤，不忘回答她的问题："罗布鱼，玉城夜市上多的是这种烤鱼。"

太阳虽已沉入了西边无尽的沙漠，但天色尚未完全暗下，天穹像是海水倒悬,白天是浅蓝的,日落后是深邃的海底蓝。

丁琢把烤好的鱼递给周轶:"尝尝。"

周轶接过,吹了吹热气,小心地咬了一口烤焦的鱼肉。因为没有添加任何调料,鱼肉初尝时是无滋无味的,多尝几口才咂摸出它原汁原味的鲜来。

晚风从湖面掠过来,拂面时,周轶还能感受到湿气。

周轶吃了一半,把剩下的半条鱼递给丁琢,他皱皱眉:"就吃这么点?"

"饱了。"她说。

今天一天都没进食,丁琢劝她:"多吃一点。"

周轶摇头,映着火光的眼睛熠熠生辉:"'温饱思淫欲',吃太撑会想做坏事,我怕你……太累了。"她低低地笑一声。

丁琢接过她手中的鱼,意味不明地回了一句:"瞎操心。"

周轶噙着笑,抱膝抬头,天上星辰已经开始闪现,因夜色未深,此时还不太明亮。太阳一落,沙漠的温度骤降,还好傍晚的太阳已经把她的湿发和内衣裤晒干了,就是露在外面的胳膊有点凉。

丁琢把自己的外套给她披上,周轶扯了扯前襟,目光落在不远处的骆驼群上。它们刚起来喝了水,现在正交头接耳,像在商量着什么。

"看来我们今晚得和它们睡一起了。"她笑着问,"没狼吧?"

丁琢在她身旁坐下,他思忖了片刻答道:"难说。"

周轶的脸色变了变:"今晚不是月圆之夜,它们也出来?"

丁琢觉得她是影视作品看多了,也或许是真的害怕,才会问了个稍显天真的问题。他笑笑:"一个月就十五月圆,平时不出来它们吃什么?"

周轶还真思考起了这个问题。

丁琢不再吓她,揉了下她的脑袋:"放心吧,这些骆驼晚上敢待在这儿,就说明这儿没什么危险。"

周轶原本还担忧的心顿时落了地,她乜他一眼:"丁队长,你心眼儿还挺坏。"丁琢低咳两声。

他们正说着话呢,突然一道光从后头射了过来,丁琢心下一跳,以为是VIRUS的人追过来了,第一反应就是用沙子扑灭了火堆,然后一把拉过周轶躲到了一旁。

摩托车的轰鸣声近了,丁琢警惕地从树后往外看,天还未大暗,他一下就辨出了一男一女两个身影,当下松了口气,拉着周轶从树后走出来。

来的两人正好走到湖边,冷不防看到树后冒出的人被吓一跳。丁琢听他们说的是A国语言,就主动上前和他们攀谈了几句,把他和周轶误入沙漠的事简单说了下，当然其中省略了VIRUS的追杀。

那对夫妇如他们之前推测的那样，果真是公路水站的看守者，最近天热，他们每天晚上都会来湖里冲个凉。既然丁珧都这么说了，他们自然是要先把他俩带出去的。

常年住在沙漠里的人自然有自己的方法辨别方向，那对夫妻骑着摩托车走在前头，丁珧和周轶紧随其后。待出了沙漠，丁珧才发现绿洲其实离公路不太远，但没有经验的人想要凭一己之力走出来还是有点困难。有了这次的经验和教训，丁珧想他归队后一定要组织一次沙漠腹地的野训。

到了公路，丁珧又询问了下中塔的方向，这才发现他们已经到了沙漠公路的后段。水站这边没有信号，他不知道休息站那边现在是怎么个情况，可如果现在带周轶回去，他又担心VIRUS还会搞突袭。

丁珧看了一眼油表，油量还撑得住，思索过后他决定直接带着周轶去玉城。他向那对夫妻道了别，载着周轶，顶着夜色出发了。

丁珧骑得很快，夜风呼呼地在耳边刮着，沙子打到脸上有点痛，周轶搂紧他的腰，身上穿着他的外套，把整张脸埋在他的后背上。路上他们被一辆巡逻的警车拦下了，今早的事想必已经惊动了政府，现在整条沙漠公路上有不少警车在巡逻。

丁珧下车配合他们的调查，还把证件拿出来证明自己的身份。两个警察见了证件立刻知道他是"猎豹"的人，还主动询问他是否需要帮助。

如果骑着摩托车去玉城，这一路上少不了会被拦下问话，丁珧不想耽误时间，正好警车是往玉城的方向去的，他就打算搭个顺风车。

这个要求不过分，两个警察爽快地答应了。丁珧把摩托车停在了就近的水站让看守人员帮忙看着，之后带着周轶上了警车。

坐在车里不用被风吹沙刮，周轶很快就靠在丁珧身上睡着了。丁珧一边搂着她，一边向两个警察打听了下休息站的情况。虽然制造混乱的人都被制服了，但是听到他们说有几个同行牺牲时，丁珧的心情还是很沉重。

凌晨两点，他们到达玉城，两个警察十分热心地给他们找了住处，在离警局不远的一家酒店。丁珧看周轶实在是筋疲力尽，就让她早点休息，在她去浴室洗澡期间，他踱步去了阳台，给热黑打了个电话。

"丁队。"热黑很快接了。

丁珧直接问："情况怎么样？"

"VIRUS的人全部被击毙了。"

丁珧"嗯"了一声，又问："你和四马没事吧？"

热黑顿了下才答道:"四马中了一枪,在肩膀上,没什么大碍。"

丁琎眉宇未展:"中塔警务站的人——"

"丁琎吗?让我和他说两句。"

丁琎听到一阵杂音,然后那边传来赵雷的声音:"你们没事吧?"

"没事。"

"那就好,一天没你的消息,我还以为你出事了。"

丁琎语气凝重:"你们警队……"

赵雷沉默了一会儿,过后才叹了口气说:"职责所在,没什么好说的。"一句"职责所在",背后就是多少人的性命。

丁琎和赵雷讲了几句话,又和热黑就今早的情况相商了会儿,最后才道了句辛苦,让他照顾好四马,有情况及时汇报。

和热黑通完电话,丁琎想了想,又给陈队去了个电话。响铃两声后,陈峻峰略显疲惫的声音从听筒中传出来,他似乎松了口气:"总算是有音信了,今天听热黑汇报情况,我还以为你被困在沙漠里出不来了,还想派一支搜救部队去找你。"

"那姑娘呢?"他又问。

"她没事。"

"那就好,我担心半天。"

丁琎听到他那边有杂音,问了句:"你在外面?"

"嗯,早上事发突然,还没来得及和你说,我带着'猎豹'主力队正在赶往玉城的路上,大概明天中午就会到。"

既然已经查出了VIRUS是从何处入境的,接下来自然是要尽快铲除境内还残留着的敌对势力。这次事态严重,陈峻峰带着"猎豹"倾巢而出,看样子是打算全力以赴、速战速决。

"有一件事我想和你商量商量……"陈峻峰过了一会儿略有些踟蹰地开口,犹豫半晌最后还是没把要商量的事说出来,而是叹了口气,"算了,明天见了面再说。"

丁琎没多想,只当他夜间赶路累了,因此也没再多问,一切事宜等明天会和后再商定也不迟。

周轶冲了澡后裹着浴衣出来,见丁琎正好挂断电话,她走过去问道:"热黑四马他们怎么样?"

丁琎怕她多想,没把四马受伤的事告诉她,只说:"都挺好,袭击休息站的人也都被抓了。"

周轶想到早上休息站发生的爆炸，那些暴徒心狠手辣，现场肯定有人员伤亡，她心里的愧疚感又油然而生。如果不是因为她，很多人都不会遭受这种无妄之灾。

丁珃见她表情低落，明白她心中所想。他伸手揽她入怀，宽慰道："不关你的事，别多想，事情很快就会结束了。"

"会吗？"

丁珃笃定地道："我保证。"

玉城现在可以说是危机四伏，VIRUS的人不知暗藏在何处。细心的人会发现城中最近安保更严了，到处都有警车巡逻，人群密集的地区更是有持枪的特警警戒着，凡是有点可疑的人都会被拦下问话调查。当地政府不敢对民众泄露消息，怕引起恐慌，更怕打草惊蛇逼急了那些人。本地居民对最近全城戒严的状态倒是不觉得奇怪，毕竟大节将近，管严点也在情理之中。

次日上午，丁珃意外地接到了陈淮景的电话。在得知他和周轶没在苏恰而是在玉城时陈淮景万分惊喜，当即表示要去找他们碰面。丁珃觉得他们来了还能和周轶说说话，就把酒店地址告诉了他。

半个小时后，陈淮景就带着兰兮芝风风火火地来了。

酒店二楼有个公共会客厅，周轶现在不敢随意出去，早上起来后就一直坐在会客厅里翻看画报杂志，冷不丁被人一抱还吓了一跳。

"姐姐！"再次见到周轶，兰兮芝显然很激动，她双眼如炬，语气难掩兴奋，"没想到才分开没多久我们又见面了。"

周轶看到她和陈淮景出现在酒店里不无惊讶："你们怎么在这儿？"

陈淮景下巴一抬："丁哥说的啊。"

丁珃没把陈淮景和兰兮芝要来的事告诉周轶，就是想给她一个小惊喜，这会儿见她看过来，他说："正好都在玉城。"

周轶正觉无聊，有兰兮芝在还能聊会儿天打发下时间。她目光往下，注意到兰兮芝手掌上缠着绷带，于是轻轻拉过她的手端详着，眉心微蹙，道："手怎么了？"

兰兮芝觑了陈淮景一眼，嗫嚅着不知该怎么回答，倒是陈淮景咳了两声承认道："怪我，让她替我挨了一刀。"

周轶记得两天前在车兹，他还信誓旦旦地承诺不会让兰兮芝受伤，言犹在耳，他就让她挂了彩。陈淮景和丁珃比起来，实在是不太靠谱。

周轶正准备斥责他两句，兰兮芝反而为他开脱了起来，她讷讷地道："也不是他的错，是我自己没听他的话才这样的。"

陈淮景向来不正经的眼神里突然有了点柔情，他抬手揉了下兰兮芝的脑袋，玩笑里又藏着真心："算我倒霉，以后让你跟着小爷我好了。"兰兮芝耳尖泛起了绯红。

周轶敏锐地察觉到几天不见，这对小冤家之间的磁场都变了，感情好似突飞猛进。

也罢，男女情爱如人饮水，她就不多管闲事了。

兰兮芝拉着周轶聊这两天的境遇，她们说着小话，丁珺就把陈淮景喊到了一旁。丁珺让他来酒店还有个原因就是要跟他确认一件事。

"玉城警方前两天破获了一起大型的文物走私案，是你报的警？"

陈淮景一愣，然后就是一脸得意，喜笑颜开："这事儿都传开了啊，连你都知道了？"

丁珺听到陈队提到文物走私集团时，首先就想到了陈淮景。陈淮景之前坦白过，他在大都的宝裕堂待过一段时间，还亲自检举了宝裕堂老板走私文物的犯罪行为，所以丁珺就猜那个举报者就是陈淮景，现在一问，还真是。

"干得不错。"丁珺像表扬队员一样拍了拍他的肩。

陈淮景一脸受宠若惊："哥，你夸我呢？"

这件事也多亏了陈淮景，要不是他向玉城警方报了案，VIRUS 和文物走私集团有勾结的事陈队还不一定想得到。论起来他算是大功臣，丁珺夸他一句也是应当的。

陈淮景和兰兮芝来了后话就没停过，有他们在，时间的确过得快多了。

中午他们在酒店一起吃了饭，饭后没多久，陈队就来电话说"猎豹"主力队已经到玉城了。他们借了本地特警的驻扎地作为临时的作战据点，准备和地方警队一起协商方案，部署下一步的作战任务。

陈峻峰还派了人去酒店接丁珺和周轶。

半个小时后，车到了。

兰兮芝知道他们要走，难免流露出不舍的神情，陈淮景倒是洒脱，他们前后分开了几次，没过两天又能在其他地方重逢，所以他没多少离愁别绪，反而觉得他们一定还能再见，计划着今天就带兰兮芝离开玉城。丁珺早上提醒过，没事的话尽快离开这里，陈淮景一听就大吃一惊——丁珺是什么人，他都这样说了，那就说明玉城接下来要发生大事，这个危险之地不可久留啊。

和陈淮景、兰兮芝道了别，丁珺退了酒店的房间，带着周轶上了队员的车。在路上，他给她介绍了下两名队员，开车的是达木，长得浓眉大眼的，坐在副驾驶位上脸侧有道疤的是小孟,他们俩看上去年纪和热黑、四马相当。

往地方驻地驶去的路上,周轶察觉到前面坐着的两人时不时地从后视镜里瞄她一眼,那种十分好奇、想看又不敢正视的模样很是有趣。

"看什么?"丁珏扫了前面两队员一眼,突然问了一嗓子。

达木和小孟同时打了个寒战,诚惶诚恐的。

周轶转头看丁珏:"你这么严肃做什么?"

"我……"丁珏苦笑,他在队员面前一向如此。

前面两人大概没见丁珏吃过瘪,一时满脸新奇。

小孟听到周轶开口训丁珏,一下绷不住笑了,回过头对她说:"总算有人能降得住丁队了,有时候我们陈队都拿他没办法。"他冲着周轶竖起大拇指,又说,"嫂子你真人比照片好看多了。"

"照片?"丁珏一个眼刀飞过去。

达木解释说:"大熊那天发了一张嫂子的照片回队里,队员们看过了,都夸好看来着,还说丁队你出手不凡啊。"

这照片一听就是偷拍的,这群皮猴一天不训就皮痒痒,丁珏想着这次任务结束回去必须搞一次拉练,否则他们精力过剩闲得慌。

地方警队驻扎地在城西,离市中心有段距离,他们到时已经是一个小时后了。周轶还是第一次进驻扎地,这样的地方仿佛天生就带着一股迫人的气势,她也不由自主地严肃起来。

小孟说:"丁队,陈队在作训大楼那儿,他让你到了去找他。"

丁珏点头:"嗯。"

他回头看周轶,她主动说:"你去忙吧,我在这里很安全。"

达木说:"放心吧丁队,我和小孟陪着嫂子,不会让她有事的。"

丁珏摸了下周轶的脑袋:"有什么事和他们说。"

"好。"

丁珏走后,小孟和达木就充当起了护花使者。驻地里也没什么好玩的,他们又怕周轶无聊,思来想去,小孟问:"嫂子,要不带你去菜园看看?最近地里的香菜应该长得不错,呵呵。"

周轶忍俊不禁:"你们还亲自种菜?"

达木点点头:"那当然,我们在北界山也有一小亩地,种了好些蔬菜呢,西红柿、冬瓜、胡萝卜、马铃薯,还养了鸡鸭牛羊……自给自足、绿色健康,什么时候让丁队带你去队里玩玩,我们一定拿最新鲜的食材招待你。"

神秘莫测、令敌人闻风丧胆的"猎豹"被他们这么一说好像变成了十分接地气的乡间农家乐,周轶脸上带着淡淡的笑:"有机会一定去尝尝。"

驻地还挺大,周轶走了一圈,一路上并未碰上很多人,她随口问了一句:"人怎么这么少?还是他们今天不训练?"

达木替她解惑:"都被派出去帮忙了。这几天情况特殊,再加上大节要到了,怕有人寻衅滋事,所以最近安保工作比较紧张,为了保障民众的安全,人手自然是越多越好。"

"大节?"

"后天就是宰牲节,嫂子你应该不太了解。"小孟给她解释,"'宰牲节'是当地最盛大的节日之一,在这一天,有条件的家庭都会杀羊宰牛来庆祝,玉城算是整个A国节日氛围最浓的城市了,因为这里有最古老的神祠。很多人在节日那天会去做礼拜,还会穿上民族服装在神祠前面的广场上跳舞,可热闹了。"

"是吗?"周轶听得兴味盎然。

达木笑着说:"节日快到了,等那天——"

他话到一半突然顿住,小孟无缝隙地自然接过来,十分体贴地说:"嫂子,走了这么久你累了吧?休息一下,食堂里有西瓜,去坐坐?"

周轶脸上仍带着笑,欣然应道:"好。"

丁珽进了驻地后就一直在作训楼里和陈队等人商量应对VIRUS的下一步计划,直到夜色降临周轶都没见他露面,就连晚饭都是达木和小孟陪她一起吃的。她一直知道他是"猎豹"的中队长,现在才切实感受到他确确实实是队里中流砥柱一样的存在。

饭后,达木和小孟送她去了家属楼,周轶就知道今晚是要在这儿过夜了。

家属楼条件还不错,公寓式的建筑,面积虽然算不上特别大,但卧室、厨房、浴室和客厅一应俱全,屋子里窗明几净,一点灰尘都没有,连被子褥子都给铺好叠好了,显然事先有人来打扫过。

达木和小孟把她送到家属楼后让她早点休息,又留了手机号码给她,告诉她有事可以用座机给他们打电话,随叫随到。

凌晨两点的时候,丁珽拿小孟给的钥匙开了门。屋子里没开灯,他以为周轶已经睡了,遂放轻动作关了门,轻手轻脚地往卧室里走,打算先看看她。

公寓里应该没有安装床头灯,也不知道她睡不睡得安稳。他借着手机屏幕微弱的光走进卧室,看见床上隆起一小块,但不像人形,他心头一紧,随即察觉到身后风动,倏然转身就被软香扑了个满怀。

丁珽看到"袭击"的人是周轶后就卸下了防备状态,被她一撞,他顺

279

势揽住她的腰往后倒在了床上。

周轶趴在他怀里,过了会儿才出声:"想吓你一跳不容易啊,丁队长。"

丁珉扬起嘴角:"怎么还没睡?"

"失眠。"周轶半撑起身体,好似独守空房的深闺怨妇,故作哀怨地说,"没你在身边,我睡不着。"

明知她是故意的,丁珉听了还是很受用。他现在总算是明白陈队恋家的原因了,有人等着的感觉真不赖。

他搭在她腰上的手拍了拍:"晚了,你先睡,我去洗个澡。"

丁珉说完想起身,周轶趴着不动,手指隔着衣服若有似无地划在他的胸膛上,缓缓说道:"太热了,我出了点汗,一起洗?"

玉城周围都是沙漠,晚上挺冷的,不过她说热他也没有拆穿她,当即把人一抱,脚步稳稳地往浴室走。

一阵翻云覆雨,待云消雨歇,夜已三更。

两人相拥躺在床上,俱是餍足。

"我们什么时候离开玉城?"周轶枕着他的胳膊问。

"再过两天。"丁珉说,"这两天你就待在驻地里,我让小孟和达木跟着你,有事就和他们说。"

周轶的语气没有波澜:"你有任务?"

丁珉想到今天和陈队的一番争执,神色稍稍凝重,但没让周轶发觉。

宰牲节将近,清除VIRUS势在必行。现在走私集团的人已经被抓了,VIRUS被断了后路狗急跳墙,肯定会有所行动。如果想在A国造成大规模的伤亡借此报复,节日那天就是首选。

这事如果提前告知民众就会引起恐慌,同时也会打草惊蛇,届时谁也没办法预料VIRUS里的那些丧心病狂之徒又会做出什么疯狂之举,而"猎豹"也会错失一个围剿全歼的好机会。

丁珉和陈队等人商议了半天,都没能找到一个既不打草惊蛇又能保证民众安全的万全之策,最后还是陈队提了一个策略,这个计划是目前为止最为两全的,但是丁珉强烈反对——无论如何,他绝不会让周轶以身犯险。

他不动声色地抚了抚周轶的背:"嗯,不用担心,等我把H国的那些人处理了,我们就上高原。"

第十一章
保护国民是他的职责，保护她
是他作为男人的职责

明天就是宰牲节，丁琏一早就带队对神祠附近的场所进行了勘察，并按照商定计划进行了任务部署，选定了几个隐秘的位置安插人手，又秘密安排了几个眼线在老城各个角落里，时刻观察着是否有可疑人物出现。

VIRUS 的人极擅长伪装，三个月前他们在 H 国首都进行了袭击，当时伤亡惨重的原因除了 VIRUS 毫无人性、手段凶残，就是因为他们伪装成了一般平民混入了群众之中，对手无寸铁、毫无防备的无辜民众进行了突袭。

既然有了前车之鉴，这次就更不能让同样的悲剧在 A 国重演，他们要做的就是尽一切努力将对方的鬼胎扼杀于腹中。

明日就是关键时刻，"猎豹"的人不敢有一丝一毫的懈怠，时刻准备着投入战斗中。

夜幕之下，"猎豹"各司其职，在敌人出现之前，他们全然没有存在感，是融进夜色之中的猛兽，暂时收起了爪牙，蛰伏着等待狩猎的号角吹响。

半夜时丁琏回了趟驻地，他先去了作训楼，陈队等人还在战略室里挑灯分析着玉城的地图，把可攻可守的地方标得一清二楚。

丁琏向陈队汇报了部署情况后就匆忙走了，明天的作战他是不可或缺的一员，他得回到自己的位置。路过家属楼时他到底放心不下，于是让开车的队员在楼下等一刻钟，他上去看周轶。

拿着钥匙开了门，丁琏才迈进屋里一步，一个黑影就扑了过来，搂着他的脖子往下拉。

周轶踮起脚仰着头，因为看不清他的脸所以一下亲到了他的下巴上。

丁琏用脚往后一踢把门关上，一只手抱住她，身形一转把她压在了门板上，捏着她的下巴反客为主，低头攫住她的唇。两人一点即燃，缠吻在了一起，难分难舍。

半晌，丁琏抵着她的额头低声说："我要走了。"

周轶缄默，又在他唇上啄了啄，不说话反而更显得依依不舍。

丁珏从未见她这样，心头一软把她拥进了怀中，漆黑的屋子里他的眸色似乎比夜色更浓稠，比星空更深邃："别担心，明天任务一结束我就回来，兴许还能赶得及陪你吃午饭。"

周轶侧着脸贴着他的胸膛，听着他强有力的心跳声，觉得十分有安全感。这些年来她从没想过自己会这么依赖一个人，就算是他们确定关系的一开始她都警惕着切勿迷失沉沦，可是不知从哪一刻起，她的身心都沦陷在了他身上，毫无预兆无知无觉，只是反应过来后她也并不后悔。

以前人人都和她说，一辈子一定要谈一场不计较结果的、刻骨铭心的恋爱，那时候她不以为然反而极其不屑，可现在她的想法变了——短短一生中，遇到这么一个人实属幸运。

丁珏抱了她一会儿，估摸着一刻钟的时间到了，遂开口道："你去睡一觉，怕黑就把客厅的灯打开，卧室门别关。"

"嗯。"

他低头轻吻了下她的头顶："我得走了。"

两秒后，周轶松开了环住他的手，后退了两步。

她需要他，丁珏能感觉得出来，他破天荒地有一种想要抛下责任和义务，不管不顾地留在她身边的冲动，最后理智到底战胜了他的欲望。

这次任务十分重要，也关乎她的人身安全，他必须去完成。

丁珏按下门把，转身要走出去时，周轶喊住了他。

"丁珏，你还欠我一个愿望。"她说。

丁珏自然记得，那天在沙漠绿洲里，他们在水中缠绵，最后时刻她在他耳边说了句"托布克"，那时他赤身裸体，那块羊骨头在岸上的裤兜里，他当然拿不出来，他输了游戏就要满足她一个愿望。

此时此刻周轶提起这件事，丁珏觉得有点意外，但还是问："要我做什么？"

黑暗中，周轶咬了咬下唇，最后只是举重若轻地说："别出事。"

丁珏闻言又是一怔，一种奇怪的感觉袭上心头，他隐隐察觉到周轶好像是有心事。

"你别像陆谏一样，说话不算话。"她又说。

丁珏闻言心口一松，明白过来她是怕他像陆谏一样答应了她要平安回来却没守诺，他笑了笑，为了让她放下顾虑，故意用一种轻松自负的语气说："不会，我比你哥厉害。"

"我相信你。"她说。

玉城老城的面积可以抵得上古代一座城池，玉城神祠位于老城正中央，是A国现存最古老的神祠，意义非凡。

节日的氛围在日出之前就十分浓烈了，在晨光洒向大地后更是如火如荼。

神祠前的广场上人烟辏集，熙熙攘攘好不热闹，老老少少穿着民族服装，戴着民族配饰，脸上皆露着洋洋的笑意，逢人就互道节日快乐。每年这个时候，玉城的人们都会自发地聚集到神祠广场这儿一起跳舞，A国其他地方的人也会在这一天特地赶来。老城里的建筑极具当地特色，民族风情十足，平时游客就不少，宰牲节这天只增不减。

今天人口密度最大的地方非神祠广场莫属，这是最欢乐的地方，也是最容易出事的地方，全城百分之八十的警力都在这儿，今年更甚，老城的每个路口都有人守着，每条街道都有警察巡逻。

老城建起到现在已经有些年头了，以前这里的建筑是用生土混麻秆筑成的，经过百年的风吹雨打已经显出了破败感，很多老城居民都搬去了更为现代化的新城，留下的住户大多是经济条件不好的贫民。

这一片区域早几年还被称为贫民区，危楼比比皆是，后来玉城政府大力发展旅游业，就投入了一笔资金用于翻新修缮老城，现在整座老城有三分之二的建筑是重新建造加固过的，已经消除了安全隐患。

老城剩下的三分之一区域被称作是"高地民居"。因其地势相对较高，房屋受损最严重，整改难度较大，政府给了高地住户合理的拆迁补贴，又安排他们住进了老城更为安全的房子里，打算择日动工将危房拆了重建。

高地民居现在是一片破壁残垣，因其有很大的安全隐患，这里平时是严禁进入的，不过今天的高地民居，在每一个阳光照射不到的暗角里，都潜伏着伺机而动的"猎豹"。

高地民居最高一栋房子的屋顶上架着一杆狙击枪，丁琎趴在地上，眼睛从瞄准镜望出去，没有发现任何目标。他所在的位置是这片区域的制高点，特别适合狙击敌人，但由于房屋错乱，有高有低且巷道特别多，相应地藏身地也很多，在这种不开阔的地方只要对方有心躲藏，狙击枪并不能发挥很大的作用。

他拿起对讲机问："各小队情况怎么样？"

"第一小队准备完毕。"

"第二小队准备完毕。"

"第三小队准备完毕。"

……

日出后的两个小时是神祠广场人流最大的时间段，这是一个黄金时间，VIRUS想制造混乱就会现身。平民众多，"猎豹"要从中揪出近五十个VIRUS的人无疑是海底捞针，但他们也不能坐以待毙，等VIRUS发动袭击再抓人未免被动。

陈队那天提出了一个引蛇出洞的办法，他想让H国交流团的人帮忙打配合，以周轶为饵将VIRUS的人全都引到高地这儿来。VIRUS见到H国交流团的人带着周轶，自然会以为他们和A国合作的条件就是让周轶跟他们回国，因此VIRUS一定不会放过这个最后的脱身机会——只要控制住H国交流团的人，不仅能从周轶身上拿到名单，还能威胁H国交流团的人想办法助VIRUS离开A国，一石二鸟值得一搏。

这个方法虽说冒险却是最行之有效的，但丁珺强烈反对，他不能同意让周轶参与到这场未知的战斗中来，而且扮演的还是最危险的角色。从前两次VIRUS的袭击来看，他们已经对周轶下杀手了，宁愿杀了她不要名单也不愿让她落在其他人手里，这种情况下，丁珺怎么可能把她推出来当饵。

保护国民是他的职责，保护她是他作为男人的职责，当这两者产生了冲突，丁珺陷入两难全的挣扎中。他明白VIRUS一旦在神祠广场上发动袭击将会造成什么样的不可挽救的后果，但如果周轶出了事，他会痛恨自己一辈子。

陈队也不是狠心之人，让一个无辜的姑娘做这么危险的事他也于心不忍，她的生命和其他人一样可贵，商量来商量去，陈队最后提出了一个折中的办法——让队里的女队员假扮周轶。但这样一来风险就大了，VIRUS的人十分狡猾，如若被他们发现了马脚，这个计划将会全盘失败。

时间在一分一秒地流逝，距离日出已经过去一个小时了，丁珺始终趴在地上，眼神专注。

"注意，目标出现。"

丁珺听到这一句时眼神蓦地变得锐利，他盯着瞄准镜，嘴唇抿紧。

按照计划，H国交流团的人会把VIRUS的人往视野相对开阔的地方引，这样便于他随时掌握情况。

丁珺凝神，视野里慢慢地出现了人。在看到那个穿着大红色长裙的女人时，他脑中"嗡"的一响，有点不敢相信自己的眼睛。他定了定神再去看，那张脸他再熟悉不过了,不是别人伪装的。本来应该好好待在驻地的人为什么会出现在这儿?

瞄准镜里,一伙穿着当地服装的人持枪围住了H国交流团成员及周轶,一个留着络腮胡的男人嘴巴一张一合,显然是在和交流团的人说话,看样子他就是这伙人的头目。不一会儿,有两个VIRUS的人上前把周轶单独拉了出来,那个络腮胡抓着周轶的长发迫使周轶抬起了头,他看了看周轶的脸,似乎还冲周轶说了句话。

丁琎没料到他会有此举动,显然他很谨慎,如果今天周轶没来,围剿计划此刻就已经败露了。丁琎明知如此,可看到这一幕时他浑身血液还是瞬间往脑子里涌,想立刻扣动扳机杀了那人。就在这时,周轶似乎往他所在的方向看了一眼,他浑身一震,突然想到昨晚她最后说的话,她说她相信他。

他的唇抿成直线,渐渐恢复了理智,到了这一步如果他稳不住,那所有人的心血都会付诸流水。丁琎咬紧后槽牙,咬肌都绷出来了,额角青筋暴凸,强自冷静下来,只是眼底渐渐充血发红。

他数了数人头,VIRUS的人没全在这儿。

络腮胡显然有点脑子,行事小心,他让手下的人先去附近查看,自己则带着一小伙人控制住了H国交流团的人。

丁琎从未觉得等待时机是一件这么难熬的事。

在以前,他为了伏击敌人可以一整天不吃不喝,一动不动地趴在草地里耐着性子候着,可现在只要一想到周轶在VIRUS手上,他就心急如焚,只想速战速决。

时间仿佛被无限拉长,隐隐还有音乐声、欢呼声从神祠广场上传来,与前头的热闹相比,高地民居显得荒芜又落寞,像是被遗忘的一角。

H国交流团的男代表一直在和那个络腮胡斡旋。昨天陈队提前和H国交流团代表说过了,待交流团被VIRUS控制住后,他一定要尽量稳住VIRUS的情绪,满足VIRUS的要求,并向VIRUS保证有办法让他们顺利离开A国。只有这样,VIRUS才不敢轻易对交流团和"周轶"下手,也不会轻举妄动制造混乱。

丁琎寄希望于那个男代表能有个好口才可以暂时把络腮胡忽悠住。

显然这个男代表还是有点本事的,至少VIRUS的人目前还没做出什么不利的举动,对周轶也只是暂时拘住。

时间好似被按了暂停键,一切都是静止的,唯有丁琎透过瞄准镜看到的周轶是鲜活的。

瞄准镜中,那个络腮胡突然往丁琏这儿看了一眼,而后派了两个人往他这个方向走,似要排查情况。

敌方步步逼近,现在还不到动手的最佳时机,丁琏引而不发,犹如静止的木桩定在了天台上,唯有沿着颊侧滴滴滑落的汗水表明他此时的心境。

千钧一发之际,那些半个小时前离开的VIRUS的人回来了,而且带回了更多的人。看来他们刚才是去召集同伙了,这会儿残余在A国内的VIRUS的人应该都在这儿了。

络腮胡指挥着让集中在这儿的手下分成一个个小队。

很快那些人就结队往高地民居的四面八方散开,明显是打算占据这片区域作为之后的藏身之处。

他们分散开来更利于"猎豹"逐一攻破。此时就是最佳时机,丁琏毫不犹豫地扣动扳机,那颗子弹裹挟着万钧的怒气破空而去。络腮胡正组织剩下的人带上人质转移,突然子弹从他的后脑勺穿过,他倒地时双眼还是圆瞪着的。

这一突如其来的变故让VIRUS的人怔住片刻,很快他们就回过神,知道自己中了圈套。丁琏看到一个人举起枪对着周轶,他目光一紧,直接爆了那人的头。丁琏正想再狙几个,刚才上来侦查的VIRUS的人已经找到了他,他就地打了个滚躲开子弹,不得不拔出手枪先解决这些人。

丁琏的第一枪就是进攻的信号,潜伏在各个暗角的"猎豹"迅速出动。很快,此起彼伏的枪声响起,和广场上缥缈的音乐声形成对比。

再没有比此刻的玉城更能诠释什么叫"负重前行"的了,有的人在欢歌热舞,有的人在浴血作战。

丁琏解决了两个人,再往周轶之前所在的地方看时已经看不到她了,他居高临下地用目光迅速逡巡一周,仍是没能看到红色的影子,心里顿时不安,不知道她是被"猎豹"救走了还是被VIRUS的人掳走了。

丁琏又狙杀了对方两名人员,VIRUS的人知道高处有狙击手,所以已经挑好了隐蔽之处藏身,丁琏变得被动起来。

这场战斗最难的一关就是如何把VIRUS的所有人都引到高地民居来,只要这一步到位了,剩下的任务就是包抄围剿。

自从丁琏第一枪击中VIRUS的头目起,高地民居的所有出口就都被"猎豹"封死了,VIRUS的人进了这个瓮就休想再出去。一切都有惊无险地按照计划进行着，擒贼擒王，丁珥那一枪开了个好头，没了头目，VIRUS 剩下的人就没有了主心骨，在"猎豹"的猛攻下溃不成军，只剩下负隅顽抗。

走到这步胜负基本已经定下了，但丁珥还不放心，他心里一直记挂着周轶，她一袭红裙，目标太明显了，VIRUS 的人这会儿看到她一定不会手下留情，想到这儿他就一阵焦躁不安。

其他地方还布有狙击手，丁珥用对讲机调了一个队员来接替自己的位置，自己则从天台上撤退，打算亲自到底下看看。

丁珥从斜坡上往下走，碰上了几个面色阴狠却显然方寸大乱的 VIRUS 分子。他们几人一起围攻他，丁珥这会儿心情不比他们好多少，一想到周轶现在凶多吉少他就杀气尽显，身上迸发出一股"神挡杀神，佛挡杀佛"的气势。

和那几人缠斗了一会儿，对方大概知道今天是怎么也逃不出去了，到最后颇有一种拼死反抗的狠劲儿。饶是丁珥也是付出身上挨了拳脚、小臂上挨了一刀的代价才最终摆平。

解决了那几个人，丁珥到周轶最后消失的地方看了看。那处尸体横陈，鲜血流淌在昏黄色的地面上，还四溅在了古朴的房屋墙面上，那个络腮胡躺在地上，脑勺后头一片血渍，两只眼睛着望天。

丁珥正凝神沉思，忽听不远处传来轰然一声巨响，似房屋倾塌，滚起一阵浓烟，接着对讲机中就传来了队员紧急的声音："他们身上有炸药。"

"发现人质！"

丁珥的心蓦地一沉，立刻朝声源地奔去。

高地民居的东南角房屋塌了一片，在滚滚尘土中，丁珥看到了两个 VIRUS 分子，其中一个身上绑着炸药，另一个正拿枪指着周轶，他们显然已经到了穷途末路的地步，打算孤注一掷。

最糟糕的情况发生了。

那两个人用 H 国语叫嚣威胁着，"猎豹"的队员围着他们不敢轻举妄动。丁珥持枪缓缓向前，他看向周轶，在看到周轶煞白的脸时心口不由得一紧。

"放开她。"丁珥用 H 国语说道。

劫持周轶的人见丁珥是头儿，立刻抓紧周轶，拿枪指着她的脑袋，咄咄逼人。

周轶被箍住了脖子，喘不上气来，她紧咬着唇，即使听不懂 H 国语，也知道他们劫持自己的目的是什么，无非是想安全离开高地。

他们有炸药，如果放任他们离开，将会对外面的平民造成威胁。

周轶攥紧拳,冲丁琎微微摇了摇头。

身上绑有炸药的那个人叫嚣着,作势要点燃引线,丁琎抬手,示意队员收起武器后退:"给他们让路。"

"丁队——"

"让!"

一众人收起枪往后退开,丁琎看着周轶,缓缓弯腰欲要放下手枪。

劫持周轶的人拖着她往后退,并把枪对着丁琎,唯恐丁琎追上来似的。就在这时,周轶喊了丁琎一声。趁身后的人分神的时机,她用藏在袖子里的"皮恰克"出其不意地捅了他一刀,那人吃痛,松了手劲,周轶立刻矮下身。

丁琎反应迅速,当即抓住周轶制造的机会,抬手击毙了那人。

另一人见同伴被击毙,生了同归于尽的心,立刻点燃了炸药的引线。

"散开,趴下!"丁琎吼道。

周轶踉跄着向丁琎奔去,丁琎一把搂过她,拉着她往前跑了几步,护住她往地上一趴。

爆炸声轰然响起,震耳欲聋,而后大地归为沉寂。

驻地医院里,丁琎问刚从病房里出来的医生:"她怎么样了?"

"我们初步检查了下,她身上除了外伤,没什么大碍。"

"那她怎么还不醒?"

"受了惊吓。我们给她打了镇静剂,你不用太担心,晚些时候她自然就醒了。"

丁琎点了点头,推门进去,他不敢靠她太近,在外奔波了一天,他连衣服都没来得及换就匆匆赶了回来,此刻身上还残留着血腥味儿,他怕刺激到她。

周轶安静地躺在病床上,丁琎回想起早上在瞄准镜里看到她时那惊心动魄的一刻,真的觉得魂都要被吓没了。进队近十载,他执行过许多大大小小的险要任务,还从没有哪一次像今天这样方寸大乱、自失阵脚过。

听陈队说是周轶主动提出要参与这次任务的,丁琎本来想回来后要好好训斥她一顿,现在见她这样又心疼了,最后万般情绪只化作了一声低叹。

虽然打了镇静剂,但是这剂量不够支撑周轶睡到天亮,在将醒未醒之际,她开始做起了各种可怖的、光怪陆离的梦,梦里充斥着鲜血、枪声和死者的眼睛。

清晨六点钟的光景,天色还是混沌初开的模样,周轶倏地睁开眼,朦胧中看到床边坐着一个高大的身影不由得吓了一跳,眨了眨眼睛才辨认出这是她熟悉的轮廓,她顿时安下心来。

"丁珏。"她低声喊他,声音有些疲倦,语气还带着刚睡醒的沙哑。

"嗯。"

"你在这儿坐了一晚上?"

"嗯。"

"事情都处理完了?"

"嗯。"

"你怎么了,在生气?"

"嗯。"丁珏语气僵硬,不太和善,"你现在最好别和我说话。"

他望着她,她侧躺着再没有出声,但他能感受到她的目光。过了会儿,她微动了下,一只手探出床边朝他伸过去。

丁珏绷着脸,心里却像有猫爪在挠一样,蠢蠢欲动,看着床边那只纤细的手,他最终还是伸手握住了。

周轶嘴角微弯,他掌心的热度熨帖着她的心,梦里的惶恐不安尽数消失,像是漂泊海上的扁舟寻到了港湾,她又睡了过去。

等周轶再次醒来时,发现丁珏不在房间里,她掀开被子坐起身,盯着床边的椅子看了会儿,下床趿拉着鞋去洗手间里洗脸漱口。她抬头看着镜中的自己,脸色不是很好看,眼里有红血丝,眼底两抹乌青,嘴唇也没什么颜色。

尽管外表看上去略微憔悴,但周轶的心情还不错,可能这是一种"触底反弹"效应。昨天一整天她都感觉特别糟糕,爆炸过后的事情她已经不太记得了,只知道是丁珏护着她离开了高地。

看着镜子,她长长地呼出一口气,还好一切都过去了。

听到开门声,周轶从洗手间里走出来。

丁珏拎着一份粥走到床边放到床头桌上,见到她只言简意赅地说:"吃饭。"

周轶看到他右手小臂上缠着绷带,眉间一蹙:"你受伤了?"

丁珏面色不改,没回答她的问话,只接着说自己的,语气没半点儿感情,公事公办般道:"把粥喝了,吃完饭我再让医生过来——"

"丁队长,我错了。"周轶上前几步,拉起他受伤的那只手,抬头直勾勾地看着丁珏,双瞳中似有水波荡漾。

丁珏垂眸:"错哪儿了?"

289

"不该骗你。"

丁珃的眼神仍是偏冷:"还有呢?"

周轶凝眉,一时想不出除了她瞒着他参与计划这件事,还有什么事值得他这么生气。

丁珃轻哼,扯下她的手:"你好好反省反省。"

他铁了心一定要给她个教训,如若轻易放过她,下回她不知道还会做出什么出格的事,像昨天那样的事要是再来几回,他就是有九条命都不够她吓的。

周轶的身体除了胳膊上有几处擦伤、膝盖有瘀青外倒没什么大碍,在听陈队说A国境内那些一直追着她的H国人已经被彻底处理完毕后,她的心理负担更是减去了七八分。她在A国被围追堵截的日夜终于结束了,她也恢复了自由人的身份,接下来去往哈米尔高原的路上也不需要再提心吊胆、时刻警惕了。

既然把绊脚石都清除了,下一步就是上哈米尔高原拿到陆谏送回来的关键信息,再前去营救他。

事不宜迟,在周轶表示自己没有问题随时都能出发后,当天下午,陈队就下了命令让丁珃带着周轶前往苏恰,而VIRUS剩下的事宜就由他留下处理。

下午四点左右,一行四人收拾了东西踏上了去往苏恰的路,仍是由热黑开车,四马受了伤还在休养,随行的一人换成了小孟。

明明酷暑当头,一路上热黑和小孟却觉得如置冰窖,其中原因就在于他们中队长好像和女朋友闹别扭了,这也不是他们妄自揣测,而是双眼能见的明显的事实。

下午出发时,丁队一言不发就坐上了副驾驶位,小孟不敢和他抢座位,只好摸着鼻子讪讪地往后座走,和周轶坐一起了。

这一路上,丁队和周轶一句话都不说,车内的气氛十分微妙。小孟绞尽脑汁极力想活跃气氛,无奈丁珃沉着脸无动于衷,周轶倒是会给点儿反应,但也只是一点儿,显然是不忍看他冷场,到最后小孟如坐针毡,只一心巴望着快点到苏恰才好。

傍晚经过一个休息站,热黑在路边停下车,说是口渴要下去买水,小孟忙举手说要一起去。两人下了车才敢深吸一口气,车上实在是太压抑了,简直是风暴中心。

小孟和热黑并肩往休息站的商店走,小孟回头看了一眼,低声问:"丁队和嫂子是怎么回事啊,吵架了?"

"应该吧。"

"为什么啊,之前不还好好的吗?"

热黑隐约能猜到原因:"大概是因为昨天任务的事儿。"

小孟恍然,又啧啧摇头:"那嫂子也是好心,丁队这气性也忒大了吧,好不容易找了个这么漂亮的,别回头给作没了。"

热黑也叹了一口气:"我们多逛会儿,给他们多一点独处的时间。"

热黑和小孟下了车,车内的气氛顿时变得更古怪了,明明前不久还难分难舍的两人,现在谁也不搭理谁,反倒比陌生人还不如。

周轶坐了一下午的车觉得双腿有点胀,加上此刻不想和丁珰单独待在一起,在热黑和小孟下车后不久,她就提起裙摆欲要下去走动走动。她动作急了,下车时没注意,脑门在车门框上撞了一下,"咚"的一声还挺响。

她下意识地"嘶"了一声,捂着脑袋下了车,这一下撞得稍狠,她不得不站在原地缓了缓。

丁珰迅速推开车门下车,走到她身边,低头看她:"撞哪儿了?"

周轶紧闭着嘴唇不说话,别开脸不看他,表情清清冷冷的,满脸写着"不用你管"几个字。

丁珰皱眉,心想她还来劲儿了,于是二话不说箍住她的下巴把她的脸掰正过来,斥了声:"别动。"

她皮肤白,额角发红的那块很明显,他用大拇指压了压,看见周轶微微皱眉,下意识地一躲。丁珰松开她,说了句"别乱跑"后就往休息站的商店走。

热黑和四马正站在店里的立地风扇前愉悦地吹着凉风,转眼看到丁珰大踏步走进来,立刻心虚地站得笔直。原以为丁珰是嫌他们动作慢来催的,却见丁珰只是扫了他们一眼,然后径直往店里的冰柜走去。

丁珰拿了两袋冰牛奶,回头看见那两小子还站着不动,眉峰一抬:"站岗呢?"

热黑和小孟立刻回神,手脚麻利地拿了几瓶矿泉水,还殷勤地接过丁珰手中的冰牛奶把账一起结了。

他们仨从商店回来时,周轶还站在车边。丁珰走过去把冰牛奶捂在她刚撞到的额角上:"按着,能消肿。"

周轶也不想自己的脑门上盖起一层楼,她看了他一眼,默不作声地接

291

过冰袋自己捂着。

热黑和小孟见状以为他们已经冰释前嫌和好如初了,还没来得及窃喜,就见丁珏又坐回了副驾驶座上。

接下来这一路,气氛仍然没有冰消雪融的迹象,热黑和小孟真是被搞糊涂了,不知道他们这一对究竟在较什么劲,明明眼里心上都是对方。

苏恰和玉城隔得不是很远,穿过一片戈壁沙漠和几个市镇就到了。晚上十点钟左右,他们进入了苏恰城区。这个点正是夜生活最精彩的时候,途经一个夜市时,小孟提议先去吃点东西再去找住的地方。丁珏点头,让热黑在附近找个停车位把车停好。

苏恰的夜市和A国其他城市无二,小吃摊子、水果摊子、酸奶摊子……不一而足,夜市里的人也多,此时正三五成桌地喝着啤酒唠着嗑,烧烤摊上袅袅升起的青烟分外有人情味儿。

夜市里没那么多讲究,几人挑了张空桌就坐下了,反正要吃什么坐下也好商量。

"嫂子,你想吃什么?"小孟问。

周轶没什么胃口,但她不想扫兴,就说了一句:"挑你们想吃的吧,我都行。"

小孟瞄了丁珏一眼,试探地问:"丁队,你吃什么?我去买回来。"

丁珏眼睑一抬,平静地道:"我和你一起去。"

丁珏和小孟去买吃的,热黑陪着周轶留在位置上,这个分组就奇怪了。

热黑挠挠头:"姐,你和我们丁队闹矛盾了?"

周轶笑笑:"很明显吗?"

何止是明显,热黑憨憨地说:"丁队他不懂讨姑娘欢心,你别和他一般见识。"

周轶哼笑,他不懂讨人欢心倒是知道怎么让人觉得糟心,从今早到现在他就没给过她好脸色看,昨天的事的确是她做得不对,但是……她想到这儿又觉得理亏,就算是道过歉了也不代表他就不能再生气,很多事情不是说一声"我错了"就能揭过去的。

道歉是她的事,生气是他的事,她欺瞒他参与"猎豹"的任务和蒙骗他她和陆谏的关系性质是完全不一样的,前者严重多了。

热黑见她沉默,又敲边鼓劝她:"丁队虽然看上去脾气不太好,但是队里人都知道他心肠不硬。姐,不如你就哄哄他,他心一软就不会再生气啦。"

哄人？周轶凝眉想了下，她还从来没有做过这样的事。

这时小孟吆喝了一声："我们回来了。"

丁珏把自己手上端着的大盘子放下，盘子里盛的是胡辣羊蹄、面肺子之类的小吃。小孟把手上托着的烧烤盘放桌上，又把另一只手上举着的小碟子放到周轶面前。

周轶盯着盘中的食物看了几秒，还是没能分辨出它是什么，遂问道："这是？"

热黑很快答道："酸奶粽子，南域特色，好吃得很。"

粽子加酸奶，这种搭配周轶还真是没尝过。

小孟说："嫂子你喜欢吃甜的，我让老板多加了点儿蜂蜜，你快尝尝，很开胃的。"

周轶心神一动看向丁珏，他像是没注意到他们在说什么，垂下眼专注于戴一次性手套。她收回目光，眼底泛起点点笑意，她想，一个大男人怎么还这么别扭，又想，其实哄哄他也不是不可以。

"嫂子，好吃吗？"

周轶点头，手工酸奶有点酸，和蜂蜜拌在一起口感顿时变得柔和，加上糯米的黏稠软糯，这个组合倒是意外的融洽。

丁珏余光看到周轶在吃东西也就放心了，今天他去帮她办出院手续时医生叮嘱过他，说她这两天可能会食欲不振，一定要让她多少吃点，否则身体扛不住。

周轶用勺子弄出一小块糯米粽，沾上酸奶和蜂蜜后一舀，将勺子举着送到丁珏嘴边。

丁珏显然愣了下，看着她，既不张嘴也不说话。

"不吃？"周轶不恼，将勺子方向一转，"热黑——"刚喊出了个名字，她的手腕就被人捏住了，丁珏双目沉沉地看着她。

周轶露出淡淡的笑，又把勺子凑到了他嘴边，轻问："尝尝？"

打蛇打七寸，丁珏觉得她打哪儿，哪儿就是他的七寸。

片刻后，他张嘴把她喂过来的酸奶粽子吃了，脸上的表情像是被迫般不太情愿，但心里是不是不乐意就很难说了。

热黑和小孟交换了个眼神，心里都有些欣慰，尤其热黑更是大松一口气，差一点儿他的墓碑上就要刻上一句话了——因一口酸奶粽子而亡。

"翠翠、翠翠……你别走那么快，小心点……"

周轶以为自己听错了，转过头一看，穿梭在人群中的不是陈淮景和兰兮芝又是谁。

陈淮景追着兰兮芝时眼睛无意一瞥,突然刹住脚来了个猛回头:"丁哥,周轶。"

气冲冲地走在前头的兰兮芝听到他一声喊,回头看了一眼,看到朝她招手的周轶顿感意外。

"'有缘千里来相会',我就说我们一定还会再见的。"陈淮景找了两把椅子和他们拼桌,不客气地一屁股坐下,"翠翠,别生气了,坐啊。"

兰兮芝不满地白了他一眼,把椅子从他身边搬到周轶身边。

丁珹和周轶本来坐得比较开,此时陈淮景和兰兮芝一左一右地加塞进来,他们不得不挪椅子腾出些位置,两人因此坐近了点。

"姐姐,你们什么时候到的苏恰?"兰兮芝问。

"晚上刚到。"

陈淮景插话:"明早是一周一次的牛羊巴扎开市,乡下的牧民都会赶着牛羊进城买卖。听说可热闹了,一起去看看?"

周轶摇了摇头:"我们要上高原。"

"哈米尔?"

"嗯。"

兰兮芝挽住周轶的胳膊:"姐姐,我和你们一起去可以吗?"

"翠翠,你捣什么乱呢,你这体质不怕高反?还是乖乖跟着小爷在城里吃香喝辣吧。"他一边说一边抓起一个胡辣羊蹄,还没张嘴呢,脑中忽地电光一闪,暗道不好。

果然兰兮芝睨了他手中的羊蹄一眼,哼了一声,双颊鼓起道:"我才不留下来当电灯泡呢,你就和你的'羊蹄西施'恩爱去吧!"

"我不是说了我和那个古丽……"他话至一半突然打住,觉得在人前解释自己以前的情史有点丢面儿,干咳了两声他又说,"晚上回去我们再聊。"

"谁要和你回去!"兰兮芝不领情,扭头眼巴巴地望着周轶,"姐姐,晚上我和你住可以吗?"

周轶闻言愣了愣,下意识地看向丁珹。

陈淮景放下羊蹄嚷嚷着:"别任性啊,你和周轶住,那丁哥怎么办?"

不料丁珹却对他说了句:"我和你住。"

陈淮景瞠目,目光在丁珹和周轶身上走了个来回:"你们也吵架了?"

沉默即是默认。

陈淮景看向热黑和小孟,他俩怕被波及,一直在埋头苦吃,一声都不敢吭，心里都在埋怨他们丁队真是有够固执的，明明周轶都给他台阶了，他还死脑筋不懂顺势而下，要是这次恋爱黄了，活该他当老光棍！

　　吃完饭，他们一行六人离开夜市，就近找了家酒店办理了入住。三个标间，按照刚才说好的，周轶和兰兮芝、丁班和陈淮景、热黑和小孟两两一间。

　　时间不早了，他们各自拿着房卡上楼。三个房间是相连的，临进门前，兰兮芝还不安地主动询问周轶要不要把丁班换过来，周轶摇了摇头，动作利索地刷卡开门，头也不回地进了房间。

　　进了屋里，兰兮芝的表情略微局促，总觉得自己做错事了。

　　周轶看穿了她的想法，开解道："我和他闹了点矛盾，和你没关系，你去洗澡吧。"

　　"哦。"

　　兰兮芝洗了澡后，周轶拿上衣服进了浴室，洗到一半，兰兮芝在浴室门外说她要出门买点东西，周轶应了好。洗完澡后，周轶把头发吹个半干走出来，正好这时有人敲门，她以为是兰兮芝忘拿房卡进不来就直接开了门，抬眼却看到是丁班。

　　周轶瞟他一眼，手一压就要关门。丁班一只脚顶着门，没用多少力气就把门推开了。

　　她后退一步，语气凉薄："丁队长，这样登门入室不好吧？"

　　丁班反手关门，提着一个小袋子堂而皇之地走进来："擦药。"

　　周轶伸手："我自己来。"

　　丁班走到床边示意她坐下，周轶站着不动。他挑挑眉，这时候就有一种调教不服管教的队员的架势了："站着也行。"

　　眼看丁班从袋子里拿出药膏，欲要蹲下帮她抹药，周轶皱眉，不太情愿地往床边走。

　　"快点儿，兮芝一会儿就回来了。"

　　她这话说得好像他们在干什么见不得人的事一样，丁班很镇定："他们没那么快。"

　　"陈淮景也出门了？"

　　"嗯。"

　　周轶了然，难怪。

　　丁班蹲下身把她的睡裙裙摆往上扯了扯，低头认真地查看她的腿。她的两个膝盖微微肿起，瘀青的颜色比今早看的时候更深了。他挤出药膏抹

295

上去,用手掌帮她揉着,见周轶吃痛,他手上的动作顿了下又继续揉着:"药膏搓热了才有效,忍忍。"

周轶把目光移到他的脸上转移自己的注意力,他眉眼认真地在帮她上药,一丝不苟,像在做什么精细的活儿。

"丁珧。"

"嗯。"

"你现在是在生气还是已经消气了?"

丁珧抬头,神情淡淡的:"看不出来?"

不难看出来,他还在气头上,周轶盯着他的手:"那你现在在做什么?"

丁珧低头给她的另一边膝盖上了药,声音沉沉的:"不冲突。"

生气和对她好不冲突,和当初他们刚认识那会儿一样,虽然他不待见她,但是该做的他都会做好。

周轶想到热黑的建议,身体往前一倾,双手搭上他的肩凑近他,盯着他的眼睛蛊惑似的低声问:"我和陈淮景换个房间?"

"不需要。"

丁珧一秒犹豫都没有,周轶正想冷下脸又听他说:"明天要上高原,你需要好好休息,不然身体吃不消。"

周轶的确是有点自己的小心思,陆美美以前和她说过,男女之间没有什么问题是滚一次床单不能解决的,如果有,那就多滚几次。

听他这么说,她轻哼了声故意说:"和你睡一起我难道就不能好好休息了?你想做什么坏事呢,丁队长?"

丁珧缄默,揉着她膝盖的手突然一按,周轶没忍住痛呼一声。

他抬眼,眼眸深深,语气细听还有些咬牙切齿:"周轶,别以为我不知道你在打什么算盘,今晚给我老老实实地睡觉。"

苏恰其实是个很有文化底蕴的西部城市,在很早以前它就是沟通 A 国和周边国家的枢纽,是几国商人贸易的必经之地。它坐落在高原脚下,是 A 国最繁华的城市之一,民间常有"不到苏恰不算到过 A 国"的说法,由此可见苏恰这座城市的地位之高。

周轶对这样的城市情有独钟。

吃完早饭,丁珧就开始着手准备进高原。苏恰城里还是夏天,气温踩在三十摄氏度的线上,但他们要去的哈米尔高原最高海拔四千八百米,海拔稍低的挞县夏季也多有零下的时候,夜里和寒冬无异,所以保暖衣物是必不可少的。

除了衣物、路上的水和干粮，丁琀还特地买了两瓶氧，这主要是为了周轶而准备的，他担心她会产生高原反应，有备无患。

采购时，陈淮景一直跟着丁琀，看见丁琀拿了什么，他就有样学样地也拿什么。兰兮芝执意要上高原，他不放心她一个人出行，只好陪同，她还不领情，总拿"羊蹄西施"的事调侃他。

出发前，丁琀拿一次性纸杯泡了点儿葡萄糖水递给周轶，示意她喝完。

周轶不解："我早上吃东西了。"

丁琀解释："海拔一高身体会难受，提前喝点葡萄糖水会好点。"

"土方子？"

"嗯。"

周轶晃了晃杯子，在他的注视下把一杯葡萄糖水喝了。

上午十点，太阳的光芒透过云层，高原脚下是一个好天气。

丁琀、周轶和热黑、小孟一辆车，陈淮景开着另一辆车带着兰兮芝跟在他们后面走。他们一行人去了加油站给车加满了油，之后才往挞县的方向走。

途经城外的牛羊巴扎时，周轶往窗外看了几眼，对这样的动物交易规模感叹不已。

小孟开口道："牛羊巴扎每次都这么热闹，嫂子你要是感兴趣，等我们从高原上下来可以来玩玩。"

周轶笑："来买羊羔吗？"

"也不是不行，现在不是都兴养宠物吗？丁队养了条狗，嫂子你可以养只羊，多有意思啊。"

丁琀今天倒是坐到了后座上，他担心一会儿上了高原周轶身体不适，坐她边上他好能及时发现。

周轶转过头看他："你养狗？"

小孟今天格外兴奋，大概是看到周轶和丁琀的关系有所缓和，所以急于想再助推一把让他们恢复恩爱，可这劲儿没把控住一下使过头了，周轶才问完，他就兴冲冲地说："有啊，舒欣姐送的一只德牧，名儿叫'特工'，养了有两年了，和丁队感情可好了。"

周轶眉一挑："舒欣？"

小孟的后脑勺像是被人猛敲了下，顿时出了一身冷汗，这才反应过来自己说了什么不该说的，赶忙磕磕巴巴地找补："舒欣姐……是我们丁队，

297

呃，陈队的亲戚。"

周轶睨着丁琎，故意问："陈队的亲戚为什么送德牧给你们丁队？"

小孟急得像热锅上的蚂蚁，热黑都暗自替他捏了一把汗。

周轶浑不在意地笑了笑，说："大概是对你们丁队有意思。"

听她这么讲，小孟和热黑更不敢吭声。

电视台的节目总是会把主持人的名字打出来，周轶初次看到"罗舒欣"这个名字时，就觉得她的主持风格和她的名字一样，给人一种亲切的、极好相处的感觉，现在看来直觉应该没错，她送德牧给丁琎还真是有心了。

周轶没有再为难小孟，转头望向窗外，似乎并不打算深究。小孟暗自长舒一口气，丁琎眉头却皱了，他可不会天真到以为周轶不知道罗舒欣是谁。

丁琎用余光看向周轶，她似乎没有质问他的打算，或者说是等着他主动坦白？养着前任送的狗这种事他还真不知道该怎么解释，说多了显得此地无银三百两，说少了显得心虚，可他当初养"特工"时根本没想那么多。

他和罗舒欣分手后还跟陆谏讨论过怎么处理"特工"来着，陆谏建议他留下。因为罗舒欣根本养不了被丁琎训练过后的狗，丁琎完全是把"特工"当警犬在养，也因此"特工"比宠物狗好斗，战斗力也很强悍，放普通人家里养着怕是会把主人弄崩溃。

罗舒欣自然不会把狗要回去，而丁琎也不太舍得送走养了半年的狗，最后他还是把"特工"留下了，没想过这会是个隐患。

舍不得狗和舍不得人是有本质区别的，他觉得周轶足够理智，不会拿这种事发难，随即又一想——她也足够刁蛮。偏偏现在他们还有矛盾没解决，一桩连一桩的。丁琎本想再冷落她两天让她好好反省下，现在却寻思着怎么开口和她解释。

丁琎没想到的是，解释的机会还没找到，危机就先出现了。

挞县位于哈米尔高原，是苏恰的一个下辖区，从苏恰城里去到挞县要走边界公路，这条高原公路是A国和邻国合资修建的"友谊公路"，全长约有四百公里，公路全程平均海拔在四千米以上，因此驾车走这条公路不仅考验司机的驾驶技术，还对身体素质有一定的要求。

公路前期海拔较低，路两旁是高大的赭红色岩石山体，比之烈焰山的橙红更加炽烈，似盛开的凤凰花，往后走山体的颜色渐渐褪去，最后只剩下了青黑色的岩山壁立千仞。公路就修在山与山之间，蜿蜒盘迁，车辆往前行驶时千山如屏风般次第打开，岩山离公路极近，从车上往外看就能看到裸岩上风蚀的痕迹。

高原上天气多变,出发时苏恰城里还是阳光明媚,上路后没多久,天上云层渐渐加厚变低,阳光愈加稀薄,最后天色一暗,竟然下起了暴雨。

雨幕厚重,热黑不得不放慢行驶速度。丁琲也是表情凝重,暴雨天气最容易引发山体滑坡和落石,这种情况一旦发生,瞬间就会致命。

小孟盯着前面,突然说:"丁队,前面有人。"

雨帘中路边一辆车渐渐显形,路中间有人持伞招手拦车,丁琲对热黑说了一句:"靠边停下,问问遇到什么麻烦了。"热黑闻言踩了脚刹车。

待车停定后,持伞人小跑着到了副驾驶位边。小孟降下车窗,扯着嗓子问:"有什么需要帮忙的吗?"

持伞人是个姑娘,她把伞举高露出了脸。小孟瞥了一眼,顿时惊讶地道:"舒欣姐?"

罗舒欣愣了下,过了一会儿才不确定地开口:"小孟?"

小孟的心情一时十分复杂,想回头又不敢回头。果然话是不能乱讲的,一小时前他才提到的人,没想到此刻会在路上遇到。

"舒欣姐,你遇着什么事儿了吗?"

见是认识的人,罗舒欣显然松了口气,解释了一番:"我们的车发动机出了点问题,一时半会儿启动不了,在这儿待着怕会有山体滑坡。"

她顿了下才问:"你这车还能坐人吗?"

小孟挠了下脑袋:"还能坐一个。"

罗舒欣的表情略显失望。

丁琲拍拍前头的椅背:"问他们有几个人,陈淮景的车还能坐。"

罗舒欣听声音耳熟,不由得往后座瞄了一眼。听到小孟的问话,她应了一句:"四个。"

这倒正好,丁琲说:"我们这车坐一个,和陈淮景说一声,把另外三个安排到他的车上去。"

"明白!"

车内昏暗,罗舒欣看不清人,只是听小孟一句掷地有声的"明白"立刻验证了她心底的猜测。

雨声噼里啪啦大有江河倒灌之势,阴云滚滚,云脚极低,青黑色的岩山在大雨的冲刷下暗了好几个色号。

周轶从刚才到现在一直没说话,丁琲转头去看她,就见她倚在窗上不知道往外在看些什么,眼神十分专注。

"冷吗？"他问了一句。

周轶摇摇头。

"饿吗？"

她还是摇头。

丁琈沉默了片刻："周轶……"

周轶回头睨着他倒是笑了："丁队长，你心虚什么？"

丁琈抿紧唇，他也不知道自己这会儿为什么特别在意周轶的感受。明明他没做什么越轨的事，今天就算路上求助的人不是罗舒欣他也会停车帮忙，他问心无愧，偏偏对着周轶他就是莫名地心里没底。

小孟很快就回来了，丁琈以为他够聪明的话就该知道要把罗舒欣安排到陈淮景的车上，因此当他看到罗舒欣打开后座车门时，不禁眉头一皱，回想了下当初他是为什么把小孟选进"猎豹"的。

小孟也是有苦说不出，他不是个没眼力见儿的人，自然知道在这种情况下不能让周轶和罗舒欣碰上。可罗舒欣主动提出要坐前面这辆车，人家也没表现出什么不轨之心，他不好一口回绝，否则显得他在把人往坏了想一样。

见罗舒欣收伞上了车，丁琈下意识地看了周轶一眼，发现她不知何时闭上眼靠着窗一副熟睡的模样，明明一分钟前她还是醒着的。

小孟需要坐在副驾驶位上帮助热黑观察周边情况，罗舒欣只能坐在丁琈旁边。

车内气氛凝滞，热黑和小孟都坐得笔直，目不斜视，大气都不敢喘，不敢回头去看"修罗场"。

罗舒欣盯着收起放在脚边的伞，攥了攥手，嗫嚅片刻才主动开口："好久不见。"

丁琈不知该做何反应，只能"嗯"了一声表示回应。

他稍显冷淡，罗舒欣垂下眼："你们是要去挞县吗？"

"嗯。"

"真巧。"她说，"我们也要去那儿，没想到路上会碰上暴雨，车也坏了。"

丁琈看了周轶一眼："录节目？"

"介绍一下挞族的特色。"

"挺好。"

"你们去挞县……是有任务？"

丁琈不答，算是默认。

罗舒欣浅笑:"你还是和以前一样,神神秘秘的。"

丁珸咳了咳,余光看到周轶放在腿上的手动了下。

周轶要是清醒的状态,他就可以自然而然地把她介绍给罗舒欣,这么一来就能把界限彻底划清,可她"睡着了",罗舒欣也没询问她的身份,他总不好没来由地刻意介绍周轶,这样不仅突兀,还显得他好像余情未了故意想要刺激罗舒欣一样。

罗舒欣瞄了丁珸一眼,两年不见,他没什么变化,话不多,还是像以前那样内敛稳重。她一阵恍惚,话就问出了口:"'特工'怎么样了?"

丁珸意外,没想到她会问起这个,这条狗现在是唯一和他们俩都有瓜葛的东西。

"活得挺好。"他说。

"这两年你一定把它照顾得很好。"罗舒欣不知道想到了什么,笑了两声,"还记得我把它送给你的时候你很高兴,还说它是你收到过的最特别的生日礼物。"

丁珸眉心一紧,不知道她现在提这些做什么,他看了一眼周轶,但周轶还在装睡。

罗舒欣低头抠了抠指甲:"上个月我去北界山做节目的时候找过你,表姐夫说你在休假,不在队里。"她的表姐夫就是陈队。

丁珸记起来了,上个月他在哈尔时陈队的确给他打电话提过这件事,还问他有没有回头的心思。丁珸没有犹豫,干脆地说没有,他不是那种藕断丝连的人,何况这段感情还谈不上多刻骨铭心。

罗舒欣这次来哈米尔高原做节目,从没想过能在这儿碰上丁珸,她想或许这就是缘分,就决定借机把一些心底话和他说说。

"我一直想找个机会跟你道个歉。"罗舒欣扭头看着他,眼神真挚,"以前我不应该强迫你放弃你的职业,逼迫你做你不喜欢的事,对不起。"

丁珸心不在焉的:"都是过去的事了。"

罗舒欣咬了咬唇:"但是我想——"

热黑预感到罗舒欣接下来要说什么话,握着方向盘的手吓得一抖,车身打了个滑往左一转。

车上除了丁珸重心稳依然保持不动,其余人都不由自主地往右倾斜。周轶顺势往丁珸身上靠去,贴着他继续"熟睡"。

丁珸低头,对她真是气得牙痒痒。盯着她看了几秒,最后他暗叹一声,抬手揽住她,调整了下自己的坐姿,让她靠得舒服些。

不知道是不是海拔越高，空气含氧量越低，人就越容易困倦的缘故，周轶靠着丁珺竟然真的就沉沉地睡了过去，因此她也没听到丁珺和罗舒欣又说了些什么。

待她醒来，车上已不见罗舒欣，丁珺边上坐着的变成了一个男人，应该也是电视台的工作人员。

丁珺低头："醒了？"

"嗯。"周轶眨眨眼，转过头往窗外看，外面的景象蔚为壮观。

暴雨只在公路前段下，待出了岩山雨就停了，窗外的景色开阔起来，从千山万岭变成了漫漫无际的草原，因为海拔高气温低，草原上草色枯黄，颇有萧条之意，偶尔能看到有牛羊在低头进食。天上云层厚重，看着离地不过几丈，在地面上投下了一层淡淡的阴影，似唾手可得。

一群高地山羊优哉游哉地过着马路，这里是牧道，车得让羊，热黑踩了刹车缓缓停下车耐心地等着。

公路中段海拔已近四千，丁珺拧开一瓶水递给周轶，不放心地问："身体会不舒服吗？"

周轶摇摇头，接过水喝了两口又推给他。她降下自己那一边的车窗，外面气温已经大跌，料峭的风吹进车内，隐隐有入冬的感觉。

再往前走会经过库木湖和墨湖，这是高原上两个极有特色的天然大湖泊。车上的那个电视台员工提出了一个请求，想在两个湖边取个景，后期好作为节目剪辑的素材。

这不是什么过分的要求，丁珺自然同意。

最先抵达的是宽广的库木湖，湖水远看并不清澈，颜色接近青绿色，像是上帝画完草场后在湖里涮笔留下的颜料水。

热黑靠路边停车，那个工作人员下了车。后头陈淮景也跟着停下车，周轶回头看了一眼，罗舒欣正站在路边。

周轶看向丁珺："叙完旧了？"

丁珺想到她刚才的举止不免有点恼怒："好玩吗？"

周轶坦诚地点头："给你腾时间叙旧不好吗？"她把目光投向前头两个装聋作哑一副鹌鹑状的人，问："你们丁队以前带人去过队里，你们都认识她？"

小孟脑袋摇得和拨浪鼓一样："没……"他从后视镜里瞄一眼丁珺，怯怯地说，"舒欣姐跟着陈队来过队里几次，丁队倒是没带她来过。"

"她和你们丁队在一起的时候你们喊她什么？嫂子？"

"……一开始是。"小孟有了前车之鉴，这会儿措辞谨慎，极力补救，"后来丁队说八字都还没一撇呢，让我们别这么喊。"

周轶瞥了眼丁珅，他别开眼咳了下，觉得有些微的不自在。

电视台的人正走到湖边取景，罗舒欣纤瘦的身影在风中给人一种楚楚可怜的娇弱之态，刚才她和丁珅说话时轻声细语的，光是听她的声音就不难想象出她是那种知心姐姐般会让人忍不住想和她谈心的人，周轶想，她做访谈类的节目很合适。

"你以前应该挺喜欢她的。"周轶意味不明地道了一句。

丁珅闻言欲要开口，恰好这时电视台的工作人员取景完毕回到车上，他只好暂时把心里话按下不表。

周轶又把目光移到窗外，脸上表情清冷。

热黑重新启动车子，车上那名工作人员时不时偷瞄周轶，丁珅察觉到了，乜他一眼。

工作人员被他犀利的目光一盯，心下一跳，有些尴尬。

"你认识我？"周轶不理会丁珅，问那名工作人员。

对方盯着她看了好几秒后才开口问："你是……周轶吧？"

周轶不觉意外，浅淡一笑算是承认。

工作人员面上露出喜色："我还以为认错人了。"

"今天没化妆。"周轶开了个玩笑。

"不是，我没想到你会在Ａ国。"工作人员语气兴奋，"我很早以前就关注你了。"

丁珅眉头一皱，工作人员没发现，接着往下说："你的油画风格我很喜欢，很有个人色彩。"

周轶诚挚地道了声谢。

"上次你办画展，我因为工作太忙没去成，你今年还办画展吗？我想去看看。"

周轶点头："有打算在Ａ国办一场。"

"真的？"

周轶再次点头。

工作人员从兜里掏出一张名片，越过丁珅递给周轶："我是电视台的摄影师，因为工作性质，我和本地很多画馆的负责人都有联系，你到时候有什么需要帮忙的可以找我。"

周轶伸手接过名片，对人露出笑靥："谢谢，到时候一定邀请你。"

工作人员被她这猝不及防的笑脸击中，愣了会儿才不好意思地收回视线："期待你的新作。"

周轶一向对欣赏自己作品的人十分友好，顿时话就多了起来。她很愿意倾听别人对自己画作的看法，有时候艺术是需要沟通的，她想表达的和别人看到的或许完全不一样，每个人的理解都是基于原画的一种再创造。

周轶和那名电视台工作人员聊了很多，到后来她的视线完全越过坐在中间的丁斑而始终注视着那名工作人员，脸上时不时露出笑容，全然忽略了坐在身旁的男人。

她不是很爱笑的人，但当她真诚地笑时会让人挪不开眼。丁斑之前希望她能多笑笑，此时看着她嘴角悬着的笑意却觉得烦躁。

"网上都说你性格不好，看样子都是媒体瞎写的。"工作人员由衷地道。

周轶笑："他们瞎写了很多，唯独这个是真的。"

就这样聊到了墨湖，那名工作人员下车去取景。丁斑觉得胸闷也下车透了口气，周轶跟在他后边下来，眺望着墨湖大为惊叹。

墨湖和库木湖是完全不一样的景观，如果说库木湖是浓墨重彩的油画，那么墨湖就是颇有意境的水墨画。它的湖水是灰色的，岸边有几座连绵起伏的沙山，山体黑白相间，就像是山水画家挥毫而就的一幅天然图画。

丁斑没欣赏美景的心情，走到一边敲了敲副驾驶位一侧的车窗，向小孟要了支烟点了，猛吸一口欲要把心底那股焦躁压下。

周轶走到他身边看了一眼他指间燃着的烟，不冷不热地道："见了前女友有心事了？"

丁斑皱眉，莫名其妙地看着她，不明白她怎么平白无故地发难。

周轶冷哼一声："我觉得她人挺好的，和我比起来还是她比较适合你，温柔体贴，人看上去也比电视上漂亮，现在还不要求你转业。"

"周轶。"丁斑的语气带着警告，"你瞎说什么。"

"被我说中了？"

丁斑脸色一沉："别拿自己和别人比。"

这句话听在周轶耳朵里又是另一个意思了，她冷笑："我自然没有她来得'舒心'，她肯定不会像我，总是有事瞒着你。"

丁斑眼底积起一层寒霜："这就是你这两天反省的结果？"

周轶表情淡淡的，一如初相识的时候："我为什么要反省，我有决定自己行动的权利，你凭什么剥夺？"

丁班知道周轶的性格，越激越来劲，这种情况下他应该主动示好服软，和她解释几句，可他现在不太冷静。刚才在车上看见她和别的男人有说有笑他心气儿就不顺，偏偏她现在还来刺激他，他在原地转了一圈，气得脸色铁青。

"好样的，周轶，你真是好样的。"

一场不愉快的对话匆匆结束，小孟再次被赶到了后座，这次赶他的不是丁班，而是周轶。

窗外景色壮美，周轶却无心欣赏，一种深深的自我厌弃感反常地攫住了她，丁班前女友的出现勾起了她心底对感情的猜忌和不自信。

父母感情的破裂给她造成了很大的心理阴影，她这会儿又有点患得患失了。

她以前知道丁班有这么一个前任时没觉得有什么，但当活生生的人出现在她面前时，她才发现自己也不能免俗，她也会妒忌。

罗舒欣不是娜孜，她是个真真正正的女人，漂亮又有能力，而且还和丁班有段过往，他们分手不是因为感情耗尽而是其他原因，现在这个阻碍解决了，丁班会不会有所动摇？

这个念头一出，周轶发觉自己完全不能忍受。

公路后程有一段路海拔到了四千多米，是全程海拔最高的路段。从车上往外看，远处雪山连绵，雪顶在阳光下泛着金色，像是戴上了一顶纯金皇冠，威武壮观、格外气派。

雪山脚下的景色也很迷人，雪山融水形成了许多大小不一的滩涂，涓涓的流水静静地淌着，成千上万只牦牛在山脚下游荡。

周轶靠在椅子上望着窗外的景色，惊叹之余觉得胸口有点儿不舒服，刚才是堵现在是闷，四肢也出现了些微乏力，看来进入高海拔地区，她的身体有反应了。

坐在后座的丁班拿胳膊肘撞了下身边的小孟，对着周轶使了个眼色。小孟挠挠头，清了清嗓子对着前头问："嫂子，这段路海拔有点高，你有没有觉得不舒服？"

周轶抿着嘴摇头："没有。"

"不舒服你要说哦，高反挺危险的。"

"好。"

从丁班的角度看，周轶斜靠在椅子上，整个人都不太有精神。他皱着眉，将她之前喝的那瓶水递给小孟，又给小孟递了个眼色。

小孟在心里哀叹，这都是个什么事儿啊，他们丁队处个对象怎么还这么拐弯抹角的。

小孟不了解周轶，但丁琎了解，她心气儿高，这会儿他直接关心反倒会适得其反。

周轶回头接过小孟递过来的水，余光瞥了眼丁琎，见他双手环胸，脑袋偏向车窗那一边。

她想，现在在他眼里，牛可能都比她好看。

喝了几口水润嗓，周轶拧上瓶盖时垂眼想，除了丁琎，没人知道这瓶水是她刚才喝过的。

过了海拔最高的那段路程后，挞县就近了。挞县不大，但平均海拔相对较低，因此这里住着的挞族人、远近村落里的村民加上外地来做生意的，也有小两万的人口。

进了挞县，小孟扭头问："丁队，我们先去找住的地方？"

丁琎把目光从副驾驶位上挪开，看向那名工作人员。

"我们来之前订了县上的一家宾馆，好像就在前面。"工作人员说。

帮人帮到底，丁琎让热黑把车开到了工作人员说的那家宾馆前。周轶本来昏昏沉沉的，车一停她反而有了精神，坐起身推开车门也下了车，弯腰捶了捶腿。

丁琎默不作声地打开自己这一侧的车门，下车四顾。

后头陈淮景的车也停下了，车门一开，走下来几个人。陈淮景走到丁琎跟前，指着宾馆问："我们晚上住这儿？"

丁琎犹豫了下，住哪儿原本是无所谓的，但他想避嫌。正想开口，那边一个工作人员说："这家宾馆是这里好评率最高的一家，我看网上评价都不错。我们订的时候还有很多房间，你们也可以在这儿住下，也省得再去找住处。"

陈淮景闻言点头："也是，到哪儿都是住。"

丁琎看了一眼周轶，这会儿再拒绝反而显得他心里有鬼，他沉默片刻，示意热黑找个位置停车，又让小孟把行李提下来。

虽是夏季，但挞县晚上的气温也就四五度，高原上风还大，冷空气直往衣服里灌。

周轶就穿着一件薄外套，丁琎看不过眼正要走过去，兰兮芝先他一步拉住了周轶的手:"姐姐,你的手好冰啊,穿这么少不冷吗?"

周轶回说还好,兰兮芝帮她搓了搓手,拉着她快步往宾馆里走:"我们先进去,里面有暖气。"

小孟得了丁琡的眼色,立刻提着周轶的行李箱跟了上去。丁琡自己则等在原地,待热黑和陈淮景停好车后才一起进宾馆。

挞县到底是小地方,加上又在偏远的高原上,基础设施自然是相对落后的。

这家宾馆装潢极其简单,走的是实用主义的路线。宾馆前台只有一个小姑娘,一下来这么多人入住,她一时有些手忙脚乱。

电视台的人事先在网上订了房,他们先办理了入住手续,过后陈淮景才拿着几人的身份证去开房。

陈淮景冲着那小姑娘笑,道:"妹妹,三个标间。"

小姑娘脸一臊,盯着电脑看了看说:"只剩下两个标间了。"

"这么不凑巧?"陈淮景拿身份证敲着桌台,"别的房间没了?"

"还有一个大床房,价格比较高。"

"那就得了,我们这儿有情侣。"陈淮景笑嘻嘻地回过头,眼神莴儿坏地瞧着兰兮芝,"翠翠,小爷我今晚将就给你暖个被窝好了。"

刚还喊别的姑娘"妹妹",转头又找上她,兰兮芝愤愤地瞪着他不领情:"我才不稀罕。"

陈淮景又看向丁琡和周轶:"丁哥,你和周轶住没问题吧?"

丁琡察觉到电视台那几个人一起把目光投了过来,他往周轶看去,等着她的回答。

周轶神色平平,语气也很平静:"我和兮芝一间。"

兰兮芝"咦"了一声,偷偷瞄了一眼丁琡和周轶,她今早还以为他们已经和好了。

陈淮景也没料到,看向丁琡,用眼神询问。

丁琡沉下嗓:"听她的。"

"成。"陈淮景把身份证递过去,"两个标间,一个大床房。"

标间和大床房不在一个楼层,标间在二楼,大床房在三楼。陈淮景把大床房的房卡给了兰兮芝,让她们俩住楼上。

周轶上了楼才发现罗舒欣住在她们对面,一想也是,他们一行四人唯有她一个女人,自然是她自己住一间。

周轶刷卡进门,先去洗了个脸,她有些累,不是身体上的,而是精神

307

上的一种乏力。

从浴室出来后,她坐在房内的椅子上捶腿。

陈淮景提着行李上三楼,下来时身后只跟着兰兮芝,他对着丁珏耸了下肩:"她说不饿。"

丁珏皱眉。

"你们怎么回事啊?昨晚还觉得你们只是闹点小别扭,怎么今天突然就冷战起来了?"陈淮景拍拍丁珏的肩,瞅了眼兰兮芝,以一副过来人的口吻语重心长地道,"丁哥,你还是主动去服个软吧,带着矛盾过夜,小问题都会成大问题的。"

他凑近丁珏,压低声音神神秘秘的:"我上次给你的东西用完了没,要不要兄弟我再资助你一盒?"

丁珏乜他一眼,从自己的行李袋里翻出一盒药膏。沉思了几秒,他迈步走出了房间。

"房间就在楼梯口边上。"陈淮景在后面喊。

丁珏上了楼才发现楼梯口两边都有房间,陈淮景没说清楚周轶在哪一间,他站定,左右看了一眼,最后往右边走去。他敲了敲门,很快里面就传来了脚步声,几秒后门开了。

丁珏低头看到罗舒欣时愣了下,很快反应过来:"我走错门了。"

罗舒欣勉强笑了下:"我也以为……是我同事……敲的门。"

丁珏听她声音不对劲,往她脸上多看了两眼,她脸色苍白,眼皮微微浮肿,呼吸急促,眉宇间有痛苦之色。

"你是不是难受?"

罗舒欣抿紧唇摇了摇头,可是她脑袋一晃就头痛欲裂,一时只有出的气儿没有进的气儿,缺氧的肺揪着在痛,她靠着门框滑落在地。

"深呼吸!"丁珏蹲下。

周轶听到动静开门看了一眼,见到对门的景象她怔了怔,随即转回房内,过会儿又匆匆跑出来把氧气瓶递给丁珏:"让她吸几口氧。"

丁珏抬眼看她,然后接过氧气瓶罩在罗舒欣的口鼻上:"吸气。"

罗舒欣额头上全是冷汗,她张嘴吸了几口氧,气短胸痛的症状还是没有好转,恰好这时店里的员工上来送东西。员工常年住在高原上,看到这场景倒是见惯不怪,走近后建议道:"急性高原反应,还有点严重,氧气瓶不顶用,送去医院看看吧。不远,二十来分钟就能到,我带你们去?"

高原反应没处理好严重点可能致命,丁珏当机立断,转身背起罗舒欣示意员工一起走。走到楼梯口他蓦地顿住脚，回头看时周轶正帮罗舒欣把门关上。

周轶拉上门，转头发现丁珰还在，问道："我也去？"

丁珰摇头："你在宾馆休息，别乱跑。"

时间不能耽搁，丁珰背着罗舒欣下了楼。周轶在三楼还能听到他喊热黑的声音，她垂眼，看到一盒药膏被遗落在了地上。

第十二章
失路

丁班让热黑开车，还叫上了电视台的人一同前往。二十分钟后，一行人就到了医院，院里病床上躺着的几乎都是产生了高原反应的病人。

医生很快就安排护士给罗舒欣输氧，输过氧后她的症状很快减轻。

有医生在，且她还有同事陪着，丁班在医院里也帮不上其他忙，就把自己的手机号码给了她的一个同事，让对方有事打电话，自己则打算先离开。

医院里有官兵在看病，他们常年待在高原上，一个个脸颊都被强烈的紫外线晒得通红。丁班突然想起那年他们和C国部队的人打了一架，陆谏被陈俊峰罚来哈米尔高原，在红普恰什国门附近待了半年。

红普恰什国门其实是个小众景点，因为位于最西端，有游客会来国门脚下的界碑这儿打卡。爬高原入雪山危险系数高，需要身体素质好的人员在国门周边执勤，防止意外发生。陆谏当年被分配到高原上，干的就是安全员的活儿，用他自己的话说，就是高原保安。

想到这，丁班顿住脚，转身往那几个官兵所在的方向走去。

陆谏行事从不低调，就算是被"发配"到高原上也混得风生水起，丁班想他这样的做派指不定高原上有一些士兵到现在还记得他，而他给周轶发的那封邮件指向哈米尔高原，有没有可能是他将信息传给了相熟的人。

丁班问了一圈，发现真有一个老兵对陆谏还有印象。那个老兵对丁班讲了点以前陆谏在高原上的事，说得最多的就是陆谏不服管教，时常被罚去边境线巡逻、清理雪道、下乡入户帮忙……本来他就是被罚过来的，到了这儿还被罚，不过丁班对此一点都不意外，陆谏要是肯老实待着就不会主动揽下卧底的活儿。

老兵絮絮叨叨地说了近一小时的话，丁班听得很认真，但是筛出来的有用信息约等于无，他心事重重，寻思着明天还是要亲自去一趟国门。

丁班和老兵道别后走出医院，刚到院门口小孟就打来了电话。丁班离开宾馆时叮嘱过小孟照看好周轶，此时接到小孟的电话，丁珽的第一个念头就是周轶出事了。

电话刚一接通，小孟就急道："丁队，你还没回来啊？"

"怎么了？"

"你再不回来，下一个去医院的就是嫂子了。"

丁珽心一沉，示意热黑赶紧开车。

热黑在丁珽的催促下开着车狂飙，从宾馆赶去医院花了二十分钟，回来时竟然生生将时间缩短了五分钟。

丁珽下了车直接往宾馆楼上跑，宾馆顶上有个阳台，他三步并作两步一口气跑上去。阳台上没有灯，趁着夜色只能看到围栏边上坐着几个模糊的身影。

"姐姐，你已经喝很多了，别再喝了。"兰兮芝扯了扯周轶的袖子。

陈淮景也劝："小酌怡情，大饮伤身，周轶我们今晚就喝到这儿吧，改天下了高原我们再接着喝？"

周轶晃了一下手中的啤酒罐，语气懒散，嗤笑道："谁刚才说的不醉不归？"

"我这不是说笑的嘛。"陈淮景伸手要去拿她手上的啤酒罐，"再说，你已经醉了。"

"我没有。"周轶将手往后一躲，避开了陈淮景夺酒的手，却被人从后面抓住了手腕，她脑袋后仰，眯着眼瞧了来人片刻，笑了声，"丁队长回来了啊。"

她挣了下，醉态十足地说："坐下一起喝啊。"

丁珽这会儿只觉得胸口有怒火在烧，才上高原，身体还没适应就酗酒，她简直是自找罪受。他沉着脸掰开她的手指，从她手中把啤酒罐夺下，压着嗓子问："谁给她买的酒？"

陈淮景打了个哆嗦："她找宾馆前台要的。"

漆黑的夜色中，没人看得清丁珽的表情，却都能感觉到此刻他身上散发出的阴沉可怖的气息。

夜风又起，天上的星辰摇摇欲坠。

周轶被夺去酒后不满地用力挣开他，探身欲要拿一罐新的。丁珽抓过她的手架到脖子上，二话不说直接把人扛起来。

周轶一阵天旋地转，反应过来后对着丁珽的背捶了几下："丁珽，把我放下来。"

311

丁琏不睬,扛着人就下了楼。

到了三楼,后头紧跟着的兰兮芝立刻掏出房卡给他们开门,看丁琏扛着周轶进了房间,她正要跟上去却被陈淮景拉住。

"你进去做什么?"

"我担心周轶姐。"

"有丁哥在,她出不了什么事。"

兰兮芝嗫嚅着说:"我就怕丁队长太生气了。"

"他再生气也不会对周轶怎么样的,顶多……"陈淮景眼珠子一转,贴心地把门关上,"不用管,让他们自己解决。"

进了房间后,周轶被放下。脚刚一着地,她就推开丁琏往浴室跑,刚才半个身子都被倒过来,胃一颠就难受,她扶着洗手台呕了会儿也只呕出了点儿酸水。她今天没进食,此时胃里空空,想吐吐不出来。

周轶拧开水龙头掬水漱口,散落在胸前的长发被水打湿,丁琏抽出一条干毛巾,把她的头发撩到身后,拿毛巾帮她擦脸。

周轶往后躲开:"你别碰我。"

丁琏拿毛巾的手一紧,本来看见她糟蹋自己他心里就有气,此时听她这么说更是怒火中烧。他不再像之前那样容忍她、放纵她胡闹,一只手伸到她背后把她转过来,另一只手拿着毛巾在她脸上擦了两下:"我是你男人为什么不能碰你?"

周轶转开头:"你不是。"

丁琏气急反笑:"你身上哪个地方我没碰过?"

周轶咬着牙:"你出去。"

他稍退开,抵着她的额头质问:"我不是?"

"猎豹"里的人见到丁琏这副神态早退避三舍了,偏偏周轶一点儿都不怕他,还敢和他作对,她抿着嘴不服软:"不是——"

"是"字还没完全落地,丁琏再不给她机会,头一歪重新覆上她的唇。

周轶掀开眼睑睨他,语气不快:"上高原前还让我好好休息,上了高原反倒折腾我。丁队长,你怎么说一套做一套?"

丁琏一噎,咳了两声板起脸反问她:"为什么喝酒?"

周轶重新闭上眼,一副"眼不见心不烦"的模样:"我想喝就喝。"

"我带罗舒欣去医院你不高兴了?"丁琏凑近她,盯着她的眼睛看,"吃醋了?"

周轶要转身:"我没有。"

她说这话时语气里有着难得的娇憨,丁琲突然就没那么气了,反倒觉得她喝酒后的反差他很中意,少了平时的棱角,多了点可人的柔软。

"好。"丁琲抱住她不让她动,脸上蓦地有了笑意,他贴在她的颊边和她咬耳朵,"不是吃人的醋那就是吃狗的醋,等你哥回来我就把'特工'交给他养,你说行不行?"

喝了酒又被他前前后后地折腾了一番,周轶是真的累极了,挨上枕头没一会儿就沉沉地睡了过去。

卧室里暖气二十四小时不间断地供应着,暖和得像是夏天。半夜,周轶动了动身体,把丁琲给她盖上的棉被蹬开,嘴里含糊地呢喃着:"热。"

丁琲无奈,只好拿被子角盖住她的肚子,就听她半梦半醒间又转过脑袋说渴。

"想喝水?"丁琲轻问。

"嗯。"

丁琲掀开被子下床去给她烧水。

周轶揉揉额角,脑袋还昏昏沉沉的,人倒是已经清醒了些,探身去摸室内灯的开关,手臂一伸只觉得浑身酸痛,像是跑完了一场马拉松。

灯开了,她被光线刺得闭上眼,适应了会儿才重新睁开。

丁琲从浴室洗了热水壶出来,他身上只着一条裤子,上身裸着。周轶看到他背上的抓痕愣了下,过了会儿拉开被子往自己身上看了一眼,她穿着睡裙,露在外面的胸口处有斑驳的吻痕。她抿了下嘴,昨晚的记忆碎片开始有序地拼凑出断断续续的影像。

丁琲倒了半杯开水,又兑了一半的矿泉水,拿手背贴着玻璃杯试了试温度,觉得水温适中才端着走到床边。

"不烫,喝吧。"丁琲把水送到坐起身的周轶嘴边。

她仰着脑袋喝了小半杯,中途还呛了下,丁琲笑着拍她的背帮她顺气:"慢点,又没人和你抢。"

周轶掀开眼睑看他一眼,推开杯子:"够了。"

丁琲打量她一眼:"头痛?"

周轶轻微地点了下脑袋。

丁琲放下杯子,不太放心地问她:"胸口会难受吗?"

"你是问被你咬过的地方?"

313

丁班闻言就知她酒醒了大半，身上重新长出刺来了。

他指指自己的肩胛："你也没嘴下留情。"

周轶扫一眼他的肩，发红的牙印十分显眼，似乎还破了皮，她别开眼一时无话可说。

丁班无声一叹，坐床边抬起手帮她揉太阳穴，他恰到好处的按压力度让脑袋胀痛的周轶好受了些。

"让你喝酒，这下知道难受了？"丁班轻训她一句，"我前脚刚走你就喝。"

"你走了快一个小时我才——"周轶不满地抬头反驳，话到一半又遽然消声，她垂下眼推开他，转过身躺下似要接着睡。

丁班却从这一言半语中听出了点儿意思来，去医院只要二十分钟，他把人送到再折回来都不需要用到一个小时的时间，可他在外面待了近两个小时。

丁班明白了她的心思，嘴角一勾。他关了灯躺下，靠近她问："还在生气？"

周轶往床边挪了挪："我生什么气，这几天不是你一直在生气？"

丁班笑笑："我现在没气儿了。"

周轶哼一声。

陆美美说得还真是没错，男人生气只要滚几次床单就能解决。

丁班从背后抱住她，感觉到周轶晃了下身体还不太乐意，他主动贴上去解释道："我把罗舒欣送到医院后碰上了几个从国门上下来的官兵，我之前和你说过，陆谏在红普恰什国门附近待过半年，我就向他们打听了下他的事，所以才回来晚了。"

周轶仍不吱声，只是身体不再抗拒他。

"上个月罗舒欣去驻地找我的事我的确知道，陈队和我提了，他问我有没有复合的想法，我告诉他没有，我和她两年前就断干净了。"

黑暗中周轶睁着眼，虽然没给他回应，但她听得很认真。

罗舒欣是陈俊峰妻子的表妹，想来陈队怕她伤心难堪，并没有直接把丁班的想法转告给她，这也难怪昨天在车上她还会想挽回丁班。

"至于你说我以前应该挺喜欢她的……"丁班沉默了一秒，坦白道，"时间过去了那么久，那时候的感情已经模糊了。当时陈队极力撮合我和罗舒欣，我对她也不反感，就处了段时间，后来发现……我和她并不合适。"

周轶听到这句才开口："怎么个不适合法，就因为她要你转业？"她的语气似晨露一般冰冰凉凉的,"人家昨天说了,不会再强求你做不喜欢的事。"

这话她要是放在昨天白天说,丁珃肯定一听就燃,可此刻他的心境不一样了,也就能听出她言语间赌气成分居多,因此并不放在心上。

他故意道:"说真的,周轶,如果不是你,我昨天可能会考虑和她复合。"丁珃敏锐地察觉到怀中人的身体一僵,他忍不住伏在她耳边笑。

他的呼吸喷在她耳郭上,弄得她耳朵痒痒的。周轶心里更加烦躁,把他搭在她腰上的手丢开,又往床边挪了下,转过身时整个人都冷了下来,说话的语气更是冷冰冰的:"你现在去找她也可以,我不需要你负责。"

"说真的?"

周轶抿紧唇。

丁珃闷闷地笑了,拉过周轶的手一扯,把人重新抱进怀里:"因为你在我身边,所以我不觉得遗憾,只觉得庆幸,你明白吗?"

周轶本想挣脱,听到他这句话后顿时就偃旗息鼓了。

丁珃亲了亲她的额头,带着笑意畅快地道:"周轶,你也有今天。"

周轶听他这么说才明白他刚才是故意在戏弄她,而她也如他所愿真表现出了吃醋的样子。她略微不自在,掐了下他的腰:"丁队长,你还挺幼稚。"

丁珃只觉得满足。

一开始,他们之间的关系就是周轶占据着主导地位,她总是一副游刃有余的样子,不费功夫就能轻易让他失控,而现在,她也会为他失控,这种感觉他觉得还不赖。

即使看不清他的脸,周轶也能感受到丁珃身上那股松快劲儿,她不想让他太得意,故意为难他,问:"万一哪天我也触犯到了你的底线,你是不是也会把我甩了?"

丁珃没有立刻回答,缄默片刻后才沉下嗓音说:"你已经触犯过了。"

周轶诧异:"我什么时候——"

"前两天,在玉城。"

周轶懂了:"我瞒着你参加围剿行动的事,你还生着气呢?"

丁珃的语气严肃起来:"你的生命安全就是我的底线,我拿我的荣誉向你保证过会护你周全,你不把你自己的命当回事儿是不是触犯到了我的底线?"

周轶心头一悸,埋首在他胸口:"对不起,我只是想帮个忙,毕竟那些人是冲着我来的。"

丁珑摸着她的脑袋，叹口气说："你现在对我来说是最特别的一个群众，万一你出了事，我怎么和陆谏交代？"

"不准有下次。"丁珑厉色道。

周轶不再和他赌气，点了点头："嗯。"

话说开了，心里头的疙瘩也没了，他们拥在一起享受着时隔两天的温存。

周轶睡了一觉起来，现在正是精神最好的时候，她了无睡意，手指百无聊赖地划着丁珑的胸膛，又去数他腰上的块垒，用指头一点一点地摸着他的腰腹。丁珑哪里受得了这个，一把抓住她作乱的手，声音喑哑："不想睡了？"

他低头要吻她，周轶一躲抵着他："我不想再吸氧。"

丁珑胸膛震颤，忍不住笑："就记着这个了？"

"还有……"周轶在他另一边的肩上咬了一口，这一次是装模作样地拿牙齿碰了一下，"这个。"

丁珑一时又回想起不久前的销魂滋味，他扯过被子盖住她："不想吸氧就别撩拨我，离天亮还有段时间，再睡一觉。"

他上半夜估计没怎么睡，周轶怕他在高原上没精神也不再闹他，枕着他的胳膊闭上眼酝酿睡意。

没过多久，两人就共同跌进梦乡。

高原上天亮得早，六点左右出门就能看到日照金山的景象。周轶第二觉睡得很沉，理所当然地错过了这样的美景，等她醒来，太阳的锋芒已经落到了山腰上。

周轶睁开眼，难得地看到丁珑还躺在床上。她没见过丁珑的睡颜，这一路上他总是睡得比她晚，起得比她早，铁打的一样，今天倒是反常。

她趴在床上盯着他看了好一会儿，最后坐起身无情地说："别装了，我知道你醒着。"

两秒后，丁珑睁开眼，干咳了一声。

周轶掀开被子下床往窗边走，拉开窗帘就看到了不远处延绵的雪山，此刻的雪峰像一块块镜面反射着阳光，流光溢彩。

她不由得有些遗憾："没能看到日出。"

丁珑下床，往外面扫了一眼："高原上的日落也不错。"

周轶收回目光，问："我们今天去哪儿？"

"国门。"

丁珑让周轶把围巾系上，又拿上了给她买的羽绒服，才跟她一起出了门，此时已是日上三竿。

兰兮芝从二楼跑上来,看到丁珏和周轶都在,就站定在楼梯上喊:"丁队、姐姐,你们起来了呀,快下来一起吃早饭啊。"

陈淮景看见他们手拉手走下来就知道妥了。

宾馆没有供食,他们是在外面的小餐馆吃的饭。简单地解决了早饭,接下来就是办正事的时候了。

陈淮景在得知丁珏他们要上国门后一脸兴奋,搓着手和丁珏套近乎,丁哥长丁哥短的,很是殷勤。要知道国门是国之重地,一般人只能在底下哨卡站边上的界碑旁拍张照,谁要是敢硬闯国门可能会被就地击毙,现在有这等机会,他自然是想沾沾丁珏的光上去开开眼界。

"这样吧,丁哥……"陈淮景左右瞄了瞄,看到周轶正和兰兮芝在说话后凑到丁珏边上,神秘兮兮地说,"你带我上国门,我再给你一盒?"

丁珏乜着他:"一盒?"

陈淮景苦着脸道:"我出门就带了五盒,之前给了你一盒,前几天用掉……喀喀,现在只剩两盒了。"他试探着道,"我把剩下两盒都给你?"

几秒后,丁珏眉一挑:"带上氧气瓶,走吧。"

国门所在的位置是哈米尔高原海拔最高的地区之一。

丁珏出发前检查了车辆和装备,确保越野车性能良好、装备齐全后就安排人上车,因为陈淮景和兰兮芝也要上去,丁珏担心陈淮景在高原上会出状况,所以安排了小孟去当司机。

从挞县到国门还有个百来公里的路程,一路上海拔逐步升高,云层越来越低,甚至好似触到了山顶,外面的景色当真和仙境一般。

外面风大,周轶不敢开窗,就透过窗玻璃往外看着。每隔一段路她就能看到几个洁白的毛毡房扎根在路边,雪山融水汇成了一条条小溪,溪涧边上有牛羊在吃草,还有牧民提着桶在装水,所有的一切都是舒适自得的。

来挞县玩的人本就不多,去国门的车更是寥寥无几,这条笔直的公路上一眼望去唯有他们这两辆车在走,除了偶尔要给牛羊马让个路,其余时间均是畅通无阻。

一个半小时后,他们就到了国门脚下的哨卡站。站岗的士兵背着枪一脸肃穆地把他们拦下,热黑降下车窗出示自己的证件,又向他们说明了来意。陈俊峰之前就和红普恰什国门的负责人知会过,因此站岗的士兵查明了他们的身份后就放行了。

317

过了哨卡再往上就是国门了，热黑和小孟把车开到路边的空地上停着，丁珏率先下了车，周轶紧随其后。

挞县四周被雪山环绕着，但人在城里只能远远地望着白雪皑皑的山峰，这会儿他们到了山脚下，巍峨壮丽的庞大雪山就在眼前，举步就能走近，顿觉它气势逼人。

国门不允许车辆进入，他们还需往上徒步走一段路。丁珏让热黑带上氧气瓶，待陈淮景等人下了车后就一起往前走。

丁珏拉着周轶的手特意放慢脚步，还时不时不放心地回头看她。

海拔到了五千米，空气里的含氧量变低，才入高原的人是无法很快适应的。

周轶此时也感觉到了高海拔的压力，明明只是散步似的走着，她却觉得自己像是在剧烈运动，她喘得厉害，感觉走两步比在低海拔地区跑个几百米还累。

"难受吗？"丁珏再次回头问道。

周轶摇摇头："还好。"她只是累，倒还没觉得难受。

后头陈淮景和兰兮芝也牵着手慢慢走着，他们两人难得地能和平相处、互相扶持，实在是这里的氧气不足以支撑他们日常的拌嘴打闹。

今天天气很好，碧空如洗，映着洁白的雪山，蓝白相衬着展开了一幅粗犷又细腻的画卷，高原上的阳光只有颜色没有温度，是天然的滤镜，给万物添上了一层柔光。

从山脚到国门也不过一公里的路，他们硬生生地走了快半个小时。直到丁珏出声说了句"到了"，周轶这才抬头，迎面就看到了一扇雄伟壮观的大门屹立在雪山中，铁蒺藜拉开一道长长的防线，线的那一边是另外一个国家。

这里是A国的最西边，周轶以前在地理书上背过它的经纬度，那时候她从没想到自己有一天会涉足这里。

丁珏带着她穿过国门，看见最顶上一面国旗迎着雪原凛冽的风在哗啦啦地飘动，一个方阵的官兵正对着国旗进行庄严的宣誓，他们身姿挺拔、神色肃穆，眼神坚毅无比。

直到宣誓完毕，丁珏才走上前。

他们几人一看就是生面孔，宣誓结束后一个身着军大衣的老兵走过来，主动和丁珏握手："丁队？"

丁珏应道："我是。"

"昨天陈指导和我说了,你是想打听陆谏的事?"

丁琊点头。

老兵的脸上有着高原红,眉目里都露出一股沧桑感,看丁琊点头,他笑了:"那小子在高原上待了半年,没少给我惹事。"

"您是……"

"他当时的班长。"

丁琊一听就知道老班长和陆谏关系不错,于是问道:"陆谏最近和您联系过吗?"

"那小子离开高原后还知道每年抽个时间过来看看,现在都快一年没来消息咯,他上次来还是去年年中的时候。"

年中,那正是他执行绝密任务之前,丁琊眉头锁着:"国门上还有认识他的同志吗?"

老班长叹了口气:"几年过去了,高原上人员调动很大,转业的、退伍的,除了我,也就只有几个老兵认识陆谏,你要是有事儿要问,我领你去见见他们。"

高原上条件艰苦,长年累月地待在这儿对身体伤害很大,所以国门上的士兵每隔几年就会换一批。诚如老班长所言,几年过去,国门上留下的还记得陆谏的士兵已经没剩多少个了。丁琊问了一圈都说和陆谏早没了联系,更别说从他那里拿到什么重要信息。

哈米尔高原上,丁琊能想到的和陆谏有关系的就是国门,所以当所有人都否认和陆谏有联系后他不禁陷入了沉思,国门线索算是断了,他不知道接下来还能从哪里入手去调查。

周轶听了丁琊的转述,问了一句:"陆谏经常下乡帮忙,那乡民中有和他关系比较好的吗?"

丁琊被点醒,转过头问老班长,他回想了下:"陆谏这小子热心,下乡的时候谁家里有事他都帮忙,乡民都喜欢他,每次他一去总给他送吃的,他和乡民的关系就没有不好的时候。"

丁琊眉头未展,都很好就是没重点。拢县底下的乡镇那么多,他总不能花时间一户户去排查,而且以陆谏的智商,他给周轶发了这样一封邮件肯定是有指向性线索的。

他觉得自己一定错漏了什么。

周轶又问:"他在这儿谈过对象吗?"

丁琊闻言看向周轶,女人看问题的角度到底和男人不一样,他完全没往这方面去想。

老班长又回溯记忆,片刻后笑了:"你要说正经的对象那是没有的,不正经的倒是有几个。"

"有几个?"丁琎略一吃惊。

"他长得好,招姑娘喜欢,他自己呢,也是处处留情。为这我以前没少骂他,但他也有分寸,和几个姑娘虽然时常有说有笑,但是没做出什么违反纪律的事,也没损害人姑娘的名声,他说了,就是交个朋友。"

周轶冷哼:"渣男。"

丁琎仍是诧异,老班长口中的陆谏和他认识的仿佛不是一个人。以前陆谏在他面前总是表现出对周轶十分忠心、专情的模样,在队里也没见他和其他姑娘掺和在一起过。丁琎一直以为陆谏足够忠贞,现在听到这么一番话才知道为了瞒住周轶和他的关系,陆谏是下了血本啊,连花花肠子都藏得死死的。

周轶又问老班长陆谏以前都和哪些姑娘"有说有笑",老班长掰着手指凝神回想:"塔曼乡的西琳、鲁克乡的巴哈尔、恰瓦乡的阿依慕……"

姑娘多就算了,还分布在不同的乡镇,丁琎听完脸色就不太好了,周轶也是如此。不过她倒不太意外,陆谏的花花肠子她自小便知,本以为他长大后会有所收敛,现在看来是变本加厉了。

丁琎把老班长说的那些个人名全都记下,现在没有其他线索可循,他不能放过任何蛛丝马迹。

询问完毕,丁琎和周轶告别了老班长,带着一行人离开了国门。

从国门回到挞县时已过正午,他们找了家饭馆吃午饭。饭桌上,丁琎还和热黑、小孟讨论了一番,就着那几个姑娘所在的乡镇进行了缜密的分析,最后得出的结论是——陆谏简直丧心病狂、毫无节操。

小孟啧啧摇头:"看不出来啊,陆哥这么浪呢。"

热黑也是一脸不敢相信:"每年文艺汇演他都不去看那些姑娘,竟然藏这么深?"

丁琎转头看周轶,要说吃惊,他才是最吃惊的那个。

陈淮景听他们商量要先去哪个乡镇,嘴里嚼着风干牦牛肉,直接说道:"去恰瓦乡呗。"

丁琎以为他有什么见解,却听他说:"昨晚宾馆里的前台小妹说了,这几天恰瓦乡有挞族人办婚礼,连着举办三天呢,今天是第二天,新郎要去新娘家里迎娶,我们去凑个热闹怎么样?"原来"玩"才是他的动机。

丁琪还没说话，周轶却应了声"好"，她抬头看向丁琪，解释道："陆谏有三个'不正经'的对象在恰瓦乡。"

如果陆谏真把消息传给了他的"相好"，从概率上看的确是恰瓦乡最有可能。他们现在根本没有头绪，只能盲选，去哪儿其实也就是时间先后的区别。丁琪稍加考虑就同意了陈淮景的提议，打算先去恰瓦乡探探底。

吃完午饭，他们就出发前往恰瓦乡。

挞县地广人稀，下辖的各个乡镇相距颇远。车辆在公路上行驶了约莫一小时后才在指示牌的引导下拐进了小道。小道蜿蜒，路面不太平坦，就这样又颠簸了一小时，茫茫原野上就出现了房屋。高原上的房子大多只有一层，墙面漆黄，屋顶是深红色的，有些还带一个小院子，因为地大，每幢房子都错落开来。

他们到恰瓦乡时正好碰上了出发去接亲的新郎，只见新郎穿着挞族服饰，骑着高头大马走在前头，他的亲朋好友骑着马一路护驾，还有人抱着乐器边走边弹奏着欢乐的曲子。沿路很多乡民向他道喜，随后自发地跟在队伍后头走着。

热黑和小孟把车往空地上一停，丁琪等人相继下车。恰瓦乡的乡民见有外客也不排斥，十分热情地欢迎他们的到来，新郎的家里人还主动邀他们一同前往新娘家参加婚礼。对他们而言，办喜事多一个人就多一份见证。

恰瓦乡邻里关系极好，像这样的盛事全乡人都会出动。今天这样的日子最热闹的地方应该就是新娘家，如果要打探消息，去那儿是上上之选。

因为雪水的灌溉，山脚下会形成大片的高山草甸，有些挞族人会建屋定居，而有些人则会搭建毛毡房逐水草而居，新娘家就在草原上。迎亲队伍浩浩荡荡地到了女方家，跟随而来的人群自发地在新娘家的毛毡房门口围成了一圈，和着音乐鼓起了掌。

丁琪他们从外地来，被视为尊贵的客人，乡民们自发地让他们站在最前面，好一睹挞族婚礼的风采。

新郎在众人的欢呼下走进毛毡房里去迎接他的新娘，这时双方父母开始往人群中撒糖，这个仪式有"分享喜悦甜蜜"的美好寓意，接到了糖的人也就沾到了主人家的好福气。喜糖一撒，围观的乡民忙伸手去接，接到糖果的人还会用挞族语道一句"祝你永远幸福"。

丁琪站在人群前，凭借身高和矫健的身手接到了不少的糖果。热黑和小孟战绩也不差，只是他们还没来得及得意，突然就接收到了丁琪的眼神，他们脑门一紧，对视一眼，自觉地拱手把手中的糖果上交了。

丁琲把自己接的连同收缴来的喜糖全塞进周轶的兜里。

周轶看了一眼鼓鼓囊囊的口袋,又抬眼看他。

丁琲一笑,摸着她的脑袋对着她用挞族语说了句:"祝你永远幸福。"

新郎和新娘在毛毡房里交换了极具民族风格的彩绳戒指,而后婚礼就到了最热闹的阶段。新娘的家人们拿出了丰盛的食物招待前来祝贺的客人,人们吃着闹着,年轻人们自发组织起了高原上的传统活动。

首先举办的是叼羊活动。这项活动由来已久,高原上但凡有喜事,牧民们便会聚在一起办上一场,人数不限。它的规则很简单,就是将一只已经宰好的山羊绑好放在空地的中点上,参与这项活动的人分成两队各展才能去争夺它,哪一队要是能把山羊夺来丢到任何一个毡房的门口,哪队就是赢家。

这项活动说是游戏,其实更像是竞技,参与者不仅要有娴熟的马术,还要有敏捷的身手和过人的体力,否则上场只有跟着跑的份儿。都说"摔跤见力气,叼羊见勇气",叼羊活动也是高原民族在较为恶劣的环境下锻炼自己的一种方式。

赢得叼羊比赛的人会被认为是"能带来幸福的人",因此很多挞族汉子跃跃欲试,且今天几乎乡里所有的姑娘都在这儿,他们也想在心上人面前表现一番。

参加叼羊的人不少,挞族汉子骑着马整装待发,其余人围在一边看热闹,很多待字闺中的姑娘暗自期待着这场活动,她们也想趁此机会物色一个骁勇的对象。

热黑身上有着草原民族的血统,这会儿已经蠢蠢欲动,快要按捺不住了。在得到丁琲的首肯后,他向本地的乡民借了一匹马,兴冲冲地混入了那群挞族汉子中,很快就和他们打成了一片。

参与者按照意愿分成两队,叼羊是团队战,队友之间的默契也是决胜的关键因素,人们自然更愿和自己相熟的好友并肩作战。

分好队后,临时裁判数了数人头,没多久丁琲就见热黑骑着马过来:"丁队,小孟,我们队还缺两人,你们一起来呀。"

小孟也是爱凑热闹的性子,当即就转身借马去了,丁琲看着周轶犹豫了下。

陈淮景拍拍他的肩说:"丁哥,你去呗。我帮你看着她,出不了事。"

周轶嘴里含着他刚给的糖,冲他浅浅一笑:"小心点。"

丁琎没再踌躇，脱下自己的外套让她抱着，而后借了新娘家的一匹马翻身骑上去，临上场前，他还回头看了周轶一眼。

两队各有十五人，三十匹马声势浩大，马上的人蓄势待发，一场激烈的争夺一触即发。

"他们可不可以啊？"兰兮芝看着有些担心，总觉得这项运动的危险系数太高了，这要是一不小心从马上摔下来，转眼就能被马蹄踏扁。

周轶回想起之前在草原上丁琎带着她骑马狂飙的场景，并不担心："放心吧。"

两队就绪，裁判一声令下，马蹄声瞬间踏破云霄。

丁琎微伏着身体减少空气阻力，哨声一响他就拉紧缰绳如箭矢般射了出去，没多久就力压众人一马当先。在接近那只宰好的山羊时，他一只手扯着缰绳，人从马背上一翻，伸手往地面探去，十分利索地先行抢到了那只羊。

围观群众见他突围都十分讶异，开始交头接耳。

丁琎身下的这匹马个头不高，身形也并不壮硕，在他选定时还有些乡民劝他换一匹更高大一点儿的，他却只是笑着摇头，摸了摸自己选中的坐骑。高原马的耐力好，但奔袭速度较差，要想在叼羊比赛中占得先机，速度是制胜法宝，丁琎挑中的这匹马虽不高大，但四肢肌肉遒劲有力，一看就知它爆发力强。

陈淮景紧盯着赛事，见丁琎抢得了先机大手一拍，兴奋地道："不愧是丁哥，稳！"

丁琎抢得了羊后立刻调转马头要往新娘家的毡房跑，另一队自然不会让他轻易就达到目的，迅速把丁琎团团围住，对他的行动进行阻挠。自小在高原上长大的汉子自是好手，很快两队就开始了争夺战，战况异常胶着，那只羊轮番在两队人手里流转，却始终没谁能成功。

场上马蹄掀起阵阵沙尘，周轶轻笑着，目光始终落在一人身上。

"丁队，你往前冲，我和热黑掩护你。"小孟大声喊道。

丁琎点头，眼神凌厉果敢，双腿一夹，催着胯下白马奋力往前奔。白马不辜负他的期望，毫不怯场扬蹄疾奔，速度之快让场边人大为惊叹。

眼看着对方人马欲要阻挠，热黑和小孟率领着本队的人纷纷护在丁琎左右。一时马蹄声响彻哈米尔高原，天上的云彩似乎都被这激烈的赛事吓退了。

待那只山羊落在新娘家门前时，草原上已是碧空澄澈。

叼羊比赛如火如荼地进行了半个小时后就此落幕，丁琎和热黑、小孟成为最大赢家，享受着乡民们夹道的掌声和赞美，而丁琎连同他的坐骑更是一举成为全场关注的焦点。叼羊比赛中最后把山羊送到毡房门口的人会被视为"英雄",丁珸虽是客人,但乡民们对他仍是不吝赞赏,姑娘们更是频频给他送去多情的眼波。

丁珸牵着白马往回走,才到周轶跟前,还没开口说上一句话,几个挞族姑娘便骑着马过来了,几人的表情俱是羞涩又坦诚,眼神里都流露着对丁珸的欣赏之情。

其中一个姑娘问丁珸:"你愿意和我们一起玩'摘帽子'吗?"

陈淮景语气歆羡:"丁哥好福气啊。"周轶睨他,他飞快地和她解释:"'摘帽子'是挞族男女平时玩的游戏,男方或女方戴上帽子,另一方去抢,抢到了就去约会。"

周轶一听就懂,这就是个增进感情的联谊游戏。她扫一眼那几个姑娘,在丁珸即将开口前先说话了:"丁队长,大好的日子别扫兴,陪人家玩玩吧,你现在可是'英雄'。"

丁珸听她这话倍感头痛,知道她又起了坏心思,想捉弄他。

那姑娘弯腰递了一顶花帽给他,他原想拉着周轶挡一挡,现在看她作壁上观,一副看好戏的模样,他只好另谋他法。

直接拒绝会让几个姑娘尴尬,丁珸无奈地低叹,伸手接过花帽戴上,打算用行动委婉地回绝这些姑娘的美意。

丁珸才下场没多久又骑上了马,只是这会儿他有些不太情愿。策马前他再次回头看了一眼周轶,就见她面带微笑地抬眼看着他,表情无害。

他气得牙痒痒又不好发作,只能压低声音带点威胁的意味说:"氧气瓶还够,回去再收拾你。"

几个挞族姑娘看上了丁珸,欲要把人留下当高原女婿,她们约好各凭本事公平竞争,谁先抢到帽子,丁珸就是谁的。挞族姑娘胆大,马术不比男儿差,面对心仪的男人也不扭捏,奋起直追,几个人围着丁珸一阵进攻,势要摘下他头上的花帽。

恰瓦乡民风开放,挞族风俗淳朴,男女情爱在这里是极其自然的事。

周轶看着场上那几个追着丁珸的姑娘,心想她或许误会陆谏了。

陈淮景在一旁投去羡慕的眼神:"这不是我梦寐以求的场景吗?"

"呸!不要脸。"兰兮芝踩了他一脚,又忧心地看向周轶,"姐姐,万一丁队的帽子被摘下了怎么办啊,你真让他和别的姑娘去约会啊?"

周轶嘴角一勾,表情很淡定:"他不敢。"

丁珸当然不敢,他一心躲闪着几个挞族姑娘,不敢有半点马虎,神态比刚才参与叼羊比赛时还要全神贯注。一般玩这种游戏的男男女女心里都有个底，如果双方看对眼了，那象征性地推拉一番就好，这顶帽子就是个彩头。现在丁琏这么认真地玩着游戏，一点都不给几个姑娘接近的机会，她们心底大概也明白了他的意思——没看对眼。

挞族姑娘爽快，很快就不再为难丁琏，丁琏松口气道了声谢，策马往回奔去。

周轶正扭头和兰兮芝说着话，身边忽地吹起一阵风，回过神来才发觉脑袋上被戴上了一顶花帽。她转过身，看见丁琏正翻身下马。

他松开缰绳让白马自由走动，转过身抬手调整了下周轶脑袋上的花帽，叹了口气："以后不许再胡闹。"

周轶只是笑，她知道就算还有下次，他也不会拿她怎么样。

婚礼的活动进行了一整个下午，其间丁琏去打听了下陆谏在恰瓦乡的三个"不正经对象"，其中一个已经结婚，另外两个竟然就在刚才和他玩"摘帽子"游戏的姑娘中。

可惜询问之下仍是一无所获，丁琏开始怀疑他们调查的方向是否正确。

没有查到陆谏留下的消息，丁琏等人也没理由再在恰瓦乡多待，原本他们打算日落时分就离开，但新娘家执意要留他们吃饭。叼羊比赛其实也是个祈福仪式，挞族人认为山羊落到哪家的门前，那一家人就会得到幸福。丁琏把羊送到新娘家的本意是想锦上添花，现在他们一家人却把他当作恩人来感谢。

盛情难却，他们就留下一起吃了晚饭。

挞族的婚礼仪式还未结束，晚上还需要举办族里的传统仪式，女方家人要请来本族地位最高的长老来证婚，为新人献上最美好的祝福。

有人弹奏起了音乐，一位老者从毡房外缓缓走了进来，两位新人亲自迎了上去。长老用挞语说了句吉祥话，随后又朝毡房内的其他人露出慈祥的笑。在看到丁琏他们一行人时，他的目光似乎多停留了几秒，大概因为他们是外地面孔。

长老给新人送上最诚挚的祝福，他先是用挞语和新郎说了一段话，待新郎回答后，他又笑着对新娘说了一段话。

仪式结束，欢快的音乐重新奏起。

时间已晚，丁琏等人还要回县城，因此他带着周轶向新娘等人道了祝福后就打算离开，却没想到那位长者突然开口和他们说话，且问的话把丁珹和周轶都惊到了。

他看着周轶，用有口音的汉语问："你是'一一'吗？"

周轶吃惊，转头看丁珹。

丁珹眉头紧锁，忽而醍醐灌顶般什么都想明白了。

"您认识陆谏？"

老者点点头，再问了周轶一遍："你是'一一'吗？"

周轶表情复杂，点点头："我是。"

老者露出了一抹轻松的笑："孩子，你总算来啦。"

看周轶一脸不解，老者从怀中拿出一个小药罐子递给她："三个月前我去H国看望我的老友，没想到遇上了袭击，是陆谏救下了我，不然我差点儿就客死异乡喽。"

那时陆谏还在VIRUS里当卧底。丁珹看着他手中的小药罐子问："这个是他给您的？"

老者应道："是的，那个时候他看上去很紧张，救下我后也只是把这个交给了我，让我交给'一一'。"

周轶仍处于震惊状态，她接过药罐子，问道："您又是怎么认出我的？"

老者露出和善的笑："陆谏在哈米尔高原的时候常和我提起你，他身上一直带着你的照片，我看过很多次。"

周轶抿着唇，脑子里一时涌进了太多的信息，她需要缓一缓。

丁珹终于知道了陆谏的完整计划，也明白他为何会把邮件发给周轶了。

三个月前，他在一次袭击中意外碰到了长老，他匆匆把重要信息交给长老，那时他应该就已经受到VIRUS的怀疑了，这也是为什么他会给周轶发邮件，把她引来A国，因为长老只认得周轶，不会把信息交给其他人。

陆谏用邮件里的地图把周轶引来，而地图底下的乱码会引着她走向"猎豹"，只要她和队里人接上线，就会有人明白他的意思。

"冰山上的来客"直指哈米尔高原，线索看似就断在了这里。可陆谏是多么聪明的一个人，他知道只要有人带着周轶去了高原，就有很大的概率会碰上长老。长老在挞族人心中的地位很高，高原上无论谁家的红白喜事都会请他到场。

丁珹不得不佩服陆谏，陆谏和长老碰上本是意外，在那样的情况下陆谏还能想到这样的计划，把从VIRUS那儿收集到的信息送回来，而后又利用这件事获得了H国政府的保护，真是当之无愧的"智多星"。

从毡房里出来，周轶把那个小药罐子交给了丁珹，问他："这个能把陆谏带回来吗？"

不出意外，药罐子里装的就是陆谏用命换来的"名单"，丁珏接过后郑重地道："你放心，我会把他平安地带回来。"

他走到一边给陈队拨了个电话，几分钟后，他回到周轶身边，牵起她的手说："走吧，明早我们下高原。"

"好。"

周轶贴在他身边，仰头看着高原上闪现的星辰，不知怎的，心里升起了感慨，眼角湿漉漉的，竟有些怅惘。

戈壁、草原、滩涂、林场、沙漠、高原……这一段突如其来的旅程终于走到了尽头，这一路走过四季，回首望去，像梦一样不真实。

"萍水相逢，尽是他乡之客"，这些天的经历是她人生中最浓墨重彩的一笔，路上的人和事她将永记于心、无法忘怀。

"真美。"周轶喃喃道，"离开后不知道还能不能再看到这样的景色。"

高原上夜风大，丁珏帮她把羽绒服的拉链拉好："景色又跑不了，我在这儿，你想来就来。"

"丁队长，你给我当模特吧。"

丁珏抬眼瞧她："全脱？"

周轶把眉一挑，问："你愿意吗？"

"你也不是没看过。"

周轶一哂，认真地说道："我想把你，还有这一路上看到的一切都画出来。"

"嗯，然后呢？"

"办一场画展。"周轶的眸子和天上的明星一样璀璨，她昂起头看着他，声音被风送进他的耳朵里，"我要告诉所有人，我周轶画男人就要画你这样的。"

丁珏心头一震，她说的话不是情话却胜似情话，一字一句都在他耳边萦绕不去。他揽过她，用自己的身体帮她挡着风。

周轶双手环住他的腰身，语气有些兴奋："画展的主题我都想好了。"

"是什么？"

她回想着这一路的际遇，话语混在风中，飘向远方。

"'失路'。"

番外
大舅子＆定情信物

1. 大舅子

陆谏让长老送回来的药罐子里装着一张羊皮纸，丁珏取出来看过，上面都是H国政要的名字。这份名单势必会让H国掀起一场血的革命，当然这些都是后话。

丁珏拿着这份名单顺利地把陆谏从H国接了回来。陆谏被VIRUS监禁过一段时间，每天接受严刑拷打，最后是凭着坚定的意志力和过人的聪明才智才从那个非人之地逃出来的。

离开VIRUS基地时，他几乎是褪了一层皮，人不人鬼不鬼的，也多亏他聪明，懂得利用名单让H国政府给他提供救治和保护，这才从鬼门关捡了一条小命回来。

陆谏被安排到了北界山医院里，他现在虽无生命危险，但全身上下没一块好肉，手上腿上都打着石膏，从头到脚缠着绷带，就和木乃伊似的，还是最近几天眼睛消了肿才能睁开见人。

医生说还好救治得及时，卧床好生休养一段时间就能恢复。陈队听闻后点点头，说了句"脑子没事就好"。

陆谏回来的消息很快就在"猎豹"上下传遍了，每天都有人来看望他。这次他在外卧底一年，几次险些把命搭进去，最后还找到了VIRUS的大秘密，论起来二等功勋章是跑不了的。

护士来给陆谏拆除脑袋上的绷带时，丁珏也在场。

陆谏头顶上缝了好几针，伤疤很显眼，有一道从额角一直划到了耳后，伤口虽已缝合，但不难想象当时这道口子有多狰狞可怖。拆了绷带，陆谏做的第一件事就是让丁珏找面镜子给他照照。他艰难地转动脖子左看看右看看，最后"啧"了一声，还挺满意："H国的医生也还行，缝得不错，针脚挺整齐的。"他深吸一口气，感慨，"还是回来好啊，空气都是香的。"

丁珏向来知道陆谏心理调节能力很强大，这会儿从他的表情和话语间根本看不出他心理上受过什么创伤，他表现得好像他执行的不是 A 级任务而只是去扫个雷一样，但想想也知道这一年他一定经历了不少艰难险阻。卧底的滋味丁珏知道，胆战心惊，时刻不敢松懈，觉都睡不好不说，还要做很多和本意相悖的事。

"我不在的这段时间，队里怎么样啊？"陆谏眼珠子往边上一瞟。

"都挺好。"

"你呢？我不在没人陪你练拳脚，身手退步了吧？"

丁珏乜他："等你养好了，起来比划比划就知道了。"

陆谏揶揄地上下打量他一眼："个人问题呢，不会毫无进展吧？"

"还是先关心关心你自己吧。"

"我怎么了？我可是有主儿的人。"陆谏咳了一声说，"等我伤好了就去找一一解释，她会原谅我的，我们这么多年的感情了。"

丁珏知道陆谏在试探，他脑筋一转计上心来，笑了笑故意激陆谏："别说，她长得还挺好看，难怪你看不上其他姑娘。"

陆谏警惕道："我告诉你啊丁珏，做人是要有底线的，'朋友妻不可欺'，你可别对她有什么想法啊，她是我的。"

丁珏听到最后一句话时额角的青筋跳了下，恰好这时手机响了，他接起应了两声就挂了，随后垂眼看病床上的陆谏："有人来看你了。"

"今天又是哪些人啊？这群猴崽子就不能消停点儿，让我好好养养伤？"陆谏嘴上虽然这么说，但语气并无不快。

病房外有人敲了敲门，随后门被推开，热黑和四马从外面走进来，身后还跟着一个女人。陆谏看到热黑和四马时本想嫌弃一句"怎么又是你俩"，话还未出口就看到了他们身后那睽违已久的熟悉面容，不是周轶又是谁。

他一时还有些不敢认，直到周轶走到床前，他才喊了声："一一？"

周轶上下打量着他，他手上、脚上的石膏都被人用油性笔画满了奇形怪状的图案，看上去颇为滑稽可笑，她又去看他的脸，最后将目光落在他头顶那几道缝合了的伤口上。

她回头问丁珏："医生怎么说？"

"需要休养一段时间。"

"会残吗？"

"暂时不会。"

周轶心里暗松了一口气，表面上却惋惜地摇摇头，睨着陆谏凉凉地说:"运气真好。"

从哈米尔高原下来后,丁珹就随着交流团出发前往H国接陆谏去了,而周轶也从A国离开回了国。前阵子陆谏的身体情况还不稳定,丁珹就没让周轶过来,免得她担心,最近这两天陆谏的身体状态好些了,他才和她说了声。周轶虽然面上对陆谏没表现出关心的模样,但是隔天就搭乘最早的一班飞机来了A国。

丁珹盯着周轶瞧了好一会儿,从中国到A国有近八小时的航程,而她一下飞机就来了医院,此时从她脸上明显能看出疲倦。他碰了碰她的脑袋把她的注意力吸引过来,轻声询问道:"吃饭了吗?"

周轶转过头看着他,抿出一抹浅笑:"在飞机上吃了点。"

陆谏的眉头就是在这个时候皱起来的。他太了解周轶了,她性子偏冷,平时对旁人很少笑,就连对他也时常冷面以对,他都得千方百计、绞尽脑汁才能勉强逗笑她,怎么现在她轻而易举就笑给人看了。

四马在这时候插嘴了,他对着周轶嘿嘿地傻笑:"嫂子,我给里(你)买吃的去。"

周轶摇了摇头:"我不饿。"

热黑却说:"飞机上能有什么好吃的,嫂子你等着,我和四马去打包。"

"给我站住!"四马和热黑的步子还没迈出去,陆谏就扯着嗓子喊了一声。等他们回头,陆谏问:"叫谁嫂子呢?"

四马和热黑对视一眼,热黑挠挠头,老老实实地道:"这里只有周轶姐一个女的,还能叫谁。"

陆谏突然哈哈一笑,故作轻松地说:"原来你们都知道了啊,我以前也不是故意瞒着你们的,——是我的——"

"哥。"周轶一个字截断了陆谏的话。

陆谏一愣,显得意外又慌张,意外的是这是几年来她第一次主动这么喊他,以前每次都是他哄着求着,她才肯敷衍地喊他一声"哥哥",慌张的是她在此情此景下喊他,简直打了他个措手不及。

"——,你……"

周轶神色自若地低头看他,嘴角甚至噙着笑:"你以前不是说交了男朋友要带到你面前让你过下眼吗?"她拉过一旁的丁珹,"看吧。"

陆谏的眼睛蓦地瞪大,满脸不可置信。

丁珹也是无奈,他没想到周轶会直接说出来,也没提前给他个暗示。

陆谏身子动了下,顿时感到一阵抽痛,可他已经顾不上了,睁大眼睛问:"丁珺?"

周轶点头。

陆谏脸色一变,就算身体不能动,但他的态度还是很坚决,语气斩钉截铁:"不行。"

"怎么不行?"周轶问。

陆谏面色不虞,却一时说不出什么具体的理由。和丁珺兄弟一场,陆谏很清楚丁珺的为人,不管是做人还是做事,丁珺都无可挑剔,是男友的上乘人选,但周轶找了丁珺,他说什么也不赞同。

"……他还养着前任送的狗呢!"陆谏思来想去,最后说了这么一句话。

周轶哂笑:"'特工'啊,他说以后放你那儿让你养着。"

陆谏闻言胸口一堵,想到"特工"的"战斗力",他不由得恶狠狠地瞪着丁珺:"这么多年兄弟,你不仅把我妹泡走了,还想拆我房子?"

"老子跟你没完,来打一架,看我不把你干趴下!"陆谏很想坐起身,苦于身上全是伤动弹不得,他咬咬牙,恨不得现在就一脚踹在丁珺的胸口上,让丁珺也感受一下什么叫痛彻心扉。

丁珺按了下他的肩,眉一挑,说:"悠着点儿,你好不容易捡了条命回来。"他回头看周轶,柔声说,"我和你哥聊聊,你先去吃点东西?"

周轶的目光在两个男人间扫了一圈,最后点了下头:"好。"

丁珺给四马和热黑使了个眼神,他俩心领神会,带着周轶先行离开了病房,留着两个"猎豹"老大哥继续"厮杀"。

病房门一关,陆谏就忍不住吼:"丁珺,你可真行,我在外执行任务,你趁我不在挖我墙脚?"

丁珺用脚挪过凳子,坐在床边,不客气地顶回去:"墙脚?周轶算你哪门子的墙脚?你可真行,有个妹妹不说,还骗我说是女朋友?一瞒瞒了这么多年,用心良苦啊。"

陆谏别开眼咳了一声,随后又理直气壮地说:"我妹长这么好看,我还不是怕你们一个个觊觎她?我就是不想让她和除了我之外的人扯上关系,这下好了,她偏偏和最危险的那个搅在了一起。"

丁珺能理解陆谏此时的心情,知道陆谏一时难接受也是正常,道:"说起来,我和周轶搅在一起还是托你的福。"

陆谏此前身体情况并不好,因此丁珺没有把上次任务的详情告诉他,他要是知道 VIRUS 有人三番五次地对周轶不利,非得愧疚得背过气不可。瞅着陆谏现在的状态比之前好,丁珺就把周轶来 A 国后的遭遇说了一遍。

331

陆谏听到最后脸色沉沉,整个人都笼罩在低压之下。

"下次我非亲自把他们的老窝炸了不可!"陆谏气得咬牙切齿,没几秒气势又颓了,想到周轶险些出事,他很是后怕,闭上眼愧疚又自责地说,"我就不应该把她牵连进来。"

丁珬缄默。

"谢了。"陆谏突然说。

丁珬看他,他又说:"还好她遇到的是你,除了你,谁跟着她我都不放心,这一路多亏你护着她,不然……我会恨死我自己。"刚才听丁珬讲周轶被绑架的那一段时,陆谏就有些绷不住了,此刻再次回想起来他仍是心有余悸,她那时候该有多无助多害怕?

"——小时候也被绑架过一次。"陆谏幽幽地开口。

丁珬怔了下。

"她和你提过周晞吗?"

"嗯。"

陆谏瞥他一眼:"这都和你说了?"

丁珬挑眉。

陆谏接着说:"八岁那年,她和周晞去游乐园玩,陪同的管家失职,没看好两小孩,结果把两个小孩丢了,之后绑匪给周振国打电话向他索要赎金,并要他一人前往约定地点赎人。"

"周振国有钱,赎金不是问题,他也不缺胆量,当真提着一箱钱去了。"陆谏停顿了下,才继续道,"本来说好钱到位了就把两小孩放了,可那两个绑匪贪心不足,拿了钱临时改意,说是五百万只能赎一个,他们让周振国选……"

丁珬眉头越听越紧,不用陆谏再往下说,他就能猜到周振国选了哪个孩子。

"从那之后她的性子就变了。"陆谏叹了一口气,见丁珬倏地起身,他愣了下,"干吗?"

"去找她。"

陆谏眉头紧皱:"你这当着我的面拱我家的白菜不考虑下我这个病号的感受吗?"

丁珬低头,冷酷无情地说:"提前适应下,大舅子。"

"嘶——"陆谏心口又被扎一刀,顿时怒了,"你就趁我动不了时可劲儿嘚瑟吧,等老子好了揍你一顿没商量!"

丁珹勾唇："等着你。"

丁珹往门外走，手刚搭上门把，陆谏再次喊住他，只不过这次的语气更为深沉凝重，警告意味十足："丁珹，丑话先说在前头。——可是我捧在手心里的人，你要是敢对不起她，不仅兄弟没得做，我说什么都不会放过你的。"

丁珹把门一拉，毫不犹豫地承诺道："好。"

楼下，四马和热黑说要带周轶去吃点东西，但周轶并无胃口，就坐在小花园里等人。她拿出手机看了一眼时间，半个小时都过去了，也不知道他们在说什么，两大男人话这么多。

热黑也觉得时间有点久了，想到两大哥在队里时隔三岔五就要对练一下，谁也不服谁，每每到最后都是陈队看不下去才让他们收手的，他不安地问："要不要上去看看啊？别吵起来了啊。"

四马连连摆手："不用不用，交接仪式嘛，久点正常，他们辣（那）么大人了，不用操心。"他余光一瞟，"这不，来了。"

周轶扭头看去，就见丁珹走近，她站起身刚想开口，就被抱了个满怀。

四马和热黑都没想到他们丁队这么豪放，这可一点儿都不像他以往内敛低调的作风。

丁珹抱着周轶，抬眼看向还愣着不动的两人，眼神里的意味明显。四马立刻领悟，扯了下热黑的衣服："那个，丁队、嫂子，我们上去陪陆哥了，他这会儿应该挺需要人安慰的。"

他们一走，丁珹才松开周轶，低头认真地看她。

周轶笑了："陆谏和你说了什么？"

"让我别欺负他妹妹。"

"你敢吗？"

丁珹沉思了下，道："哪种'欺负'？"

周轶掐了下他的腰："丁队长，你真学坏了。"

丁珹眼底露出了点笑意，抬手摸了摸她的脸："走吧，带你去吃东西。"

手牵着手往前走，周轶问："我才见了陆谏不到十分钟，你就这样把我带走，不怕他找你算账？"

"不差这一笔。"

"带我上你们那儿玩玩？"

丁珹想到那群闹腾的猴崽子，他们要是见了周轶还不得把天掀翻了，

333

他犹豫了两秒后说:"要去也可以,就是那里会很闹。"

周轶故意说:"你不会是金屋藏娇,所以不想我去吧?"

丁珬低头看她:"带你去我宿舍检查下?"

周轶闻言,道:"好啊。"她眼尾一勾,望着他笑得动人,"人我也需要里里外外检查一下。"

丁珬体内顿时燃起了一把火,烤得他燥得慌,他喉头一滚,眼神暗下,在她耳边喑哑着说:"都给你检查。"

2. 定情信物

回国后,周轶就让陆美美帮她在古木里尔找了间画室,她打算在A国筹备自己的画展。陆美美口头上说周轶是"醉翁之意不在酒",借画画之名行谈恋爱之实,却还是尽职尽责地帮她找了画室。

周轶在古木里尔开画室的确有自己的考量,其中自然不无丁珬的原因。他职业特殊,平时在北界山营地里训练带兵鲜少能外出,一年到头假期不多、任务不少,就算她在古木里尔住着,他们见面的次数也是十个指头都数得过来,且每次碰面都来去匆匆,陆谏更是次次从中作梗捣乱。

北界山山长水远,她也不便去找他,总之,周轶在这一年的时间里还真没耽于情爱,毕竟条件不允许。

年底,周轶以"失路"为名的主题画展在A国的古木里尔举办,此时距离她上次办展已有一年半的时间了。这一年她几乎销声匿迹,除了上过几个艺术杂志的访谈外可以说是十分低调,因此她办新展的消息一出,媒体闻风而动,第一时间进行了报道。

周轶本人虽有很多争议,但她的画向来是褒奖多于贬损的。这次画展展出的都是她的新画,异国的风土人情皆流露于她的画笔之下,观者无不流连于画前,击节赞叹她独树一帜的画风,既写实又不无想象的空间。

而这次展出的画作中最受瞩目莫过于那幅名为《lover》的作品。了解周轶以往画作的人都知道,她从不画男人,她的成名作《街市》中作为路人的男人都是面容模糊,而这次展出的《lover》,周轶居然用了一整幅的画面来画一个男人。

画中男人着一身黑色作训服,单手持枪背对人站着,身姿挺拔如松,即使在画中似乎也能看到衣服下偾张的肌肉线条,他微微侧过头,下颌线条刚毅迷人,好似天工雕琢,有气势透画而出。

就是这样一个背影引发了强烈的讨论。这幅画的信息量太大了,"lover"

这个名字够直接干脆,几乎所有人都说周轶这是在公布恋情,而画中这个荷尔蒙爆棚的人就是她的爱人。

周轶其实给丁珊画了好多幅画,训练时的他、发号施令时的他、私底下的他、裸体的他……但他身份特殊,她不能把他的外貌公之于众,所以最后就选了一幅背影。

在人们对画中男人议论纷纷的时候,这个背影的真身却没能出席画展。首展时间是周轶和丁珊商量过的,挑的是他能休假的时候,可计划赶不上变化,他临时受命要执行一项紧急任务。

开展前一晚,丁珊和陆谏匆匆通过电话给她说了这个消息,两人统一口径,都称一个星期后任务就会结束。可之后半个月,他们一点儿音信都没传回来。以前只有陆谏时不时会消失一段时间联系不上,现在好了,她要操两个人的心。

周轶这次的画展是在A国巡回展出,等丁珊任务结束时,画展已经办到车兹了。周轶之前没让丁珊看过画,说要在画展上给他一个惊喜,结果他却错过了首展。结束任务后,丁珊连夜赶到车兹,看到画后,他的心情顿时十分愉悦。

陆谏的心情则和他全然相反,他就是酸,非常酸。

"一一,你怎么不给你哥哥我画一幅,我不比他长得好看?"陆谏十分不满地挤在丁珊和周轶中间,就是不给他们独处的机会。他摸摸自己的脸,"虽然留了点疤,但是瑕不掩瑜啊,你不觉得哥哥我更有男人味了吗?"

过去一年中,这种"棒打鸳鸯"的事陆谏没少做,每次丁珊出来找周轶,陆谏就尾随而来。要是一般人,丁珊三两下就甩掉了,偏偏对方是陆谏。他们相识相知这么多年,身手旗鼓相当不说,又一直在一个队里,对彼此太了解,以至于丁珊每次想避开陆谏偷偷去找周轶都会被发现。

"怎么又让他跟着来了。"周轶的视线越过中间的陆谏看向丁珊。

丁珊回了个无奈的眼神。

陆谏身体一探挡在周轶眼前,嗷嗷道:"这次要不是我,你以为他今天能来车兹?哼,凭他一个人可别想逃出北界山,被逮到了肯定会被老陈多关几天禁闭。"

丁珊以前说过,每次执行完任务陈队都会关他两天,怕他杀红了眼缓不过来。周轶瞅着这两人,说:"你们一起逃禁闭了?不怕写检讨?"

陆谏吹了声口哨,道:"这不是想早点来看你的画展嘛。"他忽又不太高兴了,语气别扭地说,"谁知道你居然给他画了人像,还取名为'lover',

你看他多嘚瑟。我之前好说歹说让你给我画一幅肖像画你都不愿意,转头画笔就对着别的男人,真是姑娘大了留不住。我不管,你必须给我也画一幅,名字我都想好了,就叫'brother'!"

丁珃听他又在争风吃醋,语气要多酸有多酸,不由得一只手搭上他的肩:"都一年了,你也该接受现实了。"

"我不!"陆谏恨得牙痒痒,"你和她在一起才一年,她可是从出生起就是我妹。"

他们这针锋相对打嘴炮甚至动手的行为周轶已经见惯不怪了,人前铁骨铮铮、一身正气,到了她这儿一个比一个幼稚。周轶乜着还在拌嘴的两人,语不惊人死不休地道:"我怎么觉得我是第三者?"

丁珃立刻把搭在陆谏肩上的手放下,闪身走到周轶的另一边牵起她的手:"晚上想吃什么?"

陆谏把周轶往自己这边拉:"哥哥带你去吃。"

下午,周轶跟着丁珃和陆谏去了趟卡木大叔家。上回时间匆忙,她和丁珃没多待,这次他们一起在卡木大叔家吃了晚饭,席间还对饮了几杯羊奶酒,一顿饭下来宾主尽欢。

丁珃和陆谏都喝了酒,周轶念着总要有一人开车,所以滴酒未沾。

回到酒店时,陆谏已经明显不胜酒力了。他什么都厉害,就是打小酒量就差,进队这么久,浸淫在一群酒鬼之中都没能练出海量来。陆曼生前也是沾酒就醉,他这算是遗传,基因问题没办法改变。

丁珃扶着陆谏回了房间,他俩住一个标间。有陆谏在的时候,他总是不能如愿和周轶睡一起。今晚也是如此,陆谏就算是醉了也不忘警告丁珃,不准他去周轶的房间,明明恨不得倒头就睡,眼睛还瞪得老大,非要目送周轶离开。

周轶的房间就在他们对面,丁珃送她出门,半掩着门挡住陆谏的视线,低头飞快地亲了她一下:"好好休息,明天早点起来。"

周轶眼波一转,踮起脚回了一个吻。

看得见吃不着的感觉不好受,要不是顾及陆谏的情绪,丁珃说什么都不会让周轶"独守空房"。

次日清晨,车兹的天色还灰蒙蒙的,丁珃早早起来,轻手轻脚地走出房间,敲响了对面的房门。

没过两秒,周轶就开了门。

她一露脸，丁珏就低头吻了上去。他带着周轶进了房间，门一关，他一只手护着她的脑袋就把她按在门板上热烈地亲吻。感觉到周轶的手摸上他的后腰，丁珏按住她的手，喘着粗气勉强克制着说："换衣服，我们出门。"

"去哪儿？"

"你之前不是说想看冬天的沙漠？"

周轶满脸惊喜："你有假？"

"反正都逃禁闭了。"

周轶被他抓着的手动了下，她仰头亲了亲他的下巴："做一次再走？"

丁珏喉头一滚，刚调整过来的呼吸又乱了："你哥快醒了。"

"你快点？"

丁珏咬了下她的耳朵："周轶，我快不了。"

最后他们还是没放纵，这万一到一半陆谏过来敲门……想想都够呛。

因为要办画展，陆美美半个月前就来了Ａ国，周轶换好衣服离开酒店前给她发了条信息告知自己的去向，又特地叮嘱她在陆谏问起时别说实话。

从酒店出来后，丁珏和周轶先去车库提车。丁珏才坐进车里，周轶就扑过来直接坐到了他腿上，捧着他的脑袋仰头就吻。

激情一点即燃，眼看就要一发不可收拾，丁珏率先从情热中抽离，他一只手摩挲着周轶的脸颊，鼻间粗气沉沉，眼底血丝都被逼了出来。

"坐好。"他隐忍着说。

"陆谏不会找到这儿来。"

丁珏呼出一口气："有摄像头。"

周轶又凑过去咬了他一口，最后还是老实地从他腿上坐回座位，一双媚眼上挑着往他腰腹处看一眼，坏笑道："你忍得了吗，丁队长？"

丁珏把腮帮子咬紧，眼眸沉沉："我们迟点再离开车兹。"他启动车子后一踩油门把车开出了车库，随后车头一转直接奔向了另一家酒店。

丁珏本想趁早带着周轶出发，争取在天黑前到达中塔的，再怎么说他也是个中队，忍忍一天就过去了，现在看来"燃眉之急"不能忍。他把车停在了隔壁街的另一家酒店门前，拉着周轶下车，迅速开了间房，两人刚进门就滚在了一块儿。

久旷的男女独处在一起自然是干柴烈火噼里啪啦烧了几回，等火焰收势剩下了一室的温存。周轶浑身汗涔涔地伏在丁珏的胸膛上，神色惫懒地把玩着他的手指："陆谏的酒现在应该醒了。"

丁珏搂着她一脸餍足："早醒了。"

"嗯？"周轶想了下就明白了。

陆谏是狐狸的心思，他要是真不想给她和丁琞独处的机会，昨晚就不会喝酒，他是故意把自己灌醉的。

本来这次的任务预计一星期就能完成，没承想中途出了点差错，任务结束后丁琞不惜冒着挨批的风险逃禁闭，除了想尽早看到周轶的画展和见她本人，另一个原因就是今天是他的生日。

他以前从不觉得这是个什么特殊的日子，直到遇上周轶，他才觉得这日子有点意义。有意义的日子自然要和有意义的人一起过。北界山戒备森严，外面的人进不去，里面的人要想擅自出去也是难事，要是没陆谏帮忙，单靠丁琞一人还真说不准能不能顺利出山。陆谏跟他一起逃了禁闭，嘴上只说是想周轶了，丁琞其实心里看得明白但也没戳穿，默不吭声地收了这个顺水人情。

这是他们之间的默契。

周轶知道陆谏的心态很矛盾，她想了想，抬头问："你们陈队不逼着他相亲？"

周轶这句话一下调侃了两个人，丁琞掐了下她的腰，过了会儿说："陈队过去一年给他介绍了不少姑娘，他每个都去见了。"

"都没看上？"

丁琞思忖了片刻，说："……都看上了。"

果然是陆谏能干出来的事，周轶毫不意外，冷哼道："和他爸一个德行。"

丁琞可不敢非议未来的老丈人，再说，目前来看陆谏还没做出什么出格的事来，他咳了一声低头说："他疼你是真的，等从沙漠回去你哄哄他。"

"知道了。"

日上三竿的时候丁琞去退了房，这次他们没再耽搁，开着车直接驶离了车兹，午后就上了沙漠公路。

和去年夏季来时不同，冬天的沙漠虽仍是黄澄澄的一片但并不热情，这个季节风大，沙尘暴频发，沙漠上方的天空灰扑扑的很混浊，空气也一改炽热，变得清冷。到了沙漠中段，云层厚重云脚低垂，气温降到了零下，没过多久天空就洋洋洒洒地飘起了雪花。

周轶望着车窗外一脸不可置信地道："下雪了？"

丁琞淡定地应道："嗯。"

热带沙漠全年高温，但A国的这片流动沙漠处于温带地区，受气流的影响,冬季平均气温在零度以下,下雪并不奇怪。

"沙漠也会下雪?"周轶满眼惊奇,回头说道,"你停车,我要下去看看。"

丁琊一打方向盘把越野车开进了沙漠:"进里面看。"

有了上次被困的教训,这次丁琊没把车往腹地开,而是把车停在了一个沙坡底下。车才停稳,周轶就忍不住跳下了车,冷风扑面而来,她仰起头,有零星的雪花落在她的眼睑上、脸颊上,缀在她的发间。

丁琊拿上她的外套下了车,看她难得露出真诚欣悦的神情也觉开怀,他展开羽绒外套,道:"别冻着了。"

周轶顺从地穿上外套,转头看丁琊:"爬上去看看?"

丁琊摸了下她的脑袋算是应允。

他拉着她的手往坡顶上攀爬,爬坡过程中雪势不断加大,等他们登了顶一看,茫茫的沙漠此时已经变成了黄白相间,较高的沙丘顶上覆上了一层薄雪,雪顶咖啡似的。

沙漠和雪,原本好似风马牛不相及的两件事物却完美地融合在了一起,此情此景是如此的浪漫,直击人心,再刚硬的心脏都会被这样的情景融化。

世间至美不过如此。

坡顶上风更大,丁琊转了个方向,用自己的身躯帮周轶挡风。周轶双手穿进他的外套环着他的腰,笑着仰头说:"丁队长,接个吻吧。"

丁琊也笑,没犹豫地捧住了她的脸。

这个吻温和又缱绻,雪花落在两人的唇齿间很快就化了。

分开时,两人的唇上还有彼此的温度,周轶抿着笑:"还记得我们上次在沙漠里做了什么吗?"

丁琊一辈子都不会忘记,他眼神一转,看向坡底下的越野车,示意:"这里没有摄像头。"

周轶埋在他胸口笑:"你想什么呢,我说的是看星星。"

丁琊被戏弄了也不恼,她笑他也笑,不过笑到一半他的表情突然变了。他很快就察觉到后腰被别上了一件东西,伸手往后一摸他顿时便明白了那是什么,而后他的目光渐渐转深,至深处又有燎原的火焰。

去年在草原上,他赢了摔跤比赛,拿到了战利品——一把"皮恰克",他把刀送给了她。那时吐尔逊大叔说了,"皮恰克"是草原上的定情信物,他将它送给周轶就是认准了她的意思,这一辈子就算是死,他都不能辜负她。大叔还说了,他以后是能凭借这个信物去娶她的。

丁琎摸着那把"皮恰克",心里掀起了滔天巨浪,他勉强稳住自己的心绪,低头盯住她的眼,语气有些微的殷切:"周轶,你可想好了。"

"想好什么啊,丁队长?"周轶迎着丁琎深沉的眼神笑得晃人眼。

沙漠都能为雪白头,她又有什么不能给予他的。她重新抱住他,在沙漠之上、飞雪之下轻声道:"生日快乐!"

全新番外
求婚

丁琳失踪了。

在得知这个消息后，周轶立刻订了一张去A国的机票，直接飞往古木里尔。

路途遥远，她下机时已是晚上九点。周轶取了行李，才从机场走出去就听到有人喊她："一一，一一，我在这儿。"

周轶循声望去，看到陆谦朝她走来。

"坐了一天飞机，累了吧？"陆谦接过她的行李箱，又问，"晚上吃了吗？"

"吃了。"周轶其实没吃，她没胃口但又不想陆谦担心，就扯了个谎。

陆谦了解自家妹子，此时也不拆穿她，拉上箱子示意她："我们先离开机场。"

周轶跟上他，问："丁琳还是没消息吗？"

陆谦摇了摇头，眼见着周轶的表情黯淡下去，他出声宽慰道："你别太担心，丁琳的实力和你哥我不相上下，没那么容易出事。"

周轶却没那么乐观，皱着眉说："我怕他和你当初一样……"

"你先别往坏处想。"

周轶知道多想无益，但她是个俗人，关心则乱，丁琳失踪，她没办法做到冷静自持。

这两年，丁琳大大小小也出过很多任务，每回出任务前他都会和她报备，周轶偶尔联系不上他，打个电话给陈队或陆谦，好歹还能从他们那里了解到一些情况。但这回不一样，昨晚陈队主动打电话给她，问丁琳最近有没有和她联系，她就知道出事了。

"猎豹"都联系不上丁琳，那事情可就严重了。

就在陈队打电话给她的当天晚上，周轶收到了一封匿名邮件，邮件的

341

内容是一张 A 国地图，图底下是一行乱码。

这封邮件和当初陆谏给她发的相差无几，极有可能是丁琎发的，周轶心下一沉，当即把邮件转发给了陆谏。

放好箱子，周轶坐上副驾驶位，转头直接问："那行乱码是什么意思？"

"'塞外江南'。"陆谏说。

周轶皱了下眉头："什么意思？"

"塞江州。"

周轶懂了，她系上安全带，毫不犹豫地说："我们现在就出发。"

塞江州位于北域，地貌以草原杉林为主，每年春夏季草木繁盛、百花齐放，犹如江南景象，因而国内的人给这个地方取了个美称，就是"塞外江南"。

周轶此前去过塞江，那年她被 H 国交流团的人劫走，丁琎前来木拉提草原寻她，他们在塞江待过两天，但彼时情况危急，她根本无暇玩赏。那之后她去塞江办过画展，因工作繁忙，也没能好好地逛逛。

七月份正是塞江最好的时节，窗外风景如画，周轶却连一点观赏的心情也没有，她怎么也没想到再次去塞江，会是在这样的情况下。

因为有了之前的经验，周轶上路后一直保持警惕，生怕又会有不法分子跟着，欲行歹事。

"后面那辆车是不是一直在跟着我们？"周轶看着倒车镜，忽而肃然道。

陆谏望了一眼后视镜，随后说："是普通车辆。"

"是吗？"

"这两个月是塞江的旅游季，很多人都会去那儿玩玩。"陆谏看她一眼，说，"你别太紧张。"

虽然陆谏这么说，但周轶还是放心不下，始终关注着后面的车。

到达塞都已是入夜时分，塞都是塞江州最大的城市。陆谏带周轶去吃了点东西，之后就近找了家酒店入住，打算第二天再去找线索。

周轶洗了澡出来，坐在床上思索。

丁琎发来的信息极其有限，只指明了塞江这个地方，再无其他指示，线索就这么断了。难道他和陆谏一样，也把什么重要情报交给了本地的长老？如果是这样，那范围未免也太大了，塞江下辖地区比哈米尔高原不知道大了多少倍。

周轶直觉自己忽略了什么，丁琎会把邮件发给她，线索肯定和她有关系，否则他不会愿意把她牵扯进来。

她正想着，忽听外面传来敲门声，还有陆谏的喊声："一一。"

周轶起身去开门，门甫一打开，一个点着蜡烛的蛋糕就被捧到了她眼前。

"生日快乐。"

周轶愣了下，旋即才反应过来，过了夜里十二点就是她的生日。

她现在没有过生日的心情，但也不想辜负陆谏的好意，于是伸手把蛋糕接过来，难得好脾气地说了一句："谢谢哥。"

陆谏摸了下她的脑袋，安慰她："你别太担心，兴许明天就有丁班的消息了。"

周轶点了点头。

拿了蛋糕回到房间，周轶盯着那支蜡烛失神。

丁班执行这次任务前承诺过一定会平安归来陪她过生日的，可他失约了。

周轶从来不信许愿这种事，但今天她破天荒地对着蜡烛许了个生日愿望——希望丁班能平平安安。

许完愿吹了蜡烛，周轶这才仔细看了下蛋糕。蛋糕做得不是很精致，奶油都没抹匀，倒是面上缀着的薰衣草有点意思，凑近了还能嗅到淡淡的薰衣草香。

塞江有好几个著名的薰衣草种植园，想来这蛋糕也是地方特色。大晚上的还能买到蛋糕，虽然不太完美，但陆谏也算有心了。

盯着蛋糕上的薰衣草，周轶脑中忽然灵光一闪。

次日一早，周轶坐上车后，直接和陆谏说："去霍城。"

"啊？"陆谏问她，"怎么想到要去那儿？"

"被选进'猎豹'后，丁班在霍城待过。"

陆谏心领神会，微微颔首说："我想起来了，当时陈队为了让他尽快熟悉A国，就让他到地方部队学习，他在霍城待过的部队我知道，我们现在就过去。"

从塞都到霍城又是一上午的时间，两人到达丁班以前待过的部队时已是午后。陆谏出示证件后，很顺利地就带周轶进入了部队训练基地。

可惜一通询问过后，仍是没有丁班的消息。基地里的人都说没见过他，他也没给队里的任何人发过消息。

线索似乎就这样断了，周轶却没放弃，问大队长："基地附近是不是有一个薰衣草种植园？"

大队长回她："有啊，就在基地后头，这个季节正好是薰衣草开得最好的时候。"

周轶看向陆谏:"我们去种植园一趟。"

陆谏惊讶道:"看薰衣草?"

周轶没解释。

昨晚蛋糕上的薰衣草叫周轶想起了一件事——前阵子陈淮景和兰兮芝从塞江寄了两瓶薰衣草蜜给她。丁琁知道后告诉她,霍城的薰衣草蜜是最正宗的,以前他被分配到霍城学习时,基地附近就有一个种植园,到了薰衣草季,队里都会组织人员去帮忙收割。

周轶当时听了后随口说想去看看,丁琁当即应下了,说等到了季节就带她去霍城,让她看看薰衣草种植园。

现在,就是薰衣草季。

周轶看着眼前一大片的紫色薰衣草,一时恍了神。

"——,你确定在这里能找到丁琁留下的线索?"陆谏问。

周轶不确定,她也只是想赌一把:"我们分开看看。"

"行,你去东边,我去西边,有情况打电话。"

和陆谏分开后,周轶取道往种植园东边走。薰衣草开得旺盛,香气迷人,若是往常,她肯定会驻足观赏,找找作画灵感,今天却毫无心情。

这个薰衣草种植园非常大,周轶走了约莫二十分钟才看到一片平坦的草地。草地上有一个风车小屋,小屋旁有个被固定住的热气球,燃烧器在喷着火,球体膨胀,随时可以升空,热气球下有一个大吊篮,吊篮的小门开着。

旁边站着一个大叔,看到周轶走近,他笑着问:"请问,你是——吗?"

周轶眼睛一亮,知道自己找对了地方。她走到热气球旁,冲那个大叔点了点头。

大叔对着热气球做了个"请"的姿势,见周轶不解,他说:"你只有上去了才能找到你想找的人。"

周轶微微蹙眉,抬眼瞧了瞧热气球,没多犹豫,直接从小门上了大吊篮。她在篮子里找了找,没找着有用的信息,便又举目远望。

没多久,周轶察觉到有人也上了吊篮,她没有回头,直接说:"大叔,我们上去看看。"

不一会儿,热气球冉冉升起,从高处往下望,连绵的薰衣草田如同漫漫汪洋。

周轶倚着吊篮往外看,忽而说:"没想到丁队长连热气球都会操作。"

丁琁知道被识破了,干咳一声,说:"你发现了?"

周轶回头睨着他，语气不善："跟了一路，终于愿意现身了？"

"我就知道骗不过你。"

周轶乜他，道："你和陆谏一起耍我呢。"

"不是……"丁珬腹诽，他就知道陆谏这计划靠不住，周轶可没那么容易被牵着鼻子走。

周轶问："昨晚的蛋糕是你做的？"

丁珬低咳一声，表情微窘："我猜就是蛋糕露馅了。"

"奶油都抹不匀。"周轶双手抱胸，下巴微抬，表情不是很高兴，"你拿自己的生命安全来骗我？"她哼了一声，说，"你现在要是想求婚，我是不会答应的。"

丁珬脸色一僵。

周轶掀起眼睑瞧着他，似笑非笑地道："你和陆谏绕了这么一大圈，还让陈队给你打配合，总不会就只是给我过个生日吧。"

丁珬叹口气，无奈一笑："什么都瞒不过你。"

他摸摸口袋，掏出一个小盒子，打开后里面是一枚亮晶晶的钻戒。

丁珬把戒指往前递了递，看向周轶问道："真不答应？"

周轶不为所动。

"那这个留着也没用。"丁珬说完话，抬手一抛。

周轶一惊，没来得及拦，眼见着戒指盒从热气球上掉下去，她气急败坏道："你丢了它干吗？"

"你不是不要吗？"

"我……"周轶一噎。

"后悔了？"丁珬一笑，从兜里又拿出一样东西。

周轶看着他手心里红白相间的绳子，怔了下问："这是之前挞族新娘手上戴的？"

"挞族人的戒指。"丁珬看着她，眼神柔和，"你不是很喜欢挞族人的婚礼吗，我们的婚礼也在高原上办？"

"办三天三夜？"

丁珬点头，掏掏兜，拿出"皮恰克"："或者你更喜欢草原婚礼？"不待周轶回答，他又掏出了一样东西放在手心，"克孜族擅长驯鹰，鹰笛是他们的定情信物，你如果喜欢松林，我们就去北域办婚礼。"

周轶看向他的口袋，眼神已经有些期待了："还有什么？都拿出来。"

丁珬一次又一次地掏兜，把他这段时间收集的 A 国各个民族的定情信物——拿出来。周轶见他跟机器猫一样,一时看愣了。

"你都是什么时候收集的这些东西?"

"每回出任务的时候就顺便问当地人要了。"

周轶脸上有了笑意:"蓄谋已久啊。"

丁珸捧着一堆定情信物,问她:"喜欢哪个?"

周轶的目光掠过那些大大小小的信物,微微扬起唇,语气霸道:"我全都要。"

丁珸早料到她会这么说,舒朗一笑,毫不迟疑地说:"那我们就办巡回婚礼,重新走一回'失路'。"

周轶闻言心头一动,忽地有点期待,她拿起挞族的婚戒绕在指头上,挑眼看向丁珸:"看在你还算有诚意的分上,我就答应再和你走一回吧。"

她这话就算是答应嫁了,丁珸心念一动,低头吻她。

周轶仰起脑袋回应。

"生日快乐。"半晌,丁珸拥着周轶说。

"以后不许拿人身安全来吓我。"

丁珸允诺:"好。"

"丢下去的戒指怎么办?"周轶嗔怪道,"那个我也想要。"

"让你哥去找。"

"叫陆谏去找。"

两人同时出声,继而心有灵犀地相视一笑,重新拥在了一起。

热气球在空中悬浮着,高空之上,日光澄澈、白云蹁跹,蓝天底下,薰衣草随风轻轻摇摆,荡出一层层紫色的波浪。